全國高等院校古籍整理研究工作委員會重點項目

浙江大學「211工程」三期「古代文化典籍整理、研究與保護」項目

義烏叢書編纂委員會
浙江大學浙江文獻集成編纂中心 編

# 宗澤集校注

〔宋〕宗澤 撰
束景南 校注

中華書局

**圖書在版編目(CIP)數據**

宗澤集校注/(宋)宗澤撰;束景南校注. —北京:中華書局,2021.11(2024.5 重印)
(義烏叢書·義烏往哲遺著叢編)
ISBN 978-7-101-15295-1

Ⅰ.宗… Ⅱ.①宗…②束… Ⅲ.中國文學-古典文學-作品綜合集-宋代 Ⅳ.I214.42

中國版本圖書館 CIP 數據核字(2021)第 161421 號

---

書　　名　宗澤集校注
撰　　者　〔宋〕宗　澤
校 注 者　束景南
叢 書 名　義烏叢書·義烏往哲遺著叢編
責任編輯　梁五童
責任印製　陳麗娜
出版發行　中華書局
　　　　　(北京市豐臺區太平橋西里 38 號　100073)
　　　　　http://www.zhbc.com.cn
　　　　　E-mail:zhbc@zhbc.com.cn
印　　刷　三河市中晟雅豪印務有限公司
版　　次　2021 年 11 月第 1 版
　　　　　2024 年 5 月第 2 次印刷
規　　格　開本/880×1230 毫米　1/32
　　　　　印張 $13\frac{1}{8}$　插頁 2　字數 320 千字
國際書號　ISBN 978-7-101-15295-1
定　　價　89.00 元

# 義烏叢書編輯部

主　　編　吴小鋒

副 主 編　朱德友　龔俊紅

成　　員　（按姓氏筆畫排序）

毛曉龍　朱利國　吴賢燕　何璐萍　金曉玲　周大富

施章岳　徐摯摯　孫清土　張建鵬　張興法　傅　健

賈勝男　趙曉青　鄭桂娟　樓向華　劉俊義　潘桂倩

本書執行編輯　施章岳　趙曉青

# 總序

汩汩義烏江，從遠古流來，流過上山文化，流經烏傷古縣，流入當今小商品之都，流成一條奔涌着兩千兩百餘年燦爛文明浪花的歷史長河。

義烏江流域，山川秀美，物華天寶，文教昌盛，地靈人傑。自秦王政始置烏傷縣，兩千兩百多年的歷史時期，勤勞智慧的義烏人在此耕耘勞作，繁衍生息，改造山河，創造了璀璨的歷史文化。

義烏地方文化，是中華民族文化的組成部分，因其獨特的地理環境和歷史原因，又具有自身鮮明的特徵。

義烏文化的獨特性，體現在「勤耕好學、剛正勇爲、誠信包容」的義烏精神裏，體現在「崇文、尚武、善賈」的義烏民俗裏，體現在「博納兼容、義利並重」的義烏民風裏。義烏精神及民風、民俗遂成爲源遠流長的中華民族文化之泓泓一脈，成了中國歷史上不可或缺的一頁。千百年來，義烏始終在傳承着文明，演繹着輝煌，從而使義烏這座小城魅力無限。

義烏自古崇尚耕讀，特别是唐代之後，學風漸盛，素有「小鄒魯」之稱。自宋以來，縣學、社學、書院及私塾等講學機構多有設立，而「莅兹土者，莫不以學校爲先務」。故士生其間，勤奮好學，蔚成風氣，學有成就，煒煒多名人。並且，輻射出巨大的文化能量，不僅本地名儒代有，在浩浩學海與宦海中大展宏圖，而且還活動過、寄寓過數不勝數的全國各地的文化名人，從文人學者到書家畫師，從能工巧匠到杏林名家，其生動活潑的文化創造與傳播，綿延不絶的文化承續與傳遞，從來没有湮滅或消沉過。在博大精深的中華文化領域裏獨樹一杆頗具特色的義烏文化之幟，在優雅千載的儒風中誕生了許多屹立於中華民族之林的英傑。也正是文化底藴的深厚與文化内涵的博大，造就了令人神往的義烏，使其作爲中華文化淵藪的鮮明形象而歷久彌新。

歷史，拒絶遺忘，總要把自己行進的每一步，烙在山川大地上。

時間逝而不返，它帶走了壯景，淘盡了英雄，留下了無數文化勝迹和如峰的聖典。只有在經過無數教訓和挫折之後的今天，人們才逐漸認識到作爲一個複雜系統的組成部分，城市的各要素所具有的種種不可替代的價值和功能，它們飽含着從過去傳遞下來的信息，而《義烏叢書》正是記録這些信息的真實載體。

歷史是無法割斷的，許多古老的文化至今仍然在現實生活中發揮着重要作用。當我們向現代化的目標邁進時，怎樣繼承古老文化的精華，剔除其封建糟粕，在傳統文化的基礎上建立社會主義新的文化格局，是一個擺在我們面前與物質生産同等重要的任務。

一位哲學家曾經説過，哲學就是懷着鄉愁的衝動去尋找失落的家園。今天，我們正處於一個重要的歷史性轉折時期，越來越多的有識之士也開始意識到，對民族民間文化源頭的追尋迫在眉睫。鑒於此，我們編纂出版《義烏叢書》，具有深遠的歷史和現實意義：

**搶救文化典籍，古爲今用** 文化典籍中的善本古籍，是前人爲我們留下的寶貴精神財富和歷史見證，極富文獻價值和文物價值。義烏歷代文士迭出，著述充棟。這些歷經滄桑而幸存下來的「國之重寶」，或出於保護的需要，基本封存於深閣大庫，利用率甚低；或由於年代久遠，幾經戰亂，面臨圮毁。如今，《義烏叢書》編纂工作的啓動，爲古籍的保護與使用找到結合點，通過影印整理，皇皇巨著擺除世紀風塵，使其化身千百，爲學界所應用，爲大衆所共享；同時，原本也可以得到保護。真可謂是兩全之策，是爲民族文化續命，是爲地方文化續脈。

**繼承傳統文化，發揚光大**　在義烏歷史上，有許多人文典故值得挖掘，有許多可歌可泣的先進事迹值得記載。撥浪鼓文化需要傳承，孝義文化值得發揚，義烏兵文化應予光大。但由於歷史上的義烏是個農業縣，文化底蘊雖然深厚，載入史册的却寥若晨星。而深厚的歷史文化傳統能孕育和産生强大的文化力，能爲塑造良好的城市形象提供重要基礎，這種文化力所形成的精神力量深深熔鑄在城市的生命力、創造力和凝聚力中，是推動城市經濟和社會進步的内在動力。因而，《義烏叢書》編纂者堅持傳統文化與現代文化相銜接，精英文化與大衆文化相兼顧，創作出義烏歷史上從未有過的文化系列叢書，既是精神文明建設的需要，也是物質文明建設的需要。

**追溯文化發源，承前啓後**　義烏經濟的發展，並非無源之水，無本之木。「參天之木，必有其根；環山之水，定有其源。」義烏發展的文化之源、義烏商業的源流之根、義烏文化圈的形成特質，包括宋代事功學説對義烏「義利並重、無信不立」文化精神的影響，明代「義烏兵」對義烏「勇於開拓、敢冒風險」文化精神的影響，清代「敲糖幫」對義烏「善於經營、富於機變」文化精神的影響等。因而，如何用文化來解讀義烏，也成了《義烏叢書》的重要組成部分。

廣義的文化幾乎無所不包，狹義的文化基本限於觀念形態領域。從以上包含的內容可看出，《義烏叢書》對「文化」的界定，似乎介於廣、狹之間，凡學術思想、哲學原理、科技教育、文學藝術等多個類別與層次，均在修編範圍之內。

幾千年歲月蘊蓄了豐贍富饒的文化積澱。面對多姿多彩、浩瀚博大的義烏文化形態，我們感受到了其内在文化精神的律動。

保存歷史的記憶，保護歷史的延續性，保留人類文明發展的脈絡，是人類現代文明發展的需要。如今，守望歲月的長河，我們不能不呼籲，不要讓義烏失去記憶。

《義烏叢書》卷帙浩繁，她集史料性、知識性、文學性、可讀性、收藏性於一體，以翔實的史料、豐富的題材、新穎的編排，全景式地再現了江南「小鄒魯」的清新佳景和禮儀之邦的精深内涵。走進她，就是走進時間的深處，走進澎湃着歷史的向往和時代的潮音的實地，去領略一個時代的結束，去見證另一個時代的開始。宏大精深的傳統文化曾經是，也將永遠是義烏區域文化賡續綿延的基石，也是義烏繼續前進乃至走在全省、全國前列的力量。在建設國際商都的進程中，搶救開發歷史文化遺産，掌握借鑒先哲遺留的豐碩成果，是全市文化學術界的共同期盼。因而，編纂這套叢書既是時代的召唤，也是時勢的需要。

習近平總書記近年來一直强調，文化自信是更基礎、更廣泛、更深厚的自信。我們認爲，地方文化是中華文化的本質特徵和根本屬性，是中華文化的重要代表。我們對地方文化源頭的追尋，正是爲了堅定我們中華文化的自信。這也正是我們編纂出版《義烏叢書》的主旨與意義所在。

義烏叢書編纂委員會

# 目録

## 宗澤集校注卷五 …… 一八三

文

## 附録二　歷代編刻序跋

# 前言

宗澤，字汝霖，婺州義烏人，生於嘉祐四年十二月十四日（一〇六〇年一月二十日）。登元祐六年（一〇九一）進士第，歷官州縣，政績卓著，顯示出過人的魄力與治才。宣和元年（一一一九），宗澤在登州通判任上因改建神霄宫，遭到道士林靈素攻訐，遂削職羈置鎮江，貶居丹徒五年。到靖康元年（一一二六），金兵大舉入侵，時已六十八歲的宗澤被召赴闕奏事，上嘉之，九月，除朝奉郎、直祕閣、知磁州。時太原失守，真定被圍，宗澤毅然單騎就道，至磁修繕城壁，治御器械，提義兵直抵真定，與金兵作力量懸殊的抗戰。斡離不自李固渡渡河來犯，宗澤用神臂弓射退敵兵，大獲全勝。這時，康王趙構欲使金議和，北至磁州，宗澤率州民全力阻止其北上，挫敗了金人的陰謀，挽救了趙構與徽、欽二宗一樣被擄羈押的命運。隨後，東京開封失陷，趙構開大元帥府於相州，命宗澤爲副元帥。靖康二年，宗澤提兵直趨開德府，與金兵戰，十三戰皆捷。五月，趙構即帝位於南京。八月，除延康殿學士、京城留守兼開封尹，到任後，宗澤「繕城壁，浚湟池，治器械，募義勇」，前後二十四次上疏（表）請趙構回鑾東京，以安人心。然而趙構一則貪生怕死，二則害怕二聖回歸，自己失去帝位，對宗澤一次次的乞請回鑾表面上虚與委蛇，暗中却行乞和之議，借「巡幸」之名步步南遷。宗澤在東京則是積極備戰，隨時準備抗擊來犯之金兵，招聚義軍至一百八十餘萬，措置過河北伐事宜。至建炎二年六月，過河北伐、收復失地的時機已經成熟，却遭到汪伯彦、黄潛善之流的阻撓，趙構此時則早已駐蹕維揚，同時又在準備再次南遷。面對渡河北伐的大好形勢毁於一旦，在政治理想與政治現實的强烈衝突下，宗澤於萬般悲憤之中疽發於背，連呼「過河」者三，飲恨而終。

在兩宋之交這段風雨晦冥的歷史進程中，宗澤處危身於亂世，以正直忠勇之志，誓死抗金，力圖挽民族危亡於一綫，其事跡之感奮、言辭之懇切，堪爲後世之楷模。

和李綱一樣，宗澤不僅善治軍打仗，是一位傑出的軍事家，又能詩善文，是兩宋之際的文武全才，在抗金鬥争前後，他寫下了大量的詩文（詩文五十卷，另言行録數十卷）。宗澤早年游學四方，出入佛道，景仰二程，曾於元祐六年春專往洛中造訪程頤，他在投程頤《求教書》中説：「恭惟先生道學淵微，智識高竗。……所至則士皆歸嚮，所言則世必傳載，凡游門下者，其於求教而取道，無不厭其所欲。」另，在其《題獨樂園》詩中道：「范公之樂後天下，維師温公乃獨樂。二老致意出處間，殊途同歸兩不惡。……始知前輩稽古力，晏子蕭何非妄作。」對范仲淹、司馬光之景仰溢於言表，宗澤尊稱司馬光爲「師」，是因他曾在元祐元年，應朝廷「搜羅世豪英」而出，北上京師開封，游洛陽，造訪司馬光，問學受教，所以他在《渭南道中逢二蜀兵出印本手詔司馬温公范文正公贈太師外祖丞相贈太保悲喜交集慨然賦詩》中又道：「恭惟司馬范，二老文且止。」可見，宗澤爲文學范仲淹、司馬光，深得其正，故其詩文樸實淳厚，氣韻充盈。他的二十四篇乞回鑾疏（表），一掃宋人疏表之軟媚氣息，寫得大氣磅礴，慷慨激越。同時，宗澤也是一位辭賦能手，今存其《撫松堂》《古楠》二賦，夭矯多姿，意象渾莽，借物擬人，寓意深厚。宗澤的詩文創作，多來自抗金鬥争的現實生活，反映社會矛盾、生民瘡痍，故而慷慨多氣、骨力遒勁，只因其文集亡佚較多，遂使文名不彰。

宗澤之詩文集，曾燬於《宗忠簡公墓志銘》中說「有文集五十卷藏於家」。於戰亂之際，疑其家藏未得刊刻，即有亡佚。至嘉定十四年（一二二一），鄞人樓昉輯宗澤奏疏遺文編爲《宗忠簡公奏疏》，其序云：「公之曾孫有德，出示遺文若干種，因爲補綴而襲藏之。適守南徐，公松楸在焉。會部使者喬行簡攝郡事……郡博士方君符尤所鄉慕，請以有德所授遺文鋟梓。昉遂掇取《遺事》中所載表疏，次第其日月，而併刻之。」可見樓昉是從《遺事》中取出宗澤之奏疏編集刊刻，而其「文集五十卷」至公之曾孫，已僅有「遺文若干種」。這是宗澤集的第一次編刻。稍後又有陳思編《兩宋名賢小集》，其中有《宗忠簡詩集》一卷，僅收録宗澤詩二十首。樓昉所編《宗忠簡公奏疏》至元時亡佚，吴師道《敬鄉録》卷四《宗澤》云：「公又有文集，京口教授方符嘗刊於學，今無之。」至明正德六年（一五一一），金華知府趙鶴取王禕家藏《忠簡遺文集》，重新編次釐爲五卷，題作《宋東京留守宗忠簡公文集》，於金華刊刻。嘉靖三十年（一五五一），宗澤十五世孫宗旦以趙鶴本爲底本加以重新刊刻，另輯本傳、小傳贊、畫像贊、題誥詩、《復墓田記》等爲一卷附前。至萬曆三十三年（一六〇五），義烏知縣張維樞又取宗澤後裔宗焕所藏遺文編爲《忠簡公遺草》（二卷）一書刊刻。崇禎十三年（一六四〇），義烏知縣熊人霖再次搜輯宗澤遺文重加刊刻，全書正文六卷，另雜録一卷、始末徵一卷。宗澤集之面貌至此大致定型。入清以後，康熙、乾隆、道光、咸豐、同治、光緒年間皆有刊刻，但多在熊人霖刻本的基礎上編刻而成，其中康熙四十五年（一七〇六）宗文燦家刻本《宋宗忠簡公全集》最爲完備，但又過於龐雜繁亂。現將宗澤集所存主要版本情況簡述如下：

一、宋東京留守宗忠簡公文集五卷，明正德六年刻本（末有抄配並有缺），上海圖書館藏；

一、宋東京留守宗忠簡公文集六卷，明嘉靖三十年宗旦刻本，上海圖書館藏；

一、忠簡公遺草二卷，明萬曆三十三年宗焕刻本，上海圖書館藏；

一、宋宗忠簡公集六卷、雜録一卷、始末徵一卷，明崇禎十三年熊人霖刻本，國家圖書館藏；

一、宋宗忠簡公集八卷，清康熙三十年王廷曾重輯本，浙江圖書館藏；

一、宋宗忠簡公全集十二卷、首一卷、末一卷，清康熙四十五年宗文燦刻本，國家圖書館藏；

一、宋宗忠簡公集八卷，清乾隆二十六年趙弘信刻本，復旦大學圖書館藏；

一、宗忠簡集八卷，清乾隆四十二年文淵閣《四庫全書》本；

一、宗忠簡公集四卷，清道光二十八年涇縣潘氏刻《乾坤正氣集》本，國家圖書館藏；

一、宗忠簡公集八卷、首一卷，清咸豐元年義烏宗國享、宗國梁刻本，北京大學圖書館藏；

一、宋宗忠簡公文集四卷、補遺一卷、遺事二卷，清同治二年刻本，南京圖書館藏；

一、宋宗忠簡公集七卷，清同治四年吴氏刻《半畝園叢書》本；

一、忠簡公集七卷、附辨譌考異，清同治八年胡鳳丹刻《金華叢書》本；

一、宋宗忠簡公文集四卷、補遺一卷、遺事二卷，清同治十二年述荆堂刻《西京清麓叢書續編》本；

一、宋宗忠簡公全集八卷、首一卷、末一卷，清光緒九年天香閣木活字印本，南京圖書館藏；

一、宗忠簡公全集八卷、首一卷，清光緒二十四年黄卿夔刻本，浙江圖書館藏。

此外，浙江古籍出版社於一九八四年標點出版了《金華叢書》本《宗澤集》，華藝出版社於一九九六年出版了黄碧華、徐和雍編校的《宗澤全集》。另外，《全宋文》《全宋詩》對宗澤的佚文、佚詩有新的收輯。

本次校注宗澤集，以同治八年刻《金華叢書》本《忠簡公集》爲底本（簡稱底本），以萬曆三十三年宗焕刻本（簡稱萬曆本）、崇禎十三年熊人霖刻本（簡稱崇禎本）、康熙四十五年宗文燦刻本（簡稱康熙本）、光緒二十四年黄卿夔刻本（簡稱光緒本）等爲參校本。其中宗澤奏疏，又校以《建炎以來繫年要録》《三朝北盟會編》《歷代名臣奏議》等；宗澤詩文，又校以《兩宋名賢小集》所收《宗忠簡詩集》以及萬曆《義烏縣志》等。底本卷一《信王諮目》一篇原爲信王趙榛所作，歷來刊刻皆誤作宗澤之文，兹將其取出，附於《差宗穎赴行在投進文字劄》之後。本次整理，另輯録宗澤佚文佚詩，編爲補遺一卷。關於宗澤生平事跡的重要史料，如《遺事》《宗忠簡公事狀》《宗忠簡公墓志銘》《忠簡公謚辭》《忠簡公年譜》《宗澤忠簡公言行録》《盤溪宗氏宗譜》等文，作爲附録一；又取歷代編刻序跋作爲附録二，以見宗澤集編刻版本之源流。關於正文中清人避諱所改之處，如「賊虜」「胡虜」改作「仇方」、「賊」「虜」改作「敵」、「金賊」改作「外裔」等，今據萬曆本、崇禎本回改，不再一一出校説明；附録則一仍其舊，不作回改。宗澤詩文向無注釋，本次整理，對其詩文加以必要注釋，包括繫年考辨、典故史實、典章制度、人名地名、疑難字詞等，列於校記之後。又《遺事》作爲宗澤生平的重要史料，歷來作者不詳，今於《遺事》篇後附本人考証一文。限於學力，部分篇目繫年及人事史實猶未考明，個别注釋或有失當之處，還請各位方家批評指正。

東景南

二〇一一年七月八日

# 宗澤集校注卷一

## 劄子

### 上大元帥康王劄子〔一〕

某恭惟太祖皇帝創業垂統，當傳之億萬世。今方二百年，豈謂賊虜横肆，邀迎二聖與諸親王渡河北去〔二〕，天下百姓所注耳目繫其望者，惟大元帥康王一人〔三〕。大元帥行之得其道，則天下將自安，宗廟社稷將自寧，二帝二后諸王將自回，彼之賊虜將自剿絶殄滅；大元帥行之不得其道，則天下從此而亂，宗廟社稷亦從此而傾危，二帝二后諸親王無夤緣可回，賊虜愈熾，亦無因緣而亡。此事在大元帥行之得其道與不得其道耳。某所謂道者，其説有五：一曰近剛正而遠柔邪；二曰納諫諍而拒諛佞；三曰尚恭儉而抑驕奢；

四曰體憂勤而忘逸樂；五曰進公實而退私僞。是五者，甚易知易行，然歷世莫能知能行者，繇剛正、諫諍、恭儉、憂勤、公實之事多逆于心也，柔邪、諛佞、驕奢、逸樂、私僞之事多遜於志也。伊尹曰：「有言逆于汝心，必求諸道；有言遜於汝志，必求諸非道。」〔四〕合諸道者，君子也；合諸非道者，小人也。願大王於應酬答問之間，以兹五事卜驗，則君子、小人了然分矣。某之血誠痛切，每思我宋本嗣無疆，今勢孤危岌業如此，某願大元帥大王左右嘗膽不忘在濟時〔五〕，夙夜羹牆不忘我祖宗時〔六〕，則天下可安，宗廟社稷可寧，二帝二后諸王可回，賊虜雖熾可剿絶殄滅。夫何遠之有，在大元帥大王力行之而已。

【注】

〔一〕按，此劄上於靖康二年四月十三日，《三朝北盟會編》卷九三：靖康二年四月十三日壬申，「宗澤具狀申大元帥府，乞行五事。宗澤具狀申大元帥府，乞即寶位，以安天下，并具劄子曰……」《建炎以來繫年要録》卷四：靖康二年四月壬申，「副元帥宗澤聞京城反正，復爲書貽王，言：『今日國之存亡，在大王行之得其道與不得其道耳……』」所謂「京城反正」，指金人擄二帝北去，汴京元祐太后垂簾聽政。《三朝北盟會編》卷八九：靖康二年三月二十九日己未，「是日，太上皇帝、淵聖皇帝鑾輿北狩。……四月一日庚申朔，金人兵去絶」，卷九三：四月十一日庚午，「太后御内東門小殿垂簾聽政。……太后下手詔播告天下」。宗澤此劄當是聞大元帥府僚屬定即位南京之議、汴京元祐太后垂簾聽政之事後而上。其时大元帥康王趙構猶在濟州，未赴南京即位，副元帥宗澤則提所部屯衞南。宗嘉謨《宗忠簡公年譜》：「知二聖果北遷，乃北望號慟，即自臨濮提孤軍趨滑州，走黎陽，由大伾。壬戌，至大名城南下寨……又聞邦昌僭立，欲先行誅討，乃將所部還屯衞南……」宗澤此劄乃在衞南所上。

〔二〕「二聖」，指徽宗趙佶（道君皇帝）與欽宗趙桓（淵聖皇帝）。

〔三〕「大元帥康王」，即趙構。康王趙構開大元帥府於靖康元年十二月一日在相州，宗澤除副元帥在十二月六日。《遺事》：「十二月壬戌朔，王開大元帥府於相州，備御劄行下。丁卯……『劄下知磁州、祕閣修撰宗澤准此。』公拜命感泣。」

〔四〕此爲伊尹申誥太甲之語，見《尚書·太甲下》。伊尹，商湯臣，名摯。佐湯伐夏桀，尊號「阿衡」。湯死，其孫太甲暴虐，伊尹將其放逐於桐宫，三年後迎之復位。

〔五〕「濟」，指濟州。按，康王趙構開大元帥府於相州後，即起河北精兵入援，其於靖康元年十二月十四日發相州，至靖康二年二月二十二日達濟州；至即位南京之議定後，康王又於四月二十一日發濟州，二十四日至南京。康王在濟州共兩月，宗澤上此劄時，正當康王在濟將欲赴南京即位之際，此劄意正在勉勸康王即位後推行五事，得道復國，更奮勵有爲，一如在濟州卧薪嘗膽之時，故謂「嘗膽不忘在濟時」。

〔六〕「羹牆」，仰慕之意。《後漢書》卷六三《李固傳》：「昔堯殂之後，舜仰慕三年，坐則見堯於牆，食則覩堯於羹，斯所謂聿追來孝，不失臣子之節者。」

## 條畫四事劄子〔一〕

臣聞情生於愛，愛生於見，見生於目之所遇與左右之所接。所遇所接果順於己則喜，喜則賞之，賞之者，非懋其功也，賞其順己而已耳；所遇所接果逆於己則怒，怒則罰之，罰之者，非罰其罪也，罰其逆己而已耳。如是，則賞罰出於喜怒，喜怒出於逆順，可謂之公而無私乎？賞罰徇私，其何以礪世磨鈍大有爲於天下乎？聖人無我，故忘情，忘情故忘逆順，忘逆順故忘喜怒。故賞一善而天下之爲善者勸，知其非私善也；罰一惡而天下之爲惡者沮，亦知其非私惡也。一賞一罰歸之至公，而我無容心焉，人有不心悦而誠服者乎？陛下所以號令天下，使人知所趨、知所避、知所行、知所止者，賞罰而已。昔文王一怒而安天下之民，武王亦一怒而安天下之民，是怒也，豈發於目之所遇與左右之所接哉？彼賊虜横肆兇暴，侵犯①王室，臣願陛下如文王、武王，亦一怒而安天下之民，有賞有罰，惟平惟一。至于應酬萬幾，進退取予之際，斷之至公，以慰天下之望。

臣聞人君職在論相。昔舜有天下，選於衆，舉臯陶〔二〕，不仁者遠。湯有天下，選於衆，舉伊尹，不仁者遠。皋陶贊舜去四凶，而後九德咸事，庶績其凝〔三〕；伊尹贊湯革夏，而後咸有一德，格於皇天〔四〕。是知不仁者遠，不能播其惡于衆，始能使衆賢和於朝，更相汲引，以成大功也。以人君身居九重，其彌縫燮理，鎮撫表正，但仰成於朝而已。高宗得傅說〔五〕，而商中興；憲宗得裴度〔六〕，而唐中興。臣願陛下于稠人廣衆中，不以親疏，不以遠近，不以夢，不以卜，虛心考驗，參以國人左右之言，爰立作相，俾之應變守文，果得其人，能率厲衆志，交修不逮，其在位皆節儉正直，小大之臣咸懷忠良，以持天下之正，以成天下之務，天下其有不大治者乎！陛下果尊道德，遠邪佞，與大臣言，欽而信，毋使小人參焉；與賢者游，親而禮，毋使不肖者與焉。用賢勿貳，去邪弗疑，斯言行而天下治矣。《書》曰：「知之非艱，行之惟艱。」〔七〕知之不行，無益也；行之不至，無益也。兹事在陛下力行之而已矣。

臣伏聞李絳見憲宗于浴堂殿〔八〕，帝曰：「比諫官多朋黨，論奏不實，皆陷謗訕，欲摘其尤者如何？」絳曰：「此非上意，必憸人以此熒誤上心。自古納諫昌，拒諫亡。夫臣進言于上豈易哉？君尊如天，臣卑如地，加以雷霆之威，彼晝夜思度，如欲陳十事，俄而去五六，及將以聞，則又憚而削其半，故上達者纔十二。何哉？干不測之禍，顧身無利，雖開納獎勵，尚恐不至，若譴訶之使杜口，非社稷利。」帝曰：「非卿之言，我不知諫之益。」且人君深居嚴密，又以旒纊蔽其聰明〔九〕，所以見天下之是非，聞天下之情僞者，蓋用諫官代爲耳目，俾姦邪讒慝不敢掩其不善而見其善者也。唐高祖、太宗初即位，嘗賞孫伏伽、蘇世長以激諫臣〔一〇〕。恭惟陛下，聲色貨利，弗邇弗殖，舍己從人，樂取諸人以爲善，固無可諫者。至於臣下，懷姦藏慝，嫉賢蔽善，敢肆欺罔、苟朋比者，當使耳目之臣廣其聞見，瀝心彈糾，毋有所隱，以絶後艱。

臣聞天下之事，爲於可爲之時則成，爲於不可爲之時則敗，成敗之機，間不容穟〔一一〕。是以古人有「時哉不可失」之語。恭惟陛下繼離之炤，法乾之剛〔一二〕，故見幾而作，柄果斷而罔後艱，成敗之幾，不出昭回之鑒，臣復何言。

臣誠心祇思徇國，久荷眷遇，臣非木石，能不自知？然臣每見事有當行，請之必力，言既拙直，勢甚孤危。願陛下察臣之衷，力賜保祐，使全骸骨以盡餘年。臣之悃誠，言不盡意。

【校】

①「侵犯」，崇禎本作「侵我」，《四庫全書》本作「侵犯我」。

【注】

〔一〕按，此劄上於建炎元年六月己未（一日）。《建炎以來繫年要録》卷六：建炎元年六月己未朔，「龍圖閣學士、新知襄陽府宗澤自衛南分兵屯河上，以數百騎赴南都。是日，入對。澤首上三事，其一論人主不可以喜怒爲賞罰；其二論人主職在任相，願於稠人廣衆中，不以親疏，不以遠近，虚心謹擇，參以國人左右之言，爰立作相，而毋使小人參之；其三論諫官人主耳目，臣下有懷姦藏慝，嫉賢蔽善者，當使耳目之官瀝心彈糾，毋有所隱，以絶後艱。上納其言，將留澤，而黄潛善、汪伯彦惡之，乃令之襄陽」。《遺事》：「六月己未朔，公入對，氣哽不能語，涕泗交頤，上亦爲之動容。復陳興衰撥亂大計，極論當時人材。上問勞甚厚。凡進四劄，上有留中之意，而左右不容。癸亥，以公爲龍圖閣學士、知襄陽府、提舉隨房郢州兵馬巡檢事。」

〔二〕「皋陶」，亦稱咎繇，掌刑獄之事。舜舉皋陶事，見《史記·五帝本紀》。

〔三〕「舜去四凶」事，見《尚書·舜典》：「流共工于幽州，放驩兜于崇山，竄三苗于三危，殛鯀于羽山，四罪而天下咸服。」「九德咸事」，有九種品德之人皆用事。「庶績其凝」，各種事功皆成。《尚書·皋陶謨》：「皋陶曰：『都！亦行，有九德……寬而栗，柔而立，愿而恭，亂而敬，擾而毅，直而温，簡而廉，剛而塞，彊而義……翕受敷施，九德咸事……撫于五辰，庶績其凝，無教逸欲有邦。』」

〔四〕「咸有一德」，君臣皆有一德。「格於皇天」，感通於上天。伊尹贊湯革夏，見《史記·殷本紀》：「湯既勝夏，欲遷其社，不可，作《夏社》。伊尹報。於是諸侯畢服，湯乃踐天子位，平定海内……伊尹作《咸有一德》，咎單作《明居》。湯乃改正朔，易服色。」《尚書・咸有一德》：「惟尹躬暨湯咸有一德，克享天心，受天明命，以有九有之師，爰革夏正。」又《尚書・君奭》：「昔成湯既受命，時則有若伊尹，格于皇天。」

〔五〕「傅説」，殷相，高宗武丁訪於傅巖，舉以爲相，殷道中興。《史記・殷本紀》：「武丁夜夢得聖人，名曰説……於是乃使百工營求之野，得説於傅險中。是時説爲胥靡，築於傅險。見於武丁，武丁曰是也。得而與之語，果聖人，舉以爲相，殷國大治。故遂以傅險姓之，號曰傅説。」

〔六〕「裴度」，字中立。唐憲宗時，淮蔡不奉朝命，裴度力請討伐，擒攝蔡州刺史吴元濟。以功封晋國公，入知政事。裴度平淮西，一时唐彷佛有中興氣象。詳見《新唐書》卷一七三《裴度傳》。

〔七〕見《尚書・説命中》，原作「非知之艱，行之惟艱」。

〔八〕「李絳」，字深之，唐憲宗時著名諫諍之臣。李絳與唐憲宗论納諫事，見《新唐書》卷一五二《李絳傳》。

〔九〕「旒纊」，旒爲帝王冕冠前後懸垂之玉串。《禮記・禮器》：「天子之冕，朱緑藻，十有二旒。」纊爲帝王冕冠用以塞耳之綿絮。《白虎通・紼冕》：「纊塞耳，示不聽讒也。」

〔一〇〕孫伏伽、蘇世長，二人皆唐高祖、太宗時諫諍名臣。高祖、太宗賞孫伏伽、蘇世長以激諫臣事，見《新唐書》卷一〇三《蘇世長傳》《孫伏伽傳》。

〔一一〕「間不容縫」，即間不容髮之意。古人形容時間紧迫，多有「間不容髮」「間不容縫」「間不容息」等説。

〔三〕「繼離之炤」，離即離卦，離爲火，象徵日，象徵明。《周易・離卦》象曰：「明兩作，離。大人以繼明照於四方。」「法乾之剛」，乾即乾卦，乾爲天，象徵健，象徵剛。《周易・乾卦》文言曰：「大哉乾乎，剛健中正，純粹精也。」

# 奉乞過河措置事宜劄子〔一〕

臣契勘河北西路真定、懷、衛、濬等處，見有番賊占據，今又分留賊馬於洺州，四向劄寨，密栽鹿角，意欲攻打。若河西諸州不守，即賊之姦計包藏不淺，京師雖爲備禦，未易可居。臣爲見有上件事宜，已於今月初七統押人馬，自游家渡過河，會約河西忠義統制等，商議隨宜措畫〔二〕。若事理可行，即一面招集，同心協力，以圖收復，安集流移，爲久遠利。若賊勢厚重，不可施行，即具所見利害，的確便宜，畫一敷奏。伏望聖慈體念河北繫天下根本，河北不守，則干戈弓矢，豈易櫜戢〔三〕。臣每思前日之失，蓋繇將相恃賴太平，恬不爲恤，朝進一言，暮入一説，惟以講和乞盟爲意〔四〕。今更沿襲，不習武備，臣竊憂之。兵法曰：「先爲不可勝，以待敵之可勝。」〔五〕臣不揆衰茶無能，見過河相度，別具奏聞者〔六〕。

【注】

〔一〕按，此劄上於建炎元年九月乙未（八日）。時宗澤已除京城留守兼開封府尹，《遺事》：「八月壬戌，以公兼京師副留守。會范訥罷，除公延康殿學士、京城留守兼開封尹……九月，真定、懷、衛間敵兵甚盛，州郡有乘城固守者。敵亦大治兵爲攻拔計。公欲時暫過河，措置事宜。乙未，上劄子。」

〔二〕此渡河時間當爲九月七日，後於九月十三日自河北還。《建炎以來繫年要録》卷九：建炎元年九月甲午，「是日，東京留守宗澤引兵至河北視師。時真定、懷、衛間金兵甚盛，州郡有乘城固守者。金大治兵爲攻拔計。澤乃自游家渡過河，會河西忠義統制等議所宜。翌日以聞，且乞罷講和，仍修武備……庚子……是日，宗澤自河北引兵還京師。」

〔三〕「櫜戢」，《诗·周頌·時邁》：「載戢干戈，載櫜弓矢。」

〔四〕「惟以講和乞盟爲意」，指汪伯彦、黄潛善之流。

〔五〕「先爲不可勝，以待敵之可勝」，語見《孫子·形篇》。

〔六〕「别具奏聞」，按《遺事》：「庚子，公回自河北，具因依奏聞。奏佚。」可見，宗澤於此劄後確嘗别具奏聞，而此劄已佚。

# 狀

## 大元帥府勸進第二狀〔一〕

某等累狀，乞大王早決大計，以安人心。伏准降到劄子「所請難議施行」者〔二〕，屢布忱誠，仰祈洞鑒。兹叶寰區之願，實繫宗廟之依。豈謂隆謙，未蒙昭允。竊以四海之遠，必發號施令，然後上下孚；必信賞必罰，然後小大服。深惟軍國之重，可虚宸極之尊〔三〕？二聖播遷，群黎翹佇。念祖宗積累，垂無疆燾養之恩；而胡虜貪殘，起不測侵陵之變。有疏早悟，遂致稔姦〔四〕。雲甲霜戈，共力追於朔野〔五〕；天旌龍馭，期早復於皇居〔六〕。然推戴有繫於人心，況寄託已彰於天意，尚稽獨斷，曷慰輿情？伏望大王以聰明之資，振久大光明之業；以智勇之略，弭變亂窺竊之風。鞏固洪圖，措安大器。不得已臨莅，赫乎群目之瞻；惟式克欽承，亶乃萬方之聽。某等無任祈求懇切俟命之至〔七〕。

【注】

〔一〕按，此勸進第二狀上於靖康二年四月己巳（十日）。宗澤所上勸進第一狀已佚。兩狀所上時間，《遺事》叙述含混，《建炎以來繫年要録》不載。《遺事》云：靖康二年四月戊辰，「邦昌召從官入延福宫，請元祐皇后垂簾聽政，遣奉御史尚書左丞馮解、副使權尚書右丞李回，詣大元帥府迎王。己巳，邦昌以太宰退處資善堂。大元帥府隨行官屬耿南仲等上表勸進，王不許。公亦累狀懇請，前兩史無檢」。此將宗澤上兩狀皆歸在己巳，顯誤。按，金人擄二帝北去在三月二十九日，四月一日金人兵去絶，其後遂有勸進表上。《三朝北盟會編》卷九〇：「四月癸亥，門下侍郎耿南仲等上表勸進於大元帥。門下侍郎耿南仲，元帥汪伯彦，副元帥黄潛善，參議官耿延禧、董耘、高世則，幹辦楊淵、王起之、秦百祥，隨軍轉運使梁陽祖、黄潛厚，都統制官楊惟忠，五軍統制張俊以下將士，上議勸進……王傳旨請退，群臣乃退。會諸路表至，南仲等再進言曰……」此所云「諸路表至」，當即包括宗澤上勸進第一狀在内，蓋宗澤時亦除副元帥，自必上勸進表，只因其提軍往屯衛南，不在濟州，故未能與耿南仲、汪伯彦、黄潛善等合名同上勸進表，而隨後一人在外上勸進表至。可見宗澤上勸進第一狀當在四月癸亥（四日），乃在衛南所上。至於勸進第二狀，則顯是上在四月己巳，亦與耿南仲等人上勸進表同時。

〔二〕「降到劄子所請難議施行者」，按，《遺事》云：「公亦累狀懇請，批答曰：『兵馬大元帥皇弟康王答副元帥宗待制：敵人犯順，輒肆剽侵，大兵前驅，本期殄滅，亟聞失守，遂蔑戰功。永惟太祖創業垂二百年，二聖在位幾三十載，既遭蕩析，迺至播遷，涕淚横流，心肝糜潰。有天有地，古今所未嘗聞；爲子爲臣，夙夜實不遑發。方行追躡，誓必邀迎。念元帥之權，實出上意；顧國家之任，難徇衆情。所請難議施行。』」此批即所謂「降到劄子」。

〔三〕「宸極」，即北極星，衆星所拱，比喻帝位。

〔四〕「疏」，疏忽。「稔」，成熟。委宛批評二帝疏於早覺，遂致姦邪生成。

〔五〕「雲甲霜戈」，指兵戈戰争。「朔野」，北土，指與金人争戰於北方中原大地。

〔六〕「天旌龍馭」，指帝駕。「皇居」，指帝位，意期康王早登帝位。

〔七〕按，《遺事》云：「公再上狀勸進，再批答曰：『兵馬大元帥皇弟康王答副元帥宗待制：金人披猖，鑾輿播越，詔令不下，無所禀承。遐邇民心，翕然見屬，謂天下之動，必正於一。故連日之請，迺至于三。雖輿情難以輒違，而孝心有所不忍。方將偏覽所上，詳熟以思。俟入京城，款謁宗廟。若鑾輿未還，欲撫定民庶，權聽國事。宜體此意，無復苦陳。』」此批即對宗澤勸進第二狀之降劄。

## 乞大元帥於南京開府狀〔一〕

契勘張邦昌久在虜中〔二〕，范瓊亦自草野中起，恐其包藏，陰與賊結〔三〕，凡事未可容易憑信。某十日前因與汪元帥咨目〔四〕，乞密稟大王，且於南京〔五〕開府，想旬浹間便可綏定。一、京城是祖宗應天受命長發之地；二、道路取中，四方萬里，便於申稟；三、臨汴①流諸處，漕運尤易辦集；四、於拱寧屯兵爲嚴守計；五、可斷北來餉道，賊雖稔姦，當自破滅。却令某統領見所管諸處節制人馬，盡數前去京城十里以來劄寨。賫大元帥榜文，叙哀痛懇切，未忍遽歸瞻望宗廟朝廷，與省府舊官閭巷父老相見，哽噎眷眷之意。覼人心傒佇懇切，然後按轡徐行〔六〕，庶爲萬全，不至落賊姦便。某下情不勝瞻慕之至，切望哀亮血誠，早賜施行。

【校】

①「汴」，底本原作「下」，據萬曆本改。

【注】

〔一〕此狀上於靖康二年四月戊辰（九日）。《建炎以來繫年要録》卷四：四月戊辰，「濟之父老，請王即位於濟州。幕府群僚耿南仲等，會於麟嘉堂，議未定。宗室承宣使仲綜等曰：『昔晉安帝蒙塵，大將軍武陵王遵承制行事。今二帝北狩，王不當即位，宜衣淡黄衣，稱制，不改元，下書誥四方。』參議官耿延禧、高世則引唐肅宗故事折之，仲綜議屈。會副元帥宗澤言：『邦昌久在敵中，范瓊亦是草澤中起，恐其陰與敵結，未可深信。南京乃藝祖興王之地，取四方中，漕運尤易。』又有自敵寨脱歸者，道二帝語云：『可告康王，即大位，爲宗廟社稷計。』王慟哭，由是決意趨應天」。按，耿南仲等乃是定康王即位於南京，而宗澤則是乞康王大元帥開府於南京，二事不同，《建炎以來繫年要録》《遺事》叙事皆相混，致使人誤以爲宗澤亦主張康王即位於南京。

〔二〕按，靖康元年閏十一月二十四日汴京失守，靖康二年三月七日金人册张邦昌爲帝，至四月十日張邦昌避位，十一日元祐皇后垂簾聽政，張邦昌以太宰退處資善堂，張邦昌僭立三十三日，故宗澤稱其「久在虜中」。

〔三〕「范瓊亦自草野中起」，乃指其自卒伍補官。開封失守，范瓊投靠金人。張邦昌僭立，范瓊率諸將陳兵親迎張邦昌入京城爲帝，任京城内都巡檢使。《建炎以來繫年要録》卷二：「瓊，開封人，自卒伍補官。屢平河北、山東諸盜。金人入寇，瓊以所部援京師，因留不去，至是遽爲敵用。」可見宗澤恐其「陰與賊結」，絶非虚語。

〔四〕「汪元帥」，即汪伯彦。宗澤與汪伯彦此咨目已佚。

〔五〕「南京」，即應天府（今河南商丘）。《續資治通鑑長編》卷八二：大中祥符七年正月，「丙辰，升應天府爲南京，正殿榜以歸德，仍赦境内及東畿車駕所過縣流以下罪。追贈太祖幕府元勳僚舊」。

〔六〕「按轡徐行」，指以後再由南京應天府回鑾東京開封。

# 疏

## 奏乞依舊拘留虜使疏〔一〕 建炎元年六月①

臣伏見我國家承平幾二百年，數世戴②白之老〔二〕，不識兵革，上下恬嬉，猶夷度日，不復以權謀戰争爲念。乃以賊虜誕謾爲可憑信，朝廷恬視，不少置疑。不惟不曾教人坐作進退擊刺挽射之技，俾嚴攻討，其間有實欲賈勇思敵所愾之人，士大夫不以爲狂，則以爲妄，因循苟且，以致賊虜顛越不恭，遂有前日之禍，臣不勝憤恨。然兹非賊虜之能也，皆繇無誠實之士，鼓倡驕逸，率以斂跡逃避，曲辱不恥，爲智爲勇耳。萬一有慷慨論列，則掩耳不聽，别造佞説，以相浮動。兹無他，大抵只欲助賊張皇聲勢，直爲我祖宗一統基業更不當顧藉，宜兩手分付與賊虜耳。嗟乎！何不忠不義之甚也！臣每思念，涕泗交下，繼之以血，此天地神明之所昭鑒。臣恭惟淵聖皇帝，靖康之初，信此和議，俾賊大獲而歸。去冬與今春夏，賊虜猖獗，大臣柔邪諛佞，蓄縮畏避者，不敢略有抗拒語，但以詭譎爲誠實，包藏爲智謀，緘默爲沈鷙，遂致二聖蒙塵，后妃與親王、無辜之民流離北去。想陛下龍潛濟、鄆〔三〕，嘗親聞見張邦昌、耿南仲輩所爲也。陛下入繼大統，即將前主和議者竄之嶺外〔四〕，使天下冤抑之氣一旦舒快。自後臣竊聞陛下日與二三大臣論思講畫，必欲大雪我廟朝之恥，激厲卒伍，勸率義士，俾思剿絶，以正夷夏。不意陛下復聽姦邪之語，又浸漸望和，迂回曲折，爲退走計。臣願陛下試一思之：陛下初即位，何故以講和爲非，遂逐當世議臣？陛下近日，又何故只信憑姦邪，與賊虜爲地者之畫③〔五〕，營繕金陵〔六〕，迎奉元祐太后〔七〕，仍遣省官迎太廟木主〔八〕，棄河東、河西、河北、京東、京西、淮南、陝右七路千百萬生靈如糞壤草芥，略不顧恤。比賊虜遣姦狡小醜，假作使僞楚爲名，來覘我大宋虛實。臣見如是，因納諫狀與留守范訥，乞收賊虜奉使之人，置之牢狴〔九〕，奏取朝廷指揮，庶激軍民士庶懷冤之心，俾肯力戰，仰贊陛下再造王室、中興大宋基業之意。今却令遷置別館，優加特遇，臣奉此詔命，憂思涕泣，心欲折死。不知二三大臣，何爲於賊虜情款如是之厚，而於我國家訏謨如是之薄！臣每思京師人情物價，漸如我祖宗時，若鑾駕一歸，則再造之功與中興之烈，必赫奕宏大，跨商周而越漢唐矣。何姦邪之臣尚狃和議，惶惑聖聽，伏望陛下察之。臣之樸愚，不敢奉詔，以彰國弱。此我大宋興衰治亂之機也，臣願陛下思之。陛下果以臣言爲狂，願盡賜褫削，投之瘴烟遠惡之地，以快姦邪賊臣之心。不勝痛憤激切之至。臣藉藁闕下〔一〇〕，以俟誅戮。謹録奏聞，伏候敕旨④。

【校】

①「六月」，崇禎本作「八月」，均誤，參見注〔一〕。

②「戴」，底本原作「載」，據萬曆本、《四庫全書》本改。

③「地者之晝」，《金華文徵》本作「他日之晝」。

④「臣藉藁闕下，以俟誅戮。謹録奏聞，伏候敕旨」十七字，底本原無，據《歷代名臣奏議》卷八五、康熙本《宋宗忠簡公全集》補。

【注】

〔一〕按，此疏實上於建炎元年七月丁未（十九日）。該疏題下注「建炎元年六月」，崇禎本作「八月」，《遺事》亦叙在八月，均非。考金使之來京師，宗澤將其械繫牢狴，乃在六月，《建炎以來繫年要録》卷六：建炎元年六月乙亥，「是日，宗澤至東京……一日，有金使牛太監等八人，以使僞楚爲名，直至京師。澤曰：『此覘我也。』即白留守范訥械繫之，且以聞於朝」。其後趙構乃命將金使遷置别館，優加特遇，宗澤遂上是疏，《建炎以來繫年要録》卷七：建炎元年七月丁未，「先是上命京城留守宗澤移所拘金使於别館，優加待遇。澤謂：『二聖在金，必欲便行誅戮，恐貽君父憂；若縱之使還，又有傷國體。莫若拘縻於此，俟車駕還闕，登樓肆赦，然後特從寬貸。』及是詔下，澤上奏曰……」《遺事》所叙失實。

〔二〕「戴白之老」，指白髮老人。《漢書》卷六四《嚴助傳》：「戴白之老，不見兵革。」

〔三〕「濟、鄆」，指濟州、鄆州（東平）。按，康王趙構靖康元年十二月一日開大元帥府於相州；四日發相州，至靖康二年正月三日達東平；至二月十九日發東平，二十二日至濟州；至四月二十一日發濟州，二十四日達南京；五月一日，遂即皇帝位於南京，改元建炎。其在東平（鄆州）四十七日，在濟州五十九日，即所謂「陛下龍潛濟、鄆」。

〔四〕指竄責李邦彦、耿南仲之流，《三朝北盟會編》卷一〇二：建炎元年五月二日辛卯，「詔責李邦彦等。詔曰：『……李邦彦等，皆靖康主和議之臣……罰其可逃？其李邦彦、吴敏、蔡懋、李棁、宇文虚中、鄭望之、李鄴已下，三省別行竄責，播告中外，咸使聞知。』」卷一〇八：建炎元年六月十七日乙亥，「耿南仲責授節度副使，南雄州安置。制曰：『……具官某迂懦無斷……姑黜置於散官，用竄投於荒服。』」

〔五〕指六月趙構有乞和之謀，金有割地之議。《遺事》：「時復有割地之議，公上疏。」《三朝北盟會編》卷一〇八：建炎元年六月八日丙寅，「傅雱特授宣教郎、借工部侍郎，充大金通問使……使於金國，識者已知上意在乎講和矣」。

〔六〕「營繕金陵」，按，趙構即位南京後，朝廷多有定都金陵之議，趙構至命翁彦國營繕金陵。《建炎以來繫年要録》卷五：建炎元年五月辛卯，「寶文閣直学士、浙江荆湖等路經制發運使翁彦國知江寧府、兼江南東西路經制使，落直字。賜彦國鈔鹽錢十萬緡，使修江寧城，及繕治宫室，以備巡幸。又命築景靈宫於江寧府，帝后異殿」。

〔七〕「迎奉元祐太后」，按，趙構恬安東南，無意回鑾京城開封，但欲巡幸揚州、金陵，故特往京城開封迎奉元祐太后，置於東南。《三朝北盟會編》卷一一一：建炎元年七月十三日辛丑，「詔請元祐皇太后幸揚州……十五日癸卯，下巡狩詔：『……已詔奉迎元祐太后，津遣六宫及衛士家屬，置之東南……』」卷一一二：七月十六日甲辰，「元祐太后發京師……都人初望車駕還内，而聞太后有南京之行，莫不垂泣」。卷一一三：八月二十五日丁丑「元祐皇太后發應天府。元祐皇太后自應天府進發，中原之人皆知翠華將有江都之幸，京師父老有相聚涕泣者」。

〔八〕按，趙構迎太廟木主至行在，其意亦在不欲回鑾京城開封。《三朝北盟會編》卷一一二：建炎元年七月十九日丁未，「計置迎奉神主。是日，委兵部員外郎官并太常寺官各一員，候巡幸有日，限三日計置合用舟船車乘等，迎奉神主赴行在，及據合用人數，就太廟親事官擡舁，令殿前司差撥禁軍三百人防護。仍專委内侍官二員，充同共都大主管，其合行事件，並仰條具申尚書省」。

〔九〕按，六月乙亥宗澤械繫金使時，范訥任東京留守，宗澤任開封府尹；至七月丁未宗澤上此疏時，范訥已罷去，宗澤接任東京留守。《三朝北盟會編》卷一一一：建炎元年七月十三日辛丑，「京城留守范訥降授承宣使，淄州居住。宗澤入京師」。

〔一〇〕「藉槀」，槀爲草薦，《漢書》卷九八《元后傳》：「車騎將軍音藉槀請罪。」顔師古注：「自坐槀上，言就刑戮也。」槀，通藁。藉藁，即坐於草薦之上，以待刑戮。闕下，宫闕之下，《史記》卷八三《鄒陽傳》：「則士伏死堀穴巖藪之中耳，安肯有盡忠信而趨闕下者哉！」此云闕下，指在京受戮。

## 條畫五事疏〔一〕

臣衰老孱愚，誤膺簡記〔二〕，但思瀝竭，知無不爲，凡所敷奏，仰干天聽，過蒙採納，委曲俞允。臣非木石，豈不知感？但有經從三省與樞密院事，百端阻抑，幾不可行。臣欲隱忍不言，首鼠承稟，切慮事干國體，臣雖萬死，奈宗廟朝廷天下根本與數百萬生靈何！臣所管留鑰與畿甸事〔三〕，所繫實大。願陛下憐憫孤忠，毋以近言惶惑聖聰。臣且以近日三省、樞密院戒約之文，臣有五疑焉：器甲械用衲襖褸衫兵幕之類，皆樁管準備〔四〕，不得擅有支遣。今遣將出師，此是軍中合用之物，不可闕誤，而先行樁管，不容支遣，此一可疑也。臣近召募人於四城劄寨，爲守禦之備，今承問所召募之人係是何等色額，如此則古人使貪使愚者，皆不可憑信矣〔五〕，二可疑也。臣爲見尋常防河，只以數千卒伍，沿河分布，敵有數騎侵犯，即奔走潰散，不復支吾。臣今合京畿十六縣，内有兩縣瀕河，共七十二里，均之諸縣，縣管四里有畸，各令開河，闊一丈八尺，於南岸埋鹿角〔六〕，連珠劄寨，賊有侵犯，併力禦之，已蒙聖慈矜允，行之亦似允當。今樞密院行下約束，只令依倣陝西，以三七分爲率，三分出戰，七分出助軍錢。陛下念畿縣居民例遭殘破，平時保甲，十亡五六，若止用此，其實無幾；況重遭傷殘之餘，勞來安集之，猶恐散去，又烏可以助軍錢阨之，使速去耶？此三可疑也。今歲守禦之具與城池之備，雖已粗辦，尚多鹵莽，未能如舊去處，必須曉夕修造，補葺繕備。今三省、樞密院指揮諸場庫務，如修城造器械，見僱工役，不令支錢，今修城羅場①與軍器監、八作司②〔七〕，皆縮手無所爲，此四可疑也。夫人之情，無大小，無貧富，靡不懷鄉土，顧妻孥，戀墳墓，舉千萬人貌雖不同，情即皆一。歷世聖王所以成天下之大順，而得多助之至，天下順之者，以能順人之情而已矣。臣伏想陛下貔貅扈從，億萬之衆，多西北人，陛下無偏聽三四重臣之言，試廣詢僉同叶從之輿論，斷自淵衷，以決行幸。臣竊見僕射黄潛善、樞密汪伯彦、張愨，皆無遠識見，無公議論，偏頗回遹〔八〕，惟富貴是念，朝入一言，暮入一説，皆欲贊陛下南幸〔九〕，此五可疑也。伏望聖慈察臣之忠，聽臣之言，早賜睿旨，天下幸甚，臣不勝激切之至③。

【校】

①「羅場」，底本原作「雜場」，據萬曆本、康熙本改。

②「八作司」，底本原作「入作司」，誤，據《宋史·職官志五》「將作監」條改。

③「天下幸甚，臣不勝激切之至」十一字，底本原無，據萬曆本、康熙本補。

【注】

〔一〕按，此疏上於建炎元年十月庚申（四日）。《遺事》以爲上於戊午（二日）：「十月戊午，復上疏。公前後申明，多降特旨，事由三省、樞密院，則沮抑之。至是，公條具五事。」《建炎以來繫年要録》卷一〇：建炎元年十月庚申，「東京留守宗澤復上疏論其治兵……始，澤條上五事，曰……既而澤見詔書，有『俟四方稍定，即還京闕』之語」。

〔二〕「簡記」，原指記事的竹簡、策書，《禮記·王制》：「大史典禮，執簡記，奉諱惡。」此處簡記，乃指簡任、選拔任用之意。《後漢書》卷二九《申屠剛傳》：「又數言皇太子宜時就東宮，簡任賢保，以成其德。」

〔三〕「所管留鑰與畿甸事」，指宗澤任東京留守、開封府尹。

〔四〕「樁管」，即封樁，儲物備用爲樁。太祖時於講武殿後設封樁庫，太宗時改封樁庫爲景福内庫。

〔五〕按，宗澤所云「近日三省、樞密院戒約之文」，史書皆無載，惟《建炎以來繫年要録》卷一〇有云：建炎元年十月庚申，「詔諸路官司及寄居待次官或非王命備補之人，以勤王爲名，擅募民兵潰卒者，並令散遣。有擅募者，帥憲司案劾以聞」。或即因此詔下，故三省、樞密院來問宗澤所招募之人，而宗澤即因此而遂上此疏。

〔六〕「鹿角」，陣地營寨前的一種防衛工事，將樹木枝幹削尖，半埋入地，形如鹿角，以阻截敵人來襲。

〔七〕「軍器監」，官司名，隸工部。北宋在開封興國坊設軍器監，職掌軍器製造與儲積。八作司，官司名，先後隸三司、提舉在京諸司庫務司、將作監，職掌京師内外繕修事。

〔八〕「回遹」，邪辟，《詩·小雅·小旻》：「謀猶回遹，何日斯沮。」《傳》：「回，邪；遹，辟。」

〔九〕「南幸」，指趙構車駕不回京師，而熱衷於南巡，駐蹕揚州。《三朝北盟會編》卷一一三：建炎元年九月五日壬辰，「命巡幸淮甸。……七日甲午，奉聖旨將來巡幸，駐蹕揚州。……十日丁酉，詔巡幸所過，無得騷擾。……二十七日甲寅，車駕發應天府。……十月一日丁巳，聖駕發舟，巡幸淮甸」。《建炎以來繫年要録》卷一〇：「建炎元年冬十月丁巳朔，上登舟幸淮甸。翌日，發南京。……庚午，上次泗州。……癸未，上至揚州，駐蹕州治。」南巡者，實南逃之謂也。宗澤上此疏時，趙構已在南巡途中，宜其上此疏如泥牛入海，趙構未予理睬。

# 再奏乞修寶籙宫疏〔一〕

臣昨奏乞修寶籙宫〔二〕，爲淵聖皇帝他日莅止之所〔三〕，未蒙降旨。臣聞有子曰：「孝弟也者，其爲人之本與！」〔四〕知孝弟，則不犯上；不犯上，則天下治矣。恭惟陛下孝於道君，則天下莫不愛其親；陛下弟於淵聖，則天下莫不欽其兄。是知上有所好，則下必有甚焉者矣。此所謂以身教者也。臣竊見隆德宮面勢翚飛〔五〕，孔安如舊，將來迎奉道君皇帝，自可臨御。願陛下預敕有司，洒埽嚴潔，使天下知陛下孝於父。淵聖將來還歸，未有莅止之處，臣欲乞修寶籙宮，改建以爲迎奉之地，使天下知陛下弟於兄也。推而行之，薄海内外，父父子子，兄兄弟弟，黎民不時雍〔六〕，而萬國不咸寧者，未之有也。如蒙俞允，伏望斷自淵衷，御前處分行下，付臣施行。

【注】

〔一〕按，此疏上於建炎二年五月己丑（六日）。《建炎以來繫年要録》卷一五：建炎二年，「（四月）己巳，澤以他日迎奉二聖還京，先修龍德宮以備道君皇帝臨御，以淵聖皇帝未有宮室，奏修寶籙宮爲之，不報。澤奏寶籙宮在此月丁丑……（五月）己丑……是日，宗澤再奏乞埽灑龍德，而改建寶籙宮，使天下知陛下孝於父而悌於兄。乞自御前處分，不報」。李心傳叙述含混不明，按《遺事》：「公以他日迎取二聖還京，修治隆德宮，惟淵聖皇帝未有莅止之所，改修寶籙宮。丁丑，上疏。五月甲申，再上改修寶籙宮之奏，未報。己丑，再奏，不報。」可見，宗澤第一次上乞修寶籙宮疏在五月甲申（一日），《建炎以來繫年要録》謂「澤奏寶籙宮在此月（四月）丁丑」，乃誤，蓋宗澤乞修隆德宮在四月丁丑（二十四日），乞修事又在五月甲申（一日），再奏乞修事在五月己丑(六日),前後凡三次奏請,今僅存此第二疏。

〔二〕「寶籙宫」,《汴京遺蹟志》卷一:「上清寶籙宫,政和五年,徽宗因林靈素之言,在景龍門對景輝門作上清寶籙宫,密連禁署,内列亭臺館舍,不可勝計。命道士施民符藥,徽宗時登皇城下視之。又開景龍門,城上作複道,通寶籙宫,以便齋醮之事,徽宗數從複道上往來。」寶籙宫乃徽宗爲道士林靈素而建,實亦徽宗齋醮修道之所,宫内建神霄殿,徽宗自封爲神霄帝君。

〔三〕「莅止」,來處,來居。《詩·小雅·采芑》:「方叔莅止,其車三千。」

〔四〕見《論语·學而》:「孝弟也者,其爲仁之本與。」

〔五〕「隆德宫」,即龍德宫。《汴京遺蹟志》卷四:「龍德宫,徽宗潛邸也,在景龍門西,離寶籙宫遠矣。」卷一:「景龍江北有龍德宫。初,元符三年,以懿親宅潛邸爲之,及作景龍江,江夾岸皆奇花珍木,殿宇比比對峙,中塗曰壺春堂,絶岸至龍德宫。」徽宗後内禪,尊爲教主道君太上皇帝,居於龍德宫。

〔六〕「時雍」,和善。時,善;雍,和。《尚書·堯典》:「百姓昭明,協和萬邦,黎民於變時雍。」

## 乞都長安疏〔一〕

聖宋都汴城垂二百年,天下未嘗有犬吠之警。靖康初年,金賊兩犯京闕,兵將失守,遂致二聖播遷，臣子言之，可爲痛哭。陛下纘承大統，即位南京，顧非不知宗廟社稷之所在，而都人士庶之望幸也。時金賊退師之初，大姦擅國之後，或慮舊染未悛，包藏不測，固將所待也。臣區區愚衷，每輒過計。切以京師者，諸夏之本根，素號四通八達之郊，舟車輻輳，民物浩穰，方天下無事而居之，實爲萬世之長利也。今賊虜猖獗，動至畿甸，恐議者慮今秋長驅南來，不過請陛下遷都而已。洛陽既已殘破，大名稍近賊境，必曰南都可矣。若以其俯臨清汴，緩急之際，可以順流而下，轉至江淮，虎踞龍蟠，金陵可都，大不然也。且金陵之名，亦漢祖柏人之意〔二〕，安可不避？況鑾輿若南，則二聖無復還宫，中原豪傑角立蜂起，天下四分五裂。晉元帝渡江之事〔三〕，安可不戒？臣以謂陛下不遷都則已，若必遷者，莫若長安。昔關中爲用武之國〔四〕，漢、魏、隋、唐以來，悉都於是，據河爲池，踐華爲城，潼關、武關扼其險隘〔五〕，天下形勢，孰若關中勝？自關以西，沃野千里，昔謂之陸海〔六〕，東有鄠、瑕兩池之產〔七〕，西連巴蜀四川之饒，天下財賦，孰若關中富？古人謂山西出將〔八〕，崆峒之武〔九〕，陝西五路喉控西夏，人人習於行陣，勇於攻戰，天下之兵，孰若關中勁？秦、隴、階、文以至雅、黎〔一〇〕，道通諸夷，歲市馬萬數，而鳳翔、沙苑皆有監牧，孳生甚繁，唐張萬歲固嘗領其事〔一一〕，天下之苑，孰若關中多？關陝諸州，城高池深，皆可以守，而長安之城，比諸路尤號金湯之險，天下城池，孰若長安固？昔婁生嘗説漢高祖都長安〔一二〕，以爲金城千里，天府之國，信不誣也。議者或言長安雖古帝王所都，然宫室未備，百官有司造第不足。臣謂陛下若崇節儉，則土階三尺亦可，況長安古今都會，官府宏大，崇室廣廡，蟬聯翼布，實足以駐聖駕，而諸司官宇之多，自可備扈從百司之居。若陛下選大將，提大兵，自河北、河東兩路①並進而深入，擣得金賊巢穴，以迎二聖。陛下駐蹕長安，則金賊必不能西向潼關，中原豪傑盡樂爲陛下用，内外之患皆可消弭，而祖宗大業可以永保而傳億萬世。天下既定，東還京師，亦不晚矣。臣狂愚，言不足採，惟陛下留神而聽之，天下幸甚。取進止〔一三〕。

【校】

①自「金陵之名」至「自河北、河東兩路」一段文字，底本原闕，兹據萬曆本補。

【注】

〔一〕按，此疏上於建炎元年六月初。自趙構五月一日即位於南京，即有遷都之議紛起，或以爲遷都揚州（許份），或以爲遷都長安（唐重），或以爲遷都金陵。趙構則有意遷都於金陵，而無心回鑾東京開封。主張遷都長安最力者，則爲李綱，其於六月一日以新除尚書右僕射至南京行在，即進劄論巡幸長安事。《建炎以來繫年要録》卷六：建炎元年六月庚申，「綱留身上十議……二曰議巡幸，大略謂：『天下形勢，關中爲上，襄、鄧次之，建康又次之。……宜以長安爲西都，襄陽爲南都，建康爲東都，各命守臣葺城池，治宫室，積糗糧，以備巡幸。三都成而天下之勢安矣……議者或欲留應天，或欲幸建康，臣皆以爲非計。』」按，宗澤乃與李綱同日詣南京行在入對，兩人相見面論，宗嘉謨《宗忠簡公年譜》：「六月己未朔，與李綱相見，論國事慷慨流涕，綱奇之。既而同入對，氣哽咽不能語，涕泗交頤，上亦爲之動容。復陳興衰撥亂大計……上納其言，將留之。而汪伯彦輩惡公，（癸亥）乃令之襄陽。」李綱上十議論建都長安事在六月二日庚申，宗澤當是受李綱影響亦上此《乞都長安疏》，時或亦在六月二日，與李綱同時，《遺事》及史書皆失載。宗澤旋即於六月五日知襄陽府而去，實主要與其上此《乞都長安疏》有關。其後宗澤乃力主車駕回東京開封，不復言定都長安。

〔二〕「漢祖柏人之意」，漢祖，漢高祖；柏人，柏人縣。《史記》卷八九《張耳陳餘列傳》：「漢八年，上從東垣還，過趙。貫高等乃壁人柏人，要之置厠。上過欲宿，心動，問曰：『縣名爲何？』曰：『柏人。』『柏人者，迫於人也！』不宿而去。」柏人之意，「迫於人也」；金陵之意，「金人之陵」，故宗澤以爲不吉，當避金陵爲都。

〔三〕「晉元帝渡江之事」，指晉元帝司馬睿渡江即帝位於金陵。司馬睿爲司馬懿曾孫，初爲安東將軍，鎮建鄴。劉淵攻陷長安，其稱晉王。愍帝死後，王導等擁立司馬睿爲帝，都於建康，史稱東晉。永昌元年因王敦起兵武昌，進迫建康，司馬睿憂懼死。趙構即位於南京，建南宋，與司馬睿即位於金陵，建東晉，十分相似，宗澤隱有將趙構比之爲司馬睿之意，故此疏深爲趙構所忌。

〔四〕「關中」，東自函谷關，西至散關，二關之間謂之關中（相當今陝西省中部）。《史記》卷七《項羽本紀》：「人或説項王曰：『關中阻山河四塞，地肥饒，可都以霸。』」《集解》引徐廣曰：「東函谷，南武關，西散關，北蕭關。」

〔五〕「潼關」，古稱桃林塞，以潼水而名。西薄華山，南臨商嶺，北拒黄河，東接桃林，歷代爲軍事要地。「武關」，在商南縣西北，戰國時爲秦之南關，秦末劉邦即由武關入咸陽。

〔六〕「陸海」，指關中一帶平原。《漢書》卷六五《東方朔傳》：「漢興……都涇渭之南，此所謂天下陸海之地。」顔師古注曰：「高平曰陸，關中地高，故稱耳。海者，萬物所出，言關中山川物産饒富，是以謂之陸海也。」

〔七〕「郇、瑕兩池之産」，郇指郇城，瑕指瑕城。郇城，原爲文王庶子封地，《詩·曹風·下泉》：「四國有王，郇伯勞之。」春秋時爲晉地，《左傳·僖公二十四年》：「軍於郇」，《注》：「解縣西北有郇城。」地在今山西臨猗縣西南。瑕城，原春秋晉地，《左傳·成公六年》：「必居郇瑕氏之地。」

〔八〕「山西出將」，山西即關西，戰國、秦、漢時稱崤山或華山以西爲山西，多出將才。《史記》卷一三〇《太史公自序》：「蕭何填撫山西。」《正義》：「謂華山之西也。」《漢書》卷六九：「秦漢已來，山東出相，山西出將。」

〔九〕「崆峒之武」，按《爾雅·釋地》：「空桐之人武。」注：「地氣使之然也。」疏：「言是土地之氣剛柔不同，使之仁智信武耳。」空桐即崆峒，應指甘肅原州之笄頭山。《史記》卷一《五帝本紀》：「（黄帝）西至於空桐，登鷄頭。」《正義》引《括地志》云：「笄頭山，一名崆峒山，在原州平高縣西百里。」李白《贈張相鎬二首》之二：「世傳崆峒勇，氣激金風壯。」崆峒之勇，即言其天生勇武。

〔一〇〕「秦、隴、階、文以至雅、黎」，秦指秦州，隴指隴州，階指階州，屬秦鳳路；文指文州，屬利州路；雅指雅州，黎指黎州，屬成都府路。由秦州到黎州一綫，包含陝、甘、川廣大地帶，直通西南諸夷。

〔一一〕「張萬歲」，唐人，貞觀中任太僕少卿，理馬政有著績。《唐會要》卷六六「群牧使」條：「貞觀十五年，尚乘奉御張萬歲除太僕少卿，勾當群牧。不入官銜，至麟德元年十二月免官。」《全唐文》卷二二六張説《大唐開元十三年隴右監牧頌德碑》：「始命太僕張萬歲葺其政焉，而奕代載德，纂修其緒，肇自貞觀，成於麟德，四十年間，馬至七十萬六千匹。置八使以董之，設四十八監以掌之。跨隴西、金城、平凉、天水四郡之地，幅員千里，猶爲隘狹，更析八監，布於河曲豐曠之野，乃能容之。於斯之時，天下以一縑易一馬，秦漢之盛，未始聞也。」

〔一二〕「婁生」，即婁敬，齊人，賜姓劉氏。《史記》卷九九《劉敬叔孫通列傳》：「婁敬曰：『……秦地背山帶河，四塞以爲固，卒然有急，百萬之衆可具也。因秦之故，資甚美膏腴之地，此所爲天府者也……』即日車駕西都關中。」

〔三〕「进止」，進退舉止。凡奏劄或面對末言「取進止」，指所奏之事或進用，或退止，請皇帝處分。

## 奏給公據與契丹漢兒及被擄之民疏　建炎二年四月〔一〕

臣契勘金人一族，本大遼之臣〔二〕，曩緣群臣姦謀，苟以目前之利相結，壞亂耶律天祚〔三〕，使金人假大遼之衆侵犯中國。竊見契丹漢兒〔四〕，自與我宋盟約幾百年〔五〕，實唇齒兄弟之邦，偶被金人殺鹵，忿怨不已，止緣勢弱，未繇報冤。今若復約盟會，使得回戈共力破敵，一舉便可滅亡。臣以措置彫印文榜、公據，令生獲漢兒賫往傳報〔六〕，自相激發。設契丹漢兒未遽效命，金人知之，必相疑貳，庶乘機併力，賊勢可分。所有本朝被虜良民，臣亦依此措置曉諭。今繳連文榜、公據共三本在前者。

【注】

〔一〕按，此疏上於建炎二年四月己未（六日）。《建炎以來繫年要録》卷一五：建炎二年四月己未，「時契丹九州人日有歸中國者，間有捕獲金衆，澤選契丹漢兒，引近坐側，推誠與語，諭以期奮忠義，共滅金人，以刷君父之耻。即給資糧遣之，且賜以公憑，俟官軍渡河，以爲信驗，人令持數百本去。又爲榜文散示陷没州縣，及爲公據付中國被掠在北之人，因驛疏以聞」。《遺事》：「當是時，契丹九州人日有歸中國者，曰：『公之威名，外疆敬服。』每有擒獲來者，公遣契丹漢兒引邊坐側，推誠與語，曰：『契丹與大宋修盟好舊矣，今女真小國，既滅天祚，又侵凌中國，契丹臣民宜與我共奮忠義，殺滅賊虜，以刷君父之耻。吾心即汝心也，我不忍殺汝。』即釋之，仍給資糧使去，及令持公據爲照……又各令持數百本，歸散國人。後有自燕來者云：『契丹漢兒皆願得公據，以俟王師。』又爲榜文散示陷没州縣……又給公據付被虜之人……以措置因依具疏奏。」

〔二〕按，女真族人原受遼統治，多有任遼臣者，如阿骨打嘗任遼節度使，即所謂「本大遼之臣」，後起兵反遼。

〔三〕「耶律天祚」，即遼天祚帝耶律延禧。宣和七年八月，金廢延禧爲海濱王，遼遂亡。

〔四〕「契丹漢兒」，即《遺事》所云「契丹九州人日有歸中國者」，乃指燕雲十六州之漢人。蓋燕雲十六州先爲契丹所占，五代石敬瑭以燕雲十六州賂契丹，借契丹之力建立後晉，故宋人稱燕雲漢人爲「契丹漢兒」或「漢兒」。宋金交戰，不少契丹漢兒已入内地。《三朝北盟會編》卷二三：「初，宣撫司招燕雲之民置之内地，如義勝軍等，皆山後漢兒也，實勇悍可用。其在河東者，約十萬餘人，官給錢米贍之……金人南犯朔、武之境，朔州守將孫翊先將兵出援太原，圍城既旬餘，漢兒開門，獻於金人。既至，漢兒亦爲内應，遂失朔、武。長驅至代，將李嗣本率兵拒守，漢兒又擒嗣本以降。」按，遼本多有漢人，契丹人亦長期多受漢化。金滅遼後，契丹八部九州之民多有懷漢之想，來歸大宋。故宗澤以遼爲兄弟之國，亦稱其來歸中國之人爲「契丹九州人」。

〔五〕「與我宋盟」，指澶淵之盟。澶淵即澶州。景德元年，遼軍深入宋境，宰相寇準請真宗親征。真宗至澶州，遼戰不利，乃請盟定约，宋每年輸遼歲幣銀十萬兩，絹二十萬匹，是爲「澶淵之盟」。自澶淵之盟至此，正近百年。

〔六〕「生獲漢兒」，即給資糧所釋之契丹漢兒，《遺事》云：「有王策者，本契丹酋豪，善用兵，有籌略，敵委任甚專，嘗從千餘騎往來河上，措置邊事。公密令統制官王師正擒之，生致麾下。公釋縛解衣，坐之堂上，與之飲食，從容與語曰：『契丹本我宋兄弟之國，今女真辱吾主，又滅而國，汝何不悟？義當協謀，以刷社稷之耻，他日復修舊好。我亦何忍殺汝？』策感泣曰：『策至庭下，自意必死，今蒙再生之恩，且聞公之意，使策曉悟，敢不盡死節以報！』已而使就館舍，待之如禮。公時呼與語，因問虛實，盡得其謀。」此王策者，即生獲之契丹漢兒。

## 乞回鑾疏 建炎元年知開封府，通前後表疏，係第一次奏請〔一〕

臣聞三代之得天下也，得其民也；得其民有道，得其心也；得其心有道，所欲與之聚之，所惡勿施爾也。是則得民之道在察其心之所欲，與其心之所惡而已。此古所以有「天時不如地利，地利不如人和」之語。求民之和，豈必家至户到，一一而求之哉？應天順人，承天下之大順，則民不期和而自和矣。臣蒙恩差知開封府，臣雖衰老無能，然久知開封染習，諸統制下皆是招集惡少亡命無行①者。臣既領府事，更不敢徇身自顧，但以正道瀝誠感之。不旬浹間，彼惡少輩咸知格心爍謀，斂迹遁去。其間巷閭亦自然悛改，上下帖然，無復肆横〔二〕。以是人人鼓舞，仰陛下之威，懷陛下之惠，拳拳慕戀，不啻嬰孺之愛父母，咸思發憤，敵其所愾。臣每聞王畿内外，日久嘉靖，熙熙皥皥，將如我②祖宗慶、祐、熙、豐時。臣觀人心念念徯望者，惟願陛下六龍之御〔三〕，警蹕之聲，千乘萬騎來歸九重，以副萬邦切切繫戀之誠。取進止③。

【校】

①「行」，《建炎以來繫年要録》卷六、《歷代名臣奏議》卷八五作「檢」。

②「我」，底本原作「向」，據《建炎以來繫年要録》卷六、《歷代名臣奏議》卷八五改。

③「取進止」，底本原無，據《建炎以來繫年要録》卷六補。

【注】

〔一〕按，此疏上於建炎元年七月下旬，實爲宗澤乞回鑾第二疏，原題「係第一次奏請」乃誤。宗澤此乞回鑾疏所上時間，歷來所説最爲舛誤，《遺事》定在七月乙巳（十七日），《建炎以來繫年要録》定在六月戊辰（十日），均非，蓋將宗澤除開封府尹與除東京留守二事時間誤混爲一所致。據該疏云「不旬浹間」，可見此疏是宗澤除開封府尹到任後八九日所上。宗澤除開封府尹時間，《三朝北盟會編》《建炎以來繫年要録》《宋史・高宗本紀》等所述不同，均誤。《遺事》云：六月癸亥，「以公爲龍圖閣學士、知襄陽府、提舉隨房郢州兵馬巡檢事。……戊辰，改知青州，上丞相李綱書。尋以公知開封府……公拜命，即日就道，以七月乙巳到京城」。余翺《宗忠簡公事狀》亦云：「尋以公知開封府。拜命，即日就道，以七月乙巳到京城。」此但云尋知開封府，亦未明何日。今按宗澤《上李丞相書》云：「比蒙恩差某知青州、兼京東路制置使……前過京師，有河東數百姓來……於今月二十九日，有王擇仁附書並諮目來與某。」此書上於六月三十日（見此文注〔一〕），「今月」指六月，可見至六月三十日宗澤尚未除開封府尹，其除開封府尹當在七月一日以後。由此看來，《日曆》明記宗澤「七月庚子」除開封府尹（見《建炎以來繫年要録》所引）當屬實録可信。大致宗澤在六月戊辰（十日）改知青州，七月庚子（十二日）除開封府尹，七月乙巳（十七日）到達京師開封，則其上此乞回鑾第一疏在七月二十六、二十七日之間。《三朝北盟會編》卷一一一云：七月十三日辛丑，「宗澤入京師。……丙午（十八日），澤入京師治事」。在時間上相差一日，乃是指其出發日與到京師後始治事日。

爲方便下文互相參見説明，特將宗澤前後所上二十四篇疏（表）繫年之考辨列表如下：

| 篇目 | 底本編次 | 本書考辨 |
|---|---|---|
| 乞回鑾疏 | 建炎元年知開封府……係第一次奏請 | 建炎元年七月下旬（二十六、二十七日間），實爲乞回鑾第二疏 |
| 再乞回鑾疏 | 建炎元年七月……係第二次奏請 | 建炎元年八月上旬（七日），實爲乞回鑾第三疏 |
| 乞回鑾疏 | 建炎元年九月……係第四次奏請 | 建炎元年九月下旬（二十一、二十二日間），實爲第五次奏請 |
| 乞回鑾疏 | 建炎元年九月……係第五次奏請 | 建炎元年九月下旬（二十五、二十六日間），實爲第六次奏請 |
| 乞回鑾疏 | 建炎元年九月……係第六次奏請 | 建炎元年九月末，實爲第七次奏請 |
| 乞回鑾疏 | 建炎元年九月……係第七次奏請 | 建炎元年七月十八日，實爲乞回鑾第一疏 |
| 乞回鑾疏 | 建炎元年十月……係第八次奏請 | 建炎元年十月戊午（二日），實爲第八次奏請 |
| 乞回鑾疏 | 建炎元年十月……係第十一次奏請 | 建炎元年十月下旬，實爲第十一次奏請 |
| 乞回鑾疏 | 建炎二年正月……係第十二次奏請 | 建炎二年正月丁未（二十二日），實爲第十二次奏請 |

續表

| 篇目 | 底本編次 | 本書考辨 |
| --- | --- | --- |
| 乞回鑾疏 | 建炎二年三月……係第十四次奏請 | 建炎二年三月乙酉(一日),實爲第十四次奏請 |
| 乞回鑾疏 | 建炎二年三月……係第十五次奏請 | 建炎二年三月己亥(十五日),實爲第十六次奏請 |
| 乞回鑾疏 | 建炎二年三月……係第十六次奏請 | 建炎二年三月下旬(二十四、二十五日),實爲第十七次奏請 |
| 乞回鑾拜罷習水戰疏 | 建炎二年三月……係第十七次奏請 | 建炎二年三月二十八日,實爲第十八次奏請 |
| 乞回鑾疏 | 建炎二年四月……係第二十次奏請 | 建炎二年四月己巳(十六日),實爲第二十次奏請 |
| 乞回鑾疏 | 建炎二年五月……係第二十一次奏請 | 建炎二年五月己丑(六日),實爲第二十一次奏請 |
| 遣少尹范世延機幕宗穎詣維揚奏請回鑾疏 | 建炎二年五月……係第二十二次奏請 | 建炎二年五月上旬(九、十日),實爲第二十二次奏請 |
| 乞回鑾疏 | 建炎二年五月……係第二十三次奏請 | 建炎二年六月初,實爲第二十三次奏請 |
| 奏乞回鑾仍以六月進兵渡河疏 | 建炎二年五月……係第二十四次奏請 | 建炎二年六月上旬,實爲第二十四次奏請(最後一次) |

| 聞車駕還闕賀表 | 建炎元年十月……係第九次奏請 | 建炎元年十月七日，實爲第九次奏請 |
| --- | --- | --- |
| 聞車駕議還闕賀表 | 建炎元年十月……係第十次奏請 | 建炎元年十月中旬，實爲第十次奏請 |
| 乞回鑾表 | 建炎元年九月……係第三次奏請 | 建炎元年九月乙巳（十八日），實爲第四次奏請 |
| 乞回鑾表 | 建炎二年正月……係第十三次奏請 | 建炎二年正月末，實爲第十三次奏請 |
| 乞回鑾表 | 建炎二年三月……係第十八次奏請 | 建炎二年三月六日，實爲第十五次奏請 |
| 乞回鑾表 | 建炎二年四月……係第十九次奏請 | 建炎二年四月己未（六日），實爲第十九次奏請 |

〔二〕按，《遺事》對此有詳叙云：「以七月乙巳到京城。京城自敵騎退歸，樓櫓盡廢，諸道之師雜居寺觀，盜賊縱横，人情恟恟。時敵留屯河上，距京城無二百里，金鼓之聲朝夕相聞。京畿千里之民與京東西連亘數千里，咸懷悚栗。公到，首發爲敵之淵藪者數人，誅之。又令都市曰：『爲盜者，贓無輕重，並從軍法。』由是豪强退縮，盜賊屏竄，人皆靡然悦服，曰：『今有宗公，我不危矣。』公察人情粗安，市肆商賈稍稍如舊，上疏乞回鑾。」觀此，可見宗澤乃是到任整頓開封京城有成，遂上此乞回鑾疏。

〔三〕「六龍之御」，指皇帝車駕。《周易·乾卦》彖曰：「大明終始，六位時成，時乘六龍以御天。」

## 再乞回鑾疏 建炎元年七月，通前後表疏，係第二次奏請〔一〕

臣聞禹之行水，行其所無事〔二〕。所謂無事者，非泊然無所爲於事也，事無事而已。夫禹蒙天錫，洪範九疇〔三〕，知水有順下之性，且親見堯有洪水滔天，績用弗成之患〔四〕，遂因水之性而順道之，故天下免乎昏墊，而奠厥攸居〔五〕。茲無他，皆堯用禹之功①也。臣竊聞將士籍籍〔六〕，皆願陛下歸京師，云京師是衆兵駐劄之本根也；商旅籍籍，皆願陛下歸京師，云京師是天下賈販之要區也；農民籍籍，皆願陛下歸京師，云京師是天下首善之地也；士大夫懷忠義者籍籍，皆願陛下歸京師，云京師是陛下祖宗之域也。臣前在臨濮兵寨中，實憂群臣無遠識見，恐贊陛下去維揚、金陵〔七〕；又見京城有賊臣張邦昌僭竊，與范瓊輩擅行威福，無所忌憚，所以曾暫乞駐蹕南都〔八〕，以觀天意，以察人心，仰蒙聽從。臣誤被宸恩，差知開封府事。今到二十②餘日，物價市肆，漸同平時。每觀天意，眷顧清明；每察人心，和平逸樂。且商賈、農民、士大夫之懷忠義者，咸曰若陛下歸正九重，是王室再造，大宋中興也。臣竊料百僚中倡爲異議，不欲陛下歸京師者，不過如張邦昌等姦邪輩，陰與賊虜爲地耳。臣願陛下體堯禹順水之性，順將士，順商旅、農民，順士大夫之懷忠義者，早降敕命，整頓六師，及詔百執事，示謁款宗廟垂拱九重之日，毋一向聽張邦昌姦邪輩陰與賊虜爲地者之語，不勝幸甚。臣之少也猶不如人，今年六十九矣，眷眷血誠，恨其學問荒鄙，不能以激忠義之辭，仰動天聽，不勝涕泣痛怛之至！

【校】

①「功」，崇禎本作「力」。

②「二十」，底本誤作「五十」，兹據《建炎以來繫年要録》卷七、《三朝北盟會編》卷一一三改。

【注】

〔一〕按，此疏上於建炎元年八月上旬，實爲宗澤乞回鑾第三疏，原題作「建炎元年七月」，誤。此乞回鑾第三疏向來誤作第二疏，所上時間亦向來不明，李心傳在《建炎以來繫年要録》中依違兩可，竟將上此疏時間一定在六月乙酉（卷六），一定在七月丁未（卷七），自相矛盾，其説誤甚，蓋將宗澤除開封府尹、除東京留守、加延康殿大學士三事時間誤混爲一所致。《三朝北盟會編》將此疏定在八月十四日辛未（卷一一三），亦含糊不明，其誤與李心傳同。此疏云「臣誤被宸恩，差知開封府事」，是其時尚未除東京留守。其稱「今到二十餘日」，按宗澤七月十七日到東京（見前乞回鑾第二疏注〔二〕），則可知此疏約上於八月七日前後。《遺事》云：「以七月乙巳到京城……上疏乞回鑾。時詔荆襄江淮悉備巡幸，有維揚、金陵一議，公復上疏……

八月壬戌，以公兼京師副留守。會范訥罷，除公延康殿學士、京城留守兼開封尹。」此「兼京師副留守」當是兼京師留守之誤，因其時乃除李庠爲京師副留守，並無宗澤亦除京師副留守之事。余翺《宗忠簡公事狀》即云：「時詔荆襄江淮悉備巡幸，有維揚、金陵一議，公復上疏……八月，除公延康殿學士、京師留守兼開封府尹。」《建炎以來繫年要録》卷八：建炎元年八月辛酉，「洛州防禦使、龍神衛四廂都指揮使李庠爲東京副留守」。李庠在八月辛酉（四日）除東京副留守，宗澤在八月壬戌（五日）除東京留守，實是同時命下。其後宗澤又加延康殿學士，《遺事》《宗忠簡公事狀》都只言在八月，未明言具體时日，趙構《加延康殿學士兼開封府尹敕》云：「更試留鑰，曾未閲月，政聲流聞。」由七月十七日下推，則宗澤加延康殿學士約在八月九日前後。《日曆》中正是明叙宗澤八月壬戌除東京留守，八月乙丑（八日）加延康殿學士、東京留守（見《建炎以來繫年要録》卷六引），當以《遺事》爲正。總之，據上考可確知宗澤七月十二日除開封府尹，八月五日除東京留守，八月八日加延康殿學士，三事分清，宗澤所上各疏、各劄時間皆可得明。疑此乞回鑾第三疏即上於八月七日，其時除東京留守命尚未下到開封，故仍言「臣誤被宸恩，差知開封府事」。

〔二〕「行其所無事」，指大禹治水用順導之法，順水之性，自然而導。

〔三〕「洪範」，《尚書》有《洪範》篇，傳爲商末箕子所作，向周武王陳述天地洪範大法。洪，大；範，法。洪範，天地洪大之法。「九疇」，九類，即《洪範》所載天賜予禹治理天下的九類大法。《尚書·洪範》：「天乃錫禹洪範九疇，彝倫攸叙：初一曰五行，次二曰敬用五事，次三曰農用八政，次四曰協用五紀，次五曰建用皇極，次六曰乂用三德，次七曰明用稽疑，次八曰念用庶徵，次九曰嚮用五福，威用六極。」

〔四〕「績用弗成之患」，事指鯀治水九年不成，《尚書·堯典》：「帝曰：『咨！四岳，湯湯洪水方割，蕩蕩懷山襄陵，浩浩滔天，下民其咨，有能俾乂？』僉曰：『於，鯀哉！』……帝曰：『往，欽哉！』九載，績用弗成。」

〔五〕「昏墊」，陷溺。《尚書·益稷》：「洪水滔天，浩浩懷山襄陵，下民昏墊。」「奠厥攸居」，安其所居。《尚書·盤庚下》：「盤庚既遷，奠厥攸居。」

〔六〕「籍籍」，猶紛紛、紛擾。《漢書》卷五三《江都易王非傳》：「國中口語籍籍。」

〔七〕「前在臨濮兵寨中」，指宗澤靖康二年三月己未提兵移屯臨濮。《遺事》：三月己未，「公起南華，進兵臨濮……（四月）辛酉……公方知二聖果播遷，北望號慟，即自臨濮提孤軍趨滑州」。宗澤在臨濮時，趙構在濟州，南京之議尚未定，多有定都維揚、金陵之議，故疏謂其時宗澤已「恐贊陛下去維揚、金陵」。

〔八〕「暫乞駐蹕南都」，參前《乞大元帥於南京開府狀》注〔二〕。

# 乞回鑾疏

建炎元年九月，通前後表疏，係第四次請〔一〕

臣聞聖人中天下而立，定四海之民。夫中原，天下之中也；京師，又中原之中也。我太祖、太宗受天景命，始基於汴，肇造無疆，膺大歷服，固欲傳之億萬世。偶去冬今春，信憑賊虜姦詐，遂致二聖蒙塵。陛下不得已應天順人，纘承寶緒，四海生靈謳歌抃舞，自西自東，自南自北，罔不率俾以俟庶績咸熙〔二〕，萬邦嘉靖。陛下既即位，乃宴安南京，四方聞之，懷疑胥動，遞相鼓扇。聞諸州縣，間有驚劫傷殘之患，蓋是小民無知，因疑致憂，因憂致變，旋相踐蹂，弗奠攸居。茲無他，繇陛下寅畏過當，駐蹕別都，俯徇姦謀，預圖遷幸〔三〕，使狡獪簧惑，敢爾橫肆，盗據竊發，罔循蹐蹐。有闕文。以歸畎畝，以操耒耜，鑄劍戟爲農器，思不犯於有司爾。若陛下敕翠華之御，俾千乘萬騎，回復輦轂，奠枕九重，臣竊謂可以垂衣裳而天下治，可以坐視天民之阜，王室自然再造，大宋可以中興，尚何夷狄之足憂，盗賊之足慮乎！古先哲王，凡有大疑，必詢之左右，又詢之卿士，又詢之國人，又詢之卜筮。臣蒙陛下矜憐顧遇，待罪開封，臣夙夜思念，竊恐陛下所親信左右輔弼之臣，於對揚獻納之際〔四〕，不思祖宗創業之艱難，與致一統之匪易，輕徇臆説，有誤國家大計，所以狂妄冒死，觸犯天威。臣不勝憂憤戰栗激切之至。取進止①。

【校】

①「取進止」，底本原無，據《建炎以來繫年要録》卷九補。

【注】

〔一〕按，此疏上於建炎元年九月下旬，實爲宗澤第五次奏請。《三朝北盟會編》卷一一三將此疏會編在八月十四日之下，實不知此疏所上月日。《建炎以來繫年要録》卷九將此疏定在九月乙巳（十八日），乃據《遺事》：「乙巳，上表。奏入，不報。再上疏，不報。」九月乙巳是宗澤上《乞回鑾表》，再上疏，即此《乞回鑾疏》，當在九月十八日以後。今據此疏云「陛下寅畏過當，駐蹕别都，俯徇姦謀，預圖遷幸」，可知其時趙構巡幸淮甸之謀，尚未出發。趙構啓駕巡幸在九月二十七日，《三朝北盟會編》卷一一三：九月二十七日甲寅，「車駕發應天府。……十月一日丁巳，聖駕發舟巡幸淮甸」。以宗澤十八日上表不報再上此疏推之，則此疏約上於二十一、二十二日之間。

〔二〕「庶績咸熙」，形容衆事皆興旺和熙。《尚書·堯典》：「允釐百工，庶績咸熙。」

〔三〕按，趙構自即位於南京後，即暗中預圖遷幸，六、七月密議緊鑼密鼓，至九月終定下巡幸淮甸（維揚）之議。《三朝北盟會編》卷一一三：「九月五日壬辰，命巡幸淮甸。……七日甲午，奉聖旨將來巡幸駐蹕揚州。……十日丁酉，詔巡幸所過無得騷擾。……十五日壬寅，差兵部郎官、太常寺官各一員，計置合用舟船，迎奉神主。……二十一日戊申，元祐太后及六宫至揚州。……二十七日甲寅，車駕發應天府。」

〔四〕「對揚」，對答稱揚，《尚書·説命下》：「敢對揚天子之休命。」原多對王命而言，後轉指臣子在皇帝面前進對。「獻納」，建言以供採納。班固《兩都賦序》：「朝夕論思，日月獻納。」

## 乞回鑾疏 建炎元年九月，通前後表疏，係第五次奏請〔一〕

臣恭惟我大宋深仁厚德，滲漉方夏〔二〕，幾二百年。一旦金賊邀迎二聖，京師士民皇皇無依，噭噭無告，若窮民無所歸者，若嬰兒而失其慈母者。忽聞陛下龍潛在濟〔三〕，於是謳歌竭蹶，交走道路，兹乃祖宗湛德浹洽，得其心故也。陛下紹登寶祚，尚留南都。臣自到京師，聞道路籍籍，咸曰陛下何不認我宗廟乎？何不眷顧我朝廷乎？何故使我社稷無所依乎？何輕捨我生靈，使我未有所仰乎？是都人之望陛下也，切切如此！臣願早回六龍，俾人感翠華之至，深慰其心。臣前劄具奏，以謂得其民當得其心，其「所欲與之聚之，所惡弗施爾也」〔四〕。若陛下回鑾汴邑，是人心所欲也，願陛下與之聚之。陛下聽姦邪畏避賊虜之言，妄議遷幸，是所惡也，願陛下勿施爾也。老臣血誠，言不盡意。取進止①。

【校】

①「取進止」，底本原無，據《建炎以來繫年要録》卷九補。

【注】

〔一〕按，此疏上於建炎元年九月下旬，實爲第六次奏請。《三朝北盟會編》卷一一三將此疏會編在八月二十日丁丑之下，顯誤。《建炎以來繫年要録》卷九則將此疏編於九月乙巳（十八日）之下。《遺事》云：「乙巳，上表。奏入，不報。再上疏，不報。再上疏，不報。」宗澤前疏上於九月二十一、二十二日間（見前乞回鑾第五疏注〔一〕），以上前疏不報再上此疏推之，則此疏約上於二十五、二十六日之間。

〔二〕「滲漉」，水下流貌，此爲滲透滋潤之意。《史記》卷一一七《司馬相如列傳》：「滋液滲漉，何生不育。」「方夏」，即中國，《尚書・武成》：「誕膺天命，以撫方夏。」

〔三〕「潛龍在濟」，指趙構即帝位之前開大元帥府於濟州。

〔四〕見前乞回鑾第二疏。

## 乞回鑾疏 建炎元年九月，通前後表疏，係第六次奏請〔一〕

臣學問膚淺，不能式是古訓，對揚天休。今再瀝悃誠，干冒睿聽，以臣耳目所親聞見事一二疏進，伏望陛下哀憐，特賜俞允。伏覩國家嘗變更三舍之法以取士〔二〕，意謂臯、夔、稷、契皆自此塗出〔三〕，卒之迫於月試，剽竊時文，罔有稽古者，是三舍果不足以取士也。又嘗尊是道崇道教以奉真〔四〕，亦謂神僊莊老皆自此塗出，卒之誕謾譎怪，汙染成風，罔有成就者，是道術果不足以奉真也。又嘗進貢花石以昭享上〔五〕，卒之驕淫矜誇，蠹耗財計，無有紀極，是貢花石果不足以享上也。又嘗結好虜人，欲以息民，卒之邀迎二聖，劫掠侵欺，靡所不至，是守和議果不足以息民也。當時行之，固有阿意順旨，作爲歌頌，以叨富貴者；其間亦有毅然獨立，不相詭隨，以鯁亮獲罪者。陛下觀之，昔富貴者爲是乎，被罪者爲非乎？臣每思之，宗廟社稷岌嶪如是者，盡繇姦邪憸人，鼓倡四事，俾民病弊，幾不聊生，所以致有今日之患。《詩》曰：「商鑒不遠，在夏后之世。」〔六〕兹覆轍正陛下蕭牆之鑒〔七〕。今之言遷幸者，猶前日之言四事爲可行，阿諛諂佞，動爲身謀，翕翕訿訿〔八〕，更相助成；今之言不可遷幸者，猶前日之言四事不可行，而罹其罪者也。且我京師是祖宗二百年積累之基業，是天下大一統之本根，陛下奈何聽先入之言輕棄之，欲以遺海陬一狂虜乎？臣觀河東、河西、河北、京東、京西之民，咸懷冤負痛，感慨激切，想其慷慨之氣，直欲吞此賊虜，陛下何忍怙聽諛順，而不令剛正之士率厲同心，剿絶兇殘乎？今東京市井如舊，上下安帖，但嗷嗷之人，思望翠華之歸，謁款宗廟，垂衣九重，不啻飢渴之望飲食，大旱之望雲霓也。臣竊謂陛下一歸，則王室再造矣，中興之業復成矣。陛下如以臣爲狂率誕妄，願延左右之將士，試一詢之。昔周勃入北軍，使左袒右袒，以卜劉吕〔九〕，蓋非獲已也。臣區區誠意，願陛下以遷幸大計，不獨謀之一二大臣，當與億萬之衆同之。臣忠憤，不勝涕泣交下、激切屏營之至。

【注】

〔一〕按，此疏上於建炎元年九月末，實係第七次奏請。《三朝北盟會編》卷一一三將此疏繫於八月二十日之下，竟割裂此疏爲二，與他疏相混，尤爲舛誤。《建炎以來繫年要録》卷九則將此疏籠統編於九月乙巳（十八日）之下。《遺事》云：「乙巳，上表。奏入，不報。再上疏，不報。再上疏，不報。再上疏。」宗澤前疏上於九月二十五、二十六日之間，以上前疏不報，再上此疏推之，則當上於九月二十九、三十日之間。趙構九月二十七日南巡車駕發應天府，而宗澤在開封尚未得知消息，故此疏仍勸趙構勿圖南巡，有「以遷幸大計，不獨謀之一二大臣」之句。

〔二〕「三舍之法」，北宋王安石變法以「學校養士」代「科舉取士」，罷諸科，保留進士科，立明法科。廢詩賦帖經墨義，改試諸經大義。熙寧四年定三舍法，分太学爲上舍、内舍、外舍。初入学爲外舍，人數不限；外舍升内舍，二百人；内舍升上舍，一百人，並規定有關肄業、考核及出身之各種規章制度。其後弊端漸出，故宗澤後文有「迫於月試，剽竊時文，罔有稽古」之評。

〔三〕「皋、夔、稷、契」，皋即皋陶，舜時刑獄官。夔，舜時樂官。稷即后稷，傳爲周之先祖，舜時農官。契，傳爲商族始祖帝嚳之子，舜時任司徒。

〔四〕「尊崇道教以奉真」，指宋徽宗崇奉道教，重用道士林靈素，詳見《宋史紀事本末》卷五一《道教之崇》。

〔五〕「進貢花石」，指宋徽宗時搜刮南方奇花異石之事。宋徽宗於東京開封建造壽山艮嶽，崇寧四年，使朱勔置應奉局於平江，搜掠民间奇花異石，劫往東京，運花石船隊往來不絶於淮汴之間，號稱「花石綱」。詳見《宋史紀事本末》卷五〇《花石綱之役》。

〔六〕「商鑒」，即殷鑒，語出《詩·大雅·蕩》：「殷鑒不遠，在夏后之世。」

〔七〕「蕭牆」，即門屏，古代宫室用以分隔内外的當門小牆。《論語·季氏》：「吾恐季孫之憂，不在顓臾，而在蕭牆之内也。」鄭玄注：「蕭之言肅也，牆謂屏也。君臣相見之禮，至屏而加肅敬焉，是以謂之蕭牆。」後常以蕭牆之患喻内部潛在的禍害。

〔八〕「翕翕訿訿」，怠惰貌。《爾雅·釋訓》：「翕翕訿訿，莫供職也。」

〔九〕「左袒右袒，以卜劉吕」，袒露左臂或右臂，以示偏護某一方。漢初吕氏專權，太尉周勃謀誅諸吕，命軍中爲吕氏右袒，爲劉氏左袒，全軍左袒擁劉。《史記》卷九《吕太后本紀》：「太尉將之入軍門，行令軍中曰：『爲吕氏右袒，爲劉氏左袒。』軍中皆左袒爲劉氏。」

## 乞回鑾疏　建炎元年九月，通前後表疏，係第七次奏請〔一〕

伏覩朝廷前遣翁彦國營繕金陵〔二〕，比有詔，復欲遣官奉迎太后、六宫以往，且謂「朕當獨留中原」〔三〕。臣伏讀詔書，私竊疑之。此必有進言者勸陛下過江避寇，而不思天下大計，託爲愛君之迹，以濟其不忠。臣願陛下察其利害之實，斷自淵衷，早賜定論。重念本朝提封萬里〔四〕，京師號爲腹心，以祖宗都此垂二百年，宗廟社稷所在，而民人依之以居者，無慮萬萬計。今兩河雖未敉寧〔五〕，猶一手臂之不伸也，而乃遽欲去而之他，非唯不能療一手臂之不伸，并與腹心而棄之，豈祖宗所以付託之意，與天下睽睽萬目所以仰望之心哉？彼進言之臣，談何容易！且利害之端，曉然可見。臣乞陛下且駐蹕南都，未可輕議舉動。臣雖老矣，尚當矍鑠鼓勇，立辦禦敵之具，以圖萬全之舉，然後埽除宫禁，嚴備扈從，奉迎鑾輿，謁見九廟〔六〕，非特使神祇祖考安樂之，庶幾中原有仗，不失天下之大勢也。不然，則是徒爲走計爾，示虜以弱，非唯不恤兩河，抑又不恤中原，且去宗廟社稷而不顧，陛下豈忍乎？臣重爲陛下惜者此爾，故敢直輸血誠，幸陛下留意無忽。昔景德間，契丹寇澶淵，警報一聞，中外震恐。是時王欽若江南人，即勸章聖幸金陵；陳堯佐蜀人，即勸幸成都；惟寇準毅然闢之，請帝親征，卒用成功〔七〕。顧臣庸謬，何敢望準。然事適相類，不敢不以章聖①望陛下也。臣又自期，既已迎奉鑾輿還都，臣當身率諸道之兵，直趨兩河之外，蹀血虜廷，非特生縛賊帥，直迎二聖以歸，庶雪靖康一再之恥，然後奉觴玉殿，以爲聖天子億萬斯年之賀，臣之心願始畢矣。竊自謂愛陛下者，無踰老臣，然不知臣者，必指臣以爲狂妄，臣亦非所恤也。伏望陛下觀事之宜，察臣之心，則知臣之忠於爲國。取進止②。

【校】

①「章聖」，底本原作「章帝」，據萬曆本、《建炎以來繫年要録》卷九改。

②「取進止」，底本原無，據《建炎以來繫年要録》卷九補。

【注】

〔一〕按，此疏上於建炎元年七月十八日，實乃宗澤乞回鑾第一疏，原題「建炎元年九月，通前後表疏，係第七次奏請」，乃誤。宗澤上此乞回鑾疏時間，李心傳《建炎以來繫年要録》卷九定於九月乙卯（二十八日），亦誤。翁彦國早在七月十四日已卒，並除趙明誠知江寧府，九月豈有「遣翁彦國營繕金陵」之事？《三朝北盟會編》卷一一三將此疏定於八月二十日，亦誤。趙構遣翁彦國營繕金陵在五月辛卯（二日），《建炎以來繫年要録》卷五：建炎元年五月辛卯，「寶文閣直學士、浙江荆湖等路經制發運使翁彦國知江寧府兼江南東西路經制使，落直字。賜彦國鈔鹽錢十萬緡，使修江寧城，及繕治宫室，以備巡幸。又命築景靈宫於江寧府」。趙構下詔遣官奉迎太后、六宫往金陵則在七月癸卯（十五日），《三朝北盟會編》卷一一一：七月十五日癸卯，「下巡狩詔：『……朕將親督六師以援京城、河北、河東諸路，與之決戰。已詔奉迎元祐太后，津遣六宫及衛士家屬，置之東南，朕與群臣將士獨留中原，以爲爾京城及萬方百姓請命於皇天……』」以宗澤此疏言「比有詔」，「臣伏讀詔書，私竊疑之」，「臣乞陛下且駐蹕南都，未可輕議舉動」，可見宗澤見趙構所下之詔，即上此疏，意在諫勸趙構切勿南巡，而力主趙構回鑾東京開封，即從此始。按，趙構此詔二三日可下達開封，而宗澤七月十七日到開封，當是一到開封即見此詔，遂上疏，可見此疏必上於七月十八日。《遺事》曰：「以七月乙巳到京城……公察人情粗安，市肆商賈稍稍如舊，上疏乞回鑾。時詔荆襄江淮悉備巡幸，有維揚、金陵一議，公復上疏。」此將二疏時間叙述顛倒。所謂「時詔荆襄江淮悉備巡幸，有維揚、金陵一議，公復上疏」，即指宗澤上此疏，爲乞回鑾第一疏，上於宗澤初到開封時，歷來誤作乞回鑾第七疏。所謂「公察人情粗安，市肆商賈稍稍如舊，上疏乞回鑾」，即宗澤乞回鑾第二疏，上於宗澤到開封旬浹間（見前乞回鑾第二疏注〔一〕），歷來誤作乞回鑾第一疏。

〔三〕按，翁彦國受命營繕金陵在五月二日。《建炎以來繫年要録》卷七：建炎元年七月壬寅（十四日），「寶寧閣學士、知江寧府兼江南東西路經制使翁彦國卒。……丁巳，詔慰撫東南諸路。先是經制使翁彦國被旨修江寧城、治宮室，彦國言所錫錢不足用，事見五月辛卯。李綱白上，益以淮、浙鹽錢四十萬緡……時彦國方暴賦横斂，而兩浙轉運判官吴昉助之爲虐……時彦國已卒，而朝廷未知。前一日，上批彦國、昉騷擾東南，並落職與宮觀，令学士院降詔慰撫。命未下，而江寧奏彦國卒。綱爲同列言：『昉無職名可落，又奉祠太優。』至是進呈，綱白上以彦國已亡，因帖改所畫旨而獨罷昉，且降詔慰撫東南，仍起復直龍圖閣趙明誠知江寧府、兼江東經制副使」。可見翁彦國卒後，知江寧府者爲趙明誠，宗澤斷不可能至九月猶曰「前遣翁彦國營繕金陵」。

〔三〕按，趙構實在七月十四日已下巡幸詔，《三朝北盟會編》卷一一一：七月十四日壬寅，「李綱乞降巡幸詔……上宣諭曰：『但欲迎奉元祐太后及津遣六宮往東南，朕當與卿等獨留中原……』十五日癸卯，下巡狩詔：『……已詔奉迎元祐太后，津遣六宮及衛士家屬，置之東南，朕與群臣將士獨留中原……』」宗澤主張回鑾東京，而李綱主張巡幸東南，此詔中趙構所謂「朕當獨留中原」云云，實爲欺世騙民之謊言。

〔四〕「提封萬里」，語出《漢書·刑法志》：「一同百里，提封萬井。」顏師古引李奇注曰：「提，舉也，舉四封之内也。」即指所管轄的封疆有萬里之遥。

〔五〕「敉寧」，安撫，安定。《尚書·大誥》：「民獻有十夫，予翼以于敉寧武圖功。」

〔六〕「九廟」，古代帝王立七廟以祀祖先，至王莽增建黄帝太初祖廟與帝虞始祖昭廟，共九廟，歷代沿用。北宋九廟在東京開封。

〔七〕按，景德元年，契丹入侵澶州，寇準請真宗親征，立澶淵之功，爲王欽若、陳堯佐所嫉。《宋史》卷二八一《寇準傳》：「契丹圍瀛州……參知政事王欽若，江南人也，請幸金陵。陈堯叟，蜀人也，請幸成都。帝問準……遂請帝幸澶州……準頗自矜澶淵之功……王欽若深嫉之。」

## 乞回鑾疏

建炎元年十月，通前後表疏，係第八次奏請〔一〕

臣契勘京城四壁、濠河樓櫓與守禦器具，其當職官吏，協心併力，夙夜自公，率厲不懈①，增築開濬，起造輯理，浸皆就緒②。臣又製造決勝戰車一千二百兩，每兩用五十有五人，一卒使車，八人推車，二人扶輪，六人執牌輔車，二十人執長槍隨牌輔車，十有八人執神臂弓弩〔二〕，隨槍射遠。小使臣兩員，專幹辦閱習車事。每十車差大使臣一員，總領爲一隊。見今四壁統制官，日逐教閱坐作進退左右回旋曲折之陣，委可以應用。又沿河十六縣，與上下州軍相接，作聯珠寨，以嚴備禦〔三〕。臣③見使王彦、曹中正在河西攻擊，收復州縣〔四〕。西京、河陽、鄭、滑等州，同爲一體，把截探伺。次第賊虜畏讋，已不敢輕動冒犯，自速殄滅。臣自到京，奉揚陛下仁風，布宣陛下德意，今街巷市井，人情物態，皆已忻悦，敉寧嘉靖，同祖宗太平時。顧臣犬馬之齒六十有九，比④緣陛下委付之重，常患才力不任，惕惕憂懼。近日頓覺衰瘁，萬一溘先朝露〔五〕，辜負陛下眷恤憐憫之意，臣死目不瞑矣。使臣與官吏士民，望翠華回輦之塵，瞻仰天顔，俯伏百拜，然後臣退填溝壑，如生之年，死骨不朽。《論語》曰：「爲政以德，譬如北辰，居其所而衆星拱之。」〔六〕京師乃我祖宗基命肇造二百年大一統基業本根之地，陛下奈何偏聽如張邦昌輩邪佞之語，以巡幸爲名，輕去其所，舍⑤四海來享來王之人，徜徉道路，於偏僻州軍爲朝覲⑥之地乎〔七〕？臣果得以此老身俯伏道左，迎陛下千乘萬騎垂拱九重，奉陛下指揮號令，賊虜可以消滅，寇盗自然平蕩，王室於焉再造，大宋中興可必。若誕妄之人，言臣欲以海陬餘孽貽君父憂，即臣自頂至踵，甘俟斧鉞。臣已修整御街御廊護道杈子，平整南薰門一帶御路。聞萬邦百姓寓于京師者，日夜顒顒，望陛下迎奉祖宗之主，與隆祐太后〔八〕、皇后、妃嬪、皇子天眷歸安大内，以福天下。臣夙夜憂思，眷眷戀戀，繼之以泣。願陛下憐臣孤忠，矜臣衰暮，惟恐心力不逮，或有誤陛下國家大計。今年河流不冰，惟陛下斷自淵衷，無惑群邪⑦之議。《書》曰：「惟克果斷，乃罔後艱。」〔九〕臣下情不勝激切之至。取進止⑧。

【校】

①「懈」，底本原作「解」，據萬曆本、《建炎以來繫年要録》卷一〇改。

②「浸皆就緒」，底本原作「皆就緒浸」，據萬曆本、《建炎以來繫年要録》卷一〇乙改。

③「臣」，底本原作「又」，據萬曆本、崇禎本改。

④「比」，底本原作「此」，據萬曆本、《建炎以來繫年要録》卷一〇改。

⑤「舍」，萬曆本、崇禎本皆作「使」。

⑥「朝覲」，萬曆本、崇禎本、《四庫全書》本作「朝宗」。

⑦「群邪」，原作「辟邪」，據萬曆本、《建炎以來繫年要録》卷一〇改。

⑧「取進止」，底本原無，據《建炎以來繫年要録》卷一〇補。

【注】

〔一〕按，此疏上於建炎元年十月戊午（二日）。《遺事》云：「十月戊午，復上疏。」《三朝北盟會編》卷一一三將此疏繫於八月十四日之下，乃誤。《建炎以來繫年要録》卷一〇將此疏與《條畫五事疏》同繫於十月庚申（四日）之下，亦誤，蓋因《條畫五事疏》上於十月庚申，遂誤將此疏一併繫於其下。

〔二〕「神臂弓弩」，又名强臂弓，一種强弩。熙寧元年，李宏始獻之入内，副都知張若水等製造。以後紹興中又加改造，名克敵弓。詳見《容齋三筆》卷一六《神臂弓》。

〔三〕按，宗澤修繕京城、聯寨濬河、嚴備守禦器械之況，《建炎以來繫年要録》卷九叙述甚詳：「時澤募義士守京城，且造決勝戰車千二百乘，每乘用五十有五人，運車者十有一，執器械輔車者四十有四，回旋曲折，可以應用（汪伯彦《中興日曆》云：「宗澤戰車，初是劉浩創造。每一兩，以二十五人爲左角，二十五人爲右角，二十五人爲前拒，二十五人爲後拒，共四隊。凡一車用百人。」今案澤車制甚備，與伯彦所記殊不同。疑伯彦得於傳聞，今不取）。又據形勝立二十四壁於城外，駐兵數萬。澤往來案試之，周而復始。沿大河鱗次爲壘，結連兩河山水寨及陜西義士。開五丈河，以通西北商旅。京畿瀕河七十二里，命十六縣分守之，縣各四里有奇，皆開濠，深廣丈餘，於其南植鹿角。又團結班直諸軍及兵民之可用者。」

〔四〕按，宗澤使王彦、曹中正在河西攻擊，收復州縣事，見《三朝北盟會編》卷一一三：「九月二十一日戊申，「王彦河北招撫都統制渡河，破金人兵，收復衛州府新鄉縣。樞密院以王彦爲河北招撫司都統制，同張翼、白安民、岳飛等一十頭項七千人渡大河，於已陷州縣措置招撫不順番軍民，遂渡河北，屢與金人賊兵鏖戰，破之，收復衛州新鄉縣」。《建炎以來繫年要録》卷九：九月乙卯，「河北招撫司都統制王彦及金人戰於新鄉縣，敗績，兵潰。彦奔太行山，聚衆準備……初，彦既得新鄉，傳檄諸郡。金人以爲大軍之至也，率衆數萬，薄彦壘，圍之數重，矢注如雨。彦兵寡，且器甲疏略，疾戰輒不利，乃決圍以出，其衆遂潰。敵盡鋭追擊，彦與麾下數十人馳赴之，所向披靡，轉戰數十里，弓矢且盡，會日暮得免。他將復渡河以還，彦收散亡，得七百餘人，保龔城縣西山……部曲感其義，乃皆刺其面曰『赤心報國』，以示其誠，彦益自感勵，與士卒同甘苦。未幾，兩河響應」。《宋史》卷三六八《王彦傳》：「未幾，兩河響應，忠義民兵首領傅選、孟德、劉澤、焦文通等皆附之，衆十餘萬……益治兵，刻日大舉，告期於東京留守宗澤。澤召彦會議，乃將兵萬餘渡河，金人以重兵襲其後，而不敢擊。既至汴京，澤大喜，令彦宿兵近甸，以衛根本。」

〔五〕「溘先朝露」，溘，疾促，忽然；朝露，早晨的露水，比喻生命短暫。見《史記》卷六八《商君列傳》：「君之危若朝露，尚將欲延年益壽乎？」

〔六〕語見《論語·爲政》。

〔七〕按，趙構巡幸東南，一路駐蹕於偏僻州軍，《建炎以來繫年要録》卷一〇多有記載，「曲赦南京、宿、亳、泗、楚、揚州、高郵軍，以上巡幸所嘗過也」。

〔八〕「隆祐太后」，即元祐太后。

〔九〕語見《尚書·周官》。

## 乞回鑾疏

建炎元年十月，通前後表疏，係第十一次奏請〔一〕

臣聞《易》於《涣》之卦曰：「涣汗其大號。」此言人君發號施令，如汗焉，一出而不可反也。臣竊觀陛下踐膺大寶，權時之宜，駐蹕近甸〔二〕，天下之民，延頸企踵，日望鑾輿之歸，經理中原，以建中興之業。故迺者親降詔書，即將還闕〔三〕，恭謁宗廟，延見父老。中外聞之，莫不鼓舞相慶，以謂陛下英斷如此，何事不立？何功不就？何浮言之可惑？何外敵之足憂？太平基業，正在此舉。下詔之後，日復一日，尚未聞千乘萬騎，涓吉①〔四〕啓行，民心不能無疑焉。臣愚，竊意陛下乾剛不撓，離明並炤，洞見安危之幾，必不肯失信於天下，是必有姦臣誤陛下，負失信之謗也。伏見邇者河陽水漲，斷絶河梁，有姓馬人妻王氏者，率衆討賊，賊勢窮窘，不知所爲，此天亡虜寇之時也。夫天與不取，反受其咎。臣欲因此時遣閭勍、王彦各統大兵〔五〕，乘其危孤，大振軍聲，盡平敵壘。伏願陛下亟還京闕，以繫天下之心，則孰不用命？且投機之會，間不容穟，願陛下毋惑於姦臣之言，斷自淵衷。臣自謂兹舉可保萬全，無可疑者也。或姦謀蔽欺天聽，未即還闕，伏願陛下從臣措畫，勿使姦臣沮抑，以誤社稷大計，陳師鞠旅〔六〕，與之決戰，埽盡胡塵，葺清海宇，然後奉迎鑾輿，歸還京闕，以快天下之心，以塞姦臣之口。臣蒙陛下知遇，誓效死節，區區愚忠，不能自已。伏望聖慈特賜睿斷，天下幸甚。取進止②〔七〕。

【校】

①「涓吉」，底本原作「涓日」，據《建炎以來繫年要録》卷一〇改。

②「取進止」，底本原無，據《建炎以來繫年要録》卷一〇補。

【注】

〔一〕按，此疏上於建炎元年十月下旬。《遺事》云：「聞有詔車駕還闕，公上表。繼拜詔將還闕，公喜甚，再上表……時行在所遣中使傳宣撫問，上表謝。繼聞車駕南幸，公復奏疏。」宗澤乃是聞趙構南幸淮甸而上此疏，趙構聖駕發舟巡幸淮甸在十月一日，宗澤在開封聞知已甚遲。宗澤上《聞車駕還闕賀表》在十月七日，上《聞車駕議還闕賀表》在十月中旬初，上《謝中使傳宣撫諭表》在十月中旬末，則宗澤再上此疏已在十月下旬。《建炎以來繫年要録》將此疏一併繫於十月六日之下，非。

〔二〕指趙構即位於南京應天府。

〔三〕指趙構九月二十二日詔，《建炎以來繫年要録》卷九：「九月己酉，詔：『諜報金人欲犯江、浙，可暫駐蹕淮甸。捍禦稍定，即還京闕。不爲久計。應合行事件，令三省樞密院措置施行。』先是禮部侍郎兼直學士院朱勝非嘗言：『……今兩河爲金所躪，獨有渡江而南，駐蹕金陵……』至是決策幸維揚，乃下此詔。」可見趙構此詔乃是決策巡幸淮甸詔，所謂「即還京闕」實爲騙人虚語。

〔四〕「涓吉」，選擇吉日。

〔五〕按，其時閭勍爲管軍，王彦爲河北招撫都統制。《三朝北盟會編》卷一一三：九月二十一日戊申，「王彦河北招撫都統制渡河，破金人兵，收復衛州府新鄉縣。」

〔六〕「陳師鞠旅」，陳列師旅，以警誡告誓。《詩・小雅・采芑》：「鉦人伐鼓，陳師鞠旅。」

〔七〕《遺事》云：「公復奏疏。批答曰：『朕惟上都據四方之中，開基歷十世之久。祖宗創業，置諸奠枕之安；城社奔流，勢若建瓴之順。兹請特巡之制，姑爲近甸之行，思宏濟乎艱難，致殫勞於櫛沐。每念本根之重，嘗思監守之懷，迄綏靖於侯邦，即趨歸於觀闕。任卿司守，屬在王畿，共傾戴后之誠，來效回鑾之請。睠言忠藎，良劇嘆嘉。』」趙構仍堅持「迄綏靖於侯邦，即趨歸於觀闕」之謊言，所謂「上優詔答之」，實仍在蒙騙宗澤。

## 乞回鑾疏 建炎二年正月，通前後表疏，係第十二次奏請〔一〕

臣聞《易》曰：「天下之動，貞夫一。」〔二〕《孟子》曰：「天下烏乎定？曰定于一。」〔三〕恭惟京師是我太祖皇帝肇造大一統之本根也，奕世聖人繼繼承承，於此坐視天民之阜，所以自西自東，自南自北，莫敢不來享，莫敢不來王〔四〕，薄海内外，莫不率俾〔五〕。陛下天錫勇智，入紹寶緒，天下之人竭蹷稽首，咸曰「一哉王心」〔六〕。今既奄有九有，實萬世無疆之休。陛下奈何不念四海生靈切切徯后之意，乃偏聽姦邪之言，託爲時巡，駐蹕淮甸，不思我宗廟朝廷，祠享報上，垂拱視下；又不思我諸帝諸后陵園廟貌，以時祀祭，所以貽厥子孫之志；又不思我二聖、后妃、親王天屬蒙塵，朝夕懷想迎取之情〔七〕。臣竊謂陛下若於二月間詔敕回鑾，登樓肆赦，則天下皆知一人來歸九重，强者當革心遠罪，弱者當屏迹復業，必無憂疑，聚爲盜賊；諸軍將士震奮感激，願敵所愾，四夷凶殘，必滅心爍謀，以就殄滅，尚何惡之能爲乎？《書》曰：「時哉弗可失。」〔八〕臣若有毫髮誤國大計，臣有一子五孫〔九〕，甘被誅戮，以謝天下。臣竊恐州縣狃於搔擾，百姓扇摇，不能耕桑。果耕桑失時，則衣食之源盡廢。衣食不給，使諸大臣中雖有皋、夔、稷、契、伊尹、周公，亦不能善其後矣。願陛下以祖宗二百年大一統基業爲意，不可憂思過①計，而信憑邪佞自爲身謀者之語，早敕回鑾，則天下幸甚。臣犬馬之齒已七十，於禮與法，皆合致其事以歸南畝。臣漏盡鐘鳴，猶僕僕不敢乞身以退者，非貪冒也，實爲二聖蒙塵北狩，陛下駐蹕在外，夙夜泣血，惟恐因循後時，使天下自此失我祖宗大一統之緒，所以狂妄屢有敷奏，非臣好爲此激訐。恭望睿慈，委曲詳察。取進止②。

【校】

①「過」，底本原作「爲」，據崇禎本、光緒本改。

②「取進止」，底本原無，據《建炎以來繫年要録》卷一二補。

【注】

〔一〕按，此疏上於建炎二年正月丁未（二十二日）。《遺事》：「丁未，公復上疏。」《建炎以來繫年要録》卷一二：「正月丁未，東京留守宗澤復奉表請上還京師，且曰……遣開封府判官范世延以聞。」其時趙構已駐蹕維揚，此疏乃由開封府判官范世延送往維揚。

〔二〕語見《周易·繫辭下》。

〔三〕語見《孟子·梁惠王上》。

〔四〕「來享」，來供獻；「來王」，來朝見。《詩·商頌·殷武》：「昔有成湯，自彼氐羌，莫敢不來享，莫敢不來王。」

〔五〕「薄海」，接近海邊。《尚書·益稷》：「外薄四海，咸建五長。」「率俾」，服從。《尚書·君奭》：「海隅出日，罔不率俾。」

〔六〕「一哉王心」，嗣王有一德之心。《尚書·咸有一德》：「今嗣王新服厥命，惟新厥德，終始惟一……俾萬姓咸曰：『大哉王言！』又曰：『一哉王心！』」

〔七〕「貽厥子孫」，貽，遺留；厥，其。《尚書·五子之歌》：「有典有則，貽厥子孫。」《詩·大雅·文王有聲》：「詒厥孫謀，以燕翼子。」

〔八〕語見《尚書·泰誓上》。

〔九〕按，《遺事》云：「公一子潁，官終兵部郎中。五孫：嗣益，朝奉郎、通判福州，卒於官；次嗣尹，朝奉大夫、通判慶州，死於家；次嗣旦，承議郎、浙東監司幹官，卒於家；次嗣良，承議郎、知汀州；次嗣安，文林郎、充沿海制置司幹官。」

## 乞回鑾疏 建炎二年三月，通前後表奏，係第十四次奏請〔一〕

臣聞人主中天下而立，定四海之民。恭惟太祖皇帝肇造區夏，以今京師爲天下中，故創業垂統，欲傳之億萬世。太宗、真宗、仁宗、英宗、神宗、哲廟，奕世聖人，傳以相授，皆以京師爲本根之地，所以高拱穆清〔二〕，坐視天民之阜，必於天下之中也。惟奠枕于京，則自西自東，自南自北，莫敢不來享，莫敢不來王矣。偶緣玩習，太平之久，文武恬嬉，狃於驕淫矜誇，忘戰守之備，遂致賊虜横肆，殘破州縣，圍閉京城，劫迎二聖、后妃、親王與諸天眷，蒙塵北去，僑寓沙漠。此忠臣義士所以夙夜涕泣，繼之以血。自陛下即位應天，四海萬方，歡欣鼓舞，垂髫鮐背，山農野叟，咸以手加額，仰面謝天曰：天下有真主矣，萬世永賴，實天祚明德，爲無疆之休矣。四方帖然，若遠若近，並無盜賊。暨①陛下偏聽姦邪，與賊虜爲地者之語，移蹕淮甸，諸處兇惡强盜，如蝟毛起，如蜂鬨聚，縱火殺掠，所在猖獗，罔有悛懼，以謂朝廷在遠，無所依歸，遽至是爾。臣於二月十八日祗授降到黄榜詔敕，云：「遂假勤王之名，公爲聚寇之患。」如是，則勤王之人皆解體矣。臣竊謂自虜人圍閉京城，天下忠義之士，憤懣痛切，感厲争奮。故自廣之東西，湖之南北，福建江淮，梯山航海，越數千里争先勤王。但當時大臣無遠識見，無大謀略，低回曲折，憑信誕妄，不能撫而用之，遂致二聖北狩，諸親骨肉皆爲劫持，牽聯道路。當時大臣不出一語，使勤王大兵前往救援。凡勤王人，例遭斥逐，未嘗有所犒賞，未嘗有所幫助，飢餓流離，困厄道路，弱者填滿溝壑，强者盡爲盜賊。此非勤王人之罪，皆一時措置乖謬耳②。比來姦邪之臣方爾肆横③，賊虜自然得勢，强梁惡少，無緣殄滅。竊念國家聖子神孫，繼繼相承，湛恩盛德，滲漉人心，淪浹骨髓〔三〕。今河東、河西不隨順番賊，雖爲髡頭編髮④，而自保山寨者，不知其幾千萬人。諸處節義丈夫不顧其身，而自黥⑤其面，爲争先救駕者，又不知幾萬數也〔四〕。今陛下以勤王者爲盗賊，則保山寨與自黥面者，豈不失其心耶⑥？此語一出，自今而後，恐不復肯爲勤王者矣。噫！得天下有道，在得其民；得其民有道，在得其心。陛下若駐蹕淮甸，俾人顒顒之望，皇皇之情，未有所慰安，此人之心也，願陛下勿阻遏之，以失人心。臣仰詳詔語，豈陛下之意，皆詞臣失職，不能敷繹之過。臣願陛下黜代言之臣，别降罪己之詔，許還闕之期，以大慰元元激切之意。陛下還京，登樓肆赦，則天下之人盡皆遷善遠罪，不犯于有司，豈復更有爲盗者？王室再造，大宋中興，在此一舉。願陛下睿斷而力行之。若以臣言上咈陛下之意，誅之赦之，惟陛下命。臣無任激切之至⑦。

【校】

①「暨」，萬曆本作「洎」。

②「皆一時措置乖謬耳」，《三朝北盟會編》卷一一五作「皆耿南仲輩鼓倡抑塞爲之爾」。

③「肆横」，萬曆本、《建炎以來繫年要録》卷一四、《三朝北盟會編》卷一一五作「横肆」。

④「髡頭編髮」，萬曆本、崇禎本作「剃頭辮髮」。

⑤「黥」，底本原作「黔」，據萬曆本、崇禎本、《四庫全書》本改。

⑥「豈不失其心耶」，《三朝北盟會編》卷一一五作「豈能自顧邪」。

⑦「臣無任激切之至」，底本原無，據《三朝北盟會編》卷一一五補。

【注】

〔一〕按，此疏上於建炎二年三月乙酉（一日）。《遺事》：「三月乙酉，公復上疏，不報。」《建炎以來繫年要録》卷一四：三月丙戌（二日），「先是執政以山東盜賊踵起，建炎初，敕榜東京，其詞有云：『遂假勤王之名，公爲聚寇之患。』（詔見正月丁未）澤恐豪傑解體，是日上疏言……不報」。宗澤此疏乃針對趙構正月丁未（二十二日）詔所上，《建炎以來繫年要録》卷一二：正月丁未，「詔曰：『自頃姦臣誤國，邊隙既開，兵禍及於黎元，烽塵暗於京闕。軍以傷殘而散潰，民以侵軼而流亡。遂假勤王之名，公爲聚寇之患。朕駐蹕淮甸，欲還故都，興言及兹，痛憤良切。凡今日奪攘縱暴之侣，皆異時忠義向方之人。白日照臨，明爾遷善之意；皇天覆幬，監予止殺之誠。一應盜賊，回心易慮，散歸田里。或失業不能自還者，令所在官司條具以聞，朕當區處。其日前罪犯，一切不問。』」故《三朝北盟會編》卷一一五云：二月十九日甲戌（整理者按，「甲戌」當作「癸酉」），「東京留守宗澤奏對，論正月丁未詔書，乞車駕回京師。正月丁未詔書二月壬申到東京，宗澤拜詔畢，讀之，有曰：『遂假勤王之名，公爲聚寇之患。』澤曰：『使忠義之人聞之，解體矣。』乃具奏曰……」其謂宗澤上此疏於二月十九日則誤。

〔二〕「穆清」，指天。《史記》卷一三〇《太史公自序》：「漢興以來，至明天子，獲符瑞，封禪，改正朔，易服色，受命於穆清。」高拱穆清，指敬受天命。

〔三〕「淪浹骨髓」，指浸潤滲透肌肉骨髓，比喻感恩深重。

〔四〕按，宗澤自來東京開封，即廣招義軍，勤王之師紛紛來歸，大與趙構、耿南仲輩所想所爲相左。《遺事》：「公自留鑰甫半載，威譽四馳，遠近歸心，招致賊衆。如王再興兵五萬，李貴兵幾二萬人，往來淮上；王善兵號七十萬，騎護萬乘，寇濮州；楊進自號『没角牛』，兵三十餘萬，并王大郎等諸頭項人馬百餘萬衆，所至侵掠。公徧遣人，喻以禍福，招來之。群盜素知公，悉聽命，相繼至。進尤所敬慕，願效死，軍聲甚振。……京城内外所屯兵百八十萬人，兵革之盛，前此未有。」

# 乞回鑾疏

建炎二年三月，通前後表疏，係第十五次奏請〔一〕

臣聞范仲淹云：「天下之事，有二黨焉。一黨曰：發必危言，立必危行，王道正直，何用曲爲？一黨曰：遜言易入，遜行易合，人生安樂，何用憂爲？天下之治亂，在二者勝負耳。」〔二〕大抵危言危行，是欲致君於無過，致民於無怨而已，天下豈有不治者乎？若夫遜言遜行〔三〕之徒，阿諛曲折，隨意所嚮，逢迎苟合，君施恩於上，而下弗被；民懷怨於下，而上弗知，如是天下豈有不亂者乎？今之士大夫，志氣每卜，議論卑陬，上者不過持禄保寵，下者不過便文自營〔四〕，曾不能留心惻怛，爲陛下思承祖宗二百年大一統基業爲可惜；又不爲陛下思父母兄弟與至親天眷，蒙塵沙漠，翹翹徯望大兵①救援之意；又不曾爲陛下思祖宗西京園陵寢廟爲賊虜所占，今年寒食節未有祭享之地；又不曾爲陛下思京師是天下之本根，宗廟朝廷百司倉廩儼然如舊；又不曾爲陛下思河北、河東、京之東西、陝右、淮甸百億萬生靈之衆，罹塗炭劫掠殘破之苦。但朝進一言，暮入一説，計較泛舟，冒大風險，欲南幸湖外〔五〕，此姦邪之謀耳。臣嘗思之，是一欲爲賊虜方便之計，二爲姦邪親屬皆先已津置在南。嗟乎！爲臣不忠不義，乃至於此！孔子所謂「苟患失之，無所不至」〔六〕，正謂是也。臣夙夜痛心泣血，瀝竭愚忠，爲陛下保護京城，自去年秋冬，今春又三月矣，農務是時。陛下不早回九重，則天下靡有定止。臣不勝憤懣激切，再瀆天聽，狂妄干冒，甘俟鼎鑊。

【校】

①「大兵」，《建炎以來繫年要録》卷一四、《三朝北盟會編》卷一一六作「天兵」。

【注】

〔一〕按，此疏上於建炎二年三月己亥（十五日），爲第十六次奏請，而非第十五次奏請。《遺事》：

「己亥，公復上疏。」《建炎以來繫年要録》卷一四：三月己亥，「東京留守宗澤復上疏，乞車駕還京。時澤招撫河南群盜聚城下，又募四方義士合百餘萬，糧支半歲。澤聞兩河州縣金兵不過數萬，餘皆脅服，日夜望王師之來，即召諸將，约日渡河，諸將皆掩泣聽命。澤乃上疏……」

〔二〕語見范仲淹《上資政晏侍郎書》，文辭略有出入。

〔三〕「遜言遜行」，卑順謙恭的言行。《後漢書》卷四四《胡廣傳》：「性温柔謹素，常遜言恭色。」

〔四〕「便文」，即便言，善辯爲便，巧於文辭。

〔五〕「計較泛舟」，指渡江南幸金陵；「南幸湖外」，指下越中南幸杭州。蓋趙構在建炎元年十月二十七日駐蹕維揚後，金兵不斷南迫，趙構惶懼不安，即有再南幸之謀。十二月金軍分道入寇，中原大震。至建炎二年正月，張遇陷鎮江，犯江寧，焚真州，去行在僅六十里。朝中如魏憲、葉夢得、許景衡、張浚等輩遂紛起乞幸金陵、杭州，即宗澤此疏所云「朝進一言，暮入一説，計較泛舟，冒大風險，欲南幸湖外」。《宋史紀事本末》卷六三《南遷定都》云：「（建炎）二年春正月丙戌朔……葉夢得因請上南巡，阻江爲險，以備不虞。又請命重臣爲宣撫總使，一居泗上，總兩淮及東方之師以待敵；一居金陵，總江浙之路，以備退保。……冬十月甲子，侍御史張浚請先定六宫所居地。詔孟忠厚奉太后及六宫皇子如杭州。」其叙趙構南幸金陵、杭州事尤疏略，今觀宗澤此疏，可見趙構之謀南幸金陵、杭州蓋由來已久矣。

〔六〕語見《論語·陽貨》：「鄙夫可與事君也與哉？其未得之也，患得之；既得之，患失之。苟患失之，無所不至矣。」

## 乞回鑾疏 建炎二年三月，通前後表疏，係第十六次奏請〔一〕

《易》曰：「幾者動之微，吉之先見者也。君子見幾而作，不俟終日。」〔二〕《孟子》曰：「雖有鎡基，不如待時。」〔三〕蓋天下之事，見幾而爲之，待時而措之，則事無不成。苟或失焉，必至汗漫委靡而不振矣。方今輦轂之下，民俗安靖，宗廟社稷儼然如故。以致收復伊洛，而虜酋過河〔四〕；捍蔽滑臺，而胡騎屢敗〔五〕。河東、河北山寨義民，數遣人至臣處，乞出給牓旗，引領舉踵，日望官兵之至，皆欲戮力協心，埽蕩番寇。以幾言之，則大宋中興之盛，於是乎先見矣；以時言之，則金賊滅亡之期，於是乎可必矣。惟在陛下見幾乘時，早還華闕，與忠臣義士，究圖事功，則一舉①萬全，可以滅金賊而成中興也。或者以謂自揚至汴，時有小寇，慮②屬車之來，途中不能無虞。臣謂造此言者，乃姦憸小人自爲身謀爾。殊不知盜賊所以作者，誠緣法駕久寓外郡，國勢未强，天下不能定于一，故時有竊發之事。乃若六龍來復，宅中圖大，則比屋歡呼，人各歸業，强不陵弱，衆不暴寡，豈復有盜賊耶？此事甚易明，此理甚易知，然而姦邪之蔽於營私，往往不肯開陳。而力爲陛下詳説者，惟老臣而已。臣所以再三言之者，豈好辯哉！恭念祖宗二百年舊都，不忍爲姦臣委去也；恭念陛下聰明齊聖之資，不忍爲姦臣蔽蒙也；念赤子之嗷嗷，不忍爲姦臣坐視而不救也；念金賊之猖獗，不忍爲姦臣縱敵而不殺也。伏願陛下念兹在兹，斷自淵衷，速回鑾輿，上以對祖宗之神靈，下以慰黎元之懷想，外以平醜類之侮拂，則天下大定，指日可期。《書》曰：「敕天之命，惟時惟幾。」〔六〕望陛下留神而早復③之。臣今遣僚吏呼延次升④，及臣之子穎，詣行闕以聞。

【校】

①「一舉」，底本原作「萬舉」，據《建炎以來繫年要録》卷一四及文意改。

②「慮」，底本原作「敵」，崇禎本作「虜」，據萬曆本、《建炎以來繫年要録》卷一四及文意改。

③「早復」，萬曆本、《建炎以來繫年要録》卷一四作「三復」。

④「呼延次升」，底本原作「呼延次外」，據萬曆本、《建炎以來繫年要録》卷一四改。

【注】

〔一〕按，此疏上於建炎二年三月下旬，爲第十七次奏請，而非第十六次奏請。此疏言及收復西京洛陽，按翟進收復西京在三月十九日，《三朝北盟會編》卷一一六：三月十九日癸卯，「翟興、翟進……遇金人於福昌、三鄉間，苦戰終日，金人敗北……興、進弟兄取龍門路，收復洛城」。《遺事》云：「己亥，公復上疏。壬寅，詔賜湯藥及傳宣撫問，上表謝。乙巳，再上表。」宗澤此疏上於二十一日乙巳再上表之後，則約在二十四、二十五日之間。

〔二〕語見《周易·繫辭下》。

〔三〕語見《孟子·公孫丑上》。

〔四〕「收復伊洛，而虜酋過河」，指收復西京洛陽事。《建炎以來繫年要録》卷一四：三月庚子，「河南統制官翟進復入西京……時上命御營左翼軍統制韓世忠爲京西等路捉殺盗賊，將所部及閤門宣贊舍人張遇軍萬人赴西京。左副元帥宗維聞張嚴東出，自河南西入關，遷西京之民於河北，盡焚西京而去。由是進得以其衆自山寨復入西京。東京留守宗澤言於朝，即以進爲閤門宣贊舍人、知河南府、充京西北路安撫制置使」。

〔五〕「捍蔽滑臺，而胡騎屢敗」，指捍衛滑州事。《建炎以來繫年要録》卷一三：二月己巳，「張撝至滑州，身率將士，與金迎敵。衆且十倍，諸將請少避其鋒，撝曰：『避而偷生，何面目見宗元帥？』鏖戰數合，日暮，敵少却。澤遣統領官王宣以五千騎往援，未至，撝再戰，死之。後二日，至滑州，與金兵大戰於北門，士卒争奮。敵出不意，退兵河上，宣曰：『敵必夜濟。』收兵不追。半濟而擊之，斬首數百，所傷甚衆。澤即命宣權知滑州，且令載撝喪以歸，爲之服緦，厚加賻卹。乃請於上，贈撝拱衛大夫、明州觀察使，録其家四人。金自是不復犯東京矣」。

〔六〕語見《尚書·益稷》。

## 乞回鑾拜罷習水戰疏

建炎二年三月，通前後表疏，係第十七次奏請〔一〕

臣得范瓊書，叙説「所統軍兵，有海内招安使臣、水軍，奉聖旨，令於儀真駐劄，教習水戰，控扼上流，於三月八日已到真州」〔二〕。臣讀此語，而不知扈蹕之臣誰爲陛下建此議也！且王者無外，其規模約束，當使守在四夷。昔楚人城郢，史猶鄙之〔三〕，況陛下奄有九有之時，可規規①孑孑爲偏霸之事乎〔四〕？兹豈憸人之欲虚張賊勢，以爲可防不意，望遷延六龍進發之期爾。殊不知此聲一傳，則四方驚愕，必以謂中原不守，遂爲江寧控扼之計。如是，則何以綏安四海之聽乎？蓋天子爲君萬邦，而元后作民父母〔五〕。陛下回鑾，登樓肆赦，則普率之人，忻忻悦而相告曰：天子宅中圖大，則萬邦罔不率俾矣；元后正位丕承，則兆民浸浸於變時雍矣〔六〕。夫如是，臣將見金賊不足滅，而中興之功與天比崇。若使范瓊教習水戰，是聖心猶豫，尚緩還期，見中外播聞，愈自懾怯，則萬國何自而咸寧乎？此臣所以拭目注望屬車之塵，不忘夙夜。伏願陛下明詔范瓊，整束人馬，不須更習水戰，祇備扈駕，歸御京闕，毋使②群黎百姓賫咨涕泣〔七〕，則豈惟老臣之幸，實天下萬世之幸。

【校】

①「規規」，底本原作「規模」，據萬曆本、《建炎以來繫年要録》卷一四改。

②「使」字，底本原闕，據萬曆本、《建炎以來繫年要録》卷一四改。

【注】

〔一〕按，此疏上於建炎二年三月二十八日，實爲第十八次奏請，而非第十七次奏請。《遺事》未言宗澤上此疏，《建炎以來繫年要録》卷一四將此疏會編在三月己亥（十五日）下，未當。宗澤前一疏上於三月二十四、二十五日之間，則宗澤再上此疏當在三月末。《寶真齋法書贊》卷二二著録宗澤《與五三機宜書》云：「得汝三月二十九日邵伯書，知在路一向平善……四月初必達行在……送五三機宜收，四月十二日。」五三機宜即宗穎，邵伯湖在邗江，其三月二十九日抵邗江，可見宗穎當是在三月二十八日出發，賫此疏往行在投進。

〔二〕按，趙構詔令范瓊駐劄儀真教習水軍，史書無載，唯《建炎以來繫年要録》卷一四有云：三月辛亥（二十七日），「捧日天武四廂都指揮使、定武軍承宣使、御營使司都統制范瓊權同主侍衛步軍司公事。瓊自京西還，朝廷令屯真州，創造戰船，故有是命」。據此，范瓊當是在三月初平冀德、韓清亂後，自京西還朝，旋被命駐劄儀真教習水軍，實爲趙構南幸金陵作準備。宗澤此疏時，范瓊又權同主侍衛步軍司公事，大造戰船，宗澤此疏已無力回天。

〔三〕「楚人城郢」，指春秋時楚都。《史記》卷四〇《楚世家》：「武王卒師中而兵罷。子文王熊貲立，始都郢。」「太史公曰：楚靈王方會諸侯於申，誅齊慶封，作章華臺，求周九鼎之時，志小天下；及餓死於申亥之家，爲天下笑……勢之於人也，可不慎與？弃疾以亂立，嬖淫秦女，甚乎哉，幾再亡國！」

〔四〕「規規」，淺陋拘泥貌。「孑孑」，卑小孤單貌。「偏霸」，偏於一隅之霸業。

〔五〕「元后」，指天子。《尚書·泰誓》：「元后作民父母。」

〔六〕「於變時雍」，指和善太平之化。《尚書·堯典》：「協和萬邦，黎民於變時雍。」

〔七〕「賫咨」，歎詞。《周易·萃卦》：「賫咨涕洟。」王弼注：「賫咨，嗟歎之辭也。」

## 乞回鑾疏

建炎二年四月，通前後表疏，係第二十次奏請〔一〕

臣竊見漢光武用寇恂爲潁川太守，因從車駕擊隗囂，潁川盜賊群起，帝顧謂恂曰：「潁川迫近京師，當以時定，獨卿能平之。」恂對曰：「潁川惡少輕剽，奚能爲哉！但聞陛下有事隴、蜀，故乘間竊發耳。若乘輿南向，賊必惶怖歸死，臣願執鋭前驅。」帝即日命駕①南征，盜賊悉降，遂建東漢中興之業〔二〕。臣竊見近日有招安到丁進者數十萬衆〔三〕，願爲陛下守護京城；又李成願扈從還闕〔四〕，即渡河剿絶虜寇；又没角牛楊進等〔五〕，領衆百萬，亦願率衆渡河，迎取二聖。兹三頭項人馬，非潁川比也，今皆披瀝肝膽，同寅協恭〔六〕，共濟國事。臣聞得道者多助，多助之至，天下順之。果陛下千乘萬騎，來歸九重，遹追我太祖、太宗，奕世聖人二百年大一統基業，則天下必心悦而誠服，庶績其凝，萬國咸寧矣，尚何盗賊戎虜之足慮乎？臣敢瀝悃誠，再冒天聽，伏望裁赦。

【校】

①「駕」，底本原作「恂」，據萬曆本、崇禎本、《建炎以來繫年要録》卷一一五及文意改。

【注】

〔一〕按，此疏上於建炎二年四月己巳（十六日）。《遺事》：「己巳，復上疏。」《建炎以來繫年要録》卷一一五：建炎二年四月己巳，「是日，東京留守宗澤復抗疏請上還京，且言……」

〔二〕寇恂勸光武帝南征事，見《後漢書》卷四六《寇恂傳》。

〔三〕此招安丁進事在建炎二年正月，《三朝北盟会編》卷一一五：建炎二年正月二十二日，「丁進以其衆詣京城留守司請降。丁進自退壽春府，擾於京東、京西，至是請降於留守司。進，壽春府軍兵也。逃走，遇亂，復歸鄉里，就蘇村團結聚人作過。初自十百至千萬，至有數萬。皆面刺六點或八點，或刺入火，進自號『丁一箭』。圍壽春府，安撫使康允禦退之，至是請降」。

《遺事》：「丁進，故巨寇，有嘯聚數十萬衆。其初降也，人情鼎沸，謂其非真。管軍閭勍等以甲士陰衛，公曰：『不然，正當披心腹待之，雖木石可使感動，況人乎？』及進至，公慰勞撫存甚至，呼進首領數人飲食之，待之如故吏，進等感甚。翼日，請公詣寨。公許之不疑，進等益懷感畏。後進黨有陰結以亂京師者，進自簡殺之；有相率逃遁者，自追治之。」

〔四〕李成，原亦巨寇，敗於劉光世，後受招安，任京東、河北路都大捉殺使，復叛，卒爲岳飛攻敗，降僞齊。《三朝北盟會編》卷一一八：八月二十九日辛巳，「李成劫掠宿州。先是朝廷命李成充京東、河北路都大捉殺使，成領兵而南也，秋毫無犯於民。將及宿州，乃懷反心，有攘取宿州之意。分軍爲二，一侵泗州，別將主之；一侵宿州，成自主之……成欲一日取兩州，別有冀望非常意。既聞泗州軍失期，遂止於宿州，以前軍使史亮反，即時撫諭已定事申聞。朝廷待以不疑，乃就賜鎧甲萬副。成得鎧甲，軍勢愈盛矣。是時車駕在維揚，有交番衛士及百姓販賣者，成皆資給之，故往來行在者，皆譽成有忠義報國之心」。

〔五〕「没角牛楊進」，《遺事》：「公自留鑰甫半載，威譽四馳，遠近歸心……楊進自號『没角牛』，兵三十餘萬，并王大郎等諸頭項人馬百餘萬衆，所至侵掠。公徧遣人，喻以禍福，招來之。群盜素知公，悉聽命，相繼至。進尤所敬慕，願效死，軍聲甚振。公諭曰：『軍中老弱婦女，久被驅虜，吾不忍其無辜，宜盡釋之。』進等奉命，諸軍所放幾萬人」，「王大郎者，衆亦千餘，皆山東游手。先楊進來降，屯於城北，二人平日氣不相下。一旦，各領千餘衆，相拒於天津橋，京城人頗恐，有告公。命筆以片紙批令二魁曰：『爲國之心固如是耶？當戰陣立功時勝負自見。』

二人慚沮而退」。

〔六〕語見《尚書·臯陶謨》：「同寅協恭，和衷哉！」

## 乞回鑾疏 建炎二年五月，通前後表疏，係第二十一次奏請〔一〕

臣聞《孟子》曰：「雖有鎡基，不如待時。」故君子不先時而起，不後時而縮，當其可而已。《易》曰：「幾者動之微，吉之先見者也。故君子見幾而作，不俟終日。」不曰如之何而已。恭惟我國家曩緣虜人侵犯郊畿，殘破州縣，恣爲誕妄，百端邀求。今天意悔禍，人心助順，考時與幾，實陛下中興之會也。古聖人敕天之命，惟時惟幾者，蓋以時哉不可失，而知幾若神故①也。臣觀京師，城壁已增固矣，樓櫓已修飾矣，龍濠〔二〕已開濬矣，器械已足備矣，寨栅已羅列矣，戰陣已閱習矣，人氣已勇鋭矣，汴河、蔡河、五丈②河皆已通流〔三〕，泛應綱運。陝西、京東、滑臺、京洛，番賊皆已掩殺潰遁矣。天下萬邦與畿甸生靈，夙夕祈天而謂③者，鄉南懇禱而願者，但望陛下千乘萬騎，號令風伯雨師，清塵洒道，翠華回輦，歸御九重，爲四海九州作主耳。且一人有慶，兆民賴之，兹其幾也。臣願陛下毋聽姦邪之言，而忽其時，忘其幾，天下幸甚。果怠兩河山寨之心，與沮萬民敵愾之氣，則天下危矣。願陛下毋循東晉既覆之轍。臣老矣，不勝至誠惻怛懇切之至，願陛下哀憐之。

【校】

①「神故」，崇禎本作「神劾」，疑當爲「神助」之誤。

②「五丈」，底本原作「五支」，誤，據萬曆本、《建炎以來繫年要録》卷一五改。

③「謂」，崇禎本作「請」。

【注】

〔一〕按，此疏上於建炎二年五月己丑（六日）。《遺事》：「（五月）己丑，再奏。」

〔二〕「龍濠」，即護龍河。《汴京遺蹟志》卷一：「新城周迴五十里百六十五步……其濠曰護龍河，闊十餘丈。濠之内外皆植楊柳，粉牆朱户，禁人往來。」

〔三〕「汴河、蔡河、五丈河」，三河横貫開封府城。《汴京遺蹟志》卷六：「汴河在今縣治南三十五步，即浚儀渠也。源出滎陽縣大周山，合京、索、須、鄭四水，東經京城内，合蔡河，名莨蕩渠，又名通濟渠……至唐改名廣濟渠。宋都大梁，諸水莫此爲重……有惠民、金水、五丈、汴水等四渠，派引脉分，咸會天邑……漕運之法，分爲四路：江南、淮南、浙東西、荆湖南北六路之粟，自淮入汴，至京師；陝西之粟，自三門、白波轉黄河入汴，至京師；陳、蔡之粟，自閔河、蔡河入汴，至京師；京東之粟，自五丈河歷陳、濟及鄆，至京師。」

## 遣少尹范世延機幕宗穎詣維揚奏請回鑾疏 建炎二年五月，通前後表疏，係第二十二次奏請〔一〕

臣聞《孟子》言：「術不可不慎也。矢人惟恐不傷人，函人惟恐傷人，巫、匠亦然。」〔二〕臣因斯言，始知人心所存之邪正，與所作之是非。若以迹槩之，了然區分，如辨墨白。夫忠義之人，動容周旋，無非忠義，而不忠不義之事①無自入焉，故其於上下愛戴保護，不啻如函人，惟恐其傷之也；彼不忠不義之人，動容周旋，亦無非不忠不義，而忠義之道無自入焉，故其於上下毀裂擯棄，不啻如矢人，惟恐其不傷之也。恭惟我國家曩緣賊虜肆横，殘破州縣，圍閉京城，劫掠邀求，靡有紀極，以至强迎二聖、后妃、親王與諸天眷蒙塵北去。凡忠義之士，莫不痛心疾首，泣血奮厲，佐佑陛下，張皇六師，震耀神武，總領貔貅之士，埽蕩沙漠，迎奉二聖，來歸京師，俾中原生靈，還定安集，罔或流散，愛戴其上，保護其下，夙夜念念，想如函人焉，惟恐其或傷之也；其不忠不義者，但知持禄保寵，動爲身謀，謂我祖宗二百年大一統基業不足惜，謂我京城宗廟朝廷府藏不足戀，謂二聖、后妃、親王天眷不足救，謂諸帝諸后山林園寢不足護，謂周室中興不足紹，謂晉惠覆轍〔三〕不足羞，謂巡狩之名爲可效，謂偏地之伯爲可述〔四〕，儲金幣以爲賊資，樁器械以爲賊用，禁守禦之招募〔五〕，慮勇敢之敵賊也，掊保甲以助軍，慮流移之安業也，欺罔天聽，淩蔑下民，凡誤國之事，無不爲之，猶矢人焉，惟恐其或不傷之也。臣願陛下驗已試之迹，以道槩之，則人心所存之邪正，與所作之是非，自然區分，無足疑矣。臣衰老孱懦，爲②蒙陛下識擢，俾留守京城，兼開封府事。臣砥礪瀝竭，知無不爲，惟恐失措，有誤國家大計。然臣每所申奏，若非陛下察臣斷斷孤忠，憐臣悄悄見愠，體天地之大德覆護，曙日月之大明炤臨，臣與血屬，當膏砧斧，虀粉萬狀矣，尚安能爲陛下保釐尹正〔六〕，使京城市井里巷，安居樂業，熙熙皞皞，如我祖宗太平之時乎？臣之至此，豈止謗書盈篋而已邪！臣願陛下六龍萬乘，早歸大内，下慰四海生靈瀝血懇切之望。臣之言此，實出悃誠，痛切憤悶，所以不避姦邪詆誣，不避冒犯誅戮。臣願陛下降臣此言，榜之朝堂，俾應在朝臣僚，實封章疏指摘臣言。如臣言稍涉狂妄，乞正典刑，明臣罪惡；如臣言果符忠義，乞降詔敕，明告回鑾之期，庶安天下之聽。此事甚大，恭俟睿慈洞察，勿貳勿疑。取進止③〔七〕。

【校】

①「事」，底本原作「士」，據崇禎本、光緒本及文意改。

②「爲」，崇禎本、《四庫全書》本作「謂」。

③「取進止」，底本原無，據《建炎以來繫年要録》卷一五補。

【注】

〔一〕按，此疏上於建炎二年五月上旬。《遺事》云：五月己丑，「再奏，不報。再奏。范少尹等到闕，上撫勞之，賜予有差」。《建炎以來繫年要録》卷一五將此疏繫於五月己丑之下，不當。蓋是此遣范世延、宗潁詣闕上此疏，乃在宗澤五月己丑上乞回鑾疏不報之後再上，其非在五月己丑所上甚明。今以其五月己丑（六日）上疏不報再上此疏推之，則此疏約上於五月九、十日間。

〔二〕語見《孟子·公孫丑上》。矢人，造箭之人。函人，製甲之人。巫、匠，巫指巫师，匠此指木匠。朱熹《四書集注》：「巫者爲人祈祝，利人之生；匠者作爲棺槨，利人之死。」

〔三〕「晉惠覆轍」，指晉惠帝時八王之亂事。晉惠帝昏庸愚暗，皇后賈氏專政，八王先後起兵，争權奪利，戰亂前後十六年，晉惠帝終被東海王司馬越所毒死。

〔四〕「伯」，通「霸」。「偏地之伯」，即偏霸於一隅。

〔五〕「禁守禦之招募」，指趙構下詔禁止招募兵民。《建炎以來繫年要録》卷一〇：建炎元年冬十月庚申，「詔諸路官司及寄居待次官或非王命備補之人，以勤王爲名，擅募兵民潰卒者，並令散遣。有擅募者，帥憲司案劾以聞」。

〔六〕「保釐」，治理安定。《尚書·畢命》：「命畢公保釐東郊。」「尹正」，治理整飭。

〔七〕按，《遺事》云：「再奏。范少尹等到闕，上撫勞之，賜予有差。詔答曰：『舜巡四岳，當歸格藝祖之文；周撫萬邦，存王歸在豐之訓。庸如帝王之執範，咸以都邑爲本根。朕遭時多艱，思世大治，永懷撥亂之策，不憚省方之勞。俟敉寧之有期，即旋復之何晚？夙夜軫慮，寢食不忘。雖王者以天下爲家，曾靡常於臨幸；而臣子視君猶父，得無鬱於瞻思！卿留居千里之畿，拱護九重之闕。合數十百函之奏，傾億千万衆之心。渴聞鳴蹕之音，虔舉回鑾之請。備觀忠藎，深可歎嘉。』」其時趙構已遣祈請使赴金議和，可見此答詔全爲敷衍之辭。

## 乞回鑾疏 建炎二年五月，通前後表疏，係第二十三次奏請〔一〕

臣犬馬之年已七十矣，陛下不以臣衰老無用，付之東京留鑰。臣自去年七月到任，夙夜究心，營繕樓櫓城壁，埽除宫禁闕廷，分佈栅寨，訓練士卒，教習車陣。比及終冬，諸事稍稍就緒，都城帖然，風物如舊，人人延頸跂踵，日夜徯望聖駕還闕。臣以故自今年正月、三月，兩次遣屬吏及臣之子，捧表遠詣行在投進〔二〕，懇①請車駕西上，歸肆大赦於宣德門〔三〕，使天下曉然皆知陛下言旋舊都，再造王室，命令用是通達，盜賊用是消弭，無復有方命阻兵之患。然後用臣爲陛下條畫措置，造膝陳請〔四〕，遣一使泛海道入高麗，諭以元豐構好之舊〔五〕，令出兵攻金賊之西；又復遣官從間道趨河東，諭折氏修其舊職〔六〕，以固吾圉〔七〕。使三陲②交攻金賊，令彼應敵不暇。吾方大舉六月之師，一道繇滑、濬，一道出懷、衛，涉河並進。北首燕路，訪大遼子孫，興滅繼絶，約爲與國〔八〕，則燕、薊之感恩荷德，不患不爲吾用。如此，則金賊勢必孤弱，自可縛而臣之。二聖天眷，自此決有歸期；兩河故地，自此決可收復。而況兩河之人，感祖宗二百年涵養之澤，雖陷賊踰年，而戴宋之心初無攜貳。使吾大兵渡河而戰，則東北人民必有背賊歸我，前徒倒戈，攻于後以北，誰不願爲吾死！《孟子》曰：「雖有智慧，不如乘勢；雖有鎡基，不如待時。」今時則易然也。臣嘗以今日時勢觀之，天意悔禍，人心固結，雖三尺童子，争欲奮臂鼓勇，恨不碎金賊之首，食金賊之肉，又況當六月宣王北伐之時〔九〕，機會間不容髮，陛下何憚而不亟還京師，使臣獲奉咫尺之威，請借筯以籌〔一〇〕。黄帝書曰：「日中必熭，操刀必割。」〔一一〕此言時不可失也。諺曰：「當斷不斷，反受其亂。」此言斷不可誣也③。今日之事，臣願陛下以時果斷而行之，毋惑讒邪之言，毋沮忠鯁之論。倘陛下以臣言爲是，願大駕即日還都，使臣爲陛下得盡愚計；若陛下以臣言爲非，願陛下即日放罷老臣，或重竄責，臣所不辭。惟明主可與忠言，臣故昧死以聞。

【校】

①「愬」，萬曆本、《建炎以來繫年要録》卷一五作「祈」。

②「三陲」，《建炎以來繫年要録》卷一五作「三面」。

③「此言斷不可誣也」，《建炎以來繫年要録》卷一五作「此言決之貴早也」。

【注】

〔一〕按，此疏上於建炎二年六月初，原題「建炎二年五月」，誤。此疏實亦意在請六月進兵渡河，《遺事》云：「己丑，再奏，不報。再奏。范少尹等到闕……公與諸將議六月起師，及結連諸忠義山水寨人兵，約日進發。再奏，不報。」是明將宗澤上疏議起師渡河叙在六月。後來李心傳等人都誤將「再奏。范少尹等到闕」認作即此疏，遂以爲此疏上於五月。此疏中云：「吾方大舉六月之師……」可見此疏上於六月明矣。《三朝北盟會編》卷一一七：五月二十日癸卯，「王彦至京師，以兵馬歸於留守司。王彦入京師見留守宗澤，澤大喜，握彦手曰：『公力戰河朔，以沮金人之氣，忠勇無雙，海内所聞。然京師者，國家之根本，澤已屢上章邀車駕還闕。願公宿兵近甸，以衛根本。』彦即以所部兵馬付留守司。因差統制官張偉統轄於滑州界」。王彦領兵渡河來京師見宗澤後不久，即赴行在請王師渡河北伐，《宋史》卷三六八《王彦傳》：

「彦即以所部兵馬付留守司，量帶親兵趨行在。時已遣宇文虛中爲祈請使議和。彦見黄潛善、汪伯彦，力陳兩河忠義延頸以望王師，願因人心，大舉北伐。言辭憤激，大忤時相意，遂降旨免對，以彦爲武翼郎、閤門宣贊舍人，差充御營平寇統領。」可見宗澤此疏當是王彦賫往行在投進。然其時朝廷已遣宇文虛中爲祈請使赴金議和，趙構不允宗澤渡河北伐之請，其真實態度由此可見。

〔二〕指正月末第十三次《乞回鑾表》與三月十日第十五次《乞回鑾表》，均由范世延與宗穎詣行在投進。

〔三〕「宣德門」，東京開封南門。《宋史》卷八五《地理志》：「南三門：中曰乾元，宋初，依梁、晉之舊，名曰明德，太平興國三年改丹鳳，大中祥符八年改正陽，明道二年改宣德，雍熙元年改今名。」

〔四〕「造膝」，至於膝下，言親近之意。

〔五〕「元豐構好之舊」，元豐中，宋與高麗往來友好，《宋史》卷四八七《高麗》：「元豐元年，始遣安燾假左諫議大夫、陳睦假起居舍人往聘。造兩艦於明州，一曰『凌虛致遠安濟』，次曰『靈飛順濟』，皆名爲神舟。自定海絶洋而東，既至，國人歡呼出迎。徽具袍笏玉帶拜受詔，與燾、睦尤禮，館之别宫，標曰『順天館』，言尊順中國如天云。」宗澤上此疏時，趙構已遣國信使往高麗，欲假高麗通金議和。《建炎以來繫年要録》卷一六：六月丁卯，「國信使楊應誠、副使韓衍至高麗。見國王楷諭旨，楷拜詔已，與應誠等對立論事。楷曰：『大朝自有山東路，何不由登州以往？』應誠言：『不如貴國去金國最徑。第煩國王傳達金國，令三節人自賫糧，止假二十八騎。』楷難之。已而命其門下侍郎傅佾至館中，具言：『金人今造舟將往二浙，若引使者至其國，異時欲假道至浙中，將何以對？』應誠曰：『女真不能水戰。』佾曰：『女真常於海道往來，況女真舊臣本國，近乃欲令本國臣事，以此可知强弱。』……又數日，復遣中書侍郎崔洪宰、知樞密院事金富軾來，固執前論，且言：『二聖今在燕、雲，不在金國。』館伴使、知閤門事文公仁亦曰：『往年公仁入貢上國，嘗奏上皇以金人不可相親，今十二年矣。』洪宰笑曰：『金國雖納土與之，二聖亦不可得。大朝何不練兵與戰？』應誠留高麗凡六十有四日，楷終不奉詔」。高麗斷不敢出兵攻金國之西，而趙構亦斷不允出師北伐，由此可見。

〔六〕「折氏修其舊職」，折氏指折彦質。按，折氏家族爲党項人，趙匡胤立國，折氏歸附宋，擁兵河東，其軍隊號稱「折家軍」，宣和以後，遂成爲一支重要的抗金力量。折彦質，字仲古，彦適次子。靖康元年正月，金兵攻開封，彦質舉兵勤王。六月，李綱爲河東宣撫使，解救太原，以彦質爲勾當公事。七月，宋兵失利，李綱免職，太原失陷。十月五日，彦質陞河北河東宣撫副使，十一月十二日，金兵至黄河，彦質將兵十二萬出戰失利。十五日，彦質被貶官，永州安置。直至紹興二年六月，彦質方復龍圖閣直學士。宗澤作此疏時，折彦質猶在被貶官中，故云「折氏修其舊職」。

〔七〕「圉」，指邊境。《左傳·隱公十一年》：「亦聊以固吾圉也。」

〔八〕「大遼子孫」，指契丹。「與國」，友好國家，盟國。《孟子·告子下》：「我能爲君約與國，戰必克。」

〔九〕「宣王北伐」，《詩·小雅·六月》：「六月棲棲，戎車既飭。四牡騤騤，載是常服。玁狁孔熾，我是用急。王于出征，以匡王國。」此處宗澤以宣王北伐喻請宋師渡河北伐。

〔一〇〕「借筯」，筯即箸，筷子。《史記》卷五五《留侯世家》載，楚漢相争，酈食其勸劉邦立六國後代，共同攻楚。時劉邦方食，張良入見，以爲計不可行，曰：「臣請借前箸爲大王籌之。」意爲借劉邦所用之筷以指畫當時形勢。後用來指代人策畫。

〔一一〕「黄帝書」，指《六韜》。「熭」，曬乾。《漢書》卷四八《賈誼傳》：「日中必熭，操刀必割。」臣瓚曰：「太公曰：『日中不熭，是謂失時；操刀不割，失利之期。』言當及時也。」師古曰：「此語見《六韜》。熭謂暴曬之也。」

## 奏乞回鑾仍以六月進兵渡河疏 建炎二年五月，通前後表疏，係第二十四

次奏請〔一〕

臣聞《詩》於《小雅》載《六月》宣王北伐之事，蓋夷狄以弓矢馬騎爲先，而當六月歊蒸之時，皆難於致用，故宣王乘時行師，終於薄伐玁狁，以建中興之功。臣自留守京師，夙夜

匪懈，經畫軍旅。近據諸路探報，賊勢窮促，可以進兵。臣欲乘此暑月，遣王彥等自滑州渡河，取懷、衛、濬、相等處；遣王再興等自鄭州直護西京陵寢〔二〕；遣馬擴①等自大名取洺、趙、真定〔三〕；楊進、王善、丁進、李貴等諸頭項〔四〕，各以所領兵分路並進。既過河，則山寨忠義之民相應者不啻百萬，契丹漢兒亦必同心殲殄金賊，事纔有緒。臣乞朝廷遣使，聲言立契丹天祚〔五〕之後，講尋舊好。且興滅繼絶，是王政所先，以歸天下心也，況使虜人駭聞，自相攜貳邪？仍乞遣知幾辯博之士，西使夏，東使高麗，喻以禍福。兩國素蒙我宋厚恩，必出助兵，同加掃蕩。若然，則二聖有回鑾之期，兩河可以安貼，陛下中興之功遠過周宣之世矣。臣犬馬之齒今年七十矣，勉竭疲駑，區區愚忠，所見如此。臣願陛下早降回鑾之詔，以繫天下之心。臣當躬冒矢石，爲諸將先。若陛下聽從臣言，容臣措畫，則臣謂我宋中興之業必可立致。若陛下不以臣言爲可用，則願賜骸骨，放歸田里，謳謌擊壤〔六〕，以盡殘年。頻煩上瀆天聽，臣無任。取進止②。

【校】

①「馬擴」，底本原作「馬横」，誤，據《建炎以來繫年要録》卷一五改。

②「臣無任取進止」，底本原無，據《建炎以來繫年要録》卷一五補。

【注】

〔一〕按，此疏上於建炎二年六月上旬，爲宗澤最後一次奏請，原題「五月」誤。《遺事》云：「公與諸將議六月起師，及結連諸忠義山水寨人兵，約日進發。再奏，不報。一時權臣忌公成功，從中沮之。」宗澤此疏即上於其時，蓋在其六月初上第二十三次《乞回鑾疏》之後不久。《建炎以來繫年要録》卷一五云：五月辛卯，「先是澤聞河北都統制王彦聚兵太行山，即以彦爲武功大夫、忠州防禦使，制置兩河軍事……彦方繕甲治兵，約日大舉，欲趨太原。澤亦與諸將議六月起師，且結諸路山水寨兵民，約日進發，上奏曰……疏入，黄潛善等忌澤成功，從中沮之」。此當據《遺事》叙述，而將此疏定在五月辛卯（八日），尤誤。

〔二〕「西京陵寢」，即洛陽陵寢。宗澤於四月已奏乞保護西京陵寢，《遺事》：「又奏乞差崔興知西京，專一保護陵寢，太尉閭勍充保護陵寢使。」

〔三〕「遣馬擴等自大名取洺、趙、真定」事，見《建炎以來繫年要録》卷一五：「初，馬擴自五馬山以麾下五百人渡河，至東京見宗澤。至是始赴行在，從者不滿百人。擴既見……於是擴自武功大夫、和州防禦使特遷拱衛大夫、利州觀察使、樞密副都承旨、元帥府馬步軍都總管。擴將行，上奏……上皆從之，又許擴過河得便宜從事。時潛善與汪伯彦終以爲疑，乃以烏合之兵付擴，且密授朝旨，使譏察之。擴行，復令聽諸路帥臣節制。擴知事變，遂以其軍屯於大名。」

〔四〕「楊進、王善、丁進、李貴」，皆來歸忠義之士。《遺事》：「遠近歸心，招致賊衆。如王再興兵五萬，李貴兵幾二萬人，往來淮上；王善兵號七十萬，騎護萬乘，寇濮州；楊進自號『没角牛』，兵三十餘萬，并王大郎等諸頭項人馬百餘萬衆，所至侵掠。公徧遣人，喻以禍福，招來之。」《三朝北盟會編》卷一一五：建炎二年正月二十二日丁未，「丁進以其衆詣京城留守司請降」。又卷一一七：「澤威惠兼著，民心悦服。王善以兵五萬，丁進以兵十萬，楊進以數萬，衆皆來降。補楊進榮州防禦使、知河南府。澤遷資政殿學士，命合兵，閭勍屯兵西京，會合王善、丁進、楊進，合兵六十萬，欲渡河，迎二聖。」

〔五〕「契丹天祚」，即遼天祚帝耶律延禧。

〔六〕「謳謌擊壤」，指歸田隱居，歌頌太平盛世。《帝王世紀》載，帝堯之世，天下大和，百姓無事。有八九十老人擊壤而歌曰：「日出而作，日入而息，鑿井而飲，耕田而食，帝何力於我哉！」見《樂府詩集》卷八三《擊壤歌》。

## 上乞毋割地與金人疏〔一〕

臣聞天下者，我太祖、太宗肇造一統之天下也，奕世聖人，繼繼相承，增光共貫之天下也。陛下爲天眷佑，爲民推戴，入紹大統，固當兢兢業業，思傳之億萬世，奈何遽議割河之東，又議割河之西，又議割陝之蒲、解乎〔二〕？此三路者，太祖、太宗基命定命之地也，奈何輕聽姦邪附賊張皇者之言，而遂自分裂乎？臣竊謂淵聖皇帝有天下之大，四海九州之富，兆民萬姓之衆，自金賊再犯，未嘗命一將，出一師，厲一兵，秣一馬，曰征曰戰。但聞姦邪之臣，朝進一言以告和，暮入一説以乞盟，惟辭之卑，惟禮之厚，惟虜言是聽，惟虜求是應，因循踰時，終致二聖播遷，后妃、親王流離北去。臣每念是禍，正宜天下臣子弗與賊虜俱生之日也。臣意陛下即位，必赫然震怒，旋乾轉坤，大明黜陟，以賞善罰惡，以進賢退不肖，以再造我王室，以中興我大宋基業。今四十日矣，未聞有所號令，作新斯民，但見刑部指揮〔三〕，有不得謄播赦文於河東、河西，陝之蒲、解。茲非新人耳目也，是欲蹈西晉東遷既覆之轍耳，是欲裂王者大一統之緒爲偏霸耳。爲是説者，不忠不孝之甚也。既自不忠不孝，又壞天下忠義之心，褫天下忠義之氣，俾河之東、西，陝之蒲、解，皆無路爲忠爲義，是賊其民者也。臣雖駑怯，當躬冒矢石，爲諸將先，得捐軀報國恩足矣。臣衰老，不勝感憤激切之至〔四〕。

【注】

〔一〕按，此疏上於建炎元年六月丙寅（八日），乃在南京而奏。《遺事》云：六月癸亥，「以公爲龍圖閣學士、知襄陽府、提舉隨房郢州兵馬巡檢事……時復有割地之議，公上疏。上聞其言，壯之。戊辰，改知青州」。其將宗澤上此疏定於六月戊辰（十日）以前。《三朝北盟會編》卷一〇八云：六月八日丙寅，「宗澤奏劄論不當割地。朝廷議割河東、河西及陝之蒲、解，宗澤奏劄論其不便曰……」其將宗澤上此疏定於六月八日，當有所據，以宗澤因上此疏，而於十日除知青州算，亦可見其確在八日上此疏。《建炎以來繫年要録》卷六云：六月戊辰，「龍圖閣學士、新知襄陽府宗澤知青州。澤聞黄潛善等復唱和議，上疏言……上壯之，以澤知青州」。李心傳將宗澤上此疏定於六月戊辰（十日），乃是據文中「今四十日矣」推算，然四十日乃虚指，非實指。《遺事》已明指宗澤上此疏與知青州非在同一日，故李心傳所定顯誤。

〔三〕「陝之蒲、解」，指蒲城与解州。朝廷議割河東、河西與陝之蒲城、解州，史書無載，唯《建炎以來繫年要録》卷五云：建炎元年五月戊戌，「修職郎王倫特遷朝奉郎、假刑部侍郎、充大金通問使，進士朱弁爲修武郎副之，從事郎傅雱特遷宣義郎、假工部侍郎、充大金通和使，武功大夫趙哲副之……既而黄潛善、汪伯彦共議改雱爲祈請使，閤門宣贊舍人馬識遠爲副，而倫、弁、哲不遣。國書外，又令張邦昌作書遺二帥。時潛善等復主議和，因用靖康誓書，畫河爲界。始敵求割蒲、解，圍城中許之，潛善等乃令刑部，不得謄赦文下河東、北兩路及河中府解州，其乙未、丁酉所遣兵，且令屯大河之南」。據此可知，割河東、西及蒲、解乃是當初金兵圍東京城時被迫所允，載在靖康誓書。至建炎元年五月朝廷派遣通問使、通和使赴金議和時，黄潛善、汪伯彦等遂上允割河東、西及蒲、解之説，欲爲通問使、通和使赴金議和而用也。此即宗澤此疏所云「遽議割河之東，又議割河之西，又議割陝之蒲、解」。據李綱《建炎時政記》卷上有云：「六月五日，臣同執政奏事，進呈劄子，大略謂：河北、河東兩路，國家之捍蔽……

倘舍此而不爲，則兩路之人，且歸怨於朝廷，强壯狡猾者反爲賊用，將何以待之？……」李綱此劄所言，即針對黄、汪割河東、西與蒲、解之議而發，堅決反對割河東、西之地，宗澤此疏乃繼李綱而上。

〔三〕刑部指揮事，史書無載，按李綱《建炎時政記》卷中有云：「六月十三日，内降赦書一道門下……先是上登寶座，赦書不曾該載河北、河東兩路，及四方州縣勤王之師。至是得旨該載，故於河北、河東路及勤王之師指揮爲詳。」此所謂「赦書不曾該載河北、河東兩路」，即宗澤此疏所云「刑部指揮，有不得謄播赦文於河東、河西，陝之蒲、解」。此赦書下在五月，而六月十三日重下赦書，糾正前赦書之説，顯是宗澤上此疏起了作用。

〔四〕宗澤上此疏，《遺事》云「上聞其言，壯之」，按李綱《建炎時政記》卷中有云：「六月十三日，内降赦書一道門下……於河北、河東路及勤王之師指揮爲詳……六月十四日，内降敕書一道，敕河北、河東諸路州縣守臣將帥、忠義軍民等：『……夫河北、河東，國之屏蔽也，朝廷豈忍輕棄？……金人不道，攻破都城，易姓改號，劫鑾輿以北遷，則河北、河東之地，又何割哉！……』」趙構兩下赦書、敕書，聲明不割河北、河東之地，可見其採納了宗澤的意見。

# 宗澤集校注卷二

## 表

### 賀康王即位表〔一〕

二聖蒙塵，乾坤改色，萬邦徯后〔二〕，天日宜臨。亟回謙避之誠，丕慰顒昂之望〔三〕。人神胥慶，夷夏聳傳。臣中賀。〔四〕竊以大宋之應天順人，太祖之創業垂統，凡奕世盈成之嗣，皆挺生睿智之姿，其所以繼繼繩繩，莫匪乎兢兢業業。浸久太平之習，稍忘禦侮之圖。顧大臣熟此燕安，致黠虜抵滋猖獗。信和盟之妄議，墮邀劫之姦謀。人咸哀痛而籲天，士欲奮張而盡敵。然萬方之是賴，須一人之作猷。果下恤於蒸黎，允上符於穹昊。恭惟皇帝陛下，稟虞舜之大孝，體周文之小心，既不得已而有臨，宜大有爲而無倦。如陽方復〔五〕，萬物自春；似日初升，九幽洞炤。嘉靖中興之事業，戡除外侮之兇殘。俾乎於休，以永至治。臣荼然〔六〕朽質，偶此熙辰，屬總師徒〔七〕，進臻河朔〔八〕。慶雲龍之會〔九〕，阻陪鳴玉之班〔一〇〕；依日月之光，第切傾葵之望〔一一〕。臣無任云云。

【注】

〔一〕按，此表上於建炎元年五月甲午（五日）。《遺事》：「五月庚寅朔，王即皇帝位於南京，大赦天下……辛卯，詔元帥府限十日結局，詔公赴南京行在。甲午，公上表賀。」

〔二〕「徯后」，期盼明君之意。《尚書·仲虺之誥》：「徯予后，后來其蘇。」

〔三〕「顒昂之望」，即顒望。顒，大；昂，高。顒望，企望，仰望。

〔四〕「中賀」，周密《齊東野語》卷一三：「今臣僚上表，所稱惟誠惶誠恐，及誠歡誠喜、頓首稽首者，謂之『中謝』『中賀』。自唐以來，其體如此。」

〔五〕「如陽方復」，一陽來復。古人以爲每年冬至日，陰氣盛極而盡，陽氣開始復生，叫一陽來復。《周易·復卦》彖曰：「反復其道，七日來復。」

〔六〕「荼然」，疲倦貌。《莊子·齊物論》：「荼然疲役而不知其所歸。」

〔七〕「屬總師徒」，指宗澤任兵馬副元帥。

〔八〕「河朔」，泛指黄河以北地方。時趙構命宗澤勒兵分駐長垣、韋城、衛南、南華，以備渡河來兵，故稱「進臻河朔」。

〔九〕「雲龍之会」，指君臣遇合。《周易・乾卦》文言曰：「雲從龍，風從虎。」謂龍起生雲，虎嘯生風，同類相感應，後以喻聖君賢臣之遇合。

〔一〇〕「阻陪」，陪侍。「鳴玉」，古人腰間佩帶玉飾，行走時相繫發聲。「鳴玉之班」，指朝班。

〔一一〕「傾葵」，葵性向日而傾，喻向往仰慕之情。

# 聞車駕還闕賀表

建炎元年十月，通前後表疏，係第九次奏請〔一〕

臣今月六日，承遞報車駕將還闕者。恭聞明命，肅詔回鑾，歡騰率土之謡〔二〕，和浹中天之氣。里閭喜悦，如嬰孺之將見慈親；道路光輝，若翳霾而忽瞻白日。人情至此，天意可知。中謝。竊以列聖格言，先正垂裕。天難諶〔三〕而聰明自我，人至衆而好惡匪殊。但觀自我之是非，可驗匪殊之嚮背。是知人所欲者，自然天亦從之。所以君子不務小同，自然天下能成大順。恭惟皇帝陛下，以道觀政，以德行仁，密韜神武之機，獨斡①乾剛之斷〔四〕，整齊萬乘，來歸九重。宇宙澄鮮，預想屢豐之慶；廟堂肅穆，式隆宏濟之休。昊穹降福以穰穰〔五〕，寰海來崇而濟濟。六軍有雷動雲行之勢，四夷蒙風驅電埽之威。赫奕重光〔六〕，崇高再造。列辟〔七〕駿奔而忭舞，寰區竭蹶以欽承。臣無任云云。

【校】

①「斡」，底本原作「幹」，據萬曆本及《建炎以來繫年要録》卷一〇改。

【注】

〔一〕按，此表上於建炎元年十月七日。《遺事》云：「十月戊午，復上疏……聞有詔車駕還闕，公上表。」此表云「臣今月六日，承遞報車駕將還闕者」，「今月」指十月，可見宗澤在十月戊午(二日)先上《乞回鑾疏》(第八次奏請)，至六日聞有詔車駕將還東京開封，遂即上此表，故可推定此表當上於十月七日。《建炎以來繫年要録》卷一〇謂「壬戌(六日)，澤上表以謝」，不當。按，趙構向無回鑾東京之心，其在九月已定巡幸淮甸之議，並在九月二十七日車駕已發應天府，宗澤上此表時，趙構已在南下泗州途中。其斷不可能此時會下什麽車駕還闕詔。遍查趙構其時所下詔，唯有九月己酉(二十二日)詔中附帶有一句「還京闕」之虚語。《建炎以來繫年要録》卷九：九月己酉，「詔：『諜報金人欲犯江浙，可暫駐蹕淮甸。捍禦稍定，即還京闕，不爲久計。應合行事件，令三省樞密院措置施行。』先是禮部侍郎兼直學士院朱勝非嘗言：……惟襄陽接蜀、漢而引江、淮，可以號令四方，乞鑾輿幸之……中書舍人劉觀亦言：今兩河爲金所躪，獨有渡江而南，駐蹕金陵……至是決策幸維揚，乃下此詔」。可見此詔乃定巡幸淮甸詔，而非車駕還闕詔，「即還京闕」云云，不過是虛與委蛇之謊言。十月六日宗澤在開封，或是此詔尚未正式下到，京城遂乃有車駕將還京闕之誤傳；抑或是趙構因怕宗澤知道南巡淮甸事，詔不下到開封，而只遞報車駕將還京闕之虛假事實以敷衍之。故宗澤上此奏乃賀表，而非乞疏也。

〔二〕「率土之謡」，《詩・小雅・北山》：「溥天之下，莫非王土；率土之濱，莫非王臣。」

〔三〕「天難諶」，諶，信。《尚書・咸有一德》：「嗚呼！天難諶，命靡常。」

〔四〕「斡」，運。「乾剛」，乾爲天、爲日、爲帝，象徵剛健。

〔五〕「穰穰」，豐盛，衆多。《詩・周頌・執競》：「降福穰穰。」

〔六〕「赫奕」，光顯，盛大。「重光」，日光重明，比喻後王繼顯前王之功德。《尚書・顧命》：「昔君文王、武王，宣重光。」

〔七〕「列辟」，即百辟，原指諸侯，後指公卿大官。《詩・大雅・假樂》：「百辟卿士，媚於天子。」

## 聞車駕議還闕賀表

建炎元年十月，通前後表疏，係第十次奏請〔一〕

恭膺明命〔二〕，肅詔回鑾，下蘇徯后之情，仰對在天之意。葱葱佳氣，增光二百年之休；勉勉遠猷，駿惠大一統之盛。佇觀丕應〔三〕，聿享咸寧。中謝。竊以太祖肇基，奕世嗣服，並據本根之地，宏施實德之風。宅四表〔四〕而率服吾君，奄九有〔五〕而來崇真主。曩緣辰告〔六〕，暫聽時巡。知人久戀於睿慈，聚議獨形於英斷。欲繼志而述事，遂斡乾而轉坤。時方奉於詔書，顧忽聞於雷震。是天喜悦，爲人音聲。想衆懽呼，應時舞蹈。河伯安流而迎駕，雨師灑道以清塵。兒童争提攜於壺漿，父老願平治①於道路。里閭皥皥，田野熙熙。收兩河山寨之心，鎮遠徼夷人之聽。然後御端門〔七〕而肆赦，滌舊染以維新。款宗廟而告歸，儼威容而如在。憂勤祖述，恭儉緝熙，大成有截〔八〕之功，永以無疆惟恤。臣無任云云。

【校】

①「平治」，《建炎以來繫年要録》卷一〇作「治平」。

【注】

〔一〕按，此表上於建炎元年十月中旬。《遺事》：「聞有詔車駕還闕，公上表。繼拜詔將還闕，公喜甚，再上表。」此表云：「曩緣辰告，暫聽時巡……時方奉於詔書，顧忽聞於雷震。」是謂前次得於「辰告」（即前表所云「承遞報」）而上賀表，是次則爲拜見詔書而再上賀表。以前賀表上於十月七日推之，則此再上賀表已在十月中旬。前次得於遞報，誤以爲車駕還京闕，故表稱「還闕賀表」；此次得見詔書，不過謂「捍禦稍定，即還京闕」而已，故此表稱「議還闕賀表」，蓋在糾前次賀表之誤也。

〔二〕「恭膺明命」，指拜受趙構九月二十二日詔。

〔三〕「佇觀」，久立企望。「丕應」，大感應，指天人感應。

〔四〕「宅四表」，宅，安居；四表，四方極遠處。《尚書·堯典》：「光被四表，格于上下。」

〔五〕「奄九有」，奄，覆蓋，包括；九有，九州，指全國。《詩·商頌·玄鳥》：「方命厥后，奄有九有。」《詩·周頌·執競》：「自彼成康，奄有四方。」

〔六〕「辰告」，以時告戒。《詩·大雅·抑》：「訏謨定命，遠猶辰告。」《詩集傳》：「辰，時；告，戒也。辰告，謂以時播告也。」按此表所云「辰告」，即前《聞車駕還闕賀表》所云「承遞報車駕將還闕」，即其時乃出遞報，詔書尚未下到。

〔七〕「端門」，宫殿南面正門，古代帝王登端門大赦天下。

〔八〕「大成」，大功告成，《周易·井卦》象曰：「元吉在上，大成也。」「有截」，即整齊、統一貌。《詩·商頌·長發》：「相土烈烈，海外有截……莫遂莫達，九有有截。」

## 乞回鑾表

建炎元年九月，通前後表疏，係第三次奏請〔一〕

臣聞君陳之尹東郊，深敕謀猷之告后〔二〕；宋璟之守京兆，極明得失而進言〔三〕。皆所以啓沃君心，箴規政闕。矧荷聖神之知眷，有懷宗社之安危。敢忘斧鉞之誅，仰瀆冕旒之聽。中謝。竊以天子居九重之奥窔〔四〕，非務蒙塵〔五〕；京師爲諸夏之本根，當思奠枕〔六〕。倘值艱虞之會，未詳利害之機，或輕萬乘以遠巡，致駭四方之群聽，則本根斯弱，華夏奚安？遠稽唐室之浸微，實乃商鑒之可擬。越自運啓炎宋，卜都大梁，宅中而包三萬里之幅員，創業以貽二百年之基緒。重熙累洽〔七〕，端拱垂衣〔八〕，非緣三歲之親祠，曷見六龍之遠御〔九〕！曩值澶淵之寇，或陳楚、蜀之巡〔一〇〕，賴有直臣〔一一〕，卒排異議。星奔一鏃，膽落四夷〔一二〕。豈圖姦蠹之擅朝，繼被羯胡之猾夏〔一三〕。二聖既以北狩，中都幾至内訌。所幸人無離心，市不易肆，日徯真人之繼統，心傾我后之來蘇〔一四〕。果致宗廟降靈，上穹悔禍。皇帝陛下天縱上聖，運叶中興，載纘璇圖〔一五〕，增光火德〔一六〕。親屈鑾輿以冒犯霜露，躬整師旅以殄滅犬羊。然行在久留於別都〔一七〕，清蹕未回於魏闕，逆胡尚熾，群盜繼興。比聞遠近之驚傳，似有東南之巡幸〔一八〕，此誠王室安危之所繫，天下治亂之所關。仰祈聖慮之深詳，宜戒屬車之輕動。且以中國之倚恃，實爲兩河之盛彊。前自虜騎長驅，列城〔一九〕畏遁，獨懷忠憤，糾進義兵，力抗賊鋒，率多俘馘。然久闕王師之助援，已深民庶之睽疑。近者雖時遣將徂征，渡河深入，尚闕膚公之奏〔二〇〕，先傳南幸之音。慮增四海之疑心，謂置兩河於度外，因成解體，未諭聖懷。倘敵人乘之而縱横，則中國將何以制禦？臣叨膺委寄，代匱留司，兹緣密託於雲天，偶遂敉寧於畿甸。遽報翠華之移幸，深虞中外之難安。願罄孤忠，冀回淵聽。昔奉春委輅建策，猶止洛陽之都〔一一〕；張禹驛馬抗章，尚返江陵之駕〔一二〕。矧丁聖世，曷愧前修。伏願陛下秉虞舜察言之明，體成湯從諫之聖〔一三〕，輟巡南服，回駕汴都，以安東北兵民之情，以慰溥率雲霓之望〔一四〕。則人神悦豫，夷夏謐寧，邊陲指日以肅清，盗賊不令而衰息。咸資睿斷，用杜危機。瀝悃扣閽，罔避龍鱗之觸；傾都拭目，佇迎天仗之還。願俯徇於愚誠，誓益堅於忠報。臣云云。

【注】

〔一〕按，此疏上於建炎元年九月乙巳（十八日），實爲宗澤乞回鑾第四疏，而非第三疏。《遺事》云：「九月乙巳，上表。奏入，不報。」《建炎以來繫年要録》卷九：「建炎元年九月乙巳，東京留守宗澤復上表，請車駕還京師。」

〔二〕「君陳之尹東郊，深敕謀猷之告后」，君陳爲周成王臣。周公遷殷頑民於成周，親自監之。周公既卒，成王命其臣君陳代周公監之，即所謂「君陳之尹東郊」。《尚書·君陳》：「王若曰：『君陳！惟爾令德孝恭，惟孝友於兄弟，克施有政。命汝尹兹東郊，敬哉！……爾有嘉謀嘉猷，則入告爾后於内；爾乃順之於外，曰斯謀斯猷，惟我后之德。』」

〔三〕「宋璟」，唐邢州南和人。武后時任御史中丞，玄宗時仕宰相。宋璟與姚崇先後秉政，剛正敢言，史稱開元之治，姚宋之功爲多。宋璟任京兆尹進言明得失事，見《新唐書》卷一二四《宋璟傳》。

〔四〕「奧窔」，室之西南隅曰奧，室之東南隅曰窔，喻事物深奧之處。

〔五〕「蒙塵」，蒙被塵土，喻帝王失位流亡或駐蹕在外。

〔六〕「奠枕」，安枕，安定。《法言·寡見》：「昔在姬公用於周，而四海皇皇，奠枕於京。」

〔七〕「重熙累洽」，累世昇平昌盛。《文選》班固《東都賦》：「至於永平之際，重熙而累洽。」張銑《注》：「熙，光明也；洽，合也。」

〔八〕「端拱」，端身拱手，「垂衣」，穿長大衣服，指帝王正身斂衣無爲而治。《周易·繫辭下》：「黄帝堯舜垂衣裳而天下治。」

〔九〕指徽宗三年祀奉道教，重用道士林靈素，卒致被擄北去。

〔一〇〕「或陳楚、蜀之巡」，指王欽若請幸金陵，陳堯叟請幸成都。

〔一一〕「直臣」，此指寇準。

〔一二〕「星奔一鏃」，形容飛箭之快，有如流星飛奔。《史記》卷一〇九《李將軍列傳》：「廣出獵，見草中石，以爲虎而射之，中石没鏃，視之，石也。」《新唐書》卷一一一《薛仁貴傳》：「帝曰：『古善射有穿七札者，卿試以五甲射焉。』仁貴一發洞貫，帝大驚，更取堅甲賜之。時九姓衆十餘萬，令驍騎數十來挑戰，仁貴發三矢，輒殺三人。於是虜氣懾，皆降……軍中歌曰：『將軍三箭定天山，壯士長歌入漢關。』九姓遂衰。」宗澤此處所云星奔一鏃，膽落四夷，乃指張瓌以床子弩射殺蕭撻覽，《宋史》卷二八一《寇準傳》：「時威虎軍頭張瓌守床子弩，弩撼機發，矢中撻覽額，撻覽死，乃密奉書請盟。」

〔一三〕「猾夏」，猾，擾亂、侵犯；夏，華夏。《尚書・舜典》：「蠻夷猾夏，寇賊姦宄。」

〔一四〕「徯」，等待，盼望。「真人」，帝王。「后」，君。「蘇」，蘇息安定。《尚書・仲虺之誥》：「徯予后，后來其蘇。」

〔一五〕「載纘璇圖」，載，語助詞；纘，繼承；璇圖，朝廷版圖，比喻國家。

〔一六〕「火德」，宋承火運，故稱「火德」「炎宋」。《宋史》卷一《太祖本紀一》：建隆元年三月壬戌，「定國運以火德王，色尚赤，臘用戌」。

〔一七〕「久留於別都」，指趙構即位於南京。

〔一八〕「東南之巡幸」，指趙構欲巡幸維揚。

〔一九〕「列城」，原指城邑或邊寨城堡，後亦指城邑長官，陸游《喜小兒輩到行在》：「傳聞賊棄兩京走，列城爭爲朝廷守。」

〔二〇〕「膚公」，大功。公，通功。《詩・小雅・六月》：「薄伐玁狁，以奏膚公。」

〔二一〕「奉春」，即奉春君婁敬。婁敬過洛陽，脱輓輅，衣羊裘，見高祖，説高祖棄洛陽，定都關中。《史記》卷九九《劉敬傳》：「過洛陽，高帝在焉。婁敬脱輓輅，衣其羊裘……上召入見，賜食。已而問婁敬，婁敬説曰：『陛下都洛陽，豈欲與周室比隆哉？』……即日車駕西都關中。於是上曰：『本言都秦地者婁敬，婁者，乃劉也。』賜姓劉氏，拜爲郎中，號爲『奉春君』。」

〔三〕「張禹」，此爲東漢張禹，字伯達。永元中入爲大司農，拜太尉，諫和帝巡幸江陵。《後漢書》卷四四《張禹傳》：「（永元）十五年，南巡祠園廟，禹以太尉兼衛尉留守。聞車駕當進幸江陵，以爲不宜冒險遠，驛馬上諫。詔報曰：『祠謁既訖，當南禮大江，會得君奏，臨漢回輿而旋。』及行還，禹特蒙賞賜。」

〔三〕「成湯」，商開國之君，名履。夏桀無道，成湯伐之，遂有天下，國號商。成湯有從諫之善，《尚書·伊訓》：「嗚呼！先王肇修人紀，從諫弗咈，先民時若；居上克明，爲下克忠。」

〔四〕「雲霓之望」，《孟子·梁惠王下》：「民望之，若大旱之望雲霓也。」

## 乞回鑾表 建炎二年正月，通前後表疏，係第十三次奏請〔一〕

臣言：今月二十四日，準范世延等賫降詔命，車駕將欲還闕者〔二〕。比遣屬僚仰輸誠款〔三〕，薦瀆蓋高之聽〔四〕，益懷履薄之憂。睿眷矜憐，特賜回鑾之詔；愚忠戀慕，愈增徯后之誠。中謝。竊以萬乘來歸，六龍扈從，雨伯前驅而灑道，河神迎駕以安流。不煩夾道之壺漿，自有隨師之甘露。人情皞皞，如聽《南風》〔五〕；天意昭昭，乃回西顧。再斡乾坤之造，重增宇宙之光。赫有宋之中興，奄多方而大定。想瞻原廟〔六〕，應加肅穆之儀；爰御端朝，愈見鬱葱之氣。雍容對越〔七〕，駿惠緝熙，宏收率土之歡，誕作普天之宥。下所欲者，上必從之。恭惟皇帝陛下，踐祚應天，時巡淮甸，備歷艱難之事，盡敦勤儉之風。謂京師爲諸夏本根，而元后作斯民父母。念本根不宜摇動，謂父母自合依歸。兹俄奉於詔音，衆但知於抃舞。願陛下繼志述事，整頓萬幾；願陛下命將出師，邀迎二聖。平蕩戎夷之窟，保全疆埸之封。坐視穆清，時躋仁壽。臣云云。

【注】

〔一〕按，此表上於建炎二年正月末。《建炎以來繫年要録》卷一三云：建炎二年二月乙丑（十一日），「開封府判官范世延奉宗澤表至行在，上諭以旦夕北歸之意，澤復上奏以謝……」其將宗澤上此表定在二月十一日，顯誤。范世延並無在二月十一日奉表詣行在之事，此表分明言日奉詔而回。《遺事》云：「（正月）丁未，公復上疏。公再上表。二月丙辰，敵騎再犯西京……」是明將上此表時間定在正月末，可見宗澤正月丁未疏乃是范世延賫往行在，故可在二十四日得奉詔命。其由行在歸至開封，當已在二十六、二十七日，澤再上此表約在二十八、二十九日間。後宗澤在六月所上第二十三次《乞回鑾疏》中云：「臣以故自今年正月、三月，兩次遣屬吏及臣之子，捧表遠詣行在投進。」所謂正月遣屬僚（即范世延）捧表詣行在投進，即指此《乞回鑾表》，可見二月並無宗澤上表之事。

〔二〕此即指趙構正月丁未（二十二日）詔，其中有「朕駐蹕淮甸，欲還故都」之虚言（見《建炎以來繫年要録》卷一二）。

〔三〕此即指宗澤正月丁未（二十二日）所上第十二次奏請，「屬僚」者，即范世延。

〔四〕「薦」，屢次，一再。「蓋高」，指天。

〔五〕「南風」，古詩名。相傳虞舜作五絃琴，以歌《南風》。《史記》卷二四《樂書》：「昔者舜作五弦之琴，以歌《南風》。」《集解》：「鄭玄曰：『南風，長養之風也。言父母之長養己也，其辭未聞也。』王肅曰：『《南風》，育養民之詩也。其辭曰：「南風之薰兮，可以解吾民之愠兮。」』」

〔六〕「原廟」，正廟之外别立之廟。《史記》卷八《高祖本紀》：「思高祖之悲樂沛，以沛宫爲高祖原廟。」此處所言原廟即宗廟。

〔七〕「對越」，即對揚，對答稱揚。

## 乞回鑾表　建炎二年三月，通前後表疏，係第十八次奏請〔一〕

臣言：屢奏囊封，疊干宸扆〔二〕，聖主未頒於明命，愚臣敢避於嚴誅？謹攄悃愊之誠，再瀆高明之聽。願從人欲，以格天休〔三〕。中謝。竊以京師是諸夏本根，元后作斯民父母。本根如已深固，則枝葉自爾扶疏；父母若未安寧，則子孫無緣泰定。兹實簡編之成理，蓋非里巷之浮言。始陛下踐祚於應天，萬方皆欣其有主；近陛下駐蹕於淮甸，百姓因此而致疑。何前日之郡縣靖共，而近時之盜賊荒擾？繇勤王者弗恤，與救駕者靡憐。贊主上遠父與兄，乃巡南服〔四〕；助姦臣贖壻與子〔五〕，欲棄中原。百爲祇肆於誕謾，一事罔繇於誠實。迹狀如此，情意可知。伏望陛下，斷自淵衷，早回法駕，據本根而致治，體父母以視民。俾民①人自勉勉以來王，皇②天亦穰穰而降福〔六〕。恩③霈端門之赦，歡收寰宇之心。俗既遠罪以歸農，虜亦望風而遁跡。王室自兹再造，大宋繇是中興。黎民時雍，萬世永賴。果臣有飾非之語，則臣甘誤國之誅。狂妄奏陳，憤懣流涕。臣云云。

【校】

①「民」字，底本原無，據《建炎以來繫年要録》卷一五補。

②「皇」字，底本原無，據《建炎以來繫年要録》卷一五補。

③「恩」，《建炎以來繫年要録》卷一五作「澤」。

【注】

〔一〕此表作於建炎二年三月六日，實爲第十五次奏請，而非第十八次奏請。《遺事》云：「三月乙酉，公復上疏，不報……己亥，公復上疏。」中間遺漏三月六日（庚寅）所上之表，即此表也。今按，《寶真齋法書贊》卷二二著録有宗澤《差宗穎赴行在進表劄》云：「今差迪功郎、幹辦京城留守機宜文字、提振京城四壁一行事務等宗穎，朝奉郎、親賢宅講書、兼權太常寺丞呼延次升，同捧表詣行在投進，迎請聖駕還闕……建炎二年三月六日。」可見宗澤此表作於建炎二年三月六日，而於三月十日差宗穎等詣行在投進（見後《差宗穎赴行在投進文字劄》注〔一〕）。後宗澤於六月初所上第二十三次奏請《乞回鑾疏》云：「臣以故自今年正月、三月，兩次遣屬吏及臣之子，捧表遠詣行在投進。」所謂三月遣屬吏及子捧表詣行在投進，即指此乞回鑾表，蓋宗澤三月中唯上此一表也。

〔二〕「宸扆」，「宸」，帝王所居之處；「扆」，帝王座位後所依之屏風；「宸扆」，借指君位。

〔三〕「以格天休」，格，感應，感通；休，美善；天休，指天之休命。格天休，即與美善的天命感應。《尚書·君奭》：「成湯既受命，時則有若伊尹，格於皇天。」

〔四〕「父與兄」，指徽、欽二帝。「巡南服」，指南巡淮甸。

〔五〕「助姦臣贖壻與子」，指趙構起用六賊姦人之壻與子，如《建炎以來繫年要録》卷九：建炎元年九月丁酉，「詔荆襄、關陝、江淮皆備巡幸……戊戌，詔勒停人葉著復朝奉大夫。著，蔡京子埍也，靖康初，自顯謨閣直學士斥去，至是用赦復之」。

〔六〕「勉勉」，勤懇不懈貌，《詩·大雅·棫樸》：「勉勉我王，綱紀四方。」「穰穰」，豐盛衆多，《詩·周頌·烈祖》：「自天降康，豐年穰穰。」

# 乞回鑾表 建炎二年四月，通前後表疏，係第十九次奏請〔一〕

臣某言：《易》謂「省方」，《書》言「輯瑞」〔二〕。是天子或時巡於下土，邦人可瞻仰於至尊。然古今之事勢有殊，宜觀會通而制治；況上下之人情至切，思聞詔命以回鑾。故老臣再瀝於血誠，願聖主早形於睿斷。意狂罪大，語出涕零。中謝。臣伏聞先有格言，事必師古。藝祖應天而受成命，太宗繼志以集大勳。列聖所以繼繼繩繩①〔三〕，諸福所以穰穰簡簡〔四〕，皆②在京師本根之地，以爲寰宇朝覲之天，端拱而坐九重，穆清而朝萬國。陛下纘承寶緒，紹述丕圖，當奄九有而有爲，體三無〔五〕而無外。奈有姦臣之臆説，與憑賊虜之誕辭，忘周宣之中興〔六〕，循晉惠之往轍。天下之來勤王者使去，義夫之黥救駕者弗知。兩河保山寨之忠民，四方作草竊之賊子。皆緣陛下久駐蹕於淮甸，咸思慕於翠華，懷抑鬱而籲天罔聞，致猖狂而遷善無路。果還法駕，大肆鴻恩，人當澡雪〔七〕以歸農，虜亦遁逃而屏跡。逷追一統之大，丕昭萬世之休。兹甚易知而易行，勿謂難測而難識。但去阿諛柔佞之語，而宏剛健中正之風，必天日之炤臨，應祖宗之保祐。一人有慶，庶績其凝。臣無任云云。

【校】

①「繼繼繩繩」，《建炎以來繫年要録》卷一五作「繼繼承承」。

②「皆」，底本原作「實」，據萬曆本、《建炎以來繫年要録》卷一五改。

【注】

〔一〕此表上於建炎二年四月己未（六日）。《遺事》：「四月己未，公復上表。」《建炎以來繫年要録》卷一五：四月己未，「是日，宗澤復上表，請上還京」。按《寶真齋法書贊》卷二二著録有宗澤《與五三機宜書》云：「諸表不知何日……後來會有旨許上殿否？……送五三機宜收，四月十二日。」此所云「諸表」，即包括宗澤所上此表。

〔二〕「省方」，視察四方，《周易・觀卦》：「先王以省方觀民設教。」「輯瑞」，聚斂收集瑞玉，《尚書・舜典》：「偏於群神，輯五瑞。」《傳》：「舜斂公侯伯子男之瑞圭璧盡，以正月中，乃日日見四岳及九州牧監，還五瑞於諸侯，與之正始。」

〔三〕「繼繼」，持續不斷，韓愈《平淮西碑并序》：「聖子神孫，繼繼承承。」「繩繩」，衆多貌，《詩・周南・螽斯》：「宜爾子孫，繩繩兮。」

〔四〕「簡簡」，洪大，《詩·周頌·執競》：「降福簡簡，威儀反反。」

〔五〕「三無」，按儒、釋、道皆講「三無」。道家謂無爲、無知、無欲；佛家謂無念、無住、無相；儒家謂心之三無，《禮記·孔子閒居》：「子夏曰：『……敢問何謂三無？』孔子曰：『無聲之樂，無體之禮，無服之喪，此之謂三無。』」《疏》：「無聲之樂，無體之禮，無服之喪，此三者，皆謂行之在心，外無形狀，故稱無也。」宗澤此處所云「三無」，蓋指天子端拱無爲之「三無」。

〔六〕「周宣之中興」，周宣王在位，用仲山甫、尹吉甫等，北伐玁狁，南征荆蠻、淮夷、徐戎，史稱宣王中興。

〔七〕「澡雪」，洗滌潔淨。《莊子·知北游》：「澡雪而精神。」

## 遺表 建炎二年七月〔一〕

心期許國〔二〕，每輸扶厦之忠；死不忘君，猶積戀軒〔三〕之意。魂魄將離於形體，精忱願達於冕旒〔四〕。中謝。伏念猥〔五〕以樸忠，受知淵聖〔六〕，擢自困躓羈窮之際，付以寇虜往來之衝〔七〕。適遇陛下出總元戎〔八〕，察臣粗著勞效，坐籌密計，俾臣得預屬僚。逮夫踐祚之初，首録孤危之跡。寇攘未泯，暫爲淮甸之巡；宗廟斯存，委守留司之鑰。力小任重，志大心勞，誓殄羯胡，再安王室。但知懷主，甘委命於鴻毛；無復偷生，期裹尸於馬革。

夙宵以繼，寢食靡寧。斯民獲奠枕之安，胡馬無飲河之患①〔九〕。事爲紛至，黽勉惟多。回視頹齡，已迫桑榆之晚景；益堅素節，每期松柏之後彫。豈謂餘生，忽先朝露，尚扶病以治事，敢愛己以顧私？陰陽之寇洊深〔一〇〕，藥石之功莫效，少延殘喘，庶畢願言。昨有招安到楊進等，約其衆多，無慮百萬。昔嘗爲寇，頗聚衆以震師；今已革心，欲爲國而戡難。足踵道路，雲集都城，已涓吉而戒塗，擬成功於指日〔一一〕。干戈未舉，舟壑忽移〔一二〕。神爽飛揚，長抱九泉之恨；功名卑劣，尚貽千古之羞。仰憑睿眷之深，必無生死之異。屬臣之子〔一三〕，記臣之言②，力請回鑾，亟還京闕，上念社稷之重，下慰黎民之心。命將出師，大震雷霆之怒；救焚拯溺，出民水火之中。夙荷君恩，敢忘尸諫〔一四〕？顒昂法座，無繇再望於清光；枯朽微生，從此永辭於宸扆。臣無任云云〔一五〕。

【校】

①「患」，底本原作「意」，據萬曆《義烏縣志》及文意改。

②「言」，底本原作「名」，據萬曆本、崇禎本及萬曆《義烏縣志》改。

【注】

〔一〕此遺表上於建炎二年七月丙戌（四日）。《遺事》云：「積憂成疾，疽發於背。諸將問疾，排闥而入……諸將退，公復歎曰：『吾度不起此疾。古云：「出師未捷身先死，長使英雄淚滿襟。」』翼日，公薨，實七月十二日也。是日，風雨晦冥，公臨啓手足，連呼『過河』者三，無一語及家事。先乞休，訓詞曰：『忠於許國，允資剸劇之才；老矣告勞，宜遂歸休之志。眷言哲人，爰錫綸章。宗澤器識恢宏，性資方正，事達古今之要，才兼文武之全。逮予纂圖，俾受留鑰，恩威並施，夙夜惟勤。生靈賴芘以保聚，寇盜望風而披靡。方資謀畫，遽以疾聞，力貢忱辭，懇求謝事。念宣力之勤瘁，宜錫命以褒嘉。歲五百而生賢，克濟艱難之業；禮七十而致仕，益高知止之風。乃命進階，以昭貴老；尚期勿藥，以介壽康。可特命朝散大夫、依舊資政殿學士賜如故。』繼上《遺表》。時已有旨除公門下侍郎、御營副使，依舊京城留守，至是贈觀文殿學士、通議大夫致仕。」宗澤卒於七月十二日，卒前早已有疾，先是乞休，特命朝散大夫；然後上《遺表》，除門下侍郎、御營副使。可見宗澤上《遺表》應在七月上旬。今按《宋史》卷二五《高宗本紀》云：「七月丙戌，宗澤薨。」《建炎以來繫年要録》卷一六亦將宗澤薨繫於七月丙戌（四日）下，云：「《宋史》繫丙戌日。」此必是因宗澤上《遺表》在七月四日，後遂誤以爲宗澤卒在七月四日。

〔二〕「許國」，爲國效命。杜甫《前出塞九首》之一：「丈夫誓許國，憤惋復何有。」

〔三〕「軒」，即軒駕，帝王車駕。「戀軒」，盼念趙構車駕回東京。

〔四〕「冕旒」，古代禮冠中最尊貴的一種，天子之冕十二旒，後用冕旒指代皇帝。

〔五〕「猥」，謙詞，猶言辱。

〔六〕「淵聖」，指淵聖皇帝欽宗趙桓。

〔七〕「衝」，指衝要，在軍事或交通上有重要作用的地方。

〔八〕「出總元戎」，指趙構任兵馬大元帥。

〔九〕「胡馬飲河」，指金兵渡河南侵。

〔一〇〕「陰陽之寇」，古人以爲人生病是濁氣侵入體内、陰陽失調所致，故稱「陰陽之寇」。「洊深」，一再侵入。

〔一一〕按，此乃宗澤自謂已作好渡河北伐之準備。《三朝北盟會編》卷一一七引《靖康小雅》云：「始招徠巨寇如楊進、丁進之流，得兵數十萬人……連章乞車駕還闕，身願率所訓兵暨所招盜賊，渡河北進討。時黄潛善、汪伯彦當國，雖力沮之，而公之意未嘗少衰。既而上悟其姦，拜公門下侍郎、御營副使，依舊留守。建炎二年，有旨遣韓世忠之伊洛，又令滄帥劉錫密結河朔之人，自青州絶河進兵，命公總大衆自滑而北，期集於中山。公聞命欣躍，賫金銀兵械纖悉畢具，行有日矣。而潛善、伯彦恐公成功，又以姦計從中止之。公大憤懣，鬱鬱久之，疽發背而死。」

〔一二〕「舟壑忽移」，《莊子·大宗師》：「夫藏舟於壑，藏山於澤，謂之固矣，然而夜半有力者負之而走，昧者不知也。」後以「壑舟」「舟移」喻事物變化，無可避免。

〔三〕指宗穎。

〔四〕「尸諫」，即以死諫君。《韓詩外傳》卷七：「衛大夫史魚病且死，謂其子曰：『我數言蘧伯玉之賢而不能進，彌子瑕不肖而不能退，爲人臣生不能進賢而退不肖，死不當治喪正堂，殯我於室足矣。』衛君問其故，子以父言聞。君造然召蘧伯玉而貴之，而退彌子瑕；徙殯於正堂，成禮而後去。生以身諫，死以尸諫，可謂直矣。」

〔五〕按：《遺事》云：「繼上《遺表》……至是贈觀文殿學士、通議大夫致仕。」康熙丙戌刻本《宋宗忠簡公全集》卷首載有《贈觀文殿學士通議大夫誥》：「具官宗澤，氣勁而謀深，識高而慮遠。懷尊主庇民之志，有愛國忘家之心。逮朕省方，擢司留鑰，言多底績，勇於敢爲。折衝樽俎之間，制敵股掌之上。三軍服其紀律，百姓安於教條。方藉壯猷，以復大業；比觀奏牘，遽爾告終。未究雄圖，但聞遺愛，載用嘉歎。李廣云亡，史有成蹊之喻；羊公已逝，時興墮淚之思。陞觀殿之華資，進文階之峻秩，特隆異數，并示眷懷。英烈如存，尚克歆饗。特贈觀文殿學士、通議大夫致仕，庸昭休命，益彰乃勳。」與《遺事》所載訓詞稍異。

## 謝親札令縱遣虜使表 建炎元年八月，知開封府日〔一〕

懷柔〔二〕遠人，親灑宸翰，既哀矜於僞①使，復肆宥於愚臣。仰承曠蕩之湛恩，但增感涕；恭俟熒煌之法駕，早賜回鑾。中謝。伏念臣垂釣渭濱〔三〕，耦耕莘野〔四〕，居厲舉毛〔五〕之志，誓端造膝之誠，斷斷無他，皇皇有素。偶承宣於溢水，辱顧盼於潛龍〔六〕。依日角之炤臨，見天顔之咫尺〔七〕。恪攄情悃，瀝竭論思，願戡外侮之艱難，力助中興之事業。曩聞虜使，祇賫僞楚之書〔八〕；因憤戎心，失奉本朝之意。是藉口以覘虚實，欲合衆以苟侵陵，實不憤於誕謾，遂乞收於囹圄，庶全國體，以爍姦謀。豈敢涉於自專，乃上貽於北顧？恐懼承旨，倉惶改圖。文列雲漢之昭回〔九〕，精神滉瀁；筆現奎躔之赫奕〔一〇〕，耳目疏通。旋收錯愕之魂，仰認撫綏之意。更聽警蹕，永保生成。臣云云〔一一〕。

【校】

①「僞」，底本原作「外」，據崇禎本及文意改。

【注】

〔一〕此表上於建炎元年八月上旬。關於宗澤拘羈金使不縱事，史書叙述甚爲舛誤，唯《遺事》云：「八月壬戌，以公兼京師副留守……繼奉詔，令所拘留敵使，遷置別館，優加待遇。公上疏，再奉詔曰：『卿彈壓强梗，保護都城，寬朕顧憂，深所倚仗。但拘留金使，未達朕心。朕之待卿盡矣，卿宜體此。』公奉詔，即出八人縱之，上表謝。丙寅，詔賜對衣金帶。」《遺事》將宗澤上此表時間叙在八月壬戌（五日）至八月丙寅（九日）之間，不誤。《建炎以來繫年要録》卷一〇云：十一月辛卯，「時河東軍前通問使宣教郎傅雱、副使閤門宣贊舍人馬識遠至汴京……雱見留守宗澤，諭使縱遣所拘北使，澤不從。雱至揚州，以金國書對於後殿，爲上言：『兵交使在其間，今留之不足以壯威，徒使鄰國交惡。』上納其言」。李心傳叙事含混，將傅雱出使、見宗澤令縱遣金使、歸至揚州一併繫在十一月辛卯（五日）下，尤誤。實則傅雱出使金在七月中旬，其至汴京見宗澤令縱遣金使在七月下旬，傅雱《建炎通問録》叙述甚明：「次日出門，即起離南京，前去京東措置一行禮物等事。七月盡間，方到鞏縣，便差人賫大宋通問所牒，去大金國河陽府投下……至第九日方得河陽關報……」（《三朝北盟會編》卷一一〇引）由傅雱七月二十九日到鞏縣推之，則其由南京到達東京開封在七月二十六、二十七日間，趙構令縱遣敵使親劄必是其時由傅雱賫至東京開封給宗澤，令其即縱遣金使，蓋爲傅雱出使金國所急需也。而宗澤反對乞和，不肯縱遣金使，拖至八月六、七日方上此《謝親札令縱遣虜使表》，亦不過一敷衍之文，其實並未真縱遣金使，《遺事》云「公奉詔，即出八人縱之」，亦非。

〔二〕「懷柔」，招來安撫。《詩・周頌・時邁》：「懷柔百神，及河喬嶽。」後稱統治者籠絡安撫外國或少數民族爲懷柔。

〔三〕「垂釣渭濱」，指姜太公渭水垂釣事。《史記》卷三二《齊太公世家》：「吕尚蓋嘗窮困，年老矣，以漁釣奸周西伯……周西伯獵，果遇太公於渭之陽，與語大説……載與俱歸，立爲師。」

〔四〕「耦耕莘野」，指商伊尹耕於有莘之野事。《孟子・萬章上》：「伊尹耕於有莘之野，而樂堯舜之道焉。」

〔五〕「舉毛」，亦稱毛舉，言所舉之事如毫毛般輕微、細碎。《漢書·刑法志》：「徒鉤摭微細，毛舉數事以塞詔而已。」

〔六〕「滏水」，即滏陽河，源出磁州滏山。此處借指磁州。「偶承宣於滏水」，指宗澤靖康元年九月除知磁州。「潛龍」，指趙構。「辱顧盼於潛龍」，指宗澤知磁州時，趙構開大元帥府於相州，命宗澤爲副元帥。

〔七〕「日角」，額骨中央隆起，形狀如日，大貴之相，後用以比喻帝王。「見天顔之咫尺」，指宗澤建炎元年六月赴行在入對。

〔八〕「祇賫僞楚之書」，指建炎元年六月金使以出使僞楚之名至京師開封，《建炎以來繫年要録》卷六：建炎元年六月乙亥，「一日，有金使牛太監等八人，以使僞楚爲名，直至京師。澤曰：『此覘我也。』即白留守范訥械繫之」。

〔九〕「雲漢」，天河。「昭回」，天河星辰光照運轉於天。《詩·大雅·雲漢》：「倬彼雲漢，昭回於天。」後用雲漢昭回比喻日月或帝王的光輝所照臨。上官婉兒《和九月九日登慈恩寺浮圖應制》：「睿詞懸日月，長得御昭回。」

〔一〇〕「奎」，星名，二十八宿之一。「躔」，星辰運行軌迹。奎星主文章，後來言文章、文運、文士多用「奎」字，皇帝所寫的詔書稱「奎書」「奎章」。「筆現奎躔」，指趙構御筆，所謂「親劄」也。

〔二〕按，《遺事》云：「公奉詔，即出八人縱之，上表謝。」其説爲誤。《建炎以來繫年要録》卷七云：建炎元年七月丁未，「詔答曰：『卿彈壓强梗，保護都城，深所倚仗。但拘留金使，未達朕心。』澤猶不奉詔。《澤遺事》云：『公奉詔，即出金人縱之，上表謝。』案，傅雱《通問録》，雱以今年十一月使還，奏乞釋金使，詔可。明年，宇文虚中出使至汴，澤在病告，虚中始釋之」。卷一〇：建炎元年十一月辛卯，「雱見留守宗澤，諭使縱遣所拘北使，澤不從。雱至揚州，以金國書對於後殿，爲上言：『兵交使在其間，今留之不足以壯威，徒使鄰國交惡。』上納其言」。卷一六：建炎二年七月癸未，「初，澤既拘留金使，上屢命釋之，澤不奉詔。至是資政殿大學士、充大金祈請使宇文虚中至東京，而澤已病，虚中攝留守事，遂歸之」。今按許景衡有《論宗澤劄子》（見《横塘集》卷九），即論宗澤不縱遣金使事，上在八月二十七日，《遺事》云：「時議者多以公拘囚金人爲非，獨尚書左丞許景衡知公最深，上疏辨之，曰……八月二十八日，奉聖旨：『朝廷别無行遣，亦無臣僚論列章疏。劄下炤會。右劄送京城留守宗延康。』公拜命，上表稱謝，表佚。」《建炎以來繫年要録》卷八亦云：「先是論者多以澤爲非，景衡入朝，以病未得見，首上疏辯之。疏入，上大悟，詔朝廷别無行遣，亦無臣僚章疏。仍封景衡奏示澤，由是澤賴以安。」可見宗澤直至八月二十八日亦未縱遣金使，故朝中多有議者，而朝廷對宗澤别無行遣，故其再上表稱謝，亦未即縱遣金使。直至十一月傅雱出使回，才重提此事，而宗澤仍不奉詔縱遣金使。卒至次年七月宗澤病故後，由宇文虚中縱遣之。《建炎以來繫年要録》所言當屬實。

## 除京城留守兼開封尹謝賜對衣金帶表 建炎元年八月〔一〕

猥叨眷奬，併冒寵光，分内府之衣，而副之兼金〔二〕；出上廄之馬，而飾以華較〔三〕。鞶帶爲曳婁知感〔四〕，負乘增羞〔五〕。伏念臣濫中儒科，汎駕仕路，偶緣遭遇，洊被使令。鞶帶爲城〔六〕，本無善策；下車搏虎〔七〕，徒有壯心。雖殫犬馬之勞，曾乏絲毫之效。敢圖異數，誤逮孤忠；不稱身章，尤慚蕃錫。此蓋伏遇皇帝陛下，法天之健，躬攬萬幾；合日之明，光被九有。察臣腹心忠義，曲賜顧憐；知臣蹤跡羈單，每加覆露。故令衰朽，亦玷恩榮。臣謹當克勵駑庸，勉效綿薄，雖逼桑榆之景，敢渝金石之心？知無不爲，深戒容身之計；老當益壯，永懷報主之忠。臣無任云云。

【注】

〔一〕此表上於建炎元年八月丙寅（九日）。按此表乃爲宗澤除延康殿學士、京城留守兼開封府尹賜對衣金帶鞍馬所上謝表，《遺事》云：「除公延康殿學士、京城留守兼開封尹。訓辭曰：『汴居鄭、滑、曹、許之間，其地平衍，無山河百二之固。太平日久，人亦惰驕，骫骳不武。一經身邊塵，矍然惕息，尤欲得人而綏輯之。具位某，頃守溢陽，一節不撓，艱難險阻，忠力彌劭。酌爾其戢奸恤隱，膺簡寄，更試留鑰，曾未閱月，政聲流聞。延登祕殿之華，增重畿封之任。寬猛之中，使民畏而愛之，稱朕畀付之意。』公具狀辭免，降詔不允，曰：『省所奏辭免恩命事，具悉。國家制均諸郡，溥循銅虎之規；體重别都，特厚玉麟之寄。矧今京邑，實古大梁，億載之所卜年，列聖於斯御極。肆朕纂承之始，暫爲巡狩之行。倚貴臣而居留，仍兼官於尹正，庶幾彈壓，克用敉寧。卿堅强敢爲，慷慨自信，威足以禁暴，明足以督奸，善良恃以帖安，豪猾爲之戢息。兹陞華於祕殿，俾增重於中都。何必謙撝，形於奏牘。往膺褒顯，以副眷懷。所請宜不允。』上表謝。……丙寅，詔賜對衣金帶，上表謝。」訓辭反復云「延登祕殿之華」，「兹陞華於祕殿」，可見是次乃是宗澤除延康殿學士所賜，此表題遺漏「除延康殿學士」，尤不當，易與宗澤前次除東京留守兼開封府尹相混。

〔二〕「内府之衣」，即對衣。對衣，即襲衣，《建炎以來繫年要録》卷七：「詔賜澤襲衣金帶。」襲衣，成套衣服。文瑩《玉壺清話》卷三：「（太祖）賜去華襲衣、銀帶，爲右補闕。」「兼金」，原指價值倍於尋常的精金，此處指金帶。《孟子·公孫丑下》：「前日於齊，王餽兼金一百而不受。」

〔三〕「華鞍」，華美的鞍橋。較，即橋。馬鞍形似橋，故稱鞍橋。《北史·傅永傳》：「能手執鞍橋，倒立馳騁。」

〔四〕「曳婁」，牽引。《詩·唐風·山有樞》：「子有衣裳，弗曳弗婁。」

〔五〕「負乘」，背負着東西的人乘坐車子，原意喻小人居於君子之位。《周易・解卦》：「負且乘，致寇至。」《繫辭上》：「負也者，小人之事也；乘也者，君子之器也。小人而乘君子之器，盜思奪之矣。」

〔六〕「縈帯爲城」，《墨子・公輸》：「子墨子解帶爲城，以牒爲械，公輸盤九設攻城之機變，子墨子九拒之。公輸盤之攻械盡，子墨子之守圉有餘。」後以「縈帶全城」爲守城却敵之典。《後漢書》卷八九《張衡傳》引張衡《應閒》云：「弦高以牛餼退敵，墨翟以縈帶全城。」

〔七〕「下車」，指初到任，《後漢書》卷七九《儒林傳序》：「及光武中興，愛好經術，未及下車而先訪儒素。」「搏虎」，即暴虎，空手搏虎，《詩・鄭風・大叔于田》：「襢裼暴虎，獻于公所。」

## 謝降詔奬諭表　建炎元年八月〔一〕

中謝。守麟符之兩月〔二〕，方懼罔功；下漢札於九天〔三〕，遽叨睿奬。恩言曲逮，俯已增榮。竊惟京邑衆大之居，實爲諸夏本根之地。封畿廣遠，民物浩穰。豪彊萃聚，而彈壓當先；姦伏紛拏〔四〕，而發摘〔五〕匪易。比在熙平之盛，尚稱綏撫之難；況當兵火被毒之餘，繼以府治曠官之後。閭閻彫弊，綱紀隳頽，兇殘罔畏於明刑，掠奪公行於白晝。仰勤憂顧，誤被柬求。而臣學昧知方，器非任重，徒抱孤忠而許國，妄期薄效以報君。初抵都畿，首蠲宿蠹，鉏耰姦暴，剪蕩寇攘〔六〕。良民獲奠枕之安，昏夜罕鳴枹〔七〕之警。悉奉行於條詔，偶坐格於謐寧。陛下憐臣帥府參籌，叨塵簪履之舊；念臣神州領尹，粗宣犬馬之勞。特陞祕殿之隆名，仍畀留司之重寄。深虞尸素，仰玷倚毗。茲蓋伏遇皇帝陛下，柔①如神之智，以臨炤百官；體逮下之仁，以駕馭群俊。彰德非專於爵賞，念功思奉於綸言〔八〕。冀風勸於臣鄰，俾日新於事業。致茲庸陋，獲預寵褒。臣敢不祗服訓詞，恪司管鑰？金城雉堞，嚴守禦以增崇；甸服〔九〕田疇，咸勞來〔一〇〕而安輯。經費務先於實粟，練兵敢怠於防秋？預畫事宜，悉符告戒。刻宸章於琬琰〔一一〕，式昭天府之榮觀；傳寶訓於雲來，永侈老臣之知遇。更殫九殞，少補萬分。臣無任云云。

【校】

①「柔」，崇禎本作「美」，萬曆本作「秉」。

【注】

〔一〕此表上於建炎元年九月十七日，原題「八月」誤。《遺事》云：「（九月）乙未，上劄子……辛丑，准省劄。九月五日，三省同奉聖旨：『依令宗澤，其功罪尤甚之人，申取朝廷指揮。右劄送東京留守宗延康，准此。』繼拜詔將諭曰：『昔趙廣漢之尹京兆，民稱頌不容口，以爲自漢興，治三輔者皆莫能及。朕念京師兵火之後，遴選撫綏彈壓之才。以卿帥府舊僚，從班耆宿，擢居尹正之任，肅然政令之行，摧折豪强，發擿奸伏，剛果不撓，盗賊屏跡。夷考前躅，能以嚴治，威克允濟，亦莫如卿。比陞祕殿之隆名，仍專留司之重寄，視古無媿，乃績可嘉。載惟王畿千里之封，實爲諸夏本根之地。都邑閭閻之衆，既遂謐寧；甸服田畝之間，益當安輯。以至練防衛之兵，謹城守之備，經營財用，預思可繼之圖，拯濟艱虞，務存善後之策。諒卿體國之志，必通時事之宜，嗣有寵休，靡忘褒賛，故兹昭示，想宜知悉。』上表謝……乙巳，上表。」《遺事》將宗澤上此謝表叙在九月辛丑（十四日）至九月乙巳（十八日）之間，則此《遺事》中之「九月五日」當是九月十五日之誤，而宗澤上此謝表必在十五日至十七日之間。按，此謝表明云「守麟符之兩月」，宗澤七月十七日至京城開封上任，可見宗澤此謝表應上於九月十七日。

〔二〕「守麟符之兩月」，指宗澤任開封府尹、東京留守已兩月。

〔三〕「下漢札於九天」，指九月十五日趙構所下奬諭詔。

〔四〕「紛拏」，牽纏雜亂。

〔五〕「發摘」，即發擿，揭發、檢舉。《後漢書》卷三八《法雄傳》：「善政事，好發擿姦伏。」

〔六〕「首躅宿蠹，鉏耰姦暴，剪蕩寇攘」，見《遺事》：「公到，首發爲敵之淵藪者數人，誅之。又令都市曰：『爲盗者，贓無輕重，並從軍法。』由是豪强退縮，盗賊屏竄，人皆靡然悦服，曰：『今有宗公，我不危矣。』」

〔七〕「鳴枹」，用枹擊鼓以示警。

〔八〕「綸言」，猶綸音，指皇帝詔書。

〔九〕「甸服」，古代在王畿外圍，每五百里爲一區劃，按距離遠近分侯服、甸服、綏服、要服、荒服爲五服。

〔一〇〕「勞來」，勤勉、勸勉。「勞來」，雙聲字，來亦訓勞。

〔一一〕「琬琰」，美玉。《孝經序》：「寫之琬琰，庶有補於將來。」

## 謝中使傳宣撫諭表 建炎元年十月〔一〕

星使〔二〕自天，玉音在耳。恭被聖神之賜，頓增畿甸之光。臣固衰微，倏望天顔於咫尺；人咸慶抃，願隨獸舞〔三〕以駿奔。感戴而思，涕淚以血。中謝。恭惟皇帝陛下，聰明睿智，恭儉憂勤，稟天縱之多能，亶日新之盛德，整淵衷之孝悌，思沙漠之父兄。天鑒昭回，必助恭行之罰〔四〕；人心激勵，盡懷敵愾之誠。因矜浩穰之都，遂遣皇華〔五〕之命。里閭見九天之軺從，競夾道以焚香；父老聞萬歲之歡呼，但吞聲而飲泣。伏望陛下，誕宣温詔，早敕回鑾，庶寬大旱之望雲，式慰調飢〔六〕之念食。卑誠懇切，輿論傾依。臣無任云云。

【注】

〔一〕此表上於建炎元年十月中旬。《遺事》曰：「公誅鋤强梗，撫民居，經制財用，各有條緒。凡兩河、京東西州郡文移往來求軍需者，則撤在京所有，隨多寡應之，欲其同心濟難，不以彼此爲間。時行在所遣中使傳宣撫問，上表謝。繼聞車駕南幸，公復奏疏。」按宗澤聞車駕南巡而上第十一次乞回鑾表在十月下旬，則宗澤上此表應在十月中旬末。

〔二〕「星使」，天使。古天文家認爲天節八星主使臣持節，宣威四方，因稱皇帝使者爲星使。

〔三〕「獸舞」，《尚書·舜典》：「予擊石拊石，百獸率舞。」

〔四〕「恭行之罰」，指天罰。《尚書·牧誓》：「今予發，惟恭行天之罰。」

〔五〕「皇華」，《詩經》中有《皇皇者華》篇，《詩序》以爲是君遣使臣之作，後遂用「皇華」作使人或出使的典故。

〔六〕「調飢」，謂朝飢，表渴慕的心情。《詩·周南·汝墳》：「未見君子，惄如調飢。」《箋》：「未見君子之時，如朝飢之思食。」

# 謝收捕開封府稱御前收買珠玉仍出榜告諭都人表 建炎元年十月〔一〕

基王化而宅域中，端臨萬國；躬儉實以先天下，懋迪群黎。宸翰誕頒，民風丕變。朝野識德意之所嚮，邦家知泰階之可期〔二〕。伏讀訓辭，第增感涕。中謝。恭以治自近始，化繇躬行。儀倡肇黼扆〔三〕之嚴，視聽徹要荒〔四〕之表。好惡所示，治忽可稽。弗剪茅茨〔五〕，堯俗於變；躬履革舄〔六〕，漢治勃興。深惟治化之端，實以樸儉爲本。恭惟皇帝陛下，秉德紹統，建極御圖。誠意正心以齊家國，復樸敦本以律士民。念國步之猶艱，慨民俗之浸靡。克勤克儉，去泰去奢。屏服用玩好之奇，聚左右圖書之富。中嚴厲禁，豈特却璀璨之珍；昭示儉純，蓋將揚絲綸〔七〕之化。農知重穀而力穡，士知守義以遵繩。革《蜉蝣》之僭奢〔八〕，成《行葦》之忠厚〔九〕。一人表正，四海風傾。臣猥以菲才，誤膺繁使，惟知樸直以報國，不敢偷薄以示民。仰聖訓之丁寧，激孤忠而抃躍。臣敢不播揚純儉之化，恪遵禁令之嚴？一道德以同風，冀追太古；修政事而攘狄，行見丕平。臣無任云云。

【注】

〔一〕此表上於建炎元年十月下旬。《遺事》云：「繼聞車駕南幸，公復奏疏……奉公御筆。聞京師有稱御前收買珠玉人，紛擾民間，或至强市，即時立賞委緝捕人收捉，及出榜告報都人。上表謝。」宗澤聞車駕南巡上第十一次乞回鑾疏在十月下旬，宗澤上此謝表在其稍後。按《建炎以來繫年要録》卷一〇云：十月丁卯，「有内侍自京賫内府珠玉二囊來上，上投之汴水。翌日，以諭輔臣黄潛善，善曰：『可惜！有之不必棄，無之不必求。』上曰：『太古之世，擿玉毁珠，小盗不起，朕甚慕之，庶幾求所以息盗也。』」宗澤上此表正與此事有關，所謂「御前收買珠玉」之人，即此内侍；而趙構遣使將珠玉投於汴水，則必是此使賫「御筆」（訓辭）來開封傳給宗澤，宗澤遂有捕捉出榜之舉，並上此謝表。

〔二〕「泰階」，星名，即三台，上台、中台、下台共六星，兩兩並排而斜上如階梯。古人認爲三階平則天下太平。《文選》卷六左思《魏都賦》：「故令斯民覩泰階之平。」張載《注》：「泰階者，天之三階也……三階平，則陰陽和，風雨時，歲大登，民人息，天下平，是謂太平。」泰階之可期，謂天下太平之可期待。

〔三〕「黼扆」，古代帝王座後繡有斧形紋飾的屏風，用指帝位。

〔四〕「要荒」，要服、荒服，指邊遠地區。

〔五〕「茅茨」，茅草屋頂，《韓非子·五蠹》：「堯之王天下也，茅茨不翦，采椽不斲。」

〔六〕「躬履革舄」，指叔孫通制定漢儀漢服，漢高祖躬行。叔孫通撰有《漢官儀》，《史記》卷九九《叔孫通傳》：「説上曰：『……臣願徵魯諸生，與臣弟子共起朝儀。』……長樂宫成，諸侯群臣皆朝十月……於是高帝曰：『吾迺今日知爲皇帝之貴也。』」

〔七〕「絲綸」，《禮記·緇衣》：「王言如絲，其出如綸。」《疏》：「王言初出微細如絲，及其出行於外，言更漸大如似綸也。」後因稱帝王詔書爲絲綸。

〔八〕「蜉蝣」，蟲名，壽命短。《詩經》中有《蜉蝣》篇，《詩序》謂：「蜉蝣，刺奢也。昭公國小而迫，無法以自守，好奢而任小人，將無所依焉。」

〔九〕「行葦」，路旁蘆葦。《詩經》中有《行葦》篇，《詩序》謂：「行葦，忠厚也。周家忠厚，仁及草木，故能内睦九族，外尊事黄耇，養老乞言，以成其福禄焉。」

## 謝除資政殿學士進階朝奉大夫表 建炎二年二月〔一〕

祕殿參華，文階序進，繇被湛恩之厚，靡容瀝懇之辭。荷寵若驚，撫躬增愧。中謝。竊以真皇御宇之際，景德紀年之時，將優待於近臣，乃肇修於新職，學士有資政之號〔二〕，朝廷爲盛事之傳。舉兹以旃〔三〕，名稱至重。若樞廷之均逸〔四〕，始獲新除；非丞轄之辭榮〔五〕，未嘗輕授。豈意衰遲之跡，亦叨超躐之恩。伏念臣天賦樸忠，人推愚直。方帥幕宣威之日〔六〕，嘗贊運籌；暨帝暉繼炤之辰〔七〕，誤蒙序爵。興言遭遇，良劇兢凌〔八〕。俄分青社之符〔九〕，旋拜夷門之命〔一〇〕，就司留鑰，俾衛上都。初無槃木之先容〔一一〕，實出冕旒之獨斷。忠懷子翼，不忘河内之孤〔一二〕；功謝鄴侯，豫謹關中之守〔一三〕。深慚么麽〔一四〕，曷副使令！敢圖繼被於褒章，濫賜比蹤於前哲？顧惟宿姦之讒箭，無以中傷；乃如大佞之笑刀，莫能潛害。爰念保全之德，每懷補報之恩。敢望崇資，洊加朽質？循牆欲避，涣汗難回。兹蓋伏遇皇帝陛下堯舜性仁，湯文義洽，慶賞刑威之馭衆，尤先崇德而報功；聰明睿智以臨人，固不泄邇而忘遠。宜收簪履，用慰桑榆。光華顯設之榮，恐懼褒優之過，臣謹當堅持晚節，愈激懦衷。讀回鑾之詔書，但形鼓舞；感懋官〔一五〕之德意，誓竭靡捐〔一六〕。臣無任云云。

【注】

〔一〕此表上於建炎二年二月下旬。《遺事》云：「（二月）丁丑，詔進朝奉大夫、資政殿學士。訓詞曰：『先京師而後諸夏，布政有倫；得猛士以守四方，用人爲重。迺眷帝王之宅，數驚塞北之塵。（御名）首簡循良，俾司浩穰，迄臻綏靖，宜有褒嘉。具位澤，材稟沉雄，器涵渾厚，仕宦至晚而鼎貴，功業遇事而遂彰。肆朕省方，俾爾留鑰。蕭何鎮守，克寬西顧之憂；畢公保釐，終底東郊之治。載疇偉績，特峻徽章，陞祕殿之華資，進文階之一等。並昭異數，庸奏膚功。瞻望國門，未泯葱葱之佳氣；巡行淮甸，豈能鬱鬱而久居？惟既乃心，以固吾圉。』公辭免，批答曰：『無德不報，實賞典之所先；有功見知，迺衆情之共悦。矧玉麟之重寄，屬荷橐之名臣，於義當褒，欲辭焉可？卿慷慨而有大志，鎮静而好遠謀，縱横康世之圖，談笑適時之略。肆朕省方於淮甸，倚卿居守於汲都。更歷春冬，帖安京輔，屹若長城之固，晏然奠枕之寧。雖蕭何之撫關中，寇恂之守河内，以卿比迹，於古有光。特陞祕閣之峻資，仍進文階之崇秩。并昭異數，丕表茂功；何必封章，以避休命？深嘉沖節，難徇雅懷。宜亟欽承，庸昭眷遇。』公上表謝。壬午，詔賜對衣金帶。」其叙宗澤上此表在二月丁丑（二十三日）至壬午（二十八日）之間，大约在二十五、二十六日中。

〔二〕「真皇」，指宋真宗趙恒。「景德」，宋真宗在位年號。「學士有資政之號」，《宋史》卷一六二《職官志》：「景德二年，王欽若罷參政，真宗特置資政殿學士以寵之，在翰林學士下。十二月，復以欽若爲資政殿大學士，班文明殿學士之下，翰林學士承旨之上。資政殿置大学士，自欽若始。」

〔三〕「旃」，助詞，相當於「之」或「之焉」。「舉兹以旃」，舉此資政殿學士以給之。

〔四〕「樞廷」，朝廷、樞府。

〔五〕「丞轄」，對尚書左右丞之稱。

〔六〕「帥幕宣威之日」，指趙構任兵馬大元帥。

〔七〕「帝暉繼炤之辰」，指趙構即帝位。

〔八〕「兢凌」，即凌兢，原意指寒冷的地方，《漢書》卷八七《揚雄傳》引《甘泉賦》：「登椽欒而羾天門兮，馳閶闔而入凌兢。」顔師古注：「入凌兢者，言寒凉戰栗之處也。」後遂用作恐懼意。

〔九〕「青社」，祀東方土神之處，借指東方。《史記》卷六〇《三王世家》：「於戲！小子閎，受茲青社。」《索隱》：「齊在東方，故云青社。」「青社之符」，指宗澤除知青州、兼京東路制置使。

〔一〇〕「夷門」，指大梁（開封）城之東門，《史記》卷七七《魏公子列傳》：「太史公曰：吾過大梁之墟，求問其所謂大梁夷門。夷門者，城之東門也。」「夷門之命」，指宗澤除開封府尹、東京留守。

〔一一〕「槃木」，即蟠木，枝幹盤曲之樹。《山海經・大荒北經》：「大荒之中，有山名曰衡天，有先民之山，有槃木千里。」後用槃木喻不中用的人。

〔一二〕「子翼」，即寇恂，字子翼。「不忘河内之孤」，指光武帝重用寇恂，拜爲河内太守，寇恂擊敗來犯朱鮪兵，光武帝多有策書勞問。《後漢書》卷一六《寇恂傳》：「光武南定河内……問於鄧禹曰：『諸將誰可使守河内者？』禹曰：『昔高祖任蕭何於關中，無復西顧之憂……今河内帶河爲固，户口殷實，北通上黨，南迫洛陽。寇恂文武備足，有牧人御衆之才，非此子莫可使也。』乃拜恂河内太守……朱鮪聞光武北而河内孤……將兵三萬餘人，度鞏河攻溫……恂因奔擊，大破之，追至洛陽……帝數策書勞問恂。」

〔三〕「酇侯」，即蕭何，功封酇侯。「豫謹關中之守」，指蕭何以丞相鎮守關中，《史記》卷五三《蕭相國世家》：「何守關中，侍太子……關中事計户口轉漕給軍，漢王數失軍遁去，何常興關中卒，輒補缺。上以此專屬任何關中事……既殺項羽，定天下，論功行封……高祖以蕭何功最盛，封爲酇侯。」

〔四〕「么麽」，微小，多指微不足道的人。

〔五〕「懋官」，授官以示勉勵。《尚書・仲虺之誥》：「德懋懋官，功懋懋賞。」

〔六〕「誓竭靡捐」，誓竭忠誠效命不息。

## 謝賜對衣鞍馬表 建炎二年二月〔一〕

服思不稱，始貴身章；馬志無疆〔二〕，方爲駿骨。況帶被兼金之飾，而鞍如華較之榮，仰荷寵私，倍增慚惕。中謝。竊念臣蓑衣冷族，駑廄下材，本操耒耜以耕雲①，偶備驅馳而獵道。恭承褒字，已驚在笥之羞〔三〕；景仰天飛，尤激戀軒之望。既免回旋而見肘，敢忘夙夜以加鞭！兹蓋伏遇皇帝陛下，天道覆臨，萬邦衣被，乾剛運動，四海駿奔。灼見三有之心〔四〕，迪知九德之行〔五〕，致臣衰朽，亦被恩榮。臣敢不曳婁懷慚，負乘知愧！素絲可效〔六〕，誓堅正直之心①；小駟無能，願竭周旋之力。臣無任云云。

【校】

①「雲」，底本原作「雩」，萬曆本作「耘」，兹據崇禎本、《四庫全书》本改。

【注】

〔一〕此表上於建炎二年二月壬午（二十八日）。此爲宗澤除資政殿學士、進階朝奉大夫賜對衣玉帶鞍馬所上謝表，《遺事》云：「丁丑，詔進朝奉大夫、資政殿學士……壬午，詔賜對衣金帶。上表謝。」《建炎以來繫年要録》卷一四云：「建炎二年三月丙戌，端明殿學士、東京留守宗澤爲資政殿學士、寶文閣直学士。」其説爲誤，蓋宗澤二月二十八日已除資政殿學士，而三月丙戌亦無除寶文閣直學士之事。

〔二〕「馬志無疆」，即所謂老驥伏櫪，志在千里之意。《周易·坤卦》彖曰：「牝馬地類，行地無疆，柔順利貞……安貞之吉，應地無疆。」

〔三〕「笥」，盛衣物或飯食的方形盛器。《尚書·説命中》：「惟衣裳在笥，惟干戈省厥躬。」「在笥」，指笥中所賜對衣玉帶。

〔四〕「三宥」，即三宥。古代對犯罪者可以從寬處理的三種情況，《周禮·秋官·司刺》：「司刺掌三刺三宥三赦之法……壹宥曰不識，再宥曰過失，三宥曰遺忘。」又寬恕三次亦稱「三宥」，周法規定，王、公的家族有人犯法，經王公三次説「宥之」以後，始對犯人施刑，見《禮記·文王世子》。又作「三又」，《禮記·王制》：「王三又，然後制刑。」「三有之心」，即寬仁之心。

〔五〕「九德」，即九種品德。《逸周書·常訓》：「九德：忠、信、敬、剛、柔、和、固、貞、順。」

〔六〕「素絲」，《詩·召南·羔羊》：「羔羊之皮，素絲五紽，退食自公，委蛇委蛇。」《詩集傳》：「南國化文王之政，在位皆節儉正直，故詩人美其衣服有常，而從容自得如此也。」後因以素絲羔羊喻正直廉潔的官吏。

# 謝傳宣撫諭並賜茶藥表 建炎二年三月〔一〕

皇華睿使，温潤訓詞，仰膺覆燾〔二〕之恩，曲示眷憐之意。孤忠鯁槩，誓戡外侮之殘；直道對揚，庶贊中興之盛。此誠激厲，但涕交零。中謝。竊以太祖、太宗基命定命，其肇造本根之際，必參稽年世之占，卜既協於休祥，事乃臻於泰定。所以繼繼繩繩之治，無非巍巍蕩蕩之資。累聖緝熙，億年駿惠。逮陛下入承於丕緒，偶大臣密奏於偏言，託曰時巡〔三〕，意圖偏伯。忘宗廟朝廷之重，違神明天地之心，棄大一統之規模，毁二百年之基業。且天下是陛下之天下，彼姦臣何恤於存亡；如京師是陛下之京師，想憸佞安知夫去就？但知親屬歸在江湖，寧顧中原變爲夷狄？臣荼然衰憊，强爾支持，曾無毫髮之功，徒竊乾坤之造。金符剛正同有闕文。密緘蜀市之珍〔四〕，寵錫建溪之異〔五〕。仰叨殊眷，願畢餘生。但知力竭以報一人，豈顧狂迷而忤三事〔六〕？伏望陛下，奮乾剛之獨斷，敷離炤以旁觀，特出宸衷，早回法駕，俾四海謳歌而來享，使萬民竭蹶以嚮方。用承滋至之休，永貽無疆之賴。臣無任云云。

【注】

〔一〕此表上於建炎二年三月壬寅（十八日）。《遺事》云：「（三月）壬寅，詔賜湯藥及傳宣撫問，上表謝。」

〔二〕「覆燾」，即覆幬、覆被之意。《禮記·中庸》：「辟如天地之無不持載，無不覆幬。」

〔三〕「時巡」，指趙構南巡淮甸。

〔四〕「蜀市之珍」，指趙構所賜湯藥。以稱蜀珍考之，當是川芎。芎藭生於川中者名川芎，通氣補血最佳，爲蜀産珍藥。

〔五〕「建溪之異」，指趙構所賜茶。建溪爲閩江上游，産名茶鳳團，宋時爲貢茶。宋徽宗《大觀茶論》：「本朝之興，歲修建溪之貢，龍團鳳餅，名冠天下。」

〔六〕「三事」，指正德、利用、厚生三件事。《尚書·大禹謨》：「惟修正德、利用、厚生……六府三事允治，萬事永賴。」

# 宗澤集校注卷三

## 記

### 賢樂堂記〔一〕

巴别乘治廨之北〔二〕，有地數畝，荒穢不治，其日久矣。自熙寧命倅以來〔三〕，凡更二十餘政。間有好事者足跡及之，往往掩鼻蹙額，唾之而去，其他則未嘗過而問也。宣和六年春，朝廷以僕承乏郡貳，視事屢月，日有暇矣，因一訪焉，爲之躊躇四顧，怡然有得于心者。噫！天下佳處嘗藏於衆人不識之地，而臭腐化爲神奇。且物有是理，則兹境也，未必不待我而後顯，又烏知僕之意不出於造化之所使耶？於是斬荆棘，鋤蓬茅，易敗壞，泄汙潦，因高而基之，就下而鑿之。首構一堂，獨擅群勝，四山回環，如列屏嶂，争雄競秀，來入目中。巖花春盛，木葉秋落，於此可以鑒榮謝；岫雲朝出，林翮暮歸，於此可以喻出處。非特是也，堂之東，濬爲方池，植竹以環其峰，强名曰「竹溪」。臨溪爲小閣，目曰「思逸」。於是可以想見徂徠之侶〔四〕，依翠陰，俯清漣，放浪沈飲，高吟大笑於清聖濁賢之間，脱然遠跡於聲利之場也。堂之西洄爲曲池，種桃以複其島，强名曰「桃溪」。跨溪爲小橋，目曰「訪隱」。于是可以想見武陵桃源，流水瑩碧，落英泛紅，漁舟之子，訪昔隱人，夜半月明，魂清骨冷，灑然如出風塵之外也。堂居其中，衆美并見，因榜之曰「賢樂」。有客登堂而笑曰：「賢者之樂固如是乎？」僕因莞爾應之曰：「然，客固不知也。昔者惡木蔽天，不剪不伐，梟鴟捷鳴於其上；今則桃李成蹊，松柏如蓋，春鶯鳴，秋鶴唳矣。昔者蔓草據地，不芟不夷，蛇蚖蟠伏於其下；今則蘭杜夾徑，芙蕖滿塘，鴛鷺游，嘉魚躍矣。方時序之良，景物之美，揖賓友而進之，游目堂上，縱步堂下，無復敗人意者，賞心油然生矣。或舉白痛飲〔五〕，或揮麈劇談，或射或弈，或琴或嘯，披襟清徑，弄花香渚，終日與魚鳥相樂，恍然無異濠梁之觀、海上之游也〔六〕。此其所樂，人之所同者也。若曰是地不過數十步，山得無謝崑崙〔七〕之高乎？水得無謝雲夢〔八〕之大乎？堂得不爲大厦耽耽〔九〕者羞乎？不知一拳之石，與泰山同體；一勺之水，與滄海同性。堂高數仞，榱題數尺，亦古人得志者所不爲〔一〇〕，而吾耳目所寄，方寸所寓，自有至大者存，雖在環堵之間，曠兮曾無異乎廣莫之野、無何有之鄉也〔一二〕。此之所樂，己之所獨者也。人之所同，其樂自外；己之所獨，其樂自内。二境雖不同，要之非賢者則不與知也。」客改容謝曰：「斯堂之名，真得之矣。余内外俱進矣，願紀之以告予之儔。」僕曰：「諾！」於是乎書。

【注】

〔一〕此記作於宣和六年夏。《遺事》：「（宣和）六年，復判巴州。」按，宗澤在宣和元年春除巴州通判，以此記云「視事屢月」，則已在夏中。

〔二〕「别乘」，即别駕、通判别稱。漢制，爲州刺史佐吏，因隨刺史出巡時另乘專車，故稱别駕、别乘。宋改置諸州通判，以職守相同，故通判亦稱别駕。

〔三〕「倅」，副職，即通判。「熙寧命倅」，指熙寧中巴州始設通判之官。

〔四〕「徂徠之侣」，指竹溪六逸。徂徠山在泰安東南，《舊唐書》卷一五四《孔巢父傳》：「孔巢父，冀州人，字弱翁。……巢父早勤文史，少時與韓準、裴政、李白、張叔明、陶沔隱於徂來山，時號『竹溪六逸』。」

〔五〕「白」，大白，酒杯。《漢書》卷一〇〇《叙傳》：「及趙、李諸侍中皆引滿舉白，談笑大噱。」

〔六〕「海上之游」，海上與鷗鳥游樂。《列子·黄帝第二》：「海上之人有好漚鳥者，每旦之海上，從漚鳥游，漚鳥之至者百住而不止。其父曰：『吾聞漚鳥皆從汝游，汝取來，吾玩之。』明日之海上，漚鳥舞而不下也。」

〔七〕「崑崙」，山名，神話傳説之神山，在西方。

〔八〕「雲夢」，澤名，《周禮·夏官·職方》：「正南曰荆州，其山鎮曰衡山，其澤藪曰雲瞢。」

〔九〕「眈眈」，深邃貌。《文選》卷二張衡《西京賦》：「大厦眈眈，九户開闢。」

〔一〇〕「榱題」，屋檐的椽子頭。「古人」，此處指孟子，見《孟子·盡心下》：「堂高數仞，榱題數尺，我得志，弗爲也。」

〔一一〕「廣莫之野、無何有之鄉」，《莊子·逍遥游》：「今子有大樹，患其無用，何不樹之於無何有之鄉、廣莫之野？」《釋文》：「無何有之鄉、廣莫之野，謂寂絶無爲之地也。」

## 義烏滿心寺鐘記①　宣和甲辰十一月十八癸巳〔一〕

如來以大悲心，欲令衆生於十二時中，因耳所聞，生利益見，不爲欲所沈迷，不爲邪所障蔽，斷除惡念，滋種善根，於是建置洪鐘，以時撞擊，俾有識無識虚懷聽受，隨所聞聲，夤緣〔二〕入道。譬如雷霆蟄驚，凡牙甲昆蟲，悉皆感悟。所以者何？日之②將旦，群動咸作，奔趨争逐，擾擾競前，於是警之，廣令衆生起戒懼心；暨至食時，飢火煎迫，噉涎貪噬，腥羶無厭，于是警之，廣令衆生起齋潔心；日之方中，交易爲市，矜智嚇愚，籠絡利己，于是警之，廣令衆生起方便心；昧谷斂昏，陰邪氣盛，一念差誤，爲盗爲淫，于是警之，廣令衆生起畏懼心；至夜未央〔三〕，神識俱晦，夢想顛倒，莫覺莫知，于是警之，廣令衆生起修省心；人之云亡，氣魄隨去，倀倀〔四〕冥行，莫知所趨，于是警之，廣令衆生起依歸心。如是等心，悉繇中起，念念〔五〕勿絶，證無上緣〔六〕。因知衆生因鐘以聽其聲，因聲以考其意，因意以明其心，因心以會其道。如來所寓，思宏濟人。

滿心，古精刹也，形勢盤礴，據湖山之勝。舊雖有鐘，形度小瑣，發響焦急，無舂容韻③。寺僧有宗，徧募檀越〔七〕，弋陽主簿葉天將捐財倡之，寺衆環喜，和者沓至。於是大體鈞模，采鳧氏法〔八〕，規天地以爲鑪，翕陰陽以鼓氣，回禄〔九〕騰焰，飛廉〔一〇〕助威，熠燿璀燦，融爍銷液，神施鬼設，一瀉而就。頂蟠蒼虬，蠖蛇鈎搦，徽以金索〔一一〕，懸置擊④之，隱隱闐闐〔一二〕，滿虚空界，應四生六道〔一三〕，濡滯幽冥，聽此法聲，悉皆解脱。兹勝事也，樂爲頌云：人得是身，不自愛重，貪殘暴忍，長惡弗悛，劫劫〔一四〕輪回，歷盡苦報。如來悲憫，以鐘代言，俾衆生聞，警覺省悟，隨聲懺悔，滋益善心。予適宰官，代佛宣説，願咸諦聽，無量無邊。

【校】

①「義烏滿心寺鐘記」，萬曆《義烏縣志》、崇禎《義烏縣志》作「滿心寺鑄鐘記」。

②「之」，底本原無，據萬曆《義烏縣志》、崇禎《義烏縣志》及下文文例補。

③「春容」，底本原作「從容」，據萬曆《義烏縣志》、崇禎《義烏縣志》及文意改。

④「擊」，底本原作「挈」，據萬曆《義烏縣志》、崇禎《義烏縣志》及文意改。

## 【注】

〔一〕按，宣和甲辰（六年）十一月十八日爲辛卯日，非癸巳日，此處當有誤；康熙丙戌刻本《宋宗忠簡公全集》於此記末注云「宣和甲辰十一月十八癸巳」，即該記題下注「宣和甲辰十一月十八癸巳」之所由來；萬曆《義烏縣志》於文末曰：「宣和六年十一月記。」滿心寺，即滿心教寺，崇禎《義烏縣志》卷一九：「滿心教寺，在縣北一百八十步。唐代間泉禪師建，舊名『宣化』。咸通九年，更『聖化』。宋開寶賜今額。」

〔二〕「夤緣」，攀附，憑藉。

〔三〕「未央」，未盡。《詩・小雅・庭燎》：「夜如何其？夜未央。」

〔四〕「倀倀」，無所見貌，無所適從。

〔五〕「念念」，佛教謂極短的時間，起滅連續不斷。梵語「刹那」，譯爲「念」。「念念」，猶言刹那。《維摩詰所説經・方便品》：「是身如電，念念不住。」

〔六〕「無上緣」，即無上覺，無上之正覺，佛覺悟一切法之真智。梵文「阿耨多羅三藐三菩提」，意譯爲無上正等正覺，簡稱無上覺。《法華玄贊》卷二：「『阿』云無，『耨多羅』云上，『三』云正，『藐』云等，又『三』云正，『菩提』云覺，即是無上正等正覺。」

〔七〕「檀越」，施主，亦作檀那。

〔八〕「鳧氏」，古官名，掌作鐘之事。《周禮·考工記·輈人》：「攻金之工……鳧氏爲聲。」《疏》：「按鳧氏爲鍾。此言聲者，鍾類非一，故言聲以包之。」

〔九〕「回禄」，傳説中之火神，後因稱火災爲回禄。

〔一〇〕「飛廉」，傳説中之風神。

〔一一〕「徽」，繩索。《周易·坎卦》：「係用徽纆。」《釋文》：「三股曰徽，兩股曰纆，皆索名。」

〔一二〕「隱隱闐闐」，象聲詞，象聲音盛大洪亮。《史記》卷一一七《司馬相如列傳》：「湛湛隱隱，砰磅訇磕。」《楚辭·九懷》：「遠望兮仟眠，聞雷兮闐闐。」

〔一三〕「四生」，佛教分衆生爲四大類：胎生、卵生、濕生、化生。《法苑珠林》卷八九《四生》：「故有四生：依㲉而生曰卵，含藏而出曰胎，假潤而興曰濕，欻然而現曰化。」「六道」，佛教謂天道、人道、阿修羅道、餓鬼道、畜生道、地獄道爲六道。《法華經》卷一《序品》：「六道衆生，生死所趣。」

〔一四〕「劫」，佛教謂天地從形成到毁滅爲一劫，故一劫爲一世。「劫劫」，即世世。白居易《畫水月菩薩贊》：「生生劫劫，長爲我師。」

# 重修英惠侯義濟廟記〔一〕

巴子之國〔二〕，遠在西南一隅，封爵卑而土地廣。自秦伐蜀時，師還滅之，以其國爲郡，曰巴郡〔三〕。西漢因之，列郡境爲宕渠等十餘縣。東漢又於宕渠之北置漢昌縣。元魏延昌中，遣將平蜀，始以其地爲州，曰巴州〔四〕。則今之巴州，實昔巴郡之屬封也。故州有巴郡太守嚴將軍，事劉璋，名顔，没千有餘載，巴人事之如存，歲月追祀而歌舞之，若嘗親見其人，躬被其惠澤，不可忘者。凡過其門，無老壯賢不肖，必以手加頂，至于再三，如神真在其上。以至雨暘之愆，疾病之苦，率詣祠禱之，無或不驗。前後郡太守數上其事于朝，朝廷嘉之，既錫之廟號，又封之侯爵，其所以旌寵神德至渥也。

宣和四年冬，公〔五〕被命出守其邦，下車之三日，謁于侯廟，禮甚恭。明年春，閔雨，秋復潦，皆有請于神，昭答如響，歲則大熟。六年秋，郡國修常祀，公至祠下，視其堂廡弊甚，因顧其屬曰：「嚴侯實在祀典，且有德于巴人，今棟宇傾壞，支以他木，上漏下溼，不芘風雨，人不可舍其下，神其肯安之乎？傳曰：『誰敢不齋肅恭敬〔六〕，致力於神。』矧是州年穀屢豐，朝廷德澤下流，飢者哺，勞者息，囹圄空虚，盜賊不作，民安且治矣，致力於神，適其時也。」乃擇屬吏之事事而敏者，委以完繕，且戒之毋取於民，毋勸於衆，繇太守而下，爭出俸錢以助，其費數有差，皆不約而從也。始事之日，群心欣愉，工不俟呼而集，材不俟鳩而足，陶甄致良，刓劂致巧，易腐以堅，代撓以直，增卑而使高，廓隘而使廣，欹者正之，潰者起之，昏污者飾之，晦朔不再，匠氏告成。公乃率僚佐落而祀之，公親爲祝辭以告之。禮成就次，衆皆曰：「事神若是，謂無負矣。」因謂僕紀其事。僕曰：「然！」夫智有餘者，常不足於忠；勇有餘者，常不足於義。僕竊謂嚴侯兼之。方先主之將入蜀也，劉璋既遣法正結好，發兵協助。逮其來也，親出都城三百里，與之會飲百日。璋已墮先主彀中〔七〕，曾不少悟。侯獨拊心歎曰：「所謂獨坐窮山，放虎自衛！」非曰智而忠乎？及張飛擁大兵而西，勢欲吞噬巴蜀，郡縣聞之，不棄城走，則開門降。惟侯領一州之卒，以死拒敵，力屈被獲，猶數飛而罵之，且曰：「我州有斷頭將軍，無降將軍。」〔八〕飛怒，將斬，顔色不變，終不少屈，非曰勇而義乎？嗚呼，侯之赤心，烈火之赫；侯之勁氣，金石之堅。智足以謀，而惟忠是效；勇足以斷，而惟義是爲。使之遭盛時，佐明主，任之大事，假以重權，必能奮不顧身，行其所志，而盡其所長。勳烈之偉，名節之顯，當與古社稷臣比肩矣。惜乎生而不幸，委質於僭竊之牧〔九〕，使功名不顯於天下；死而不幸，史臣不爲立傳，本末不見於後世。僕每讀《張飛傳》，見侯行事，未嘗不廢卷太息，而爲之横涕也。抑世之士大夫，有以柔聲媚色，期就軟熟，巧爲進取，冒躐華要。或不得已而補外，猶竊名藩巨鎮，坐尸寵禄。一旦事出非意，神氣駭奪，莫知爲計。甚至於變服雜庸，匿田舍中，以幸苟生，俾一方生靈，魚肉賊手，國家果何賴於鼠輩爲哉？然則嚴侯之忠誼，誠可尚也，宜乎血食〔一〇〕巴土，萬世而無替。

【注】

〔一〕按，此記作於宣和六年秋中，以記中稱「晦朔不再，匠氏告成」，蓋已在秋末。「英惠侯」，即嚴顔。「義濟廟」，又稱嚴公廟，民國《巴中縣志》第三編《壇廟》：「嚴公廟，祀漢嚴顔，在縣城新西門外正街。」

〔二〕「巴子之國」，指古代巴國，位於今四川省東部及重慶市一帶。後爲秦惠文王所滅，置巴蜀與漢中郡。詳見《華陽國志》卷一《巴郡》。

〔三〕「巴郡」，周巴子國地。秦惠文王滅巴，置巴郡。漢晉沿置，至唐廢。

〔四〕「巴州」，漢巴郡宕渠縣地。北魏延昌三年設置巴州，以古代巴國爲名。後改巴中縣。

〔五〕「公」，指巴州太守。

〔六〕「齋肅」，莊重敬慎。《白虎通義·姓名》：「有司齋肅端綏，之郊，見於天。」

〔七〕「彀中」，原指弓弩射程所及的範圍，後喻人事在掌握之中。《唐摭言》卷一《述進士上》：

「（唐太宗）嘗私幸端門，見新進士綴行而出，喜曰：『天下英雄入吾彀中矣！』」

〔八〕見《三國志》卷三六《張飛傳》。

〔九〕指嚴顔在劉璋下任巴郡太守。

〔一〇〕「血食」，古時殺牲取血，用以祭祀，指受享祭品。

# 義烏景德禪院新建藏殿記〔一〕

夫百億妙門，三藏爲總〔二〕，大哉利生之本，不可得而思議也。如來出世，以大士因緣示悟衆生〔三〕，繇一道清淨，用一音演法〔四〕，機感不同，而所聞亦異。故五時五味〔五〕，半滿權實〔六〕，圓機定數之義〔七〕，播列諸部，星躔霞布，没世不能誦其文，終身不能發其藴。於是彌勒大士〔八〕闡大方便，聚諸經以歸三藏〔九〕，使流通教典，盡載一輪，塵沙法門，同歸一撥。倘①衆生信而揚之，則不須朝講暮習，於彈指頃間〔一〇〕，含受法要，心怡神悦，蕩釋諸苦，發探蒙愚，展迪聾瞽，復性命之真，救迷妄之失，可不謂無窮之利乎？

烏傷〔一一〕之北，附縣一舍，有院曰景德，肇荒於唐。山主琳師始建經藏，寫經律等僅一百函。師歸寂，缺而不講。越治平二年，院之徒契湜，徧募士庶，經滿其數，置函五百，成卷五千有八，星環金晃，墨寶珍嚴，燦然焕赫。顧舊藏不足以容，時竊景慕。至元豐中，居士葉詵，崇信佛法，誠謂長者，一旦發念出家，聚材孱工，作轉輪以廣其度〔二〕；住持沙門契海，又化檀信〔三〕，益爲經理其屋十八楹，越二年畢乃告成。隆厦廣闊，飾以珠貝；華輪盛麗，負以虬龍。窮極雕繪，間錯文藻，内外一新，遠近信仗，四方之人，皆得轉輪。是猶振風之過衆竅，甘雨之成百穀，然後美根長固，惡蔓除滅，芬芳嘉實，皆得饒益。設有下愚至賤之人，若見若聞，或瞻或禮，隨其根莖，各有所潤。譬夫飢者入太倉，觀夫穀粟，雖未得食，固知可以飽其飢矣；病者之藥肆，觀大劑料，雖未投藥，固知可以療其病矣。以此法味，永施衆生，則飢能充而食難盡，病有止而藥無窮，究其旨歸，何須外求？周旋於方寸，運動於日用，從容中道，左右逢源，動無所牽，止無所累，行無所遮，奚俟輪哉！今觀葉氏所謂藏者，如是如是，至於布琅函，列朱軸，誠爲除衆生飢病方便法也。

【校】

①「倘」，底本原作「聽」，據萬曆本、崇禎本、《四庫全書》本改。

【注】

〔一〕此記文作於元豐中。按該記題稱「新建藏殿記」，乃指元豐中沙門契海增建佛殿事，即此記文所云：「至元豐中，居士葉詵，崇信佛法，誠謂長者，一旦發念出家，聚材孱工，作轉輪以廣其度；住持沙門契海，又化檀信，益爲經理其屋十八楹，越二年畢乃告成。」可見先是至元豐中居士葉詵作轉輪，然後沙門契海又增修藏殿十八楹，以「越二年畢」考之，則在元豐三年，宗澤爲作此記即在是年。元豐三年，宗澤年二十二歲，此記爲今存宗澤最早之文矣。景德禪院，即景雲禅寺，崇禎《義烏縣志》卷一八：「景雲禪寺，去縣西北二十五里，在稠巖下。唐稠錫禪師棲貞之所。宋景德四年，知州張庶凝賜額景德院。俗呼下巖寺。」

〔二〕「妙門」，即法门，佛教有八萬四千法門的說法，此云「百億妙門」，極言其多。「三藏」，佛教經典的總集。佛教將經典分爲三藏：經藏，爲佛所自說；律藏，記戒律；論藏，對經義的解釋。

〔三〕「如來」，釋迦牟尼。「大士」，菩薩。「大士因緣」，即菩薩修行。

〔四〕「一音」，一音聲，指如來一音說法。《維摩詰所說經·佛國品》：「佛以一音演說法，衆生隨類各得解。」

〔五〕「五時」，佛教天台宗說釋迦牟尼說法順序爲華嚴時（說《華嚴經》）、鹿苑時（說《阿含經》）、方等時（說《維摩》《楞伽》《勝鬘》等經）、般若時（說《般若經》）、法華涅槃時（說《法華經》《涅槃經》），稱爲五時，見《天台四教義》。「五味」，佛教以乳味、酪味、生酥味、熟酥味、醍醐味爲五味，分別用以譬喻釋迦牟尼於五時所說佛法（法味），見《涅槃經》卷一四。

〔六〕「半滿」，梵文悉曇章中的生字根本爲半字，即摩多十二字、體文三十五字；摩多與體文相拼合而成全字，爲滿字。佛家遂以半字譬喻小乘教，以滿字譬喻大乘教。「權實」，天台宗以適於一時機宜之法爲權，以究竟不變之法爲實；以一切差别之事相爲權法，以常駐不變之真理爲實法。諸法二字顯權法，實相二字示實法。《摩訶止觀》：「一明大小，二明半滿，三明偏圓，四明漸頓，五明權實。」

〔七〕「圓機」，圓頓之機根，指圓教，《華嚴經》卷五五：「爾時如來，知衆生應受化者，而爲演説圓滿因緣修多羅。」「定數」，數息入定，指數息觀，《圓覺經》：「若諸衆生修禪那，先取數門，心中了知生住異滅分齊頭數。」

〔八〕「彌勒大士」，即慈氏，字阿逸多，生於南天竺婆羅門家。

〔九〕「聚諸經以歸三藏」，《大智度論》謂佛滅後，文殊、彌勒等諸菩薩與阿難陀於鐵圍山共同結集三藏，謂之菩薩藏，是爲大乘佛法之結集。

〔一〇〕「彈指頃」，一弾指之際，極言時間短暫。

〔一一〕「烏傷」，即義烏縣。傳説其縣地有顔烏者，以孝事親，父亡，負土成塚，群烏銜土助之，烏吻皆傷，因以烏傷名縣。至唐改名義烏。

〔一二〕「轉輪」，即轉輪藏、轉輪經藏。於大層龕中心建一柱，開八面，架置佛經，設機輪旋轉，謂之輪藏。《營造法式・小木作制度》載有轉輪經藏，外觀如八角木塔，中設軸，下裝鐵鑄軸承，推之可使運轉。將佛經裝置於軸輪上，用手推動旋轉，藉法輪運轉經文，有如抄寫、誦經、説法一般，可爲死者祈冥福，爲生者求安樂。

〔三〕「檀信」，檀越之信施，施主之信仰。

# 銘

## 宗汝賢墓志銘〔一〕

先大夫〔二〕四子，嶧、灝二弟皆少亡，惟兄與某自幼歷艱辛。某既忝一命〔三〕，惟兄服勤力穡，肯播肯穫，以克幹裕厥家。某嘗愧弗獲朝夕相從事，意謂投老當奉几杖，於東皋西疇，優游以憑化遷。及方丐宫祠，浸圖爲休致計，不幸以罪斥〔四〕。繼而睦寇竊發〔五〕，横肆焚劫，衣冠良善尤被害。兄逼兇焰，遑遽挈妻孥奔避山林間，昏夜迷誤，因溺死，實宣和辛丑二月二十四日也。是時路尚梗，迨閏五月始聞訃。嗟乎！兄之積行，乃罹斯禍耶？某失怙恃，緊兄是賴，聞問痛弗自勝，即寄書諭稷曰：「汝父存，某既不能相倚以生；今亡，又不得撫棺號慟以盡哀。所可報友愛者，惟襄奉耳。汝舉葬，宜俟某躬與執紼，庶酬夙志。」稷卜地協吉，泣血來告。某啓緘梗塞，且自言曰：「吾尚忍銘吾兄耶？」然義不當辭。

兄諱沃，字汝賢，世爲婺州義烏縣人。曾祖惠、祖拱，皆不仕。父舜卿，贈朝散大夫〔六〕。母劉氏，贈太宜人。兄始娶劉氏，先兄卒。再娶時氏。享年六十有七。兄天姿夷曠，撥置邊幅，直情徑行，靡所阿徇。事親孝，於飲食起居際，時作諧語，慈顔每爲囅然一笑。平居怡怡，無慘沮意，甘疏淡，氣不下人，未嘗以圭撮〔七〕干親舊，亦未嘗以點墨〔八〕擾州縣。喜賓客，曾不顧供具有無。朋游中有倚豪富作氣勢，陵轢貧下，或揜其不善而見其善者，兄於廣坐中直以理折之。彼雖暴戾，心自媿服。鄉人欲作一不義事，必先畏縮曰：「宗汝賢知之，定衆辱我矣。」以是俗多敬慕。五子：曰愈①，兩貢於禮部；曰三六②，少俊爽，皆先兄卒；曰稷，謹愿有志趣，能訖大事；曰皋、曰夔，皆勉學。稷卜宣和丙午正月乙酉，葬兄於同義鄉新塘原。泣而爲之銘，銘曰：兄任直心，不生虚妄，惟是寡求，故氣不喪。諸子詵詵〔九〕，蔚有趨向，善之所鍾，神自來相。他日錦章，賁松阡③上，歸安茲丘，慰斯人望。

【校】

①「愈」，康熙本作「禹」。

②「三六」，康熙本作「契年」。

③「阡」，底本原作「軒」，據崇禎本、《四庫全書》本改。

【注】

〔一〕此墓志銘作於靖康元年正月初。按，墓志銘云：「稷卜宣和丙午正月乙酉，葬兄於同義鄉新塘原。」宣和只有七年，無宣和八年，丙午爲靖康元年，正月乙酉爲正月十九日。此題是宗澤此墓志銘作於靖康元年正月初，因宗澤遠在巴州，不知京師變故，其時改年號靖康尚未傳到，故仍題「宣和丙午」也。

〔二〕「先大夫」，指宗澤父宗舜卿。

〔三〕「忝一命」，指宗澤元祐六年中進士，出仕任館陶縣尉。

〔四〕「方丐宫祠」，指宗澤宣和元年初，丐祠，得主管南京鴻慶宫。「不幸以罪斥」，指宗澤宣和元年三月坐知登州改建神霄宫不當，奪職羈置鎮江府。《遺事》：「宣和元年，丐祠，得主管南京鴻慶宫。方退居東陽，結廬山谷間，著書自適，有終焉之志。會延昭訴于朝，以公改建神霄宫不當，林靈素主之，褫職，羈置鎮江府。公聞命曰：『罪大責輕，丹徒善地。』即日就道，坐廢四年。」

〔五〕「睦寇竊發」，指睦州方臘起事。

〔六〕按，宗澤父宗舜卿一生不仕，其贈朝散大夫乃在宗澤晚年聲名顯後。故此句當是後來所加。

〔七〕「圭撮」，古量名，比喻極微之數。《漢書·律曆志上》：「量多少者，不失圭撮。」《注》：「應劭曰：『四圭曰撮，三指撮之也。』孟康曰：『六十四黍曰圭。』」

〔八〕「點墨」，指少許手寫文字。

〔九〕「詵詵」，衆多貌。《詩·周南·螽斯》：「螽斯羽，詵詵兮。」

## 葉處士墓志銘〔一〕

公諱桐，字彦倫，其先睦州人。五世祖徙居婺之義烏後宅里人。祖迎、父遜，潛德不仕。公天資沈静偉特，始居貧約，生理日蹙，因擇地之廣口，見層巒沃壤，築居其間。治家先勤勞，不妄取諸人，而生日裕；不私蓄諸己，而用必舒。本末緩急，咸得其宜。常自言曰：「養身可矣，養其心者可失乎？爲今計可矣，爲厥後計可緩乎？觴詠〔二〕固可樂，豈若田園之樂深？籯金〔三〕固可積，豈若詩書之積久？」乃依山原，緝園亭。四方賓客過其門者，延之無虚日。一時英才碩德，咸發胸中之藴，與其子孫游，講明爲學之方，皆嚴整無他好。公亦游泳其間，讀古人典要，自得真趣，鄉里皆稱爲處士。紹聖元年四月，以疾終，享年七十有五。娶錢氏。一子曰琳，克孝克倫，不幸先亡。公哭之慟，雖諸孫敬養更侍，甚於平日，終鬱鬱不釋，嘆曰：「每期諸子事余，終某天年，今若此，非天喪我乎！」未期遂亡。一女，適駱氏。孫男四：長義，鄉貢進士；次策、�，太學生；幼筌。三年十月甲申，葬于邑之永安鄉方丈隖。余嘗受知於公之季氏〔四〕，熟公言行。來請銘，迺弗果辭。銘曰：氣偉特兮性温厚，躬儉約兮致豐阜。樂田園兮得所守，資詩書兮貽厥後。與山岳兮齊其壽，石可壞兮銘不朽。

【注】

〔一〕此墓志銘作於紹聖三年十月，時宗澤任館陶縣尉。

〔二〕「觴詠」，飲酒賦詩。王羲之《蘭亭集序》：「一觴一詠，亦足以暢叙幽情。」

〔三〕「籯」，筐籠一類的盛物竹器。《漢書》卷七三《韋賢傳》：「遺子黄金滿籯，不如一經。」

〔四〕「受知於公之季氏」，按宗澤《義烏景德禪院新建藏殿記》有云：「居士葉詵，崇信佛法，誠謂長者，一日發念出家，聚材孱工，作轉輪以廣其度……今觀葉氏所謂藏者，如是如是……」疑此葉詵即此葉桐之季弟，蓋宗澤早年受知於葉詵，故葉詵作輪藏，乃命宗澤爲作《義烏景德禪院新建藏殿記》也。

# 陳公墓志銘〔一〕

公，處麗水人。幼喪母，隨其父僑寓，因與先人游，遂相結爲義兄弟。某省事，即尊奉公若叔。公撫視某猶子也。後雖爲姻家，而眷眷克恭，如念天顯〔二〕，未嘗一日替。先人中疫氣病幾死，至親無肯過門者，惟公不忍離側，凡藥餌必嘗而後進。某護先人喪歸自膠水〔三〕，公迎之路，撫棺號慟，哀感行路人。先人諱日，公躬走佛刹薦奠，以叙追悼意。公與先人，自幼至老，自老至死，已死且不忘，每語及，必梗塞泣下。嗚呼！公有實德於某，曾未一報，今乃云亡，墓隧之刻，非某其誰宜爲？公諱允昌，字得全，今爲婺之義烏人。三世皆不仕。曾祖桓，祖生，父居昱，母魏氏。公父，某尚及見之，龐厚温粹，與人侃侃言必以誠，獨生公。公娶雪溪潘氏，先公卒。公自幼特立，嚴正而和，疏通而信。惟喜佛，思淨覺心，求寂滅趣。於是屏居小室，宴坐湛然，離諸染著。凡所酬對，取静爲證，無毫留礙事，如老尊宿常梵行者。一方鄉人，有訟必質公，公爲剖析理道，定論曲直，又飲之酒以和之。故兇悍狡獪愧服，無復敢譁。間有窘乏，不吝假貸。怠慢者諭以勤，浮侈者諭以儉，漫浪不謹者諭以修飭。不獨隨宜周濟，而必寓之教焉。里有喪，不問識與不識，常備棺櫬，以副其求。若急難所需，無少難色。以是鄉人依歸愛慕，若疏若戚，若遠若近，咸不言姓名，止以公稱之。惡少不逞輩，不敢造公門。或持縣檄至，必喞喞下氣怡聲，惟恐公聞知。此非有力脅持之也，皆自心悦誠服如是爾。公享年八十八，未亡前一月，屏去茹葷，浸不欲食，但飲沈香水〔四〕三日，百無所苦，神識不亂，以宣和壬寅十一月十二日若睡而逝，兹殆學佛積善所致然也。公一子一女。子昂，迪功郎，前任邵州新化簿。公薨背後，哀苦毀瘠〔五〕，去公九十日而卒。女適游士傅璨。孫詩，懋於學，公不欲其去膝下，强納粟爲太廟齋郎。曾孫敦仁、敦義、敦禮、敦智、敦信，曾孫女四人。卜以宣和癸卯十二月乙酉，葬公於永安鄉下岩原。使來乞銘，某不敢以廢學辭，謹爲之銘。銘曰：公坐一室，心自内觀。了知六塵〔六〕，皆見幻妄。故於財色，盡欲遠離。方寸泊然，清浄圓滿。公無所住〔七〕，予復何言。兹强銘公，聊示爾後。

尊翁之懷，惟某深知之，故樂爲之銘。數日究心，方能成此，切不可令人改動一字。如不可意，請託能者别作，仍爲寫一本燒靈前，庶少慰亡靈。至扣，至扣！某上聞。〔八〕

【注】

〔一〕此墓志銘作於宣和五年十二月，時宗澤在丹徒差監鎮江府酒税任上。

〔二〕「天顯」，上天所顯示的道理。《尚書·康誥》：「于弟弗念天顯，乃弗克恭厥兄。」

〔三〕「護先人喪歸自膠水」，宣和五年宗澤任膠水令，宗澤父即卒在膠水，故宗澤乃自膠水護喪歸。

〔四〕「沈香」，香木，黑色而芳香，入水能沈，故稱沈香，佛經中作阿伽嚧香。「沈香水」，沈香所浸之水，佛教信徒以爲飲之體香不腐。

〔五〕「毁瘠」，守喪哀傷過度而消瘦。

〔六〕「六塵」，佛教以色、聲、香、味、觸、法六者爲塵，六塵與六根相接，而生種種嗜欲煩惱。

〔七〕「無所住」，佛教講無念、無相、無住。無住，無所住著、無所執著。佛教認爲法無自性，無自性，故無所住著，隨緣而起，故云無住。《起信論義記》：「非生非滅，四相之所不遣；無去無來，三際莫之能易。但以無住爲性，隨派分歧，逐迷悟而升沈，任因緣而起滅。」

〔八〕按，此爲宗澤附寄信劄，非墓志銘正文。

# 陳八評事墓志銘〔一〕

某先父，行己謹且信，不泛交游，與公相厚善，情好既篤，遂結爲姻家。今公之孫暘，以書告某曰：「暘祖安厝有期，願丐銘藏諸幽。」暘，某甥也；某，公壻也，義不可辭。公陳姓，系出有嬀〔二〕，世爲婺之義烏人。曾祖、祖、父皆晦迹不仕。公諱裕，字寬夫，天資莊重，不妄嬉笑，不輕然諾。孝於親，母年九十餘，公下氣怡聲，左右承順，起居飲食必躬省視，出入戀慕，不啻如童穉時。二兄一弟，疏懦不立，公俯仰友愛相怡怡〔三〕，至老不少懈。某幼聞嘗聞《禮記》云：「毋不敬。」〔四〕公曰：「嘻！果能行此一句，即不失爲善人君子。」某幼聞是語。暨長，觀公提身〔五〕接物，循循侃侃〔六〕，其與鄰里，不問長少，必委蛇〔七〕致恭，毋敢慢。有以急難告者，隨分周濟。見樵牧子，亦推誠遇之。使僕妾，未嘗形之色。聚族數百指，閨門雍肅，中外姻戚咸以長者稱。娶劉氏。享年八十有六，某年某月某日，以疾卒於正室。垂死，神識沖静，殆平生樂善寡慾之致也。男六人：曰什，和易孝友，踐履如公；曰錫，處太學，以文行馳名，及進士第，朝廷除復州教授。二子不幸，皆先公卒。曰伋、曰備、曰成、曰鏜，咸修謹克家。女三人：長適劉哲，次適宗嶧，幼適某。孫男七人：長孫宗哲，醇厚可喜，亦少亡；次宗暘，以武舉進士第，試吏密之安丘尉，方力爽邁，當塗交章薦之；曰宗益、曰宗皋、曰宗禼、曰㽅；曰昭，兩預鄉薦。孫女十人。曾孫男一十七人，曾孫女五人。伋、備、成、鏜，卜以政和丙申某月某日葬公於祖塋之側。某自幼與公子錫游，且係葭莩之末〔八〕，知公之所存爲詳。銘曰：修之家，其德乃真；盟之獨，其行乃惇。嗚呼如公，是宜慶流衍溢，而俾子孫振振〔九〕！

【注】

〔一〕此墓志銘作於政和六年，時宗澤在登州任通判，陳暘任密州安丘尉，故書來請銘。陳裕爲宗澤岳丈。評事，大理寺評事，掌平決刑獄。

〔二〕「系出有嬀」，據《史記·陳杞世家》：「堯妻之二女，居于嬀汭，其後因爲氏姓。」春秋時，陳國爲嬀姓。

〔三〕「怡怡」，和順貌。《論語·子路》：「朋友切切偲偲，兄弟怡怡如也。」

〔四〕見《禮記·曲禮上》。

〔五〕「禔身」，安身。《法言·修身》：「其爲中也弘深，其爲外也肅括，則可以禔身矣。」

〔六〕「循循」，即恂恂，恭順貌。「侃侃」，和樂貌。《論語·鄉黨》：「朝與下大夫言，侃侃如也。」

〔七〕「委蛇」，隨順貌。《莊子·應帝王》：「吾與之虚而委蛇。」

〔八〕「葭莩」，蘆葦中的薄膜，喻關係疏遠淡薄。

〔九〕「振振」，信實仁厚貌。《詩·周南·麟之趾》：「振振公子。」

# 宗澤集校注卷四

## 書

### 求教書〔一〕

某未冠時，持先人遺書一車，他無所攜，悲吟梗概，懍然去國，求師承于四方，閱十餘年矣。崇筵絳帳〔二〕，所歷數十，取道一無所得，莫悟其繇，因悵然以歸。一日拏舟越重湖，將泛巨浪，以放心志之鬱紆也。並隄而行，延緣葦間，皆漁聚落，得漁老焉。邀過其處，蔽漏蕭然，掃地以坐。因詢之曰：「瀕湖而漁，何憊之甚！豈術之謬乎？」曰：「不然。余所學，任公子釣也〔三〕。任公子之釣，爲大鈎巨緇，五十犗以爲餌，期年而得魚，可以厭淛河蒼梧之民也。若夫有是具而得是魚，則利固可以終身，豈不泰乎！今有若魚矣，固而乏其具，是以病焉。」某始聞而驚，曰：求師而取道，亦猶是也。學未備而欲聞至教，固亦難矣。盍益之名都大邑、通儒之聚，凡古人所著之書，與今日之學者，耳目所未及，一皆貫穿熟讀，要其無所不知，無所不有，一展底藴，以求至教，則於取道，其亦庶乎！既歸，且治之。有智叟過門而歌曰：「辰乎辰乎，盍來之遲，而去之迅乎？已乎已乎，筋力憊而死期至乎！」某再聞之而疑，曰：諒矣，漁人之弗慧也。吾又祖其困而取斃耶？大魚不易得，至教不易求，吾其與求魚並志，可弔之使改圖乎？因訪前日之處，首至其鄰焉，因告以學漁之難，繼訊之曰：「子之漁，何求之易而利之多耶？」鄰漁曰：「予所學，詹何氏之釣也〔四〕，不若是之費也。詹何氏之釣，以獨繭絲爲綸，芒針爲鈎，荆篠爲竿，剖粒爲餌，於百仞之淵、汩流之中，引盈車之魚，綸不絶，鈎不伸，竿不撓。爲術無他，獨臨河而用心專，故能以輕致重也。」某終乃拊髀〔五〕而增嘆：且至是乎！必求大具以要大魚者，皆見笑於詹何氏者也。亟走以歸，屏前日之俗勞，一其慮，養其氣，盡精白而無巧僞，所幾亦有取道之質矣。今則行之彌年，果獲造先生之門焉。恭惟先生道學淵微，智識高妙。登天庭而拾科第，揚仕路而展材略，皆其緒餘耳。然則所至則士皆歸嚮，所言則世必傳載，凡游門下者，其於求教而取道，無不厭其所欲。某前時過江來，鄉曲知識皆寄聲相賀曰：知子用鄰漁術，攜荆篠針鈎，往游龍伯宫矣〔六〕，盍勉之！干冒師嚴。

【注】

〔一〕此書向不知作於何時，所與何人。今按此書云：「某未冠時，持先人遺書一車……求師承于四方，閱十餘年矣……今則行之彌年，果獲造先生之門焉……」若以宗澤十八歲（熙寧九年）去國求師算，經十餘年後歸，又彌年再出造訪道學先生，則已在元祐五、六年間，故可確知宗澤是此再出「造訪先生」必是指其元祐六年春赴京師汴梁科考時，所謂「某前時過江來，鄉曲知識皆寄聲相賀曰：知子用鄰漁術，攜荆篠釬鉤，往游龍伯宫矣」，實即指宗澤北上赴考舉進士也。可見此《求教書》作在元祐六年春間。其所求教之先生，據此書曰：「恭惟先生道學淵微，智識高紗。登天庭而拾科第，揚仕路而展材略，皆其緒餘耳。然則所至則士皆歸嚮，所言則世必傳載，凡游門下者，其於求教而取道，無不厭其所欲。」如此一道學淵微、士皆歸嚮、言必傳載之「道學先生」，則非程頤莫屬。早在元豐八年，諫官朱光庭即以「道學先生」薦程頤，上奏稱：「頤道德純備，學問淵博……乃天民之真先覺，聖代之真儒……有經天緯地之才，有制禮作樂之具……頤以言乎道，則貫徹三才，而無一毫之爲間；以言乎德，則并包衆美，而無一善之或遺；以言乎學，則博通古今，而無一物之不知；以言乎才，則開物成務，而無一理之不總。是以聖人之道至此而傳……」正是宗澤心目中的「道學先生」。其早年求師十餘載，絳帳師席所歷數十，但主要在江淮一帶游歷，而其時程頤聲名亦尚未大顯。唯有至元祐六年，程頤已名滿天下，而宗澤亦得以北上京師赴考，乃有機會造訪程頤，求教問道。按程頤於元祐五年以後丁憂居洛中，宗澤當是在三月中進士以後，以廷對策問批判吴處厚、蔡確朋黨爲姦（隱爲程頤抱不平）而名傳士林，乃攜此《求教書》往洛中造訪程頤。

〔二〕「絳帳」，紅色帳帷。東漢馬融常坐高堂，施絳紗帳，前授生徒，後列女樂。後因用絳帳喻指師席或講座。

〔三〕「任公子釣」，《莊子·外物》：「任公子爲大鈎巨緇，五十犗以爲餌，蹲乎會稽，投竿東海，旦旦而釣，期年不得魚。已而大魚食之，牽巨鈎，錎没而下，騖揚而奮鬐，白波若山，海水震蕩，聲侔鬼神，憚赫千里。任公子得若魚，離而腊之，自制河以東，蒼梧以北，莫不厭若魚者。」

〔四〕「詹何氏之釣」，《淮南子·原道訓》：「夫臨江而釣，曠日而不能盈羅，雖有鈎箴芒距，微綸芳餌，加之以詹何、娟嬛之數，猶不能與網罟争得也……張天下以爲之籠，因江海以爲之罟，又何亡魚失鳥之有乎！」《列子·湯問》：「詹何以獨繭絲爲綸，芒針爲鈎，荆篠爲竿，剖粒爲餌，引盈車之魚於百仞之淵、汩流之中，綸不絶，鈎不伸，竿不撓。楚王聞而異之，召問其故。詹何曰：『臣聞先大夫之言，蒲且子之弋也，弱弓纖繳，乘風振之，連雙鶬於青雲之際，用心專，動手均也。臣因其事，放而學釣，五年始盡其道。當臣之臨河持竿，心無雜慮，唯魚之念；投綸沉鈎，手無輕重，物莫能亂。魚見臣之鈎餌，猶沉埃聚沫，吞之不疑。所以能以弱制强，以輕致重也。』」

〔五〕「拊髀」，以手拍股，表示振奮。

〔六〕「龍伯宫」，《列子·湯問》：「龍伯之國有大人，舉足不盈數步而暨五山之所，一釣而連六鰲，合負而趣歸其國，灼其骨以數焉。於是岱輿、員嶠二山流於北極，沉於大海，仙聖之播遷者巨億計。」

## 上鄭龍圖求船書〔一〕

嘗觀昔有逸客，爲江湖隱者，意欲浮家泛宅，便可一生，而吴興太守敕舟往助之〔二〕；昔有墨客，爲山水游者，會以暴漲，輒數日不粒，而耒陽縣令具舟往迎之〔三〕。夫爲江湖隱，是殆徜徉彷徨於塵埃之外；爲山水游，是殆茹高激清於耳目之表。非有不得已之事，羈酸憔悴之色，彼太守、縣令者，何爲乃旦旦然待之，覬覬然驚之，賓賓然恤之？借使有冰氏之子〔四〕，俯仰空谷；鶉衣之士〔五〕，蕭寂窮途。寄五斗米，而淵明之「歸去來」有不可賦〔六〕；無二頃田，而衛人之「胡不歸」有不可得〔七〕。全家百指，如飄蓬斷梗，一在天之涯，一在地之角。其當時，太守、縣令脱或見此，豈不伐南山之木而濟之哉！某諱窮久矣，家徒四壁立矣，平生不喜爲吏，寒窘犯人，挈挈然迫之，使出宦游東方〔八〕，聚室待餉，獨祖母老矣，重棄故鄉而客遠官，遂留不行。乃者家君得幕金陵，去鄉邦跬步，白髮之老亦既願往，低回商略，勢不可久於此。昔攜家中半而游東方，今又攜家之半而歸江南矣〔九〕。

然自密〔一〇〕取道，得車則至朐山〔一一〕，帆則至江左，躊躇四顧，疾聲而問曰：誰哀王孫乎？誰借以一葦而使涉大川乎〔一二〕？恭惟閣下，英風健譽，傳在衆口，德宇廣闊，人有芘賴。某也，名不譽於賓客之席，肩不摩於夫子之牆，乃欲囊攜長書〔一三〕，筆話羈態，如轍中鮒〔一四〕，大呼乞憐，豈獨他人笑之，某亦自笑之矣。且謂孤窮無挾之語，惟某可言；廓落推挽之心，惟閣下可望。矧龍圖近班，非若吴興、耒陽之卑且賤，而某今日懇款，亦豈爲江湖隱爲山水游，特得已而不已者哉！倘蒙垂德肯聽，則飛帆鼓楫，泝大江而下，其朝浮暮泛者，皆恩波也。

【注】

〔一〕此書作於元祐元年。按此書云「乃者家君得幕金陵……今又攜家之半而歸江南矣」，乃指宗澤年輕時第二次東游，時在元祐元年，詳見後《東上辭松楸》注〔一〕。鄭龍圖，即鄭僅，字彦能，彭城人。《宋史》卷三五三《鄭僅傳》：「提舉京東常平，入爲户部員外郎。至太府卿，加直龍圖閣，爲陝西都轉運使。」宗澤《論京東河北鹽法疏》云：「自太府卿鄭僅建請行東北鹽，其産鹽州縣並行稅鹽法。」可見宗澤確嘗認識鄭僅。

〔二〕「逸客」，指張志和。「吴興太守」，指顔真卿。「浮家泛宅」，謂以船爲家，到處漂泊。事見《新唐書》卷一九六《張志和傳》：「顔真卿爲湖州刺史，志和來謁，真卿以舟敝漏，請更之。志和曰：『願爲浮家泛宅，往來苕、霅間。』」

〔三〕「墨客」，指杜甫。「耒陽縣令具舟往迎」，事見《新唐書》卷二〇一《杜甫傳》：「大曆中，出瞿唐，下江陵，溯沅湘以登衡山，因客耒陽。游嶽祠，大水遽至，涉旬不得食。縣令具舟迎之，乃得還。令嘗饋牛炙白酒，大醉，一昔卒。」

〔四〕「冰氏之子」，指冰清玉潔的高士。

〔五〕「鶉衣之士」，衣裳襤褸的窮士。《荀子·大略》：「子夏貧，衣若縣鶉。」

〔六〕「淵明之『歸去來』」，《晉書》卷九四《陶潛傳》：「郡遣督郵至縣，吏白應束帶見之，潛歎曰：『吾不能爲五斗米折腰，拳拳事鄉里小人邪！』義熙二年，解印去縣，乃賦《歸去來》。」

〔七〕「衛人之『胡不歸』」，《詩·邶風·式微》：「式微式微，胡不歸？」《詩序》：「黎侯寓于衛，其臣勸以歸也。」

〔八〕此爲宗澤年輕時第一次東游，即其《求教書》所云「某未冠時，持先人遺書一車，他無所攜，悲吟梗概，懔然去國」。

〔九〕此爲宗澤年輕時第二次東游，即其《東上辭松楸》所云：「爲翁大門閭，翻然以東征。」

〔一〇〕「密」，指密州。

〔一一〕「朐山」，在海州（今江蘇連雲港）。海州有朐山，雙峰如削，俗呼馬耳峰。

〔二〕「一葦而使涉大川」，即一葦渡航。《詩・衛風・河廣》：「誰謂河廣？一葦杭之。」《疏》：「言一葦者，謂一束也，可以浮之水上而渡，若桴栰然，非一根葦也。」

〔三〕「長書」，上王公尊官之書。《朝野類要》卷四《文書》：「萬言書，上進天子之書也。若上公侯，則名之曰『長書』。」

〔四〕「轍中鮒」，涸轍之鮒，典出《莊子・外物》。李白《擬古》之五：「無事坐悲苦，塊然涸轍鮒。」

# 上王提刑書〔一〕

天寒日暮，雪霜併至，蕭條冀北之野，犬争食而烏啄瘡者，乃其所也。孫陽過焉〔二〕，昂頭掉尾，强起而一鳴，人孰不笑之！噫！是馬也，瀕困等死耳，亦知激其感遇，夫何傷乎？孫陽忽察焉，見其所不見，而不見其所見，秣芻以飼之，封藥以裹之，異棧而群毛辟易，受羈而道路改觀，春風入蹄，頓掣千里。自古詩人畫史，與會稗小説，一皆異口而贊美兹事，是以孫陽爲善相馬，而精魂比於列星〔三〕，信不誣也。某深感於此，故復摭其事而進焉。重念某一登仕路，備驅策者二十餘年，蓋亦涉長途，縈險道，未嘗敢一跌以負主人之責者，況竊銜轡爲哉！今則既仕而老將至矣，以日計之，方將弄影於無人之道，而猶坐曹以竊禄也。嗟夫！士不遇知己，老死填溝壑者，往往尚有，顧某何足數，而欲覬閣下之知我而憐我。雖然，冀北之鳴，聊爲孫陽而一發。恭惟閣下，英姿偉望，簡在朝右〔四〕，固宜羽儀帝側〔五〕，而鳴玉禁途。迺者暫輟華班，出司邦憲〔六〕，擁麾澄按，經歷列城〔七〕，正孫陽過門時矣。倘僕僕道旁，袖書自列，不知者皆胡盧而笑，知我者猶謂其激於感遇也。不識可賜調御，一經九折之阪否〔八〕？剖心誓天，言不悉意。

【注】

〔一〕此書應作於政和二年，時宗澤任晉州趙城令。按此書云：「重念某一登仕路，備驅策者二十餘年。」宗澤元祐六年中進士，下推二十餘年，則在其政和中任趙城令時。其時河東路提刑爲王勤，即此書所與之「王提刑」。王勤任河東路提刑在大觀三年至政和二年之間（參見李之亮《宋代路分長官通考》），以宗澤稱「二十餘年」算，則必在政和二年。蓋政和元年尚未及「二十餘年」，而政和三年其已改知萊州掖縣。書云「天寒日暮，雪霜併至」，則作在暮冬。

〔二〕「孫陽」，即伯樂。善相馬者，春秋秦穆公時人。《莊子·馬蹄》：「伯樂曰：『我善治馬。』」《釋文》：「伯樂，姓孫，名陽，善馭馬。」

〔三〕「精魂比於列星」，伯樂亦爲星名。《晉書·天文志上》：「南河中五星曰造父，御官也。一曰司馬，或曰伯樂。」《經典釋文·莊子·馬蹄》引石氏《星經》：「伯樂，天星名，主典天馬。孫陽善馭，故以爲名。」

〔四〕「簡」，簡任，選拔任用。「朝右」，位列朝班之右，指大官。《宋書》卷六四《何承天傳》：「承天爲性剛愎，不能屈意朝右。」

〔五〕「羽儀」，羽翼、輔佐。

〔六〕「出司邦憲」，指任提刑，提刑爲憲官。

〔七〕「擁麾澄按」，擁仗旌旗按察，行提刑之職。「經歷列城」，巡行各州府。

〔八〕「九折之阪」，九折阪，在今四川滎經縣西邛崍山。山路險阻回曲，須九折乃得上。漢王陽爲益州刺史，路過此地，怕出意外，託病辭官。後王尊爲刺史，又過此地，聞知是王陽停留處，滿不在乎地加鞭駕馬前進。見《漢書》卷七六《王尊傳》。後多用九折之阪比喻經歷曲折磨煉。

## 上李丞相書　諱綱〔一〕

某衰老無所能解，但聞賊虜驕蹇〔二〕，尚有橫肆之意。欲言之，慮涉自媒；欲不言之，又恐緩不及事，且或誤國。然自媒之罪小，萬一於國有誤，則罪死無濟。比蒙恩差某知青州、兼京東路制置使，仰荷朝廷眷注，所以爲一身計，則甚安便矣。方今二聖蒙塵，天子駐蹕在外〔三〕，京城嗷嗷，顒望翠華回輦，四海生靈，猶有未復業安堵如我祖宗時者。顧一身偷自安便，如憂思過當，不能自爲一身安便何！恭惟僕射相公〔四〕，以道應世，不忘天下，休休有容〔五〕，恢恢無間〔六〕，欲再造王室，欲中興大宋基業，想勞心經濟，上副仰成，凡所設施，必以天下在起居飲食間也。前過京師〔七〕，有河東數百姓來，日訴乞收復河東州縣。有數太學生並太學正王擇仁來相見，言收河東事。於今月二十九日，有王擇仁附書並諮目來與某。顧某雖不以一身自營爲計，而無路可爲。相公有志天下，願輔佐天子纘承，焦勞再造，中興我太宗奕世一統寶緒，毋蹈東晉既覆之轍，毋安積薪未燃之火，某不勝痛憤激切之至。所有王擇仁劄子，謹此繳納。〔八〕

【注】

〔一〕此書上於建炎元年六月戊子（三十日）。《遺事》云：「（六月）戊辰，改知青州。上丞相李綱書。」按書云「今月二十九日」，則可知此書應上於六月三十日。蓋宗澤在六月戊辰（十日）除知青州，遂即赴任，此書當上於青州任上。

〔二〕「驕蹇」，傲慢不馴。

〔三〕「駐蹕在外」，指趙構在南京應天府。

〔四〕「僕射相公」，李綱在五月五日除正議大夫、尚書右僕射、中書侍郎，於六月初一至南京行在上任。宗澤此書乃由青州上至南京。

〔五〕「休休」，寬容大度。《尚書・秦誓》：「其心休休焉，其如有容。」

〔六〕「恢恢」，寬闊廣大貌。《老子》：「天網恢恢，疏而不失。」「無間」，指至微處。《淮南子・原道訓》：「出於無有，入於無間。」

〔七〕「前過京師」，按宗澤六月十日除知青州、兼京東路制置使，其由南京赴青州途經京師開封，約在六月中旬。

〔八〕按：李綱《建炎進退志》云：「余薦宗澤於上，以爲留守非澤不可……余到行在，澤適至，與語，衮衮可聽，發於忠義，至慷慨流涕。故余力薦之，上笑曰：『澤在磁，凡下令，一切聽於崔府君。』余奏曰：『古人亦有用權術假於神以行其令者，如田單是也。澤之所爲，恐類於此。京師根本之地，新經擾攘，人心未安，非得人以鎮撫之，不獨外寇爲患，亦有内變可虞，使澤當職，必有可觀。』上許之，乃除延康殿學士、知開封府兼留守。」李綱薦舉宗澤任東京留守在宗澤上此書以後，可見宗澤上此書起了很大作用。

## 與北道總管趙野約入援京城書 靖康二年二月〔一〕

某惶恐再拜，上覆北道總管資政〔二〕閣下：春和，恭惟鈞候動止萬福。竊惟京城圍閉日久，君父注望四方勤王之師入援，想不啻饑渴。資政爲北道大總管，乃將大兵自衛，迂回曲折走南京駐劄，蔽遮江淮之人〔三〕，俾不能進前固護王室，則朝廷何賴於屏翰〔四〕！伏望早賜指揮進發，去京二三程劄寨，示賊虜以天下人心歸嚮、軍民怨切願瞻天表之意，庶幾虜人畏恐，下城引去，以示忠節，無爲身謀，不勝拳拳憤悱激切之至。〔五〕

【注】

〔一〕此書作於靖康二年二月下旬。時京師開封被圍，宗澤在開德上此約入援京城書。《遺事》云：「（二月）戊寅，王謂幕府曰：『……可再檄開德、興仁，並下南京宣總司。』其檄曰：『……今仰副元帥宗修撰、節制黄待制、宣撫范承宣訥、北道總管趙資政野、經制翁閣學彦國、發運向閣學子諲、發運方徽猷孟卿、淮南路提刑汪郎中師忠、知揚州許龍圖汾、前知密州郭待制奉世、西道總管王資政襄、陝西五路制置錢侍郎蓋、知汝寧府趙侍郎子崧……當約日齊進，誓身一戰……』公捧檄……是時北道總管趙野，與河北東路宣撫使范訥，命軍南京，自號宣撫司。趙軍自大名亂後，尤無紀律，日出剽掠，甚于敵騎。獨公日夕以都城之圍未解，憂慮切至，書告大元帥曰：『敵人果修好，即應退師。今兵久不解，疑生變。乞更檄諸道，約日進兵，同會京城。』公又移書野、訥、曾懋，以軍父危急，願協心入援。野輩盡以公爲狂，不答。」《建炎以來繫年要録》卷二將宗澤此書繫於二月戊寅之下。按，二月戊寅（十八日）乃趙構下檄之日，宗澤捧檄而作此約入援京城書當已在二月下旬。《三朝北盟會編》將此書繫於三月十四日甲辰之下，顯誤。

〔二〕「北道總管資政」，即趙野，《宋史》卷三五二有傳，時任北道總管、資政殿學士。

〔三〕按，其時趙野與范訥屯兵南京不動，《建炎以來繫年要録》卷一：「江淮等路發運使兼浙江、福建經制使翁彦國，亦將東南六路兵，與峒丁槍杖手合數萬人，徘徊泗上。始議置四道都總管，俾召天下兵勤王。惟南道張叔夜以三萬人援京師，因留不去。東道胡直孺爲金生得，既而歸之。西道王襄棄河南，走襄漢。北道趙野自大名亂後，提其兵往南京，與河東、北宣撫使范訥合，自號宣總司。」

〔四〕「屏」，屏障、護衛；「翰」，主幹。「屏翰」，猶言屏障。《詩・小雅・桑扈》：「之屏之翰，百辟爲憲。」又《大雅・板》：「大邦維屏，大宗維翰。」

〔五〕按，《遺事》云：「野輩盡以公爲狂，不答。時子諲在宿，子崧在陳，何志同在許，陞在濮，懋在曹，俱環京列屯不進。彦國則經制東南六路兵……聞京城圍閉，顧望不行。」是無一路兵入援京師，如《建炎以來繫年要録》所云：「宗澤約諸帥會兵，五旬無一人至者。」

## 與河北河東宣撫范訥約入援京城書〔一〕

某惶恐再拜，上覆河北河東宣撫太傅〔二〕：春和，恭惟鈞候動止萬福。太傅是朝廷重望大臣，凡所舉措，爲天下重輕，爲四方軌則。今以河北河東宣撫之名，乃擁兵自衛，迂回退縮，劄駐南京，是耶非耶？不知太傅晝思夜度，謂臣子大義果如此耶？若以周旋無非合於義理，伏乞指揮，開放道路，濟以糧斛，令江淮以南州軍，皆得自進勤王，去京城二三程劄寨，示賊虜以天下歸向激切之意，庶虜懲戒，無有後艱，毋爲全身之計，不勝幸甚！

【注】

〔一〕此書作於靖康二年二月下旬，參前考。

〔二〕「河北河東宣撫太傅」，范訥時加檢校少保任河東河北宣撫使。《三朝北盟會編》卷一一一引《林泉野記》曰：「范訥，字子辨，開封人。武舉中第。爲童貫門客，累官樞密都承旨。貫爲宣撫使，訥嘗爲參謀，遷節度使。靖康中，虜陷太原，加訥檢校少保、河北河東宣撫使，以兵五萬屯河北、河東。訥同馬忠、王元師、王淵、韓世忠退師應天，金人攻城，訥屢敗衄。建炎初，除東京留守，邵溥副之，在任三月。李綱爲相，素與訥不協，降承宣使，淄州居住。後退居邠州。年老，徙居夔州，依其姪總以卒。」

# 與知興仁府曾楙約入援京城書〔一〕

某頓首再拜，上覆知府待制〔二〕：春濃，恭惟台候動止萬福。近汪元帥〔三〕録示①藥方，云是左右所撰，某竊疑之。且有人至親偶感是疾，其爲子者，豈可安然坐視，漫不省察，使邪毒之氣漫淫侵蝕耶？亦豈可輕聽人言，遂一切屏去表發洗滌之劑，以助養真元，使三百六十骨節之間，更無外邪之證，俾其親享無窮之壽，而其子自保仁且孝之名乎？今賊虜猖獗，侵犯畿甸，待制使之爲醫者誰歟？醫之用藥，能表發其外、洗滌其内者誰歟？既來有爲醫與藥者，乃揮諸兄弟，令望望然〔四〕去之，曰：是時氣也〔五〕，姑當任之，不可召醫，不可用藥，是亦不仁不孝也已！某衰老無能，過膺重責，夙夜震恐，不敢寧處。伏望待制炤悉，早賜指揮所統諸將，起發前進，令去京一二三程劄寨，示賊虜以天下軍民至誠懇切、奮不顧身、願入覲天表之意，毋爲一向顧惜諸人私意，俾賊虜恣肆全無忌憚也。

【校】

①「示」，底本原作「去」，據萬曆本及文意改。

【注】

〔一〕此書作於靖康二年二月下旬，參前考。

〔二〕「知府待制」，即曾楙，時以徽猷閣待制知興仁府。按《建炎以來繫年要録》卷五：「（建炎元年五月）丙午，徽猷閣待制、知興仁府曾楙陞直學士，提舉西京嵩山崇福宫。」可見曾楙不入援京師，屯兵自重，趙構即帝位後反功陞直學士。《萬姓统譜》卷五七有曾楙傳：「曾楙，字叔夏，準長子。少穎悟，落筆驚流輩。登元符三年進士。知興化（按，當作興仁），拒楚命，表高宗勸進。扈從隆祐孟太后至虔，軍民偶忿争，賴以撫定。累官吏部尚書。著《内外制》十卷，《東宫日記》十卷。」

〔三〕「汪元帥」，即汪伯彦，時任副兵馬大元帥。

〔四〕「望望然」，一再瞻望，表示依戀。《禮記・問喪》：「其往送也，望望然，汲汲然，如有追而弗及也。」

〔五〕「時氣」，四季的氣候。《漢書》卷七四《丙吉傳》：「方春少陽用事，未可大熱，恐牛近行，用暑故喘，此時氣失節，恐有所傷害也。」

# 宗澤集校注卷五

## 賦

### 撫松堂賦遺王居士〔一〕

嵩少之麓〔二〕，萬松鬱然。偃高蓋以鳴風，盤深柢而切天。却揮斤於睥睨〔三〕，款化石而頑堅。悵莫致之，華我林泉。發聘士之幽尋〔四〕，課畦丁而小遷〔五〕。培拱把而氣藏〔六〕，運桔槔而智圓〔七〕。寓修身於種藝，戒除惡於蔓延。期百尺於歲寒，扶大厦於將顛。眷焉撫之，倚笻於麓。薈翳其成〔八〕，森若巖谷。且溉且壅，濯我喬木。或攢膏而爲酒〔九〕，或飛烟而取墨〔一〇〕，或採脂以儲藥〔一一〕，或祈明而代燭，或盤縷以爲扇箑，或折枝以當麈玉。倘聘士之見須，效尺長於必録。我觀此物，碨落節目〔一二〕。擅巨棟於廟堂，備行艫於海瀆，用扶危而利涉〔一三〕，肯收功於芒粟。肖象伊何〔一四〕，萃於一庭，蒼官侍坐〔一五〕，青衣侑尊〔一六〕。鼓琴瑟於晚吹，晃屏幄於朝暾〔一七〕。聘士顧之，内娱外忻，陋軒騆之飛馳〔一八〕，避門䧟〔一九〕之炎薰。我觀此物，受命不群，禀直氣以自如，信孤標之獨尊〔二〇〕。聳若高才，儼如正人。思仰止〔二一〕而企及，罷童語之紛紜〔二二〕。苟好尚之不移，質是非於老生。姑置勿談，羽服綸巾〔二三〕，時矯首以怡顔〔二四〕，毋折腰而役形〔二五〕。處身世於無心，看出岫之飛雲，以聘士爲後來之淵明也。

【注】

〔一〕此賦爲宗澤早年尚未出仕時所作。撫松堂在登封少室山下，按宗澤最早北上往游開封、洛陽，在元祐六年。是年春正月宗澤赴京師開封，考试中進士，遂在三月往游洛中，造訪程頤（見前《求教書》注〔一〕）。此賦應即宗澤往洛中途經登封少室山時所作，蓋已在初夏之時。王居士，其人未詳。

〔二〕「嵩少」，嵩山少室山，在登封縣西北。嵩山東爲太室山，西爲少室山，相距七十里，總名嵩山。

〔三〕「斤」，斧子。《孟子·告子上》：「牛山之木嘗美矣，以其郊於大國也，斧斤伐之，可以爲美乎？」

〔四〕「聘士」，徵士，朝廷以禮徵聘有道德學行的人。

〔五〕「畦丁」，園丁。

〔六〕「拱把」，兩手合圍，或一手滿握。《孟子·告子上》：「拱把之桐梓，人苟欲生之，皆知所以養之者。」趙岐《注》：「拱，合兩手也。把，以一手把之也。」

〔七〕「桔槔」，井上汲水之工具。《莊子·天運》：「且子獨不見夫桔槔者乎？引之則俯，舍之則仰。」「智圓」，佛教講八圓，第三爲智圓，能照一切種子之中道。此處意謂桔槔之機械，體現了人的聰明才智。

〔八〕「薈翳」，即翳薈，草木茂盛繁密貌。《孫子·行軍》：「山林翳薈，必謹覆索之。」

〔九〕「攢膏而爲酒」，指松醪，用松膏所釀之酒。

〔一〇〕「飛烟而取墨」，指松煙墨，用松木燒成煙灰，和膠以制成墨。

〔一一〕「採脂以儲藥」，指松脂。松樹分泌的膠汁爲脂，亦稱松膏、松醪、松香，可入藥。《神農本草經》卷一：「松脂。味苦温，主疽，惡瘡、頭瘍、白禿、疥搔、風氣，安五臟，除熱，久服輕身不老延年。」

〔一二〕「碨落」，即碨磊、碨礧，曲屈不平貌。「節目」，樹木枝幹交接之處爲節，紋理糾結不順之處爲目。

〔一三〕「利涉」，有利於渡河。《周易·需卦》彖曰：「利涉大川，往有功也。」

〔一四〕「肖象」，類似、肖似。「伊何」，誰、什麽人。陶淵明《勸農》：「哲人伊何，誰其苗裔。」

〔一五〕「蒼官」，松、柏的别名。秦始皇登泰山，風雨暴至，休於松下，因封松爲五大夫。參見厲荃《事物異名録》卷三二《蒼官》。

〔一六〕「青衣」，女婢。漢以後以青衣爲卑賤者之服，故稱婢爲青衣。「侑尊」，勸酒。

〔一七〕「屏」，宫門當門的小牆；「幄」，篷帳。「屏幄」，指宫室。

〔一八〕「軒駟」，駟馬高車，貴官所乘的駟馬高蓋車。《漢書》卷七一《于定國傳》：「于公謂曰：『少高大閭門，令容駟馬高蓋車。』」

〔一九〕「門箔」，門簾。

〔二〇〕「孤標」，清峻特出。

〔二一〕「仰止」，仰望、嚮往。《詩・小雅・車舝》：「高山仰止，景行行止。」

〔二二〕「童語」，小人之言。

〔二三〕「羽服」，即羽衣，用羽毛編織成的衣服，爲道士或神仙所著衣。「綸巾」，用絲帶做的頭巾，漢末名士高人多服巾。「羽服綸巾」，狀山人居士之風雅閑散。

〔二四〕「矯首」，舉頭。「怡顔」，容顔和悦。

〔二五〕「折腰」，彎腰。陶淵明爲彭澤令，嘗歎「吾不能爲五斗米折腰」，後因稱屈身事人爲折腰。「役形」，即形役，爲形骸所拘束、役使，多指爲功名利禄所束縛。陶淵明《歸去來兮辭》：「既自以心爲形役，奚惆悵而獨悲。」

## 古楠賦 有序〔一〕

巴城之南山，有寺曰南龕〔二〕。寺之外有大木曰楠，其生甚久。唐刺史嚴武、御史史俊，皆有詩歌刻於巖腹〔三〕。嚴曰「臨溪插石盤老根」，史曰「結根幽壑不知歲」。自時迄今，又數百年，邦人謂之古楠，宜矣。僕到官之三月，兩至巖下，讀史、嚴之清什，感是楠之老於巖谷而可憐也，因慨然操筆而賦之曰：

楠之生兮，層崖之中巔。詢之人兮，不知幾何年。包堅根而下蟠兮，貫頑石而澈沉淵；竦修幹以上凌兮，並孤岑而參蒼天。大枝崛起兮，虎豹拏攫〔四〕；小枝回屈兮，蛟螭蜿蜒。黄葉敷陰，白晝沉沉。輪廣十畝，蓋穹百尋。衆鳥托宿，鄧林〔五〕非深；諸卉仰芘，荆雲〔六〕非陰。雨濯瑩兮，一塵不染；風振響兮，海潮同音。露下兮鶴唳，月明兮猿吟。擅此清致，亘古迄今，有客戾止〔七〕，惻然動中。吁嗟斯木之異兮，有不遇之窮。爾胡不生於泰山之側，秦帝東封，會風雨之是避，豈以五大夫之號而封松〔八〕；爾胡不生於周成之宫，禁林九重，顧親賢之是戲，豈以封國之瑞而翦桐〔九〕；爾胡不生於分陝之域，舍彼召公，未必以甘棠之蔽芾，流詠於《國風》〔一〇〕。抑亦豈無工師之良，識爾材之非常，用之爲棟梁，則足以建九重之明堂；用之爲舟楫，則足以濟巨川之汪洋；用爲宗廟社稷之器，則足以參鼎鼐〔一一〕，交神明，薦至德之馨香。夫何默默而甘老於窮山寂寞之鄉？徘徊其下，恍若夢兮，心駭而目眙〔一二〕。蒼髯偉人，瞑目視曰：噫！謂子知我，乃不吾知！吾生於斯，長於斯，始于毫末，至於十圍。雨露不吾遺，霜雪不吾欺。春兮秋兮，吾不知代謝之有期；漢兮唐兮，吾不知興亡之幾時。柯葉顔色，曾無改移。過者千百睥睨焉，不以吾爲樸樕〔一三〕輩待之。斧斤之害，亦幸不罹。吾受天地造化之恩，孰有等夷〔一四〕！子之不智，而乃我悲！使子處此，復將奚爲？吾非不知强自取藏器以待時而動，老當益壯，自任以天下之重。倘匠人斷而小之，能不浼然〔一五〕而悔痛！乃所願比不材之樗〔一六〕，同乎無所用。若曰不遇，自有物主之，非吾所能爲，姑亦付之一夢。客聞之，釋然悟曰：達矣夫斯言，可書紳〔一七〕而永誦。

【注】

〔一〕此賦作於宣和六年通判巴州時。《遺事》云：「（宣和）六年，復判巴州。」宗澤春間赴巴州任，此賦序言「僕到官之三月」，則已在夏中，蓋與其作《賢樂堂記》同時。

〔二〕南龕寺，又名光福寺。民國《巴中縣志》第三編《宗教·佛教》：「縣有四龕，皆佛地也。南龕寺，古佛尤多……雕鐫在梁魏時，爲巴中佛教盛始。至唐，敕以『光福』名寺。」第四編《古蹟》：「南龕山，古名化成山，在縣南二里。山之北崖，爲金榜山。南龕在山腹，崖石壁立，高十餘丈，長數百尺，方正如削，列層分龕，鐫佛累累，亦不知創自何時。《名勝志》云：『南龕有廣福寺，一名光福。大書乾元三年山南西道嚴武奏：「臣頃牧巴州，其州南二里有古佛龕，舊有鐫佛五百餘。伏望特賜洪名，敕以『光福』爲額。」』則由來久矣。鄭公增修壯麗耳，表文全刻雲屏，字迹完好。雲屏者，龕前小石山，近列如屏，故名。」

〔三〕按，民國《巴中縣志》第四編《古蹟》著録有唐嚴武《南龕光福寺楠木詩》：「楚江長流對楚寺，楠木幽生赤崖背。臨溪插石盤老根，苔色青蒼山水痕。高枝鬧葉鳥不度，半掩白雲朝與暮。香殿蕭條轉密陰，花龕滴瀝垂青露。聞道偏多越水頭，煙生霧斂使人愁。月明忽憶湘川夜，猿叫還思鄂渚秋。看君幽靄疑千丈，寂寞窮山今遇賞。亦知鐘梵報黄昏，猶卧禪牀戀奇響。」又著録唐史俊《光福寺楠木詩》：「近郭城南山寺深，亭亭奇樹出禪林。結根幽壑不知歲，聳幹摩天凡幾尋？翠色晚將嵐氣合，月光時有夜猿吟。經行緑葉望成蓋，宴坐黄花長滿襟。此木嘗聞生豫章，今朝獨秀在巴鄉。凌霜不肯讓松柏，作宇由來稱棟梁。會待良工時一眄，應歸法水作慈航。」

〔四〕「拏攫」，搏鬥。

〔五〕「鄧林」，神話中的樹林。《山海經·海外北經》：「夸父與日逐走，入日，渴欲得飲。飲於河渭，河渭不足，北飲大澤，未至，道渴而死，棄其杖，化爲鄧林。」

〔六〕「荆雲」，即楚雲。《晉書》卷一二《天文志中》：「韓雲如布，趙雲如牛，楚雲如日，宋雲如車，魯雲如馬……」「楚雲如日」，是謂楚雲充滿陽剛生命之氣，故謂「荆雲非陰」。

〔七〕「戾止」，來到。《詩·周頌·有瞽》：「我客戾止，永觀厥成。」

〔八〕「以五大夫之號而封松」，《史記》卷六《秦始皇本紀》：「二十八年，始皇東行郡縣，上鄒嶧山。立石，與魯諸儒生議，刻石頌秦德，議封禪望祭山川之事。乃遂上泰山，立石，封，祠祀。下，風雨暴至，休於樹下，因封其樹爲五大夫。禪梁父。」

〔九〕「以封國之瑞而翦桐」，《吕氏春秋·審應覽》：「成王與唐叔虞燕居，援梧葉以爲珪，而授唐叔虞曰：『余以此封女。』叔虞喜以告周公。周公以請曰：『天子其封虞邪？』成王曰：『余一人與虞戲也。』周公對曰：『臣聞之，天子無戲言。天子言，則史書之，工誦之，士稱之。』於是遂封叔虞于晉。」成王削桐葉爲珪以授叔虞，後因以翦桐爲分封的典故。

〔一〇〕「以甘棠之蔽芾，流詠於《國風》」，傳説周武王時，召公巡行南國，曾憩甘棠樹下，後人思其德，因作《甘棠》詩美之。《詩·召南·甘棠》：「蔽芾甘棠，勿翦勿伐。」《傳》：「蔽芾，小貌。甘棠，杜也。翦，去。伐，擊也。」《箋》：「召伯聽男女之訟，不重煩勞，百姓止舍小棠之下而聽斷焉。國人被其德，説其化，思其人，敬其樹。」

〔一一〕「參鼎鼐」，即和鼎鼐。大鼎爲鼐，鼎鼐本爲烹飪器具，用以調和五味。古代因以鼎鼐比喻宰相輔臣之位，以和鼎（和羹）比喻執政，謂大臣輔助君上，齊心合力，治理國政。

〔三〕「目眙」，目瞪驚視。

〔三〕「樸樕」，小木，比喻淺陋平庸之才。

〔四〕「等夷」，同輩。《史記》卷五五《留侯世家》：「今諸將皆陛下故等夷。」

〔五〕「浼然」，污染、玷污。《孟子·公孫丑上》：「爾爲爾，我爲我……爾焉能浼我哉？」

〔六〕「不材之樗」，樗爲惡木，無用之材。《莊子·逍遥游》：「惠子謂莊子曰：『吾有大樹，人謂之樗。其大本擁腫而不中繩墨，其小枝卷曲而不中規矩，立之涂，匠者不顧。今子之言，大而無用，衆所同去也。』」

〔七〕「書紳」，將要牢記的話寫在紳帶上。《論語·衛靈公》：「子張書諸紳。」《疏》：「紳，大帶也。子張以孔子之言書之紳帶，意其佩服無忽忘也。」

# 五言古

## 東上辭松楸一首〔一〕

八年坐親黨，泯伏長安城〔二〕。甘心傍松楸〔三〕，申我兒子情。閉户慨岩廊〔四〕，讀書笑金籯〔五〕。力田固爲政，課童乃司兵。深病骨相寒，不蒙軒冕榮。維天臨萬邦，搜羅世豪英〔六〕。我友挽出之，大人今繼明〔七〕。古無忠孝全，泣涕去丘塋。爲翁大門閭〔八〕，翻然以東征〔九〕。

【注】

〔一〕此詩作於元祐元年。前《求教書》《上鄭龍圖求船書》考定宗澤早年嘗兩次東游，一在其未冠時，一在其家君幕金陵時。此詩所謂東征，當是指第二次東游。按宗澤母劉氏，外祖父嘗爲宰相（疑爲劉奉世，見下《渭南道中逢二蜀兵出印本手詔司馬温公范文正公贈太師外祖丞相贈太保悲喜交集慨然賦詩》注〔二〕），此詩所云「坐親黨」，即是指宗澤父坐外祖父親黨不得出。「八年」者，指元豐之八年也。而「維天臨萬邦，搜羅世豪英」則必是指哲宗即位，元祐更化。故可確知宗澤此詩作於元祐元年。

〔二〕「八年坐親黨」，指宗澤外祖在熙寧中被貶，宗澤父坐親黨牽連，整整元豐八年中跧伏不得出。「長安城」，借指金陵，指宗澤父出幕金陵。參見後《渭南道中逢二蜀兵出印本手詔司馬温公范文正公贈太師外祖丞相贈太保悲喜交集慨然賦詩》注〔二〕。

〔三〕「松楸」，松樹與楸樹，因多植於墓地，遂用作墓地之代稱。

〔四〕「岩廊」，《漢書》卷五六《董仲舒傳》：「蓋聞虞舜之時，游於巖郎之上，垂拱無爲，而天下太平。」後用以喻廟堂與朝廷。

〔五〕「金籯」，裝滿黄金的竹器。《漢書》卷七三《韋賢傳》：「遺子黄金滿籯，不如一經。」

〔六〕「維天臨萬邦，搜羅世豪英」，指哲宗即位，元祐更化。按，元豐八年神宗死，哲宗即位，次年（元祐元年）司馬光任宰相，全盤否定王安石變法，恢復舊制，排斥王安石等人，一時有「維天臨萬邦，搜羅世豪英」氣象，史稱「元祐更化」。

〔七〕「大人今繼明」，指宗澤父事得白，出爲金陵幕。

〔八〕「翁」，指宗澤父宗舜卿。「門閭」，鄉里。

〔九〕「東征」，東游，即宗澤《上鄭龍圖求船書》所云「乃者家君得幕金陵，去鄉邦跬步，白髮之老亦既願往，低回商略，勢不可久於此。昔攜家中半而游東方，今又攜家之半而歸江南矣」。

# 感時 有序〔一〕

戎虜長驅，京邑阽危〔二〕，此忠臣義士痛心疾首勤王報國之秋也。而宰臣遷家，郡守踰垣，縉紳士大夫陸竄水奔，使人主嬰孤城以自守，無一犯難者。事小定矣〔三〕，而上書獻策之人，亦未有慨然以東者〔四〕。世道之衰，一至此乎！太息之餘，以詩自道。

卿士辱多壘〔五〕，天王憤蒙塵。禦戎要虓將〔六〕，謀國須儁臣。百戰取封侯，未必亡其身。懷奸廢忠義，胡顔以爲人？吁嗟世道衰，大僇加縉紳〔七〕。平居事奔競，梁汴分雲屯。一旦國步艱，四迸如星繁。輔相已擇棲，守令仍踰藩〔八〕。冠蓋陸西竄，舳艫水南奔〔九〕。鄙夫〔一〇〕用慨然，策馬趨修門〔一一〕。勤王羞尺柄，悟主期片言〔一二〕。時來猶雲龍〔一三〕，峩冠拜臨軒。逶迤上玉除〔一四〕，造膝伸元元。措世於泰寧，歸來守丘樊。

【注】

〔一〕此詩作於靖康元年八月。按，此詩序云「人主嬰孤城以自守」，指金兵渡河侵犯京師開封，「事小定」，指欽宗議和，金兵退師北去，故詩中云「策馬趨修門」「悟主期片言」，必指靖康元年八月宗澤應詔赴闕，奏對三策。《遺事》云：「靖康元年，有詔侍從官各舉所知。御史中丞陳過庭等薦公可任臺諫。召赴闕，公奏對三策，上嘉之……八月甲寅，假公宗正少卿……」按，《三朝北盟會編》卷五一：八月七日庚子，「彗出東北。上深自内懼，令宰臣議，詔責躬，放宫人，減常膳，求直言」。宗澤應此「求直言」赴闕奏事，此詩當其由巴州赴京師途中有感而作。

〔二〕「京邑阽危」，指金人渡河，侵犯京師。《宋史》卷二三《欽宗本紀》：「（靖康元年正月）壬申，金人渡河，遣使督諸道兵入援。癸酉……金人犯京師。」

〔三〕「事小定」，指金人議和，退師北去。《宋史》卷二三《欽宗本紀》：靖康元年二月乙巳，「金人遣韓光裔來告辭，遂退師，京師解嚴……戊申，赦天下」。

〔四〕「未有慨然以東者」，指無東來勤王之兵。

〔五〕「壘」，指軍營牆壁或防守工事。「辱多壘」，《禮記・曲禮上》：「四郊多壘，此卿大夫之辱也。」

〔六〕「虓」，虎怒吼。「虓將」，猛將。

〔七〕「僇」，通「戮」，殺戮。《荀子・非相》：「爲天下大僇。」「縉紳」，插笏於紳。縉同搢，意爲插；紳，束腰的大帶。古代仕者，垂紳插笏，故後稱士大夫爲縉紳。

〔八〕「擇棲」，選任。「踰藩」，越位。二句言欽宗用人魚龍混雜，多非其人。《宋史》卷二三《欽宗本紀》：靖康二年二月庚戌，「以張邦昌爲太宰兼門下侍郎，吴敏爲少宰兼中書侍郎，李綱知樞密院事，耿南仲爲尚書左丞，李棁爲尚書右丞……（五月）庚午，少傅、安武軍節度使錢景臻，鎮安軍節度使、開府儀同三司劉宗元，並爲左金吾衛上將軍。保信軍節度使劉敷、武成軍節度使劉敏、嚮德軍節度使張楙、岳陽軍節度使王舜臣、應道軍節度使朱孝孫、瀘川軍節度使錢忱並爲右金吾衛上將軍」。

〔九〕「冠蓋陸西竄，舳艫水南奔」，指金人南侵時，大臣或從陸路西逃，或從水路南奔。

〔一〇〕「鄙夫」，自謙詞。

〔一一〕「修門」，楚國郢都的城門。《楚辭・招魂》：「魂兮歸來，入修門些。」《注》：「修門，郢城門也。」後泛指京都城門。陸游《出都》：「重入修門甫歲餘，又攜琴劍返江湖。」

〔二〕「羞尺柄」，羞於位卑官小。「期片言」，指入都奏言。

〔三〕「雲龍」，《周易·乾卦》文言曰：「雲從龍，風從虎，聖人作而萬物覩。」

〔四〕「上玉除」，指入朝。

## 謁華嶽一首〔一〕

楊賜嶽所挺，嚴武金天晶〔二〕。二子爲時出，顧我非炳靈。維嶽鎮四方，氣秀天骨青。巀嶭立千仞〔三〕，力能産公卿。降神詠崧高〔四〕，讖緯仍反經〔五〕。取象到執珪〔六〕，譎怪如洞冥〔七〕。平生笑窮奇，立語心自驚〔八〕。我質培塿耳，胸山固峥嶸〔八〕。誰言華嶽高，我山摩玉京〔一〇〕。是中所包藏，丹碧參瑰瓊。平居蟄雲雷，飛雨溢四溟。此豈真有之，落筆紛縱横。發我文物祕，象渠膏澤傾。太華屹不摇，我山身載行〔一一〕。

【注】

〔一〕此詩作於宣和六年春宗澤赴巴州通判任途經華嶽時，蓋是其初見華嶽而往謁也。

〔二〕「楊賜」，字伯獻，楊震之孫，東漢名臣，《後漢書》卷八四有傳。因其爲弘農華陰人，故稱「嶽所挺」。「嚴武」，字季鷹，中書侍郎嚴挺之子，《舊唐書》卷一一七、《新唐書》卷一二六有傳。因其爲華州人，故稱「金天晶」。「金天」，西天，華嶽在西，西方配金，故西天稱金天，唐玄宗先天二年封華嶽神爲金天王。

〔三〕「巀嶭」，山高峻貌。

〔四〕「降神」，指華嶽神。「崧高」，山大而高，《詩·大雅·崧高》：「崧高維嶽，駿極于天。」

〔五〕「讖緯」，讖學與緯學。讖是「詭爲隱語，預卜吉凶」；緯學對經學而言，緯學專以陰陽災異説經。「反經」，由讖緯之學返歸經學，謂華嶽降神雖出讖緯之説，但亦符合《大雅·崧高》本意。

〔六〕「執珪」，春秋諸侯國爵位名。以珪賜給功臣，使持珪朝見，因稱執珪。珪爲長形玉版，上尖或圓，下方，表示信符。「取象到執珪」，謂珪取象於山形。

〔七〕「洞冥」，猶言洞府，神仙幽冥居住之地。

〔八〕「窮奇」，《左傳·文公十八年》：「少皞氏有不才子，毀信廢忠，崇飾惡言……天下之民，謂之窮奇。」即指毀信廢忠之凶惡者。

〔九〕「培塿」，小土丘。「胸山」，指胸中丘壑，胸有志氣如山。

〔一〇〕「玉京」，天闕，道教謂神仙所居天上宫闕，位於無爲之天，爲三十二帝所居之都。「摩玉京」，極言山之高。

〔一一〕「我山身載行」，謂胸有華嶽，身體載之而行。

# 五言律

## 雨晴度關二首〔一〕

燕北静胡塵，河南濯我兵〔二〕。風雲朝會合，天地晝清明。泣涕收横潰〔三〕，焦枯賴發生。不辭關路遠，辛苦向都城〔四〕。

### 其二

蕩滌真成快，氛霾不敢陰。萬花恩澤了，二麥寵光深〔五〕。地勢瞻仙掌〔六〕，河源識帝心。馬頭迎霽色，詩句日邊尋。

【注】

〔一〕此詩作於靖康元年八月，參前《感時》注〔一〕。按此詩云「不辭關路遠，辛苦向都城」，顯指靖康元年八月宗澤由巴州出關赴京都開封奏事。關，指函谷關。函谷關在今靈寶市東北，爲秦之東關，東自崤山，西至潼津，深險如函，通名函谷。

〔二〕「燕北」，泛指黄河以北之地。其時金方議和退師北去，故曰「燕北静胡塵」。「河南」，指黄河以南之地。濯兵，即洗兵，原指出兵遇雨，後指洗淨兵器，收藏起來，停止戰争。《文選》卷六左太沖《魏都賦》：「洗兵海島，刷馬江洲。」按其時宋方議和罷兵遣卒，故曰「河南濯我兵」。宗澤《道逢散遣之卒云講和退師無所用之矣輒以二十六句道胸臆》云「忽聞募士詔遣歸……櫜兵銷刃兵猶怒」，亦此意也。

〔三〕「横潰」，泛濫潰崩，指金人渡河南侵。

〔四〕「向都城」，指赴京師開封奏事。

〔五〕「二麥」，大麥、小麥。

〔六〕「仙掌」，即仙人掌，華岳東峰名。《全唐詩》卷一三〇崔顥《行經華陰》：「武帝祠前雲欲散，仙人掌上雨初晴。」

## 過潼關〔一〕

一雨崤函底〔二〕，風沙放我過。嶽神猶假借〔三〕，官史莫誰何！塹斷思航渡，城堅戒石摩〔四〕。一夫工墨守，寧怯萬夫多〔五〕。

【注】

〔一〕此詩作於靖康元年八月。按此詩所云「一雨崤函底」之「雨」，即宗澤《雨晴度關》所云之「雨」，故此詩亦是宗澤靖康元年八月赴京都開封奏事途經潼關所作。

〔二〕「崤函」，指崤山與函谷。

〔三〕「嶽神」，指華山之神。「假借」，假道、借道。

〔四〕「戒石摩」，謂防城石牆之高。

〔五〕「墨守」，墨子善守城之術，後因稱牢固防守爲墨守。「一夫工墨守，寧怯萬夫多」，即一夫當關，萬夫莫開之意。《李太白全集》卷三《蜀道難》：「劍閣崢嶸而崔嵬，一夫當關，萬夫莫開。」

## 道逢鄉人笑僕騶馬之瘦〔一〕

生笑長裾曳〔二〕，仍羞下澤奔〔三〕。據鞍非馬援〔四〕，叱馭豈王尊〔五〕？汗血能觀國〔六〕，的顱終感恩〔七〕。莫欺騶馬瘦，揮策詣金門〔八〕。

【注】

〔一〕此詩作於靖康元年八月。按此詩云「揮策詣金門」，即《感時》所云「策馬趨修門」，《道逢散遣之卒云講和退師無所用之矣輒以二十六句道胸臆》所云「慨然奏疏金馬門」，指宗澤靖康元年八月赴京師開封奏疏事。

〔二〕「長裾曳」，即曳裾王門，指奔走於王侯權貴之門。《漢書》卷五一《鄒陽傳》：「飾固陋之心，則何王之門不可曳長裾乎？」

〔三〕「下澤」，即下澤車，便於在沼澤地行走的短轂車。《後漢書》卷二四《馬援傳》：「乘下澤車，御款段馬。」《周禮·冬官》：「車人爲車……行澤者欲短轂，行山者欲長轂；短轂則利，長轂則安。」

〔四〕「據鞍非馬援」，《後漢書》卷二四《馬援傳》：「援好騎，善別名馬，於交阯得駱越銅鼓，乃鑄爲馬式，還上之。因表曰：『夫行天莫如龍，行地莫如馬……昔有騏驥，一日千里，伯樂見之，昭然不惑……臣謹依儀氏鞲，中帛氏口齒，謝氏唇鬐，丁氏身中，備此數家骨相以爲法。』馬高三尺五寸，圍四尺五寸。有詔置於宣德殿下，以爲名馬式焉。」

〔五〕「叱馭豈王尊」，《漢書》卷七六《王尊傳》：「先是，琅邪王陽爲益州刺史，行部至邛郲九折阪，歎曰：『奉先人遺體，奈何數乘此險！』後以病去。及尊爲刺史，至其阪，問吏曰：『此非王陽所畏道邪？』吏對曰：『是。』尊叱其馭曰：『驅之！王陽爲孝子，王尊爲忠臣。』」

〔六〕「汗血」，汗血馬。《漢書》卷六《武帝紀》：「貳師將軍廣利斬大宛王首，獲汗血馬來，作西極天馬之歌。」

〔七〕「的顱」，馬名。《三國志》卷三二《先主傳》裴松之注引《世語》云：「備覺之，僞如厠，潛遁出。所乘馬名的盧，騎的盧走，墮襄陽城西檀溪水中，溺不得出。備急曰：『的盧，今日厄矣，可努力！』的盧乃一踊三丈，遂得過。」

〔八〕「金門」，即金馬門，謂宗澤奏事從此國門入。

## 五言絶

### 盤豆鋪南李翁園〔一〕

李翁卧亭午，春深掩柴荆。忽聞風雨響，疑是勤王兵。

【注】

〔一〕此詩作於宣和六年春。按，盤豆鋪在河南閿鄉縣，乾隆《閿鄉縣志》卷一「驛鋪」：「盤豆鋪，二十里。」乾隆《閿鄉縣志》卷九引明人楊智《三聖姑行祠碑》：「盤豆，舊名兜津，一水南來，入大河不數武，河兜其津，以故有是名也。漢孝光微時，嘗過此，有仙翁以盤餐豆羹而進之者，後因以盤豆稱之。」此詩云「春深掩柴荆」，則當是宗澤宣和六年春赴通判巴州任途經閿鄉縣所作。

# 六言

## 題趙園〔一〕

瑶瑛來侍梅臺〔二〕，琴瑟自鳴松島。山中野服相羊〔三〕，足以亡憂遺老。

鑿池智有泉源，種木胸無芥蔕。螭頭吐水涓涓〔四〕，端是銀潢一派〔五〕。

【注】

〔一〕此詩繫年無考，詩中云「山中野服相羊，足以亡憂遺老」，或是宗澤宣和元年謫居丹徒以後所作。

〔二〕「瑶瑛」，美玉，此處喻花。

〔三〕「相羊」，即徜徉，漫游、徘徊之意。

〔四〕「螭頭」，指池壁所雕螭頭形出水口。

〔五〕「銀潢」，即銀河。

# 七言古

## 道逢散遣之卒云講和退師無所用之矣輒以二十六句道胸臆〔一〕

翁擁麾幢我爲兒〔二〕，剽聞竊睹皆兵機。其中襲擊不容瞬，飆行電掣猶逶迤。戎人長驅越大河〔三〕，天下震驚關闕危。肉食之謀殊未臧〔四〕，我憤切骨其誰知？慨然奏疏金馬門，力陳盟賂損國威〔五〕。嚴尤下策尤可笑，鼂錯上書亦奚爲〔六〕？道路荆棘初翦除，花如步障吾東之〔七〕。八年閉户尺蠖屈，一旦度關匹馬馳〔八〕。行行側身聽戎捷，忽聞募士詔遣歸〔九〕。濃書大墨榜教詔，曰敵悔過今退師。羽檄向來召貔虎，乃詠《出車》歌《杕杜》〔一〇〕。櫜兵銷刃兵猶怒〔一一〕，却把鋤犁農鼓舞。君王神武今藝祖〔一二〕，爾賊不歸汙我斧。

【注】

〔一〕此詩作於靖康元年八月，爲宗澤由巴州赴京師開封道中所作。按此詩云「慨然奏疏金馬門，力陳盟賂損國威」，即指靖康元年八月宗澤入京師開封奏事，痛斥割地議和。適逢朝廷忽遣散已在道途之防秋兵，《三朝北盟會編》卷四九，靖康元年六月二十七日，「李綱抵河陽入劄子，論罷起兵等事……候防秋之兵集以謀大舉。而朝廷降旨，詔書所起之兵悉罷減之……今以防秋之故，又起天下兵，良非獲已。遠方之兵率皆就道，又復約回，將士卒伍，寧不解體？……」可見，朝廷遣散防秋之兵卒在六月，宗澤在道所逢散遣之卒，即遣回之防秋兵也。

〔二〕「翁」，父。「麾幢」，旗幟。此句言是此金人大舉入侵，宋卑躬乞和，尊呼「大金國」，奴顔低下，直是奉金如「父國」，宋爲「兒國」矣。「兒」，隱有「兒皇帝」之譏，暗譬新君欽宗。五代契丹國君死，在墓旁蓋屋，置學士。遇有大慶弔，學士用死亡君主的名義作詔書，稱新君爲「兒皇帝」。後晉石敬瑭諂媚契丹耶律德光，尊德光爲父，自稱「兒皇帝」。

〔三〕「戎人長驅越大河」，《宋史》卷二三《欽宗本紀》：「（靖康元年正月）壬申，金人渡河……（癸酉）金人犯京師。……是夜，金人攻宣澤門，李綱禦之……乙亥，金人攻通津、景陽等門，李綱督戰……耶律忠、王汭來索金帛數千萬，且求割太原、中山、河間三鎮，并宰相、親王爲質，乃退師。」

〔四〕「肉食」，指享厚禄的官員。《左傳·莊公十年》：「其鄉人曰：『肉食者謀之，又何間焉？』劌曰：『肉食者鄙，未能遠謀。』」

〔五〕「金馬門」，漢武帝得大宛馬，命東門京以銅鑄像，立馬於魯班門外，因稱金馬門。東方朔、主父偃等皆待詔金馬門，後遂用爲京師官署的代稱。「奏疏金馬門」，指宗澤入京師奏事。「盟賂」，指割地送金帛議和結盟。《三朝北盟會編》卷三六：「二月十日丙午，「下割三鎮之詔……遂割三府以尋懽盟……起發犒軍銀綱至金人軍前……凡一百綱，統起一千萬兩之數」。按《遺事》云：「靖康元年，有詔侍從官各舉所知。御史中丞陳過庭等薦公可任臺諫。召赴闕，公奏對三策。」向不知宗澤奏對三策所論何事，今據此詩，可知宗澤三策乃主要在反對割地送金帛議和。

〔六〕「嚴尤」，當爲嚴光之誤。「嚴光下策」，指嚴光投劄不屈就事，《後漢書》卷八三《嚴光傳》：「司徒侯霸與光素舊，遣使奉書，使人因謂光曰：『公聞先生至，區區欲即詣造，迫於典司，是以不獲。願因日暮，自屈語言。』光不答，乃投劄與之，口授曰：『君房足下：位至鼎足，甚善。懷仁輔義天下悦，阿諛順旨要領絶。』霸得書，封奏之。帝笑曰：『狂奴故態也。』」「晁错上書」，指晁錯屢次上書招致殺身之禍，《史記》卷一〇一《晁錯傳》：「數上書孝文，時言削諸侯事，及法令可更定者。書數十上，孝文不聽。」

〔七〕「步障」，用以遮蔽風塵或障蔽内外的屏幕。《世説新語·汰侈》：「君夫作紫絲布步障碧綾裏四十里。石崇作錦步障五十里以敵之。」「花如步障」，謂道路兩旁花開如錦，一路護送東入京師開封。

〔八〕「八年閉户」，按宗澤宣和元年褫職羈置丹徒，到靖康元年出關赴京師，正所謂「八年閉户尺蠖屈」。「關」，指函谷關。

〔九〕「募士詔遣歸」，即詩題所云「散遣之卒」。按欽宗早在二月議和乞盟之時，即已向金人表示散遣兵民以示議和誠意。《三朝北盟會編》卷三四，靖康元年二月五日下引《傳信録》云：「再對於福寧殿。上命復節制勤王之師，先放遣民兵，蓋不復有用兵意也。」宗澤在道所見，乃是遣罷之防秋兵。《三朝北盟會編》卷四九：「朝廷已盡改前日之言，調發防秋之兵，既罷弓弩手，又罷士兵，又罷四川、福建、廣東南路將兵，又罷荆湖南北路係將兵、不係將兵，而京西諸郡又皆特免起發……今已七月，遠方之兵皆已在道，始復約回……一歲兩起天下之兵，中道而兩止之……防秋之兵甫集，又皆遣罷。」宗澤道中所逢當是四川散遣兵卒。

〔一〇〕《出車》《杕杜》，皆《詩經》中詩篇，咏將士出征歸還。《詩·小雅·出車》：「我出我車，于彼牧矣。」《詩序》：「出車，勞還率也。」《詩·小雅·杕杜》：「有杕之杜，有睆其實。王事靡盬，繼嗣我日。」《詩序》：「杕杜，勞還役也。」

〔一一〕「櫜兵」，收藏兵器，《詩·周頌·時邁》：「載戢干戈，載櫜弓矢。」「銷刃」，銷毁兵器。

〔三〕「藝祖」，有文德材藝之祖。《尚書·堯典》：「格於藝祖，用特。」「今藝祖」，指欽宗。

# 七言絶句

## 曉渡〔一〕

小雨疏風轉薄寒，駝裘貂帽過秦關。道逢一澗兵徒涉，赤脛相扶獨厚顔。

【注】

〔一〕此詩作於宣和六年春。按此詩云「過秦關」，乃指函谷關，「轉薄寒」，即春寒，則必是宗澤宣和六年春赴通判巴州任途經函谷關所作。《遺事》云：「（宣和）六年，復判巴州。」據宗澤《賢樂堂記》稱「宣和六年春，朝廷以僕承乏郡貳」，則宗澤赴巴州通判任即在春間。

## 華陰道中〔一〕

### 其一

煙遮晃白初疑雪，日映斕斑却是花。馬渡急流行小崦，柳絲如織映人家。

### 其二

葺茅作屋細家居〔二〕，雲碓風帘路不紆〔三〕。坡側杏花溪畔柳，分明摩詰輞川圖。

### 其三

寧王畫作金盆鴿〔四〕，韓愈詩誇玉井蓮〔五〕。瓦缶泥泓村落小，亂茅群雀不堪傳。

【注】

〔一〕此詩作於宣和六年春。按此詩云「柳絲如織」「坡側杏花溪畔柳」，時令在春，則亦是宣和六年春，宗澤赴巴州通判任經華陰道上所作。「華陰」，縣名，在太華山北。

〔二〕「菅茅」，草名。《詩·小雅·白雲》：「英英白雲，露彼菅茅。」

〔三〕「碓」，舂米穀之器。

〔四〕「寧王」，指唐睿宗長子李憲，封寧王。善識曲辨聲，好騎射。《温飛卿集》卷五《彈箏人》：「天寶年中事玉皇，曾將新曲教寧王。」大畫家吴道子与寧王善，官至寧王友，可見寧王亦善畫。「畫作金盆鴿」，按唐以來《金盆浴鴿圖》已成花鳥畫中一大主題，如《宣和畫譜》中即著録有黄筌《竹石金盆鵓鴿圖》三，黄居寶《竹石金盆戲鴿圖》三，黄居寀《湖石金盆鵓鴿圖》一等。

〔五〕「玉井蓮」，華山頂有玉井生蓮花，《李綱集》卷一五八《華山辨》：「華山有蓮華峰，其上生蓮華，退之詩所謂『太華峰頭玉井蓮』是也，指所生物，因是得名。」《韓昌黎集》卷三《古意》：「太華峰頭玉井蓮，開花十丈藕如船。冷比雪霜甘比蜜，一片入口沉痾痊。我欲求之不憚遠，青壁無路難夤緣。安得長梯上摘實，下種七澤根株連。」

## 至洛〔一〕

都人士女各紛華，列肆飛樓事事嘉〔二〕。政恐皇都無此致〔三〕，萬家流水一城花。

【注】

〔一〕此詩當亦是宗澤宣和六年春赴巴州通判任途經西京洛陽時所作。

〔二〕「肆」，市集貿易之處。《論語・子張》：「百工居肆，以成其事。」

〔三〕「皇都」，指東京開封。

## 華下〔一〕

千岩層出亂雲飛，失我平生洞府期〔二〕。夜據征鞍不交睫，舉頭彈指睡希夷〔三〕。

【注】

〔一〕此詩亦是宗澤宣和六年春赴巴州通判任途經太華所作。

〔二〕「洞府」，洞天福地，神仙所居之地，指退隱。時宗澤出任巴州通判，故歎「失我平生洞府期」。

〔三〕「睡希夷」，陳摶，字圖南，宋太宗賜號希夷先生，隱居華山，擅睡功。《宋史》卷四五七《陳摶傳》：「移居華山雲臺觀，又止少華石室。每寢處，多百餘日不起。」《歷世真仙體道通鑑》卷四七：「陳摶粹於道德，以睡玩世……召至闕，則扃户熟寐月餘。希夷之號，雅稱其旨。然託迹於睡，其意必有在也。」

## 馬上口占〔一〕

龍興虎視詫周秦〔二〕，王氣東游作汴京〔三〕。陰祝巨靈移此險〔四〕，大河爲塹嶽爲城〔五〕。

【注】

〔一〕此詩亦是宗澤宣和六年春赴巴州通判任途經華州、京兆府一帶所作。

〔二〕「龍興虎視詫周秦」，謂周、秦均龍騰虎躍崛起於西陲陝渭一帶，周定都於鎬京（今陝西長安），秦定都於咸陽（今陝西長安區東之渭城）。

〔三〕「王氣東游作汴京」，指帝王之氣東移，宋定都於東京開封。

〔四〕「巨靈移此險」，指巨靈開華嶽，通黄河。《華嶽全集》卷五《仙掌辨》：「西嶽太華之首峰有五崖……自下遠而望之，偶爲掌形。舊俗土記之傳者，皆曰：昔河自積石出而西流，既越龍門，逐彌南馳者千數百里，折波左旋，將走東溟，連山塞之，壅不得去。有巨靈於此，力擘而剖其中，跖而北者爲首陽，絶而南者爲太華。河自此泄，茫洋下馳。故其掌跡猶存，巨靈之跡也。」

〔五〕「河」，指黄河。「嶽」，指西嶽華山。

## 蚤發〔一〕

繖幄垂垂馬踏沙〔二〕，水長山遠路多花。眼中形勢胸中策〔三〕，緩步徐行静不譁。

【注】

〔一〕此詩作於靖康元年八月。按此詩云「水長山遠」，指宗澤由巴州赴京師開封奏事。

〔二〕「繖」，傘蓋。「幄」，篷帳。

〔三〕「眼中形勢」，指宗澤對宋金議和後的形勢已瞭然在心。「胸中策」，指宗澤是次入都奏事已是成「策」在胸。《遺事》：「靖康元年，有詔侍從官各舉所知。御史中丞陳過庭等薦公可任臺諫。召赴闕，公奏對三策，上嘉之。」

# 宗澤集校注卷六

## 雜著

### 寧國長老語録序〔一〕

趙州柏子，果是分明〔二〕；靈雲桃花，更無疑惑〔三〕。一宿不爲迅速〔四〕，九年未是遲延〔五〕。萬法只是一門，千口豈有兩舌！寧國堂頭，宗乘東道，覺路南車，儒釋兼通，死生了達。包藏無礙，常發大慈悲心；度接有緣，默傳正法眼藏〔六〕。如某愚昧，願師提撕〔七〕，濟我無底舟航，還我未生面目。深悟筌蹄之要，證此上機〔八〕；姑有土苴之餘，寓諸方册〔九〕。

【注】

〔一〕此序繫年無考，疑爲宗澤早年之作。

〔二〕「趙州」，指趙州從諗禪師。「柏子」，指從諗説柏子禪。《五燈會元》卷四《南泉願禪師法嗣》：「趙州觀音院從諗禪師，曹州郝鄉人也……問：『如何是祖師西來意？』師曰：『庭前柏樹子。』曰：『和尚莫將境示人。』師曰：『我不將境示人。』」

〔三〕「靈雲」，指靈雲志勤禪師。「桃花」，指志勤見桃花悟道。《五燈會元》卷四《長慶安禪師法嗣》：「福州靈雲志勤禪師，本州長谿人也。初在溈山，因見桃華悟道，有偈曰：『三十年來尋劍客，幾回落葉又抽枝。自從一見桃華後，直至如今更不疑。』」

〔四〕「一宿不爲迅速」，指玄覺禪師一宿覺。《景德傳燈録》卷五《温州永嘉玄覺禪師》載，玄覺禪師初謁六祖慧能，談話投機，頓時得悟，因留住一宿，時稱「一宿覺」。

〔五〕「九年未是遲延」，指菩提達摩在少林寺面壁九年悟道之事。

〔六〕「默傳正法眼藏」，指釋迦牟尼心傳之正法眼藏。《五燈會元》卷一《釋迦牟尼佛》：「世尊在靈山會上，拈花示衆。是時衆皆默然，唯迦葉尊者破顔微笑。世尊曰：『吾有正法眼藏，涅槃妙心，實相無相，微妙法門，不立文字，教外别傳，付囑摩訶迦葉。』」

〔七〕「提撕」，原意爲拉扯、提引，引申爲提醒、振作。

〔八〕「筌蹄之要」，指得魚忘筌，得兔忘蹄，不爲文字言象所束縛。「上機」，上等根機。

〔九〕「土苴」，泥土與枯草，比喻微賤多餘之物。「土苴之餘」，此處指語言文字。「方册」，書册，指此處寧國長老語録一書。

## 閬鄉麻衣寺瘦佛畫像贊〔一〕

壁上瘦者，乃人天師〔二〕，非病維摩〔三〕，亦非辟支〔四〕。學道雪山〔五〕，跏趺忍饑〔六〕，中包太虚〔七〕，外示清羸。方其瘦也，一麻一麥，鬢髮如蓬，巉巖面骨〔八〕；及其肥也，丈六金身〔九〕，相三十二，爲佛世尊〔一〇〕。非我癯儒，亦非飛仙。願此法身，充滿大千。是故合掌，作此偈言。

【注】

〔一〕此贊作於宗澤宣和六年春赴巴州通判任途經閬鄉縣時，參見前《盤豆鋪南李翁園》注。

〔二〕「人天師」，即天人師，如來十號之一，意爲天與人之教師。《大智度論》卷二：「云何名天人教師？佛示導是應作是不應作，是善是不善。是人隨教行，不舍道法，得煩惱解脱報，是名天人師。問曰：佛能度龍、鬼、神等墮餘道中生者，何以獨言天人師？答曰：度餘道中生者少，度天人中生者多。」

〔三〕「病維摩」，即維摩詰，也作毗摩羅詰，意譯無垢稱，或作淨名。佛經謂維摩詰原爲東方無垢世界金粟如來，於釋迦佛在世時化身爲居士，住中印度毗耶離城。時佛應五百長者子之請，在城中庵羅樹園説法，維摩詰稱病不往，佛遣文殊菩薩等前往問疾。《維摩詰所説經・方便品》：「其以方便，現身有疾。以其疾故，國王、大臣、長者、居士、婆羅門等及諸王子，並餘官屬無數千人，皆往問疾。其往者，維摩詰因以身疾廣爲説法。」

〔四〕「辟支」，辟支佛，全名辟支迦佛陀，舊譯緣覺，新譯獨覺，即羅漢。

〔五〕「學道雪山」，釋迦牟尼在過去世修菩薩道時，於雪山苦行，謂之雪山大士，或曰雪山童子。《涅槃經・聖行品》：「過去之世佛日未出，我於爾時作婆羅門修菩薩行……住於雪山……我於爾時獨處其中，唯食諸果。食已，繫心思惟坐禪，經無量歲。」

〔六〕「跏趺」，結跏趺坐。佛徒坐法，有二種：降魔坐，禪宗多傳此坐法；吉祥坐，傳即釋迦牟尼雪山修道時坐法。

〔七〕「中包太虚」，指坐禪修行，心虚静定。

〔八〕「巉巖」，險峻的山巖，比喻瘦骨嶙峋。

〔九〕「丈六金身」，佛教謂化身佛，其身長一丈六尺而黄金色。《佛説觀無量壽佛經》：「阿彌陀佛，神通如意，於十方國變現自在，或現大身滿虚空中，或現小身丈六八尺，所現之形皆真金色。」

〔一〇〕「相三十二」，佛教謂佛之化身有三十二相。《法苑珠林》卷五九《佛經苦行緣第十》：「以三十二相嚴飾其體。」「世尊」，對釋迦牟尼的尊稱。

## 題珣師休牧軒頌〔一〕

青居曾露一絲頭，謾示人能解牧牛〔二〕。究竟本來無一物，未知能使阿誰休？

一乘休去已忘機〔三〕，恰似當初未牧時。雲起雲消本無迹，有爲全體是無爲〔四〕。

空餘短笠與輕蓑，道着休時事早多。更向中間問消息，夜深無奈月明何！

【注】

〔一〕此頌繫年無考，疑爲宗澤早年之作。珣師，《補續高僧傳》卷一〇有《何山珣禪師傳》，即其人。按何山在湖州，疑此頌爲宗澤早年第二次東游過訪湖州何山題作，蓋在元祐年間也。

〔二〕「青居」，即清居禪師，傳其作《十牛圖》。按佛教以牧牛比喻心之修養，牧者，養也。《阿含經》中已有牧牛十二法，後遂多有作《十牛圖》《十牛圖頌》《牧牛圖》等，禪宗亦有水牯牛之公案。《十牛圖》即分十個主題，分别爲尋牛、見迹、見牛、得牛、牧牛、騎牛歸家、忘牛存人、人牛俱忘、返本還源、入鄽垂手，以此寓意修心證道的過程。

〔三〕「一乘」，成佛唯一之教。《法華經·方便品》：「十方佛土中，唯有一乘法，無二亦無三。」

〔四〕「有爲」，有爲法；「無爲」，無爲法。爲，造作之意。佛教以一切因緣和合所生之事物爲有爲法，以非因緣和合所生者爲無爲法。故有爲法者，色也；無爲法者，法性也。有爲全體是無爲，謂無爲法爲有爲法之本體。

## 告金天廟文〔一〕

維嶽雄峻，維神司之。雲雷翕張，神固專之。作帝金天〔二〕，號位高明。云胡戎醜，竊我盛名〔三〕！夫金者，奠方則爲西，制器則爲兵，論幣則爲上，鍾人則爲英。厥號耿光〔四〕，可享維神。彼虜無知，擅于厥身。匪國之殃，繄神之讎〔五〕。神弗殄誅，爲神之羞！大發陰兵，百萬其師。怒目張牙，龍甲豹皮，彍弩横刀〔六〕，鐵騎沓馳。助我羆熊，戮彼鯨鯢。神以獨尊，祀以不隳。借神威靈，一埽無遺。

【注】

〔一〕此文作於靖康元年八月，宗澤由巴州赴京師開封奏事途經華嶽之時。「金天廟」，按華嶽在西，西方配金，故西天稱金天，華嶽神在唐時封爲金天王，故此金天廟即華嶽廟也。

〔二〕「作帝金天」，唐玄宗先天二年封華嶽神爲金天王。

〔三〕「戎醜」，指金人。「竊我盛名」，女真建國號曰「金」，故謂其竊用金天盛名。

〔四〕「耿光」，光明、光輝。《尚書·立政》：「以覲文王之耿光，以揚武王之大烈。」

〔五〕「繄」，是。此二句謂金人不是國家之災殃，便是華嶽神之仇敵。

〔六〕「彍弩」，拉滿之弓。

## 請寧國再開堂疏〔一〕

伏以山上浮雲，本無心於去就；海中潮水，豈有意於往來？無非時節因緣，要識卷舒任用。寧國堂頭，自家衣鉢，非徒庾嶺傳來〔二〕；心地泉源，便是曹溪流出〔三〕。吞盡三世諸佛〔四〕，跳出四面八方。七縱七擒，縱横妙用〔五〕；三仕三已，喜愠不生〔六〕。何妨舊店重開，可謂前燈復續。珠還合浦〔七〕，鶴返故巢。正當恁麽時，請説這箇法。

【注】

〔一〕此疏約與前《寧國長老語録序》作於同時，疑爲宗澤早年之作。

〔二〕「庾嶺」，即大庾嶺，一名梅嶺。六祖慧能受弘忍法南逃，越大庾嶺，入廣隱居。故「庾嶺傳來」乃指慧能之傳。

〔三〕「曹溪」，在廣東曲江東南雙峰山下。六祖慧能由庾嶺入廣，即在曹溪寶林寺演法説禪。故「曹溪流出」亦指慧能禪宗所傳。

〔四〕「三世」，即過去世、現在世、未來世。過去佛爲燃燈佛，現在佛爲釋迦牟尼，未來佛爲彌勒佛，是爲「三世諸佛」。

〔五〕「七縱七擒，縱横妙用」，以七擒七縱喻其不爲法縛。

〔六〕「三仕三已，喜愠不生」，以三仕三罷喻其不爲情欲所羈。

〔七〕「珠還合浦」，《後漢書》卷七六《孟嘗傳》載，合浦郡不産穀實，而海出珠寶，先前郡守並多貪婪搜刮，致使珍珠移往别處。後孟嘗爲合浦太守，革除前弊，珍珠復還合浦。

## 請海長老住蘇溪崇德疏〔一〕

伏以萬法本空，一性圓寂。撚花鷲嶺〔二〕，曾虧一笑之瑕；面壁少林〔三〕，猶病多言之失。必也忘真俗之二諦，泯色空之兩途〔四〕。自非圓頓之流，曷致機筌之用〔五〕？某人長老，洞明宗旨，深達祖風。始出世於治平，實印可於法湧〔六〕。退藏密旨，栖心彌勒之道場〔七〕，重振宗乘，示跡法輪之古刹。人天共集，凡聖瞻依〔八〕。會須振領提綱，十方坐斷；若也超佛越祖，一線不容。除是慣戰作家，能具正法眼藏〔九〕。既登寶座，願振潮音〔一〇〕，俯徇衆情，無煩退托。

【注】

〔一〕此疏繫年無考，疑爲宗澤早年之作。按蘇溪即酥溪，崇德即崇德教寺，在義烏。萬曆《義烏縣志》卷三：「酥溪，去縣東北三十里，源出清潭山，至丫口與深溪合，入豐江。」嘉慶《義烏縣志》卷一八：「崇德教寺，縣東北三十里酥溪上。唐大中二年，法輪大師重雲創建，名『東巖』。宋改『崇德』。」邑侍郎宗澤《請海長老住疏》……」宗澤生平未任侍郎，志所云誤。按宗澤宣和元年褫職羈置鎮江府、四年就居丹徒以後，未嘗再回義烏，故宗澤此疏當作於宣和以前。又此疏稱海長老「始出世於治平」，則宗澤請其住崇德寺當去此不遠，或即在元豐年間耶？

〔二〕「撚花鷲嶺」，指釋迦牟尼鷲嶺拈花説法、迦葉微笑之事。

〔三〕「面壁少林」，指菩提達摩於少林面壁九年悟道之事。《五燈會元》卷一：「寓止於嵩山少林寺，面壁而坐，終日默然，人莫之測，謂之壁觀婆羅門。」

〔四〕「真俗之二諦」，真諦與俗諦。諦，實理、真理。世俗的道理爲俗諦，佛家的道理爲真諦。《廣弘明集》卷二一《解二諦義》:「所言二諦者,一是真諦,二名俗諦,真諦亦名第一義諦,俗諦亦名世諦。」「色空」,色即是空,空即是色。佛教謂有形之萬物爲色;而萬物爲因緣和合而生,本無自性,故謂空,所謂假有性空也。

〔五〕「圓頓」,圓教與頓教。圓教,名大乘窮極圓滿之實教。天台宗判四教,立第四教爲圓教;華嚴宗立五教,第五教爲圓教。頓教,大乘頓成頓悟之教。華嚴宗立五教,第四爲頓教;天台宗判四教,第一爲頓教。「機筌」,機爲捕鳥獸的機檻,筌爲竹製的捕魚器具。機筌,猶言筌蹄,筌爲取魚之具,蹄爲取兔之網,佛教用以喻方便門及言語文句等覺悟實義之用具。《法華文句》卷一:「真心寥廓,絶言象於筌蹄。」圓頓二教,重心悟頓覺,不爲文字言象筌蹄所縛。

〔六〕「治平」,北宋英宗年號(一〇六四—一〇六七)。「出世」,出家學佛有成,出主某寺法席。「印可」,印證、認可。《維摩詰所説經・弟子品》:「若能如是坐者,佛所印可。」「法湧」,未詳,疑爲海長老之師。

〔七〕「退藏密旨」,《周易・繫辭上》:「聖人以此洗心,退藏於密……神以知來,知以藏往。」「道場」,指佛成聖道之處。此處所謂彌勒之道場,乃指彌勒淨土,即兜率淨土。

〔八〕「凡聖」,佛教謂有六凡四聖,四聖謂佛、菩薩、圓覺、聲聞;六凡謂天、人、阿修羅、畜生、餓鬼、地獄。

〔九〕「正法眼藏」,佛教指至高無上之真諦妙論。禪宗以全體佛法爲「正法」,朗照宇宙謂之「眼」,

包含萬物謂之「藏」。

〔一〇〕「潮音」，海潮音，海潮漲落，聲音宏壯，佛家因以比喻佛、菩薩應時説法之聲音。

## 請舉老住滁州寶林〔一〕

靈山正法眼，本從微笑傳來；金粟不二門，亦向無言悟入〔二〕。必將説難説之法，相與參未參之禪。灼然開口便差，須是當仁始得〔三〕。某人導雲門之一派〔四〕，住龜、鷲之三春〔五〕。祖風夙振於淮壖〔六〕，道價浸高於海内。屬寶林之虚席，合衆刹以謀師。既蒙赴感於隨緣，何異逢場而作戲。前日瑯琊席上，已示老婆心〔七〕；只今襄水岸頭，佇聞獅子吼〔八〕。

【注】

〔一〕此疏疑爲宗澤早年所作。按此疏云「前日瑯琊席上」「只今襄水岸頭」，疑此疏乃宗澤在滁州所作。宗澤之往游滁州，當在其早年游學之時。前《求教書》《上鄭龍圖求船書》《東上辭松楸》考定宗澤早年有兩次出游，第一次在未冠時（約熙寧九年），第二次在元祐元年。第二次乃因其家君幕金陵，故宗澤主要活動在金陵一帶，滁州與金陵隔江相對，其往滁州即在其時，可知此疏約作於元祐一、二年間。「舉老」，《補續高僧傳》卷七有《法華舉禪師傳》，疑即其人。

〔二〕「金粟」，金粟如來，即維摩詰。《祖庭事苑》卷三：「《十門辨惑論》曰：『維摩是金粟如來。』」「不二門」，不二法門，唯一的門徑、方法，意爲直接入道、不可言傳的法門。「無言悟入」，謂維摩詰法門在心悟心傳，不以言傳。《維摩詰所説經・入不二法門品》：「如我意者，於一切法無言無説，無示無識，離諸問答，是爲入不二法門。」

〔三〕「當仁」，猶言當心、當覺、當悟，謂佛法在心悟心傳，不落言筌，故曰「開口便差」。

〔四〕「雲門之一派」，禪宗之雲門宗。

〔五〕「住龜、鷲之三春」，龜爲龜山，鷲指靈鷲峰。龜山在武漢長江畔，靈鷲峰（飛來峰）在杭州靈隱寺前。「三春」，謂舉長老嘗在龜山、鷲峰之寺中住持三載。

〔六〕「淮壖」，淮河流域。

〔七〕「瑯嘝」，滁州瑯嘝山。「瑯嘝席」，瑯嘝山寺法席。「老婆心」，親切叮嚀之心。禪宗有老婆禪，爲親切叮嚀之禪。此二句謂宗澤前日在滁州瑯琊山寺，聆聽舉長老親切叮嚀之教。

〔八〕「襄水」，在滁州，東流入滁水。「獅子吼」，佛教比喻佛祖講經説法，如獅子吼聲，震動大千世界。此二句謂宗澤現今在襄水岸邊，又聽到舉長老講經説法聲音傳來。

# 爲華州作延請書老疏〔一〕

義標第一，建特地之伽藍〔二〕；語揭前三，屹衝天之窣堵〔三〕。雖伏神龍之暗護，亦資象數之冥搜。不有當仁，豈容作禮？某人性融圓覺〔四〕，迹契因緣。定裏光明，入惠持之境界〔五〕；句中法令，得智老之門庭〔六〕。願解禪包，來提祖印〔七〕。奮拳擲臂，宜借掌於巨靈〔八〕；舉拂拈鎚，試拔蓮於玉井〔九〕。不憂末劫，端是本心。

【注】

〔一〕此疏應爲宗澤宣和六年春赴巴州通判任途經華州時所作。

〔二〕「義標第一」，即佛教所謂「第一義」，指無上究極之真埋。以其爲最上，故稱「第一」；以其深有理，故稱「義」。《法華義疏》卷四：「第一義者，一實之道，理極無過爲第一；深有所以，稱爲義也。」「伽藍」，即僧院。

〔三〕「語揭前三」，前三指前三世，佛教有《前世三轉經》，西晉法炬譯，説佛前三世轉生行檀波羅蜜（布施）之事。「窣堵」，即佛塔。

〔四〕「性融」，性之圓融，破除偏執，圓滿融通。《楞嚴經》卷四：「又如來説地、水、火、風，本性圓融，周遍法界，湛然常住。」「圓覺」，心之圓覺，心所覺悟之道平等圓滿，毫無缺漏，見《圓覺經》。

〔五〕「定」，止觀定慧之定門。「光明」，定中智慧之相，自悟謂之光，照物謂之明。《往生論注》下：「佛光明，是智慧相也。」「惠」，即慧，止觀定慧之慧門。「入惠持之境界」，謂由定入慧，法華宗所云止觀雙修、定慧并重也。

〔六〕「智老」，即智者大師智顗，法華宗創始人，所著有《摩訶止觀》《法華文句》《法華玄義》等。

〔七〕「願解禪包」，指禪悟。「祖印」，即法印，佛教妙法真實不變，喻爲印，佛祖互相印可、心心相傳之法，稱爲法印。「來提祖印」，謂悟法。

〔八〕「奮拳擲臂」，即禪家拳喝棒打之禪機。「借掌於巨靈」，華嶽有仙掌巖，謂有巨靈掌劈華山，河水爲通。

〔九〕「舉拂拈鎚」，即禪家拈槌竪拂之禪機。「拔蓮於玉井」，華山頂有玉井，生玉蓮。

## 千手眼大悲偈〔一〕

千手一手用，千眼一眼觀。用觀無差殊，何必許多般〔二〕？

【注】

〔一〕此偈繫年無考，疑爲宗澤早年之作。千手眼，即千手千眼觀世音菩薩。佛經有《千手千眼觀世音菩薩廣大圓滿無礙大悲心陀羅尼經》，即民間通稱之《大悲咒》，經云：「菩薩言：昔千光王静住如來爲我説咒，我於是時，始住初地，超第八地，乃至身生千手千眼。」

〔二〕「千手一手用，千眼一眼觀」，悲心爲同，何用多般，宗澤於此似用禪宗思想批判密宗之説。

## 覽鏡偈〔一〕

覽鏡影還在，掩鏡影還去。試問鏡中人，却歸什麽處〔二〕？

【注】

〔一〕此偈繫年無考，疑爲宗澤早年之作。

〔二〕萬法歸一，一歸何處？佛教以爲萬法假有性空，宗澤以鏡中影比喻萬法假有，追問心悟成佛。

## 盧行者偈〔一〕

休問東西南北，莫説之乎者也〔二〕。直饒神秀文章，不似老盧行者〔三〕。

【注】

〔一〕此偈繫年無考，疑爲宗澤早年之作。「盧行者」，即禪宗六祖慧能。慧能俗姓盧，號行者，隨五祖弘忍習佛法。

〔二〕「休問東西南北」，禪宗謂人人自有佛性，成佛不分東西南北。「莫説之乎者也」，禪宗謂佛法心傳，不立文字，直指人心，見性成佛。

〔三〕「神秀」，亦爲五祖弘忍弟子，禪宗北宗六祖。「不似老盧行者」，謂禪宗南北宗之宗法不同，神秀北宗主張漸修，慧能南宗主張頓悟，事見《壇經》所載，神秀偈云：「身是菩提樹，心如明鏡臺。時時勤拂拭，莫使有塵埃。」慧能偈云：「菩提本無樹，明鏡亦非臺。佛性常清淨，何處有塵埃？」

## 佛説偈〔一〕

**後學要説禪，教人學團謎〔二〕。佛祖意分明，但爲傳衣偈〔三〕。**

【注】

〔一〕此偈繫年無考，疑爲宗澤早年之作。

〔二〕「後學」，此指禪宗。禪宗説法，特重禪觀，不重理教，自稱教外别傳，好爲當頭棒喝，使人悟法。

〔三〕「佛祖」，指釋迦牟尼。「但爲傳衣偈」，指釋迦牟尼佛傳無法之法。《五燈會元》卷一《釋迦牟尼佛》：「説法住世，四十九年。後告弟子摩訶迦葉：『吾以清淨法眼、涅槃妙心、實相無相、微妙正法，將付於汝，汝當護持。』并勑阿難：『副貳傳化，無令斷絶。』而説偈曰：『法本法無法，無法法亦法。今付無法時，法法何曾法？』爾時世尊説此偈已，復告迦葉：『吾將金縷僧伽梨衣傳付於汝，轉授補處，至慈氏佛出世，勿令朽壞。』」

# 宗澤集校注補遺

## 文

### 論京東河北鹽法疏　建炎元年〔一〕

臣竊見京東路青、相、密、登、萊皆产鹽，自太府卿鄭僅〔二〕建請行東北鹽，其産鹽州縣並行税鹽法〔三〕。宣和三年，宰相王黼用事，始罷河北、京東税鹽，其意只欲在京榷貨〔四〕務入納數多，應副目前用度，遂爲東北之害者十年。臣亦嘗歲計之，行鈔鹽〔五〕比之税鹽大段虧少。蓋税鹽不拘錢數多少，皆可買販，故民易於得鹽。若鈔鹽，非富商大賈以千萬計不能爲也。方無事時，商賈尚且乘時要利，使人食貴鹽，況今道路梗澀，商賈不行，以今歲春夏觀之，官鹽無處買販，遂令盜販者專其利，其偷竊官鹽又不知幾何也。欲乞特降睿旨，將宣和三年以前税鹽地分並依舊法，不惟官收其利以資州縣闕乏，亦可止絶私販。兼於鹽法別無妨礙，委是經久可行，實有助於諸州縣糴本，且安京東、河北兩路人心。（《歷代名臣奏議》卷二七〇）

【注】

〔一〕此疏上於建炎元年七月。《遺事》云：「以七月乙巳到京城……公復上河北、京東路税鹽劄子。」按，宗澤在知開封府前先知青州，兼京東路制置使，已察知京東路鹽法事，祇未來得及上疏，旋赴開封府任而去，故此疏當上於開封府任上。

〔二〕「鄭僅」，字彦能，徐州彭城人，《宋史》卷三五三有傳。鄭僅任太府卿、加直龍圖閣時，宗澤嘗投書於他，即前《上鄭龍圖求船書》。

〔三〕「税鹽」，徵收鹽税，官府食鹽專賣。

〔四〕「榷貨」，貨物專賣。曾三異《同話録》：「榷貨，非揚榷之義。榷，獨木橋也，乃專利而不許他往之義。」

〔五〕「鈔鹽」，蔡京當國時，鹽政行鈔引之法，是爲鈔鹽。鈔鹽之法，分引爲長引與短引，凡産鹽附近之地，准商人赴場輸錢，量限行數，運銷於旁近州縣者，給以短引；凡運輸於距場遠之地，則給長引。短引限一季，長引限一年，限滿批繳。

# 開封府曉示京人榜文〔一〕

兵馬副元帥公文行下，當所統率軍兵，奉大元帥康王指揮，會合諸處人馬，追擊掩殺金兵，仍令隨事便宜措置。自承康王劄子，星夜間道路走使臣三偏，督河北東路諸州軍府合心併力，占據要害，斷絶橋道，把阨圍擊，救迎二聖與諸王、皇族、后妃，期還宫闕，使三軍將佐效臣子死節，誓報國恩。亦先下大名府路，分催諸處人兵將士，隨渡徑過，與西路人馬相約掩擊去訖。契勘自去年十一月後，金兵登城，按甲不動，假倡和議，使四方勤王之師坐待近畿，詭詐百出，使中外聲迹不接。致請二帝出郊，乃輦載金帛，罄竭帑藏，以成奸計。又邀擁鑾輿及皇族子孫、后妃以下，逾河北去。及啓行，外人纔覺知，四方痛切忠憤，呼天號訴，日月變色。夷狄竭我中國，乃上累君父。切惟大宋一統天下，祖宗功德，滋休太平，自古莫比。本緣姦臣誤國，結怨生隙，流毒移患，遂致今日。以天下之大，宗社之重，上天眷佑有宋，垂億萬年，其必有待。賴公卿將帥一心，保護廟廊，安存庶姓，又見大宋之恩德甚深，與天地終始，其都城軍民僧道等，思慕之心，豈有窮已！今大元帥康王，忠孝友愛，出於天性。自總兵於外，親擐甲冑，冒犯風雨，欲戡定國難，戢寧方夏，會諸路勤王之師，不啻百萬。前此守和信盟，以俟敵退，俯爲生靈，每戒輕動。及國家一落姦計，蒼天奈何！自康王聞此，泣盡繼血，雖草木無知，亦皆悲慟。左右開勉莫回，便欲躍身自奮，手格戎以刷父兄之恥。見不住進發人馬，嚴督忠臣義士，數路合擊，雖封王建節，亦許充賞，期於力救二聖駕回，用慰中外。故未忍歸朝，瞻望闕庭，款謁宗廟，與本朝父老軍民僧道相見。伏想輿情，日夕願望必興。念祖宗之積累甚厚，遽遭兵作孽，致二帝播遷，惟康王爲宗廟社稷所賴，佇成大功，禔福天下。當所駐兵距京城之近，具公移慰撫都人者。右曉示在京，各令知悉。朝奉郎、徽猷閣待制、兵馬副元帥宗澤〔一〕。（《靖康紀聞》）

【注】

〔一〕此榜文作於靖康二年四月。此榜文云：「當所駐兵距京城之近，具公移慰撫都人者。」按，《遺事》云：「時諜者言京城修守禦之具。王曰：『果如此，或諸道兵馬皆來討逆，則吾民重困矣。』迺貽書于公曰：『……京城重擾，軍民被害，致欲按甲近城。容（御名）移書問故，得其實情，即時關報施行未晚。……』公得大元帥書，約移師近都城，按甲觀變。」可見先是宗澤四月下旬初至大名府劄寨，乃下撫慰京城士庶檄文；然後繼得大元帥趙構移師近都書，遂移師近京城，再向開封府頒布此《開封府曉示京人榜文》，時已在四月末。二文先後相及，故字句多同。

〔三〕按，宗澤除徽猷閣待制在三月癸卯，《遺事》：三月癸卯，「於是承制除徽猷閣待制，辭曰：『……竊見朝奉郎、集英殿修撰、河北義兵都總管兵馬副元帥宗澤……今除徽猷閣待制。』」至五月，宗澤已覃恩轉朝請郎。

## 宗忠簡留守司二劄家書吾友三帖

二劄並楷書，各十行。三帖並草書，第一、第二帖各二十二行，第三帖八行

### 差宗穎赴行在進表劄①〔一〕

今差迪功郎、幹辦京城留守機宜文字、提振京城四壁一行事務等宗穎，朝奉郎、親賢宅講書、兼權太常寺丞呼延次升，同捧表詣行在投進，迎請聖駕還闕。應合行事件，及速施行。右劄付幹辦機宜文字宗迪功，准此。建炎二年三月六日。押。

【校】

①「差宗穎赴行在進表劄」，《寶真齋法書贊》原無此題，今據内容補擬。

【注】

〔一〕按，此劄作於建炎二年三月六日，而實與下文《差宗穎赴行在投進文字劄》同時（三月十日），由宗穎等赴行在投進。此次所進表，即第十五次奏請《乞回鑾表》。

## 差宗穎赴行在投進文字劄①〔一〕

承節郎劉晟〔二〕，賫到皇弟信王蠟封奏狀〔三〕，並與留守諮目〔四〕，遣差宗機宜賫蠟封奏〔五〕，恭詣行在投進〔六〕，須至指揮。右劄付宗機宜照會，賫赴行在，投進施行。准此。

建炎二年三月初十日。押。

【校】

①「差宗穎赴行在投進文字劄」，《寶真齋法書贊》原無此題，今據内容補擬。

【注】

〔一〕按，此劄作於建炎二年三月十日，蓋與前《差宗穎赴行在進表劄》一同由宗穎赴行在投進。是次投進者乃是信王奏狀与信王諮目，《三朝北盟會編》卷一一六：三月二十六日庚戌，「信王遣馬擴赴行在乞兵……初，信王與馬擴倡義起兵也，欲遣使詣行在……乃遣馬赴行在，臨行，信王以兩首詩送馬曰：『全趙收燕至太平，朔方寸土比千金。羯胡一埽鑾輿返，若個將軍肯用心？』又曰：『遣公直往面天顔，一奏臨朝莫避難。多少焦苗待霖雨，望公只在月旬間。』因親送馬至山下……既至東京，見留守宗澤，出信王劄子，託澤早津送赴行在，并以信王二詩示之。澤曰：『兒子方欲赴行在，不若先以詩進呈，如何？』馬從之。馬遂行至維揚，所從之士不滿百人矣。既見上……即條制除信王河外兵馬都元帥。」三月二十六日當是馬擴到行在之日（參見下《與五三機宜書》），宗澤先遣子赴行在則在三月十日，《三朝北盟會編》叙事含混不明。信王乞兵上奏事，趙構實未與權與兵，故五馬山寨很快攻陷，信王不知所終。《三朝北盟會編》卷一一七：「金人窩里嗢、撻懶、闍目共陷慶源府五馬山義兵朝天鐵壁諸寨……諸寨多無井取水，汲之於澗，汲道爲賊所斷，遂至陷没，信王不知所在。」

〔二〕「承節郎劉晟」，當是信王所遣賫奏狀和諮目與馬擴同行者，後又與宗穎同行赴行在投進。

〔三〕「信王」，即趙榛，趙構弟，《宋史》卷二四六有傳。時隱於民間，在五馬山倡義起兵，《三朝北盟會編》卷一一五：「（馬擴）僞隨大姓送喪携親的十三人，復奔詣五馬山寨。諸寨聞之喜躍，復推馬爲首。是時傳聞信王在金人寨中，隱於民間，自稱姓梁，爲人點茶馬。一夕，率其兵劫金人寨，奪迎以歸，遂推奉信王爲首。時兩河忠義聞風響應，受旗榜者約數十萬人。」「蠟封奏狀」，《建炎以來繫年要録》卷一四：「信王榛既倡義起兵，即遣使聞於朝。猶慮其不達，乃與武翼大夫趙邦傑留居五馬山，而遣武功大夫、和州防禦使馬廣赴行在。榛奏略曰：『自金人劫遷二聖，舉族三千餘口，悉驅而北。臣至慶源府，謀竄得免，今在五馬山。臣竊見邦傑與廣累與金戰，皆獲小捷，其忠義之心，堅若金石。臣自陷金營，頗知其虛實，敵今稍惰，皆懷歸心，且屢敗於西夏，而契丹亦出攻之。今河北、河東，十陷七八，惟山西一帶諸寨鄉兵，約十餘萬，力與敵抗，但晝夜暴露，民事失時，率皆困窘，兼闕戎器。臣多方存恤，借補官資，使忠義之徒，竭節不變。惟望朝廷早遣兵來援，不然，久之恐反爲敵用，則河南難保。宜乘此時，速取所失州縣，以副民望。臣願陛下念祖宗創業之艱，二聖播遷之艱，於布衣小官中，選其先公後私、爲國家效死之人，付以事權，即下明詔，委臣總大軍，與諸寨鄉兵約日齊舉，決見成功。仍給空名誥敕二萬道，及河東、河北兵馬元帥印，付臣佩之，臣粉骨碎首，所不敢憚。況於陛下，以禮言則君臣，以義言則兄弟，其憂國念親之心，恭想無異。興言及此，不覺流涕。』先以其疏付東京留守宗澤以聞。」

〔四〕「與留守諮目」，即下附《信王諮目》。

〔五〕「宗機宜」，即宗穎。

〔六〕「行在」，指維揚。

## 附：信王諮目〔一〕

某諮目，頓首上呈領尹元帥延康台座：春和，伏惟輔國宣勞，神相忠勤，台候多福。

某切以國家多艱，金賊入寇，兩犯京城，劫遷二聖，下及血屬三千餘口，長驅北去。某到慶源，遽謀逃竄，得賊中忠義數人爲力，遂脱擅網〔二〕。今具河北事宜利害敷奏聖上，竊恐姦臣賊子障蔽難達，某素知公梗概敢爲，竭節報國，遂再具奏，煩公多方繳奏，使之得到御前，得兵速至，不勝萬幸！自餘更冀上爲廟朝，倍保台重，前膺大拜，祝望之至。不宣。

【注】

〔一〕按，此《信王諮目》篇原在《宗忠簡公文集》卷一，誤作宗澤文。兹特取出，附於《差宗潁赴行在投進文字劄》下。

〔二〕「遂脱擅網」，《宋史》卷二四六《信王榛傳》：「後從淵聖出郊，北行至慶源，亡匿真定境中。」

## 與五三機宜書①〔一〕

五三機宜：得汝三月二十九日邵伯書〔二〕，知在路一向平善，尤慰遠懷。今天氣正難將息，而汝在路，不勝思憶。四月初必達行在〔三〕，兩遣人專寄書，必不一②……諸表〔四〕不知何日……後來會有旨許上殿否？曾有六書與當塗諸公〔五〕，切爲一一投之。後曾指揮回鑾未？馬廣去〔六〕，料須見之。滑州番衆盡遁〔七〕，橋亦斷之。見措畫過河〔八〕，收復河西州軍，若得萬乘歸，即天下太平可必致矣，亦不知諸公自爲如是勞擾何也？宋生者〔九〕，既背後爲賊，要與人出錢，當時不欲收下禁，何故尚在船中，可怪可怪！十一日葉茂見人，説五三親婦已搬入汴，此月二十前後可到京，遂得見三孫子與七二一房矣。汝若從駕回，尤幸尤幸！未相見間，切好將息，不一一。押。送五三機宜收，四月十二日。

會呼延郎中〔一〇〕，爲致意，以事多且懶，不果作書。澤批。

宋生即遣之，此人必作過〔一一〕，恐累汝。祝祝。

【校】

①「與五三機宜書」，《寶真齋法書贊》原無此題，今據内容補擬。

②「必不一」下，原有雙行小注：「案『不一』及『何日』下俱有闕文今並仍原本。」

【注】

〔一〕按，此書作於建炎二年四月十二日，参見前第十八次奏請《乞回鑾拜罷習水戰疏》注〔一〕。

〔二〕「邵伯」，即邵伯湖，在邗江縣北。按，宗潁三月二十八日啓程赴行在，二十九日到邵伯，有書致宗澤。

〔三〕「行在」，指維揚。

〔四〕「諸表」，指宗澤正月、三月所上乞回鑾表。

〔五〕「當塗諸公」，指當朝宰輔大臣。

〔六〕「馬廣」，即馬擴，時馬擴亦赴行在乞兵。《三朝北盟會編》卷一一六：建炎二年三月二十六日庚戌，「信王遣馬擴赴行在乞兵。……臨行，信王以兩首詩送馬……既至東京，見留守宗澤，出信王劄子，託澤早津送赴行在，并以信王二詩示之。澤曰：『兒子方欲赴行在，不若先以詩進呈，如何？』馬從之。馬遂行至維揚，所從之士不滿百人」。

〔七〕「滑州番衆盡遁」，《遺事》：「四月甲寅，磁州統制官趙世隆、世興兄弟，以兵三千來歸……會滑州報敵騎有屯城下者，公謂世興曰：『試爲我取滑州。』世興忻然受命出……以戊午日至滑，掩敵不備，獲級數百，得州以歸，公厚賜之。」

〔八〕「措畫過河」，《遺事》：「三月乙酉……有王策者，本契丹酋豪，善用兵……公時呼與語，因問虛實，盡得其謀，公大舉之計遂決。召諸將……諸將亦掩泣，同聲應曰：『今四方義士雲集京師，幾二百萬人……某等願即日渡河，以盡死節。』」

〔九〕「宋生」，未詳其人，似一來投義軍首領，故後云「此人必作過」。

〔一〇〕「呼延郎中」，即呼延次升，宗澤《差宗穎赴行在進表劄》題作「朝奉郎、親賢宅講書、兼權太常寺丞呼延次升」。

〔一一〕「作過」，泛指犯法、鬧事、叛亂等。

## 寄民師姪書①〔一〕

叔澤書寄民師四一姪承務：暑熱，計時奉姨姨太孺人安佳，偕十六娘、四一新婦、七二秀才，以次一一平善〔二〕。老叔自十二月十二日，奔走將兵〔三〕，無毫髮補，俯仰天地，尤可羞愧也。今誤蒙朝廷録用〔四〕，皆翁翁、婆婆與三哥〔五〕積善所芘，但增慚愧而已。七五名目已奏上，並樓三六，走到南京〔六〕，得鄉中消息，亦補與一承信郎。吾姪但願老叔活得三五年，次第亦可霑及骨肉，但願有功有德，有以仰報國恩耳。婆婆墳頭，柴山與田地亦買些，所有價錢，老叔自還。翁翁墳，已託觀民爲買四面山種松也。投老了得這些事，死亦瞑目。五三已差二十兵士並兩使臣，去取之矣。七五纔得敕，便遣歸拜嫂嫂也。洪都行，略此報安，不一不一。叔澤書寄民師四一姪承務。

七二姪、五一哥，更不别書。好看孩兒。澤批。

【校】

①「寄民師姪書」，《寶真齋法書贊》原無此題，今據内容補擬。

【注】

〔一〕按，此書作於建炎元年五月。書云「自十二月十二日，奔走將兵」，指宗澤靖康元年十二月任兵馬副元帥，始起兵入援；云「走到南京」，指宗澤建炎元年五月自衞南、南華赴行在南京，故可確知此書所云「暑熱」，必指建炎元年五月，此書乃在南京所發。民師姪，宗民師，行四一，按宗澤兄宗沃有五子：愈、契、稷、皋、夔，愈、契早卒，此宗民師稱爲「承務郎」，應即宗夔。《盤溪宗氏宗譜·世行傳》：「俊五，諱夔，字汝和，蔭補通直郎、衢州通判，遷承務郎、知建康府。娶黄氏。葬赤塘西力山。子三：度、膺、賡。」

〔二〕按，宗澤此書所言之人多不詳。今大致推測姨姨爲宗民師母，十六娘爲宗民師妹，四一新婦爲宗民師妻，七二姪爲宗稷，七五姪爲宗皋。

〔三〕「自十二月十二日，奔走將兵」，按《遺事》云：靖康元年閏十一月己酉，「康王可充兵馬大元帥，陳亨伯可充兵馬元帥，宗澤、汪伯彦可充副元帥……（十二月）丁卯……公拜命感泣。甲子，御前再遣閤門祗候侯章至大元帥府，出蠟書曰：『京城圍閉日久，康王真朕心腹手足之託，已除兵馬大元帥，更無疑惑，可星夜前來入援。』……乙丑，大元帥府迺傳檄諸郡。其檄曰：『……本府已選定十二月十七日以後，正月三十日以前，節次到大名府會合……右劄送……知磁州宗修撰澤……』」可見宗澤收到大元帥府劄後，即在十二月十二日提兵由磁州赴大名府。

〔四〕「今誤蒙朝廷録用」，指宗澤除龍圖閣學士、知襄陽府。《遺事》：建炎元年六月癸亥，「以公爲龍圖閣學士、知襄陽府、提舉隨房郢州兵馬巡檢事」。按《宋史》本紀、本傳及《建炎以來繫年要録》，宗澤除知襄陽府在五月庚戌（二十一日），實未赴任。

〔五〕「三哥」，即宗沃，字汝賢。宗澤共有三兄，宗沃爲三哥。《盤溪宗氏宗譜·世行傳》：「友一，諱師，字汝先。友二，諱道，字汝德。友三，諱沃，字汝賢，蔭通直郎、通判。」

〔六〕「走到南京」，指宗澤赴行在南京。《遺事》：「五月庚寅朔，王即皇帝位於南京……辛卯……詔公赴南京行在……乙巳……分兵河上，量帶數百騎，逕自衞南、南華詣行在所。」按，《建炎以來繫年要録》載宗澤赴南京在五月丙午（十七日）。

## 吾友帖①〔一〕

澤悚息：來人備知不肖之冗也，撥忙遣回，亦不暇一物爲左右問，可羞可羞。李法言之姪，前任信州，今在何處？後來吾友曾有郎娘〔二〕否？自此後有書告，只用幅紙書，不必傚俗，爲累番圓書〔三〕也。戴元質今尚未赴任，應亦窘矣。澤再拜。（《寶真齋法書贊》卷二二）

【校】

①「吾友帖」，《寶真齋法書贊》原無此題，今據内容補擬。

【注】

〔一〕按，此帖繫年及所與之友皆無考。帖中所言李法言、戴元質亦無考。

〔二〕「郎娘」，妻子，對郎公而言。

〔三〕「圓書」，即圓綾書。圓綾，絲織品名。

## 謝康王書〔一〕

伏聞大王仁慈，頒賜教翰：「今日之事，非左右戮力，造次在念，恐不能濟。」〔二〕伏讀再四，涕泗横臆。仰認眷私責任之重，但恐疲茶，雖自瀝竭，路遠言輕，不能感動，有誤大事，罪不可逃。澤伏見姦臣張邦昌竊據寶位，改元肆赦，又挾孟后以令天下〔三〕，仍欲散諸路勤王之兵，其篡亂蹤跡，無可疑者。今或悔懼，有出權宜之語耳。且人臣豈有張紅繖①、服赭袍、居正殿者〔四〕？自古姦臣，初未嘗不謙遜退避，中藏禍心不測，況惡狀彰著如此！今二聖、諸王、皇族，悉渡河而北，唯大王在濟，天意可知。宜整頓乾坤，興復社稷，以傳萬世，不可遲疑，猶豫不斷。澤衰老，痛切忠義之極，不免縷縷敷陳，乞賜哀亮，早定民志，使天下有所歸向。《易》曰：「見幾而作，不俟終日。」願大王速圖之。

別幅曰：並承親誨，筆之紙尾，仰荷隆謙。所批近有尚書省劄子，於鄆、濟間尋訪大王事〔五〕，此乃出自賊計，不可不察。澤近探得御寶與朝廷印記盡爲賊攜去，兼驅行吏，故作行遣，惑亂天下。何㮚等亦在賊中〔六〕。澤近行下河北等路州縣，已令當切驗認，不得憑信，若大元帥文字方得施行，過爲隄備去訖。伏乞照察。（《三朝北盟會編》卷九三）

【校】

①「紅繖」，《建炎以來繫年要録》作「紅蓋」。

【注】

〔一〕此謝書上於靖康二年四月下旬。《遺事》：「（四月）壬午，至大名府城南下寨……又聞邦昌僭立，即回，欲先行誅討……得大元帥書，約移師近都城，按甲觀變。公曰：『人臣安有張紅蓋、服赭袍、居正殿者乎？』即上書謝。」《建炎以來繫年要録》卷四：「（四月）乙丑……初，有傳金人以郭藥師爲樞密使，留兵萬五千以衞邦昌者，王憂之，乃遺宗澤、趙子崧等書，諭以受賊付託之人，義當征誅，然慮事出權宜，未可輕動。澤復書，略曰：『自古人臣，豈有服赭袍、張紅蓋、御正殿者？……』」按大元帥康王下賜書在四月二十日（見《三朝北盟會編》卷九三趙子崧《謝大元帥賜書狀》），宗澤四月壬午（二十三日）至大名府，其得大元帥康王書而上此謝書當在四月末，《建炎以來繫年要録》將此書籠統繫於四月乙丑（六日）不當。《三朝北盟會編》將宗澤此書繫於四月十二日辛未，尤誤。

〔三〕「頒賜教翰」，見《遺事》：「迺貽書于公曰：『御咨目上元帥待制（台座）：初夏漸熱，伏惟總御師徒，勤勞王事，台候萬福。（御名）去歲使敵營，中道輟行，所攜不過千人。閏月被命帥師，始集東北兵民，進未及畿，已承再和之詔。繼得璽書，又戒生事，且防忌器，未敢輕舉，但分屯近畿，爲逼逐之計。閲日既久，賴知敵情，不免督兵前去。繼聞領兵戡難，感涕交頤，即具公文，當已呈達。今聞大臣之在敵中者，日久分深，承其付託，而二聖、二后、青宫諸王北渡大河，五内殞裂，不如無生。便欲身先士卒，手刃孽徒，身膏草野，以救君父。而僚屬不容，謂祖宗德澤，主上仁聖，臣民歸戴，天意未改。故老近臣，將帥軍民，忠義有素，當資衆力，具成忠孝。本意除已具公文外，伏望鼓作士氣，開曉士心，奉迎君父，永安社稷，以成不世之勳。（御名）不任痛憤泣血懇切之情。所有受敵付託之人，義當征誅。然聞二聖之在郊，已膺僭僞，慮百官之謀國，或出權宜，未當輕動，徒使京城重擾，軍民被害，致欲按甲近城。容（御名）移書問故，得其實情，即時關報施行未晚。今日之事，非左右戮力，造次在念，恐不能濟，伏望孚察。未瞻會聞，尚冀厚爲宗社所賴，保倍台重。不宣。』」《三朝北盟會編》將此書繫於四月四日之下，誤甚。

〔三〕「孟后」，即孟太后，又稱元祐太后、隆祐太后。《建炎以來繫年要録》卷四：「（四月）癸亥，邦昌請元祐皇后入居延福宫……邦昌乃集百官赴文德殿，降手書曰：『……恭惟哲宗元祐皇后，聰明睿智，徽柔懿恭……宜上尊號曰宋太后，御延福宫。』時后在兄子通直郎忠厚所，邦昌又密上后書，具述復興之事。后惶恐不知所以，避之不免。翌日，入居西宫。」

〔四〕「張紅繖、服赭袍、居正殿」，指張邦昌僭立，《建炎以來繫年要録》卷三：「（三月）己未，金兵下城，盡絶我兵，分四壁屯守。邦昌詣敵營辭，服赭袍，張紅蓋，王時雍、徐秉哲、吴幵、莫儔從，所過起居並如儀。」

〔五〕「筆之紙尾」，指趙構賜書後之復批，《遺事》：「書後復批曰：『近有尚書省劄子，於濟、鄆間訪求行府，語意無他，尤宜謹重，仍嚴備也。』」《建炎以來繫年要録》卷四：「（四月辛酉），遣武義大夫同恩李興、潘謹燾持僞尚書省劄子往濟、鄆等州，訪尋康王所在。」

〔六〕「何㮚」，字文縝，仙井人。《宋史》卷三五三《何㮚傳》：「時康王在河北，信使不通，㮚建議請以爲元帥，密草詔稿上之。乃以康王充天下兵馬大元帥，陳遘充兵馬元帥，宗澤、汪伯彦充副元帥。京城失守，從幸金帥營，遂留不返。」

# 與河北西路招撫張所書〔一〕

某惶恐再拜上覆河北西路招撫太傅：春和，恭惟鈞候動止萬福。竊惟即日虜兵大驅入寇〔二〕，懷、衛等處聲息甚緊，伏望招撫速持兵扼其去路，吾以重兵截其後。虜人知我軍有備，自不敢進。待彼勢疲，乘虚擊之，無不克矣。强弱在此一舉，機會莫失，不勝激切傒望之至〔三〕。（康熙本《宋宗忠簡公全集》卷一）

【注】

〔一〕此書作於建炎二年正月。按河北始置招撫使司在建炎元年六月五日，張所任河北西路招撫使在六月十七日，《三朝北盟會編》卷一〇八：「（建炎元年六月）十七日乙亥……張所爲河北路招撫使。張所請乞車駕還闕有五利，不許，乃授所河北路招撫使。」此書云「春和」，則必在建炎二年春正月。張所，青州人，《宋史》卷三六三有傳。

〔二〕「虜兵大驅入寇」，《建炎以來繫年要録》卷一一：「（建炎元年十二月）癸亥，金人犯汜水關。初，左副元帥宗維聞上幸維揚，乃約諸軍分道入寇。宗維自河陽渡河攻河南，十二月入西京；右副元帥宗輔與其弟宗弼自滄州渡河攻山東，明年春陷青、維；陝西諸路選鋒都統洛索與其副撒離喝自同州渡河攻陝西，明年正月戊子陷長安……中原大震。」

〔三〕按，宗澤作此書時，金人已入西京，陷青、維，下長安，進逼東京。《遺事》：「二年正月壬辰，（金）復自鄭入，直抵白沙鎮，距京三四十里，都人恐甚……二月丙辰，敵騎再犯西京。」可見張所並未能應宗澤此書之請形成夾攻之勢。

# 遣少尹范世延詣行闕乞進兵渡河疏略〔一〕

伏願陛下親御六龍，直抵沙漠，則悖天之强虜必能剿滅矣。何堂堂天朝無一二大臣倡爲興舉，惟識今日駕幸揚州，明日駕幸金陵，專爲退避虜人之計。臣老病，死不足惜，第恨二聖未還，疆土未靖，願陛下留神審察于斯。（康熙本《宋宗忠簡公全集》卷六）

【注】

〔一〕此疏原題「建炎二年正月奏」，按前考宗澤建炎二年正月中唯上一疏，即第十二次《乞回鑾疏》（見前注），《遺事》云：「丁未，公復上疏。」《建炎以來繫年要録》卷一二云：「正月丁未，東京留守宗澤復奉表請上還京師，且曰……遣開封府判官范世延以聞。」此正月丁未所上疏表由判官范世延詣闕所進，正與此疏「遣少尹范世延詣行闕」相合。疑此「遣少尹范世延詣行闕乞進兵渡河疏略」實爲宗澤正月丁未所上第十二次《乞回鑾疏》中之「别幅」，題爲「疏略」則未當。

## 夏氏族譜序〔一〕

氏族之有譜，存乎其人；而譜系之無遺也，存乎其修，又存乎其合。夫苟無賢子孫，則不知尊祖敬宗之道，收宗睦族之意；而譜無所作，則必披遠追求，以衍正脉於將來者。幸而既有作矣，使繼之者不得其人，則越世而不知續修；雖修之而不合，未免近詳而遠略，此是而彼非，姓源失真，族類疏闊，昭穆莫辨〔二〕，名諱不知，同姓相視爲途人，異姓冒認爲同派，其弊有不可勝概者矣，又豈盡善盡美之書哉。夏氏之譜，其庶幾乎！吾於是而知氏族之不可以不譜也，又知譜不可以不修、不可以不合也，咸存乎其人耳。爲夏氏子孫者，其勉尚之！（康熙本《宋宗忠簡公全集》卷五）

【注】

〔一〕此序繫年無考，約爲宗澤早年之作。

〔二〕「昭穆」，古代宗法制度，宗廟或墓地輩分排列，以始祖居中，二世、四世、六世，位於始祖左方，稱昭；三世、五世、七世，位於始祖右方，稱穆；以此來分別宗族内部的長幼、親疏與遠近。

後用「昭穆」泛指家族中的輩分。

# 詩

## 感時 有序〔一〕

王黼已投遠裔〔二〕，而京、贯未蒙顯戮〔三〕，官士兵民憤懣填臆，疑典刑之有未暇也。上方孝治，必大正二賊之罪惡，而痛昭太上之慈聖〔四〕。翹首跂足，日月以冀。謹作此詩，以俟來者。

四罪不誅舜不聖〔五〕，兩觀不誅魯不盛〔六〕。先王諱殺懼淫逞，懲一警百乃仁政。滔天之罪姦臣黼，儇佞無知竊魁柄〔七〕。敗盟結禍致憑淩〔八〕，虐民斂怨仍凶横。罪當葅醢賊閹貫〔九〕，億萬蒼生隕其命。力開湟鄯取空虚〔一〇〕，妄買燕雲稱撫定〔一一〕。渠魁巨蠹京其首，啓亂懷姦窺我姓。星文示變折其謀〔一二〕，固寵招權邦以罄。結盤滋蔓二十載，衮繡金珠古無并。金賊犯闕主嬰城〔一三〕，挈寶携孥歘星迸〔一四〕。黼投遠裔御螭魅，郵置風傳士相慶。貫要輿駕渡重江〔一五〕，未鸞閹軀禍方孕。西京晏然號陳魯〔一六〕，尚戴頭顱徂視聽〔一七〕。怨連北虜怒西兵〔一八〕，曷日具聞典刑正？願天亟下咫尺詔，斬首以梟仍以徇。始初清明必孝治〔一九〕，昭洗上皇仁且聖。怨銷怒解各歡呼，國勢自强兵自勁。（康熙本《宋宗忠簡公全集》卷六）

【注】

〔一〕此詩作於靖康元年正月，時宗澤猶在巴州通判任上。按此詩云「始初清明必孝治」，指欽宗即位初政，「王黼已投遠裔」「黼投遠裔御螭魅」，指正月二十四日王黼被誅殺，可見此詩乃宗澤驟聞王黼投遠裔被誅消息有感而作。詩云「郵置風傳士相慶」，蓋是宗澤在巴州得自郵傳消息，則此詩約作於正月末。

〔二〕「王黼已投遠裔」，指王黼流衡州被殺事。《三朝北盟會編》卷三一：靖康元年正月二十四日庚寅，「詔王黼削奪在身官爵，長流衡州……《靖康前録》曰：二十四日，府尹聶山進劄子，乞追王黼行遣，差人追及於應天府杞縣之南十里負固村，遂戮之，函首京師」。

〔三〕「京、貫未蒙顯戮」，按欽宗遲遲不肯罪蔡京、童貫，至二月十八日方有行遣，《三朝北盟會編》卷三九：「（二月）十八日甲寅，蔡京責授中奉大夫、祕書少監分司南京致仕，河南府居住。……童貫責授左衛上將軍致仕。」宗澤此詩作於二月十八日之前由此尤可見。

〔四〕「太上」，指徽宗。

〔五〕「四罪不誅舜不聖」，《尚書·舜典》：「流共工于幽州，放驩兜于崇山，竄三苗于三危，殛鯀于羽山，四罪而天下咸服。」

〔六〕「兩觀不誅」，觀爲宫門前兩邊望樓，特指春秋時魯闕。《孔子家語·始誅》：「（孔子）於是朝政七日而誅亂政大夫少正卯，戮之於兩觀之下。」劉向《上災異封事》：「自古明聖，未有無誅而治者也。故舜有四放之罰，而孔子有兩觀之誅，然後聖化可得而行也。」

〔七〕「儇佞」，輕薄姦佞。

〔八〕「敗盟結禍」，指王黼敗壞宋遼盟好，招致金人入侵之禍。《宋史》卷四七〇《王黼傳》：「是時朝廷已納趙良嗣之計，結女真共圖燕，大臣多不以爲可。黼曰：『南北雖通好百年，然自累朝以來，彼之慢我者多矣。兼弱攻昧，武之善经也。今弗取，女真必强，中原故地將不復爲我有。』……及黼一言，遂復治兵……始，遼使至，率迂其驛程，燕犒不示以華侈。及黼務於欲速，令女真使以七日自燕至都，每張宴其居，輒陳尚方錦繡、金玉、瑰寶，以誇富盛，由是女真益生心。」

〔九〕「葅醢」，剁成肉醬，爲古代一種酷刑。

〔一〇〕「湟鄯」，湟州與鄯州。「力開湟鄯取空虚」，指蔡京、童貫妄用兵開湟州、鄯州，收復四州，府藏爲之空虚。《宋史》卷四六八《童貫傳》：「京既相，贊策取青唐，因言貫嘗十使陝右，審五路事宜與諸將之能否爲最悉，力薦之。合兵十萬，命王厚專閫寄，而貫用李憲故事監其軍。至湟川，適禁中火，帝下手札，驛止貫毋西兵。貫發視，遽納鞾中。厚問故，貫曰：『上趣成功耳。』師竟出，復四州……未幾，爲熙河蘭湟、秦鳳路經略安撫制置使，累遷武康軍節度使。討溪哥臧征，復積石軍、洮州，加檢校司空。」卷四七二《蔡京傳》：「帝謀復湟、鄯……與京合謀，竭府藏以事邊，募商人運糧，不復問其直貴賤。鄯、廓至斗米錢四千，束芻錢千二百，秦中騷困。」

〔二〕「妄買燕雲」，指童貫買通勾結金人夾攻遼，收燕雲十六州。《三朝北盟會編》卷四：「（宣和二年）三月六日丙午，詔中奉大夫、右文殿修撰趙良嗣由登州往使，忠訓郎王瓌副之，議夾攻契丹、求燕雲地、歲幣等事。時童貫受密旨，借其外勢以謀復燕……因議約夾攻契丹，取燕、薊、雲、朔等舊漢地，復歸於朝廷……七月十八日丙辰，金人差女真斯剌習魯充回使，渤海高隨大迪烏副之，持其國書來許燕地。……（九月）八日丙午，錫宴於童貫府第。」

〔三〕「星文示變」，《宋史》卷四七二《蔡京傳》：「（崇寧）五年正月，彗出西方，其長竟天。帝以言者毁黨碑，凡其所建置，一切罷之。京免爲開府儀同三司、中太乙宫使……（大觀）四年五月，彗復出奎、婁間，御史張克公論京輔政八年，權震海内……至是，貶太子少保，出居杭。」

〔三〕「金賊犯闕」，指靖康元年正月七日金兵斡離不犯京師開封。

〔四〕「欻星迸」，如星之迸散，形容迅疾。「挈寶携孥」，指宋官卷金銀携家眷逃遁。《三朝北盟會編》卷三九：「顧京所蒙何以論報？一聞邊陲有警，而京盡室數百輩治舟楫，擁寶資，一夕遁去。」

〔一五〕「貫要輿駕渡重江」，指童貫奉太上皇南巡。《宋史》卷四六八《童貫傳》：「貫奔入都，欽宗已受禪，下詔親征，以貫爲東京留守，貫不受命而奉上皇南巡……上皇過浮橋，衛士攀望號慟，貫唯恐行不速，使親軍射之，中矢而踣者百餘人。」《三朝北盟會編》卷二七：正月三日，「太上皇東幸亳州……是日夜漏二鼓，出通津門，御舟東下，太上皇后及皇子帝姬接續皆行，童貫、蔡攸、朱勔護衛扈從車駕，侍從百官往往逃遁」。

〔一六〕「西京」，即洛陽。

〔一七〕「戴頭顱」，喻不怕殺頭，剛正不畏强暴。《新唐書》卷一五三《段秀實傳》載，白孝德守邠寧，用段秀實爲都虞候。郭晞屯兵邠州，部下刺殺酒翁。秀實派兵捉拿凶犯，斬首示衆。晞全營鼓譟，盡披甲。秀實笑入晞營，曰：「殺一老卒，何甲也？吾戴頭來矣。」

〔一八〕「北虜」，指金兵。「西兵」，指西夏兵。

〔一九〕「始初清明」，指欽宗初政。「孝治」，以孝治天下。

## 又賦一律〔一〕

罷兵洵上策〔二〕，試問可誠然？竟棄三軍力，空抛半壁天。上林無旅雁〔三〕，絶域有啼

鵑〔四〕。羞見龍泉劍，飛光牛斗前〔五〕。（《兩宋名賢小集》卷一四四《宗忠簡詩集》）

【注】

〔一〕按此詩云「罷兵洵上策」，指金人靖康二年三月二十九日撤圍退兵；「絶域有啼鵑」，指徽、欽二帝被虜北去。故可確知此詩作於靖康二年四月中。《遺事》云：「夜遣兵襲之，得其所掠人，問以都城間事。或言二聖已爲彼邀取，間道渡河北去矣。公未之信，方謀引兵渡大河，據敵歸路，而對壘諸營一夕解去。公方知二聖果播遷，北望號慟。」時宗澤方欲引兵渡河，據敵歸路，而勤王之兵無一至者，回天無力，故詩中有「羞見龍泉劍，飛光牛斗前」之歎。

〔二〕「罷兵洵上策」，指靖康二年三月金兵退兵北去。《三朝北盟會編》卷八九：「靖康二年三月二十九日己未……太上皇帝、淵聖皇帝鑾輿北狩……四月一日庚申朔，金人兵去絶。」

〔三〕「上林」，秦漢苑名。漢武帝擴建秦舊苑，周回三百里，有離宫七十所。司馬相如作有《上林賦》。此處借指京師開封苑囿。「無旅雁」，謂金人退兵後，京都宫苑一空，無雁飛來。

〔四〕「絶域」，指極遠的地域。《管子·七法》：「不遠道里，故能威絶域之民。」此處指極北之地。「有啼鵑」，暗指徽、欽二帝被虜北去，泣血不得歸。

〔五〕「羞見龍泉劍，飛光牛斗前」，用張華、雷焕見劍氣沖牛斗事。《晉書》卷三六《張華傳》：「初，吴之未滅也，斗牛之間常有紫氣……華聞豫章人雷焕妙達緯象……因登樓仰觀，焕曰：『僕察之久矣，惟斗牛之間頗有異氣。』華曰：『是何祥也？』煥曰：『寶劍之精，上徹於天耳。』……因問曰：『在何郡？』煥曰：『在豫章豐城。』……華大喜，即補煥爲豐城令。煥到縣，掘獄屋基，入地四丈餘，得一石函，光氣非常，中有雙劍，并題刻，一曰『龍泉』，一曰『太阿』。其夕，斗牛間氣不復見焉。」

## 詩贈鷄山陳七四秀才澤叩首上〔一〕

渥洼生駿駒〔二〕，丹山生鳳雛〔三〕。家有寧馨子〔四〕，慶自積善餘〔五〕。粹然秀眉宇，瑩徹真璠璵〔六〕。高聲誦《論語》，健腕學大書。頭頭欲第一①〔七〕，氣已淩穹虚。想其顧復意，何止掌上珠。更明速騰踏，爾祖立以須。（《寶真齋法書贊》卷二二）

【校】

①「第一」下，原有雙行小注：「李揆文學職業爲天下第一。」

【注】

〔一〕此詩作於建炎元年六月。按此詩中自注云「李揆文學職業爲天下第一」，李揆即指李綱。李綱建炎元年六月一日除尚書右僕射至南京，八月十八日罷爲觀文殿學士離南京，在相位七十五日。陳七四秀才，據詩云「想其顧復意，何止掌上珠」，當是李綱一親戚後生，宗澤之見到陳七四當亦在南京。宗澤在六月一日到南京入對，六月十日改知青州離南京而去，此詩當作於六月一日至十日間。詩云「高聲頌《論语》，健腕學大書」，或即在李綱處所見耶？

〔二〕「渥洼」，水名。《史記・樂書》：「又嘗得神馬渥洼水中，復次以爲《太一之歌》。」

〔三〕「丹山」，丹穴山，傳説中之山名。《山海經・南山經》：「丹穴之山……有鳥焉，其狀如鷄，五彩而文，名曰鳳凰。」

〔四〕「寧馨子」，即寧馨兒，即這樣的孩兒。《晉書》卷四三《王衍傳》：「總角嘗造山濤，濤嗟歎良久，既去，目而送之曰：『何物老嫗，生寧馨兒！』」後轉取「寧馨」字面之義，意爲美好的子弟。

〔五〕「慶自積善餘」，《周易・坤卦》：「積善之家，必有餘慶；積不善之家，必有餘殃。」

〔六〕「璠璵」，美玉，喻人。

〔七〕「頭頭欲第一」，頭頭，每件、每項。方干《獻王大夫》：「直緣材力頭頭贍，專被文星步步隨。」

## 愬全節鋪愛其稱爲駐馬久之〔一〕

回車勝母避柏人〔二〕，不飲貪泉〔三〕惡其名。道逢一鋪榜全節，繫馬呼獎臣子情。

（《永樂大典》卷一四五七六）

【注】

〔一〕此詩亦是宗澤宣和六年春赴巴州通判任途經閿鄉縣所作，參見前《盤豆鋪南李翁園》及《閿鄉麻衣寺瘦佛畫像贊》注。按全節鋪在閿鄉縣，《文選》卷一〇潘岳《西征賦》：「紛吾既邁此全節，又繼之以盤桓。」李善注：「全節，即《漢書》全鳩里，戾太子死處。《圖經》曰：『全節，閿鄉縣東十里鳩澗西。』……《東征記》曰：『全節，地名，其西名桃原，古之桃林也。』」乾隆《閿鄉縣志》卷二：「漢戾太子塚，在縣西三十五里底董村南泉鳩水邊。按《漢鑑》，太子避巫蠱之難，卒於此，遂葬焉。」

〔二〕「回車勝母」，勝母爲縣名。《史記》卷八三《魯仲連鄒陽列傳》：「故縣名勝母，而曾子不入。」《索隱》：「里名勝母，曾子不入，蓋以名不順故也。《尸子》以爲孔子至勝母縣，暮而不宿，則不同也。」「避柏人」，柏人亦縣名。《史記》卷八九《張耳陳餘列傳》：「漢八年，上從東垣還，過趙，貫高等乃壁人柏人，要之置厠。上過欲宿，心動，問曰：『縣名爲何？』曰：『柏人。』柏人者，迫於人也，不宿而去。」

〔三〕「貪泉」，水名，有二：一在今湖南郴州境内，相傳飲其水者貪於財賄，見《水經注》卷三九《耒水》；一在今廣東佛山境内，世傳飲其水者心無厭。《晉書》卷九〇《吴隱之傳》：「未至州二十里，地名石門，有水曰『貪泉』，飲者懷無厭之欲。隱之既至，語其親人曰：『不見可欲，使心不亂。越嶺喪清，吾知之矣。』乃至泉所，酌而飲之，因賦詩曰：『古人云此水，一歃懷千金。

試使夷齊飲，終當不易心。』」

# 渭南道中逢二蜀兵出印本手詔司馬温公范文正公贈太師外祖丞相贈太保悲喜交集慨然賦詩〔一〕

我君肇當陽〔二〕，憸佞畢退聽。示民以好惡，觀此第一政。恭惟司馬范，二老文且正。堂堂外王父，九牧稱無盡。宸章粲褒賁〔三〕，倬彼雲漢盛〔四〕。昭回天下來，光生萬象俊〔五〕。小臣行抱憂，中路得此慶〔六〕。慨然夷望歸〔七〕，欣聞比干贈〔八〕。傷心外王父，三黜坐諫争〔九〕。未爲召公保〔一〇〕，亟上丞相印。群邪肆欺誣，不死仗元聖〔一一〕。閹童裂茅土，儇子執魁柄〔一二〕。十載臥江湖〔一三〕，賫志目不瞑。誰言墮黄壤，廟象飾繡衮〔一四〕。石槨安永營，金縢渠不信〔一五〕？因知日月星，雖晦終不泯。一旦遇雷風，浮雲豈能病。（康熙本《宋宗忠簡公全集》卷六）

【注】

〔一〕此詩作於靖康元年八月宗澤由巴州赴開封奏事途經渭南時。「司馬温公」，司馬光。「范文正公」，范仲淹。「外祖丞相」，按宗澤母劉氏，北宋一代任「丞相」（執政）之劉氏者，有劉沆、劉摯、劉奉世、劉逵、劉正夫諸人，其中唯劉奉世之行事同此詩所述合，疑宗澤之外祖丞相或爲劉奉世。或以此詩爲僞篇，待考。

〔二〕「當陽」，天子南面向明而治。《左傳·文公四年》：「天子當陽，諸侯用命也。」「肇當陽」，指哲宗即位，元祐更化，劉奉世始連陞官直至宰輔。《宋史》卷三一九《劉奉世傳》：「元祐初，歷度支左司郎中、起居郎、天章閣待制、樞密都承旨、户部吏部侍郎、權户部尚書。七年，拜樞密直學士、簽書樞密院事。」按：簽書樞密院事亦爲「宰輔」，宋代民間及戲曲小説中亦往往俗稱「宰相」，如洪适簽書樞密院事，即稱其爲「相」（見《宋史》之《洪适傳》《朱熹傳》），黄榦稱其爲「時相」（見《朱熹行狀》），李心傳亦稱其爲「洪丞相」（見《建炎以來朝野雜記》乙集卷八《晦庵先生非素隱》）。

〔三〕「宸章」，帝王所作文章或書翰。「褒賁」，猶褒飾、誇美、贊美。《尚書·湯誥》：「天命弗僭，賁若草木。」注曰：「賁，飾也。」

〔四〕「倬」，高大、顯著。「雲漢」，天河。《詩·大雅·雲漢》：「倬彼雲漢，昭回于天。」

〔五〕「昭回」，雲漢星辰光照運轉於天，後比喻日月的光輝。昭回于天，光生萬象，指欽宗即位，改元靖康，氣象更化。

〔六〕「小臣」，宗澤自謂。「中路得此慶」，指召宗澤赴闕奏事。

〔七〕「夷」，助詞。「望歸」，指宗澤遠在巴州，其時望東歸。

〔八〕「比干」，殷紂王叔伯父。紂淫亂，比干犯顔强諫，紂剖其心而死，見《史記》卷三八《宋世家》。此處將宗澤外祖比喻爲諍臣比干，道中見到贈外祖手詔。

〔九〕「三黜坐諫争」，指宗澤外祖因三次諫争（諍）被黜，詳見《宋史》卷三一九《劉奉世傳》。

〔一〇〕「召公」，姓姬，名奭，周武王之臣。因封地在召，故稱召公或召伯。

〔一一〕「元聖」，大聖人。《尚書·湯誥》：「聿求元聖，與之戮力。」此處指宋皇帝。

〔一二〕「閹童」，指大閹童貫。「裂茅土」，謂受封爲王侯。「儇子」，輕薄浮浪之人，此指蔡京。「魁柄」，權柄。

〔一三〕「十載臥江湖」，《宋史》卷三一九《劉奉世傳》：「崇寧初，再奪職，責居沂、兖，以赦得歸。政和三年，復端明殿學士，薨，年七十三。」由崇寧元年到政和三年約爲十年。

〔一四〕「黼衮」，帝王公侯的禮服。

〔一五〕「金縢」，《尚書》有《金縢》篇，謂周武王有疾，周公禱於三王，願以身代，史納其祝册於金縢匱中。後周公因管、蔡流言，避居東都，成王開匱得其祝文，乃知周公之忠勤，遂迎周公歸成周。其匱因緘之以金，故稱金縢。此處金縢指外祖丞相贈太保手詔。

## 舊作感懷〔一〕

關中黄壤黑壤〔二〕，大是邦家利源。古者畝收十一〔三〕，誰興歲取十千〔四〕？不用府無虚月，藏之斯民裕然。（康熙本《宋宗忠簡公全集》卷六）

【注】

〔一〕此詩言關中土地肥沃，批評苛賦繁重，應是宗澤宣和六年春赴巴州通判任途經關中有感而發。蓋宗澤是次出除通判，故特關注賦税之事。

〔二〕「關中」，泛指函谷關以西地區。《史記》卷七《項羽本紀》：「關中阻山河四塞，地肥饒，可都以霸。」《集解》引徐廣曰：「東函谷，南武關，西散關，北蕭關。」「黄壤黑壤」，言關中土地肥饒。《尚書・禹貢》：「終南惇物，至于鳥鼠……厥土惟黄壤，厥田惟上上，厥賦中下，厥貢惟球琳琅玕。」

〔三〕「畝收十一」，指十一税，收十分之一。《管子・治國》：「關市之租，府庫之徵，粟十一。」

〔四〕「十千」，言徵税過多，超過十一。《詩・小雅・甫田》：「倬彼甫田，歲取十千。」

# 述懷二首〔一〕

憂國心如奔馬，勤王筆有奇兵〔二〕。一旦立誅禍亂〔三〕，千載坐視太平。

黄屋肇新巍巍〔四〕，四方豪傑雲來〔五〕。片言之誤天也〔六〕，一見而決時哉〔七〕。（康熙四十五年刻本《宋宗忠簡公全集》卷六）

【注】

〔一〕此二詩作於靖康元年八月。詩云「誅禍亂」，指誅殺六賊，「筆有奇兵」「片言之悮天」「一見而決時」，指宗澤靖康元年八月入京師開封奏事。誅殺童貫在八月二十三日，此詩云「一旦立誅禍亂」，當是宗澤聽聞童貫被誅有感而作。

〔二〕「筆有奇兵」，指宗澤靖康元年八月入都奏事，胸有奇策，反對議和。《遺事》：「詔赴闕，公奏對三策。」

〔三〕「立誅禍亂」，指誅殺六賊。《三朝北盟會編》卷三一：「（正月）二十四日庚寅……詔王黼削奪在身官爵，長流衡州……黼出城數十里，至負固村，追斬其首，百姓謂之『負國村』云。」卷四九：「（七月）二十一日乙酉，蔡京至潭州，以患身故。」卷五二：「（八月）二十三日丙辰，誅童貫於南雄州。」

〔四〕「黄屋」，指帝王車蓋，因以黄繒爲蓋裹，故名。此處代指帝王。「黄屋肇新」，指欽宗即位。

〔五〕「四方豪傑雲來」，指諸路勤王之師皆至京師。《三朝北盟會編》卷三〇：「（正月）二十日丙戌……京畿河北路制置使种師道及統制官堯平仲，以涇原秦鳳路兵至京師……統制馬忠以勤王兵至京師。熙河路經略使姚古、秦鳳路經略使种師中及折彦質、折可求、劉光國、楊可勝、范瓊、李寶諸路勤王兵至京師。諸路勤王兵號二十萬，到京師，於是人心稍定。」

〔六〕「片言之誤天」，指宗澤奏策反對和議，與時不合。

〔七〕「一見」，指宗澤面見欽宗所奏三策。「決時」，斷決時事。

# 題獨樂園〔一〕

范公之樂後天下〔二〕，維師温公乃獨樂〔三〕。二老致意出處間，殊途同歸兩不惡。鄙夫杖藜訪公隱，步無石砌登無閣。堂卑不受有美奪〔四〕，地僻寧遭景華拓〔五〕。始知前輩稽古力，晏子蕭何非妄作〔六〕。細讀隸碑增慷慨，端正似之甘再拜。種藥作畦醫國手，澆花成林膏澤大。見山臺上飛嵩高〔七〕，高山仰止如公在。（康熙本《宋宗忠簡公全集》卷六）

【注】

〔一〕前考宗澤《至洛》爲其宣和六年春赴巴州通判任途經西京洛陽時作，此詩應作於同時。「獨樂園」，在洛陽南，爲司馬光所修之私家園林。司馬光《獨樂園記》：「熙寧四年，迂叟始家洛。六年，買田二十畝於尊賢坊北，辟以爲園。其中爲堂，聚書出五千卷，命之曰『讀書堂』。堂南有屋一區，引水北流，貫宇下。中央爲沼，方、深各三尺，疏水爲五，派注沼中，狀若虎爪。自沼北伏流出北階，懸注庭下，狀若象鼻。自是分爲二渠，繞庭四隅，會於西北而出，命之曰『弄水軒』。堂北爲沼，中央有島，島上植竹。圓周三丈，狀若玉玦，攬結其杪，如漁人之廬，命之曰『釣魚庵』。沼北横屋六楹，厚其墉茨，以御烈日，開户東出，南北列軒牖，以延涼颸，前後多植美竹，爲清暑之所，命之曰『種竹齋』。沼東治地爲百有二十畦，雜蒔草藥，辨其名物而揭之。畦北植竹，方徑一丈，狀若棋局，屈其杪，交相掩以爲屋。植竹於其前，夾道如步廊，皆以蔓藥覆之，四周植木藥爲藩援，命之曰『採藥圃』。圃南爲六欄，芍藥、牡丹、雜花各居其二，每種止植兩本，識其名狀而已，不求多也。欄北爲亭，命之曰『澆花亭』。洛城距山不遠，而林薄茂密，常苦不得見，乃於園中築臺，構屋其上，以望萬安、轘轅，至於太室，命之曰『見山臺』。」

〔二〕「後天下」，范仲淹《岳陽樓記》：「是進亦憂，退亦憂。然則何時而樂耶？其必曰：先天下之憂而憂，後天下之樂而樂乎！」

〔三〕「維師」，宗澤稱司馬光爲「師」。此處景仰前賢，而以范仲淹與司馬光對稱。按宗澤早年游學四方，有兩次出游，尋訪師友，皆可往訪司馬光。如其元祐元年一出北上，必嘗入京師開封，游洛陽，造訪司馬光，問學受教，故稱其爲師也。蓋元祐更化之際，司馬光聲望如日中天，其時宗澤乃因「維天臨萬邦，搜羅世英豪」而一出，自必當入京師開封，遂得往洛陽訪司馬光。參見前《東上辭松楸》《上鄭龍圖求船書》注。「獨樂」，司馬光《獨樂園記》：「若夫鷦鷯巢林，不過一枝；鼹鼠飲河，不過滿腹，各盡其分而安之，此乃迂叟之所樂也……迂叟平日多處堂中讀書，上師聖人，下友群賢，窺仁義之原，探禮樂之緒。自未始有形之前，暨四達無窮之外，事物之理，舉集目前。所病者學之未至，夫又何求於人，何待於外哉？志倦體疲，則投竿取魚，執衽采藥，決渠灌花，操斧剖竹，濯熱盥手，臨高縱目，逍遥相羊，唯意所適。明月時至，清風自來，行無所牽，止無所柅，耳目肺腸，悉爲己有。踽踽焉，洋洋焉，不知天壤之間，復有何樂可以代此也？」《司馬温公年譜》引《元城語録》：「公於國子監之側得故營地，創獨樂園，自傷不得與衆同也。以當時君子自比伊、周、孔、孟，公乃以種竹澆花事，自比唐、晉間人，以救其弊也。」

〔四〕「有美」，指有美堂，在杭州吴山，蘇軾有詩題咏。

〔五〕「景華」，大華，即太華山。

〔六〕「稽古力」，稽考古道之力，指司馬光所作《稽古録》《資治通鑑》。「晏子蕭何非妄作」，晏子爲齊景公相，蕭何爲漢高祖相，此句稱譽司馬光任相能如晏子、蕭何一樣行古道。

〔七〕「見山臺」，即《獨樂園記》所云「洛城距山不遠，而林薄茂密，常苦不得見，乃於園中築臺，構屋其上，以望萬安、轘轅，至於太室，命之曰『見山臺』」。太室，即嵩山。

## 葬妻京峴山結廬龍目湖上〔一〕

一對龍湖青眼開，乾坤倚劍獨徘徊。白雲是處堪埋骨，京峴山頭夢未回。（康熙本《宋宗忠簡公全集》卷六）

【注】

〔一〕此詩作於宣和四年十月。《遺事》云：「宣和元年，丐祠，得主管南京鴻慶宮。方退居東陽，結廬山谷間，著書自適，有終焉之志。會延昭訴于朝，以公改建神霄宮不當，林靈素主之，褫職，羈置鎮江府。公聞命曰：『罪大責輕，丹徒善地。』即日就道，坐廢四年。公娶陳氏，至是疾卒，卜葬京峴山之陽，就居丹徒。經郊恩，得自便。」按郊祀在十一月冬至，《宋史》卷二二《徽宗本紀》：「（宣和四年十一月）庚午，祀昊天上帝于圜丘，赦天下。」陳氏在郊恩之前已入葬，則當是百日而窆，在十月末，宗澤此詩即作於其時。「京峴山」，在丹徒，光緒《丹徒縣志》卷二：「京峴山，在城東五里……秦望氣者云：其地有天子氣，始皇使赭衣徒三千人鑿京峴南坑，敗其勢，故云丹徒。……宋宗忠簡公墓，在山東北，夫人陳氏祔。」「龍目湖」，在京峴山下，光緒《丹徒縣志》卷一一：「龍目湖，在城東京峴山下……《京口記》曰：龍目湖，秦皇東游，觀地勢，云此有天子氣。使赭衣徒鑿湖中長岡使斷，因改爲丹徒，令水北注江也。」

# 附録一

## 遺　事

公姓宗氏，諱澤，字汝霖。系出南陽漢汝南太守資之裔。五代之亂，避地江南，居婺之義烏。生嘉祐四年十二月十四日巳時。公生而趣尚不凡，長有大志，讀書過目不忘。游學四方，籍籍有聲。

登元祐六年進士第，時宣仁聖烈皇后垂簾，詔廷對策，限以字數。同輩相告曰：「必如詔，可以中程。」公曰：「事君盡忠，自今日始，豈可圖前列而效寒蟬乎？」遂力陳時病，幾萬餘言，且及吴處厚、蔡確事，曰：「自古興衰治亂，悉由人材，人材之困，厄於朋黨。今處厚箋註詩章，臣恐朋黨之禍自此始。」主文者以其言直，恐忤旨，置公末科，賜同進士出身。八年，以將仕郎調大名府館陶縣尉，攝邑事。吏多以年少易之，及牒訴還至，剖析曲直，迎刃而解，不奄月，訟庭闃然。

紹聖二年冬，吕參政惠卿自大名移帥鄜延，欲辟公置幕府，固辭不就。即檄公與邑令視河隄。檄到，值喪長子，捧檄遽行。惠卿聞之，曰：「可謂憂國忘家者也。」適朝廷大開御河，隆冬，役夫僵仆於道，中使不以申奏，監董甚急。公上書帥司，略曰：「某非有避也，時方凝寒，鍤钁一舉，冰凍已合，徒苦民而功未易集。少需之，至初春，可不擾而辦，當身任其責。」卒用公言上奏，朝廷從之。明年河成，所活甚衆。會秩滿，去官。

五年，循通仕郎，遷衢州龍游令。邑小，民未知學。公爲建庠序，設師儒，延見諸生，講論經術，自此登科者相繼起。里閭惡少嘗十百爲群，持虵虺擾民以規利，稍不如意，輒鼓譟，擲瓦礫，碎屋壁，前令不能禁。公密白之州，籍其壯者爲軍，日得百餘人，風遂革。未幾，丁淑人劉氏憂。

崇寧二年，服除，調萊州膠水令。膠水號劇邑，豪奸宿蠹挾勢虐民，習以成風。有温包者，恃陰告人率不實，公案前後犯治之。州別駕與包連姻，以位臨曰：「令敢爾邪？」公曰：「包犯法，某以法治，不知其他也。」有强賊百餘人侵縣境，率僚屬親捕之，且約曰：「獲盗，公等受賞；不然，身獨任罰，幸無退志。」一士族女被掠，匿旁郡，久之不能獲。公廉得其跡，越境徑造賊壘，取女以出，斬首五十餘級，焚其廬。州奏功于朝，官屬皆被賞，公亦進文林郎。同舍生林迪者，先公登第，音問不相及者累年，官萊之别邑。公始至也，迪挈家詣公，經旬而去。迪以病告，公赴之，垂革，尚能語，曰：「迪身如何？」公曰：「某任後事。」「室人子女如何？」公曰：「嫂當養，子當教，女當適佳士。」後以迪女妻修職郎康森，且慮居處南北，再以親女妻森之弟協，申愛好焉。迪子懋，後從公討賊得官。又文登令卒于官，貧不能歸，公詣弔之，厚以俸津遣其行。職甫滿，丁大父憂。

大觀三年，循承直郎，再調晉州趙城令。下車修媧皇祠，新趙簡子廟，且請于朝曰：「趙城前有并河、汾陽之固，後當晉、絳、蒙坑之險，左依霍邑，右阻太行，沃野百里，可以種植，實河東用武之地。願陞縣爲軍，如楚之漣水，開德之德清，命以軍額，實治縣事，且大養軍士以備不虞。」復言：「慶源乃國家興王之本，趙城又慶源之本也。」書聞，不盡如所請。公曰：「方今承平之久，固無慮，他日有警，當有知吾言者矣。」政和三年，以薦改奉議郎，知萊州掖縣。一日，當路需牛黄，縣坐數百兩，吏民惶懼無以應。公條具報部使者曰：「方時疫癘，牛飲其毒凝爲黄；當此太平，和氣橫流，牛無傷者，黄何自得？」部使者怒，取邑官名位，欲劾奏之。公曰：「此意自某出，同僚何預？」獨書銜以上，牛黄竟免，亦不加罪。公前後宰四邑，其綱條簡而不煩，所至稱治。嘗語人曰：「某之作邑，其始以信，濟之以威，信既孚矣，威亦何用？」直龍圖閣范公純粹知公深，每對客語及作縣，則曰：「如宗君，所至有去思，雖古循吏，未見其比。」在掖縣，甫及考，尤爲青帥王公甹所知，辟置幕下。未幾，㪺罷，中書粱公子美繼來，公投檄丐去。子美驚曰：「聞公名舊矣，何疑而遽去也？」公力辭，不獲。子美欲新青城壁，擬拆齊之樓櫓以助增修，檄公往相視。公曰：「齊亦吾地，損彼益此，人必以公爲隘，願勿毁。」子美忻然從之。

五年，有旨陞登、萊、濰、密四州爲次邊，遴選能吏可任守貳者。子美以公名應選，差通判登州。郡邑有宗室，財用田數百頃，皆磽瘠不毛之地，歲輸萬餘緡，無所收，率取于民以應辦。公條奏得除免。黄縣有大俠，與河上居人有隙，請於朝，言治河事，下部使者，大起夫役。公曰：「是役也，吾未見其利，而徒擾于民。」條具申乞寢罷，朝廷從之。道士高延昭者，恃勢犯法，無復以州縣爲意。公窮治之不顧。已而朝廷遣使結金人，爲海上之盟，公語所知曰：「軍興多事，自兹始矣。」磨勘承議郎。

宣和元年，丐祠，得主管南京鴻慶宫。方退居東陽，結廬山谷間，著書自適，有終焉之志。會延昭訴于朝，以公改建神霄宫不當，林靈素主之，褫職，羈置鎮江府。公聞命曰：「罪大責輕，丹徒善地。」即日就道，坐廢四年。公娶陳氏，至是疾卒，卜葬京峴山之陽，就居丹徒。經郊恩，得自便。四年，差監鎮江府酒税，叙宣教郎。公盡心廼職，課入倍加。六年，復判巴州。

靖康元年，有詔侍從官各舉所知。御史中丞陳過庭等薦公可任臺諫。召赴闕，公奏對三策，上嘉之。時粘没喝、斡離不再犯河朔，王師一再失利，廷議遣使。八月甲寅，假公宗正少卿，奉使斡離不；李公若水假祕書少監，使粘没喝；副使令選差，七日起發。公曰：「此行不生還矣！」或問其故，公曰：「某豈能屈節外庭，上辱君命邪？彼如悔過退師，固善；否則，與之力争，必死敵手。」初以和議使爲名，公力奏，言名不正，請改曰計議使，從之。議者謂公剛方難合，且徒死何補？時朝廷意主和，遂改命著作郎劉岑。初王雲使北歸，過磁、相，謂守臣曰：「敵聲勢非前日比，且善因糧，若清野，則無所得矣。」兩州如其言。公抗章，論列宰相非其人，及宣撫使副提大軍逗遛不進。並劾雲張皇敵勢，迫脅人主，及請河北西路清野，聲東應西，恐從東路入寇，雲墮賊計，先自困西路耳。上以章示雲，雲于是憾公切骨。

九月，會詔選易河北帥臣等。辛未，除公朝奉郎、直祕閣、知磁州，訓詞曰：「河朔列城，每謹擇守。矧兹滏陽，當兩衝會。寄委之重，尤在得人。以爾才術敏强，裕於從政，宣力中外，克著風績，俾膺是選，實允僉言。往其悉爾心力，惟事事乃克有備，則罔後艱，可不懋哉。」時太原新失守，真定攻圍甚急，河北、河東州縣多闕官，被命者率託故不行。公曰：「食君之禄，而臨事畏避，吾君何賴焉？」遂單騎即日就道，從羸卒十餘人至河上。自北來者盡驚曰：「敵已犯真定矣，雖往何益？」笑不納。庚辰，至郡。前此，磁經北騎往來，人民流徙，帑藏枵然，不復可守。公至，則繕城壁，浚隍池，治兵器，募豪傑，爲必守計，不逾月而辦。唯糗糧不足，視帑中所有，盡以高價糴米數萬斛，然後廣募義兵，應者雲集。公度所儲尚不能久贍，又出俸助之。由是民間争獻金穀。公上疏，乞邢、洺、磁、趙、相五州各養精兵二萬，敵攻一郡，四郡應援，則一路常有十萬兵。上嘉之，嘗以語康王。其後諸郡議，卒不用。時敵人再犯河朔，攻保寨不克，遂治兵中山，大會酋長諸番部於真定，晝夜急攻。壬辰，上親劄賜公曰：「知卿糾集軍民，共濟國難。今遣呂剛中、侯章團練起發，想當即日就道，以效忠義之節。苟可立功，一面施行，高爵厚禄，朕所不愛也。」繼除公河北義兵都總管。有招安强寇號第十三將首令者，恣横兇暴，不改故態，馳騁市肆間，公命斬之。公領所練義兵直抵真定，屢與敵接戰。兵力單弱，圍不可解。十月丁酉，真定陷，河北居民震恐。公條畫邊防要策與勤王之議，併上之。策議佚。

十一月，詔曰：「知磁州宗澤，措置邊防利害可採，除祕閣修撰。」訓詞曰：「朕以疆埸多虞，干戈未息，咨擇能吏，以扞一方。而滏陽近藩，實當要衝。爾條畫邊務，洞達戎機，剡牘上聞，朕用嘉歎。中祕論譔之職，其選甚高，非爾之才，不以輕授。益恢遠略，紓我顧憂。」斡離不自真定引兵南進，陷慶源。宣撫使范訥率兵五萬，守滑、濬以扞之。公亦大治甲兵，聲振河朔。斡離不知有備，乃東趨大名，歷魏縣。乙亥，自李固渡渡河，恐公兵躡其後，乃分遣數千騎直叩磁州城下。公披甲乘城，令壯士以神臂弓射之，矢下如雨，敵退走。開門縱兵追擊之，斬首數百級。所得牛馬金帛，盡以賞軍。其城上用神臂弓者，又厚賞之。自是義兵人人奮勵，迭出擊敵，或守要害，日有克捷。初，刑部尚書王雲遣從吏李裕間道馳歸，傳斡離不語，若得親王兩府奉使議和，兵庶可解。康王頃嘗與斡離不周旋，北人畏服，乞遣康王。朝廷從之。公抗章乞輟康王之行。章佚。朝廷猶豫，會雲繼至，請益堅。上曰：「肅王既留，又遣康王，萬一盡爲所留，奈何？」雲曰：「康王行，則和議可成；和議成，必無留康王之理。臣以百口保之。」上用雲計。於是王被旨出使，以中書舍人耿延禧、觀察使高世則爲參議官。延禧、世則見王，即召雲共語。王曰：「國步艱難，臣子當盡忠竭節，苟可以安社稷，何辭使萬里？」顧謂雲曰：「尚書謂此行和議必成，至以百口保之，豈別得斡離不之語乎？」雲争曰：「未嘗敢爲此説。」王曰：「尚書奏事時，適在御屏後，盡聞所言。」康謔亦侍立榻旁，呼謔出問之，如王語。雲無以對。丁丑，發京師。辛巳，至磁。公率官吏迎謁，王撫勞甚至。公曰：「大王乃欲親使敵中乎？」王曰：「奉皇帝之命，不可不行。」公曰：「更熟議之。聞敵人由大名已渡河矣，恐不可遣。萬一更如肅王，爲敵所留，又將如之何？以澤觀敵情，豈有肯和之理哉！特設詭詞，欲挽致大王耳，可不察乎？」會郊外飛塵亘天，公密遣裨將張宗領騎數百覘之，甫至三十里，果遇敵騎遥望，問張宗曰：「是非康王與王尚書乎？」宗應聲云：「是。」復傳語尚書可速來。宗回以告，公密戒城中爲備，且以宗所見白之康王，曰：「敵情灼然可見，願大王勿行。」王因問所養兵，公曰：「民兵可及萬人，皆在近地。有急則呼之，饋不費糧，趙、洺、邢、相則無有也。」雲因面責公曰：「公前日見劾，何也？」公曰：「如公固不足劾，自宣撫使副劉韐等，某無不劾之。大抵張皇敵勢者，天下所共疾，何獨某哉？」王行期未決。磁有嘉應侯祠，州人事之甚謹，請康王與王尚書共謁祠下。公從旁贊可之，曰：「卜以決疑。」時有被虜婦人，從魏縣寨中脱走至磁，言見斡離不掠太平車，由李固渡相銜如浮橋過南隄，又以船載魏縣官妓，吹笙簫月下而渡，人心聞此殊不寧。且怨曰：「敵不由磁、相，乃從李固渡，前用雲計，徒毁我牆屋，籍我糧草。」壬午，會王謁廟，州民遮馬諫曰：「不可去，肅王已爲人誤，送入燕山。初言至河，必曰斡離不重信義，大臣亦保無他，今果何如？」雲乘馬在後，語之曰：「大王謁廟即歸，非北去也。」民不以雲言爲信，曰：「已有萬人守北門，雖欲行，不可！」延禧、世則諭雲勿與辨。雲曰：「人言何足恤乎？」竟進至廟，民心益忿激，厲聲指雲曰：「此清野之人，爲敵計，真細作也！」謁神畢，民如山擁。公語雲曰：「外頗喧亂，約與偕行。」雲易之，與延禧、世則先出。小吏附耳語延禧曰：「外已失王尚書馬。」延禧約世則速行，百姓皆露刃怒目，因迫視曰：「此非王尚書耶？」雲乘小吏馬，相繼出，遂遇害。及王出廟門，父老前擁言曰：「今離此門五六十里，即有敵騎，王雲乃細作也。」王諭以不復北去，衆始引退。王諭公取首亂者一人斬之，梟首廟前，收雲從吏隸王府，內外迺定。從馬識遠取國書，識遠曰：「雖云副使，實曰小史，國書未嘗見也。」迺發雲行李，索得國書，並上賜肅王、肅王夫人書，長主與都尉曹晟書，咸已發封，知前後未嘗達也。又得皂裘一、番巾三、羅綾錦各一。王曰：「必有人見此，故謂雲爲細作也。」衆因謂磁不可留。又初過河之明日，巡警使臣任永爲敵騎所掠，問王所在，永不以實告。後得脱告王。癸未，王留相州。乙酉，斡離不軍劉家寺，京城戒嚴。閏十一月癸巳，粘没喝亦至，軍青城。己酉，朝廷遣忠訓郎閤門祇候秦仔等賫蠟書詣王：康王可充兵馬大元帥，陳亨伯可充兵馬元帥，宗澤、汪伯彦可充副元帥。丙辰，京城失守。戊午，王語僚屬曰：「吾夕夢皇帝脱衣賜我，我服之，此何徵也？」有頃，仔至再拜，以蠟書進。王涕泣望闕謝恩，軍民感動。仔曰：「敵圍城甚急。方大雪，皇帝御瑶津亭，遣仔等請王起兵入衛。」

十二月壬戌朔，王開大元帥府於相州，備御劄行下。丁卯，准大元帥府備坐，詔曰：「迺知州郡糾合軍民共起精兵，此皆祖宗百年涵養忠孝之士，天地神祇所當佑助，同力叶謀，以濟大功。應辟置官屬，兹從便益。劄下知磁州、祕閣修撰宗澤准此。」公拜命感泣。甲子，御前再遣閤門祇候侯章至大元帥府，出蠟書曰：「京城圍閉日久，康王真朕心腹手足之託，已除兵馬大元帥，更無疑惑，可星夜前來入援。」章曰：「皇帝遣章十輩來，唯章一人得達。陛辭日宣諭臣曰：『王辟中書舍人，得可令便益草詔，盡起河北精兵入援。』又曰：『恐諸郡留精兵自衞，當使守臣自將，庶盡得精鋭之兵。』」或難章曰：「審如此，則河朔兵一空，他日金人歸師，列城何恃？」章曰：「方京城事急，未遑他議。況此出皇帝之意。」王乃命延禧草詔如章言頒之。乙丑，大元帥府迺傳檄諸郡。其檄曰：「契勘閏十一月二十七日，康王於相州被受御前蠟封，皇帝親筆除兵馬大元帥，已於今月一日開府。三日，又准閤門祇候侯章賫詔書來，催促起兵。當府除已備坐詔書行下外，仰逐州依詔書，守臣自將。竊惟敵人猖獗，再犯京城，攻圍未解，君父憂危。臣子之心，義當效死，矧凡在職，世受國恩，當此艱危，豈應坐視？宜勉忠義，戮力勤王。仰逐州守臣如指揮到日，依已降詔旨，不移刻措置起兵。除量留本處募到土豪分擺地方守禦外，盡數劄刷官兵精鋭，招集强壯堪充出戰人，逐色團結，并堅利器械，隨隊附帶。差得力人，官兵以將佐隊將押隊内選差，民兵以知縣丞簿巡尉内選差。逐州使臣，更切措置，糧料輕賫，以防沿路次舍艱食，隨宜供億。本府已選定十二月十七日以後，正月三十日以前，節次到大名府會合，聽候指揮，審度前進。右劄送中山府陳延康亨伯、知河間府黄待制潛善、知冀州權修撰邦彦、知德信州梁徽猷揚祖、知洺州王寶文麟、知深州姚直閣鵬、知磁州宗修撰澤、知德州滑大夫彦齡、知棣州趙大夫闕、知博州孫大夫振、知慶源府裴刺史汝明、知保州葛刺史逢、知霸州辛刺史彦宗、知安肅軍王大夫徹等，准此。」唯中山、慶源受圍不得通，餘悉被受。丁卯，上遣僉書樞密院事曹輔同北使迎王，且密爲蠟封及礬書付之，因令賫詔撫諭河北。詔曰：「大金軍已登城，斂兵不下。朕親出郊，見兩院帥，和議遂定，宗社自安，生靈獲全，恩厚德深。恐四方隔絶日久，未免疑惑，仰諸路監司守臣速行撫諭，及移文鄰路，各令安業。故茲詔示，想宜知悉。」乙亥，王發相州。丁丑，至大名。先是，公屢言宜會兵奪李固渡，斷敵歸路，衆議不可。公聞李固渡敵騎往來不斷，自將秦光弼，出東西兩門夾擊之。敵兵潰，斬首數百級，因拔城下寨。光弼兵不過千餘人，更出迭進，以撓李固寨。敵既渡河，留兵數萬屯西岸，有寨數百。公時遣壯士夜擣之，破三十餘寨，奪其資糧。翼日，會大元帥府檄至，約提兵會大名，遂班師。公即量留人兵守禦磁城，盡提所募兵進渡漳水，宿鄴鎮。軍馬履冰渡河，時天大雪，公披堅乘馬，道逢郡守，往往臥氊車，賫庖具自隨。公與士卒同甘苦，故人樂爲用。癸未，至大名，領兵以參王府。王諭撫循甚至，論至終日，且曰：「京師受圍日久，入援之策不可緩，乞早處分。」王即面諭公就供副帥之職，僉書公名。公禀命退。繼除公爲集英殿修撰，曰：「伏見兵馬副元帥宗澤，風力敏强，氣節高邁。方時艱棘，夙夜精勤，招集民兵，豪傑争輔。志存滅敵，義不辭難，經營百爲，各有條序，老當益壯。

今見其人，宜除集英殿修撰，已具奏聞去訖。右劄付准此。」公翼日入謝。初，粘没喝欲召王還京師。其曹輔之出迎王也，敵以甲騎三千從。輔東至興仁，城守甚備，王師二萬列栅郭門外。敵騎去城數里許，留不進。輔獨入城，與知府事曾懋密語，具道敵已登城，而斂兵不下，議和恐可成。懋詰輔曰：「敵人貪冒姦詐，豈有登城而兵不下者？必公家族遭執脅，爲是言耳。」輔迺裂襟書示懋，並出蠟封，令奉上大元帥府。甲申，破蠟封，迺上手詔曰：「京城失守，社稷安危，尚賴金人講和，止於割地而已。仰大元帥康王將天下勤王兵總領分屯近甸，以同濟難，無得輕動，恐誤國事。四方將帥，亦宜詳此。」次以襟書，其字粲然，迺樞密院書也，書曰：「大金已通和好，猶未退師。諸路勤王人兵，可且於稍近三五程間駐劄，候師退日放散。」於是汪伯彦等在側，咸執以爲然。公曰：「敵人狡譎，事勢如此，是必款我師也，豈可深信，以詒後悔。」乙酉，知洛州、直寶文閣王麟，將千人詣大元帥府，謁告歸視親疾。從之，以兵隸公。丙戌，王會幕府，議行軍所向。公請直趨開德府，次第進發，以解京師之圍。伯彦曰：「不可！敵兵十萬圍京城，四控要害自衛，南抵都城，壁壘相望，覘者水火不通，吾當量力，何論解圍也。」公曰：「京城圍閉日久，君臣相望入援何啻饑渴！方今之計，當言軍中久不聞天子詔令，願見君父。既曰通和，請亟退，設有詭詐，則吾兵已在城下。」王從之，命公先行審敵情，大元帥以次進發。戊子，公提兵二萬發大名，以劉浩將前軍，尚公緒將左軍，陳淬將中軍，常景將右軍，王孝忠將後軍，河北轉運判官顧復本隨軍應付，出南門，趨開德府，聲言王在軍中。庚寅，王發大名，如東平。

二年春正月辛卯，公至開德府，時遣精鋭與敵挑戰，前後十三戰，兵出輒捷，敵自是不犯開德。癸巳，王次東平。敵挾帝迎王甚急。乙未，遣中書張澂行。戊戌，澂持詔直叩開德，問王所在，諸將以不知答之。澂曰：「敵方登城，援兵未可進，徒誤大事。」公曰：「此賊爲他來款我師。」令壯士乘城射之，澂與敵俱遁走。閤門宣贊舍人蔣彬持詔至北道總管司，詔曰：「朕自即位以來，金人交戰不已。朕累下哀痛之詔，諒爾久悉朕意。今金人攻圍京城已及一年，應援兵尚爾稽遲，使社稷生靈坐以待盡。比者金人已登城，按甲議和，欲使朕與吾民肝腦塗地。金人請求，靡有不從。每念屈辱之極，時事如此，不獲已，許帝姬和親，立大河爲界。而金人實未斂兵，質我太上皇帝，又欲使朕南遷。朕自禱皇天，皇天未之震怒；下告人民，人民未之懷憤。祖宗積累，至此而欲盡乎？朕之德薄，不能以保吾民乎？朕思一身朝夕不能安，痛切深思，實無罪戾，夫何使朕與吾民至此極也！咨爾河北之民，與其陷于邊裔，孰若發憤，抱孝懷忠，更相推立首領，多與官資，監司守土帥臣，與爾推讓，結集北道軍州，自以爲號，守疆土，使予中國不失于邊裔，天下安平，朕與汝等分土共享之。朕言及此，痛若碎首。故兹詔示，宜體至懷。」辛丑，右文殿修撰、知冀州權邦彦，帥州兵千人至大元帥府，府命屯開德，受公節制。

二月丁卯，王命公及黄潛善分領勤王兵，檄曰：「契勘金人長驅再來，攻圍京城。當府近自河北被旨勤王，已領大兵過河，與諸路會合，前進解圍，救援君父，夙夜痛心，惟恐緩期。尋據興仁府申到曹樞密所傳蠟書手詔，及樞密院礬書白劄子，當府尋節次探得，金人自京城劄寨，擺布北來，直至東明宛亭，南至胙城，東跨五丈河，西抵黄河，水洩不通。度其奸計，一則把截，以防北來勤王之師，二則恐朝暮不測，迤邐進寨，漸回東北，前來窺伺。吾軍若不前起，慮落奸後，立見危殆。今合將諸頭項人馬，節次分遣於開德府、興仁府、濮州、柏林鎮、廣濟軍、單州一帶，擺布駐劄。除權邦彦、尚公緒、常景、王孝忠、孔彦盛隸宗元帥，張焕、高公翰、王善隸黄待制外，今撥濮州閭丘陞、姚鵬、孫振等共二萬四千人，並仰聽宗元帥節制；廣濟軍丁順、孟世寧、温宗建、李大鈞、張榮等共二萬五千人，並仰聽黄待制節制，仍各深切體認。今來擺布人馬與寨柵，一如對壘相望，足以伺察動息。仰更切不住遣信實得力人偵探，多方尋路前去，鉤索金人去住之意、久近之期、所嚮之方。如是不測引兵前來侵軼，仰火急戒嚴持重，以待乘便掩殺，仍一面馳檄諸處，相爲應援，及節次不移時飛申當府，以憑差撥人馬前去策應；如是探得京城動息，或有釁可乘，要須審度可否，飛申當府，當審詳事宜，約南京宣總司催促陝西、江淮勤王師帥，相與審度，然後尅日大舉，互相應援。務在警懼，以備不虞，庶幾正應詔旨，不誤國事。」先是大元帥府遣張超、李安入京城偵探，至東明爲敵所得，因留北寨，聞敵言國相已令於三山縛橋絞筏，期以端午到燕京。既而走脱歸，爲王言之。於是王會幕府議，或云敵雖曰斂兵不下，而京城沉默，息耗不通，不若約進兵便；或言京城四壁既爲敵有，吾師一逼之，如太上皇帝何？議不決。己巳，迺再草檄行下，曰：「契勘當府今月七日，已劄黄待制、宗元帥節制開德、興仁兩府，濮、單二州，廣濟軍，柏林鎮等處諸頭項人馬，與宣、總兩司互相應援。務在警懼，以備不虞，要當審詳，毋或輕舉，庶幾上應手詔，不誤國事。並劄宣撫司炤會外，今再箚蠟書手詔，及樞密院指揮，大意謂金人登城，斂兵不下，已通和好。勤王人馬未可向前，恐徒誤國。今來雖已劄下開德府駐劄宗元帥，節制濮州間丘陞、姚鵬、孫振，及將隨軍陳淬一行諸頭項人馬，並聽節制；並劄下興仁府駐劄黄待制，節制廣濟軍丁順、孟世寧、温宗建、李大鈞、張榮，駐劄柏林鎮等，將隨軍張焕等一行諸頭項人馬，並聽節制，及宣總司互相應援。切慮隄備未謹，審度未盡，仰逐處更切差得力信實之人，前去京城以來，多方偵探。如是登城之敵未有退期，及胙城、衛南、韋城、宛亭、東明、南華等處敵寨稍有隙可乘，便合隨處事宜，審觀形勢，料度彼已，見得委是可以前進，即仰一面進寨駐劄，與附近人馬遞相關報，互相應援，仍申當府，以憑策應，不可守株；如未得利便，不宜妄動，上誤國計，即日具本處動息，及探報到事宜，具狀飛申。並劄宣總司炤會施行，令偏牒陝西、江淮諸路勤王師帥炤會施行。」公得檄，日謀進發。檄閭丘陞人馬，逗遛不前。公聞王善叛去，遣人招集之，得三千餘人，尚以兵力單弱不能進。乙亥，有佛奴者，本大名之魏縣人，爲敵所得，至劉家寺寨，凡半月，脱而北歸。至宛亭，會雨雪，苦寒不能進，又爲彼游騎所掠，留宛亭寨中，使牧羊。聞敵言須麥秀可歸師，庶無水草之慮。已而復乘間得脱，北走，官軍得之，送大元帥府，具道彼中事。因言敵之大酋死事者，感傷切至，以刀剺額，跪而大哭，佛奴能周旋以效之。於是王命檢書。己巳、丁卯，檄書再下，付公炤應施行。初武義大夫、閤門宣贊舍人常景之將孔彦威，告景叛。王命彦威擒景，許以景官及兵授之。是日，彦威斬景，以首級來。於是彦威自承信郎除武翼大夫、閤門宣贊舍人，統景兵萬人，赴開德披城下寨，令受公節制，即彦丹也。戊寅，王謂幕府曰：「京城寂然無耗，劄探未詳，吾食息不安，可再檄開德、興仁，並下南京宣總司。」其檄曰：「契勘金人歸期，全未見的確，信息不通。或云繫橋，或云絞筏，不久渡河。然登城之敵至今不下，大寨或有未起，小寨旁列四起，劫虜吾民，搬運糧料。或候麥苗長大，可以喂飼牛馬，方可北歸。是未有去計，講和之説實款我天下之師。觀其形勢，慮包詭謀。今仰見在開德府副元帥宗修撰、興仁府黄待制，各宜加意召募信實之人，前去偵探，如是得委有奸計，尚或窺伺京城，未有退師之意，仰詳審形勢，料度彼己，隨處糾合附近諸頭項統制官兵，尅日進寨，於近京駐劄，張大軍勢，逼脅令去。仍宜持重，明遠斥堠，毋致反落奸後。不得先以兵馬挑弄，自啓敗盟之釁。內如宗元帥舉師之日，先告諭開德府、濮州；如黄待制起師之日，先告諭興仁府、單州、廣濟軍，各嚴備守禦。其逐處城上地分，先已撥布。若軍民之兵，不得一例起發，使各保守，以防乘虚。並仰南京宣總司炤會宗元帥、黄待制，一依今來指揮，各精細覘探，互相關報，會合進寨，約于近京駐劄，務要聲援相應。仍下河北運判顧大夫、京東運副黄龍圖、隨軍轉運梁修撰等，各隨處應付錢糧，不可小有缺誤。小帖子：並契勘南京、開德府、興仁府等處，去京城遠近不同，即起發當有先後，務要同日到京城側近，切在契勘，無令參差不齊。又小帖子：再契勘京城圍閉日久，昨朝廷遣使賫傳詔諭，雖知金人已再講和，無復虜掠，然到今累月，未聞退師。今勤王之師，諸道雲集，使欲相與戮力，進兵血戰。仰念聖上屈己崇信、講好息民之意，未得輕進。當府已累劄下，審觀形勢，可進則進，無先以兵相加，自取敗盟之釁。今仰副元帥宗修撰、節制黄待制、宣撫范承宣訥、北道總管趙資政野、經制翁閣學彦國、發運向閣學子諲、發運方徽猷孟卿、淮南路提刑汪郎中師忠、知揚州許龍圖汾、前知密州郭待制奉世、西道總管王資政襄、陝西五路制置錢侍郎蓋、知汝寧府趙侍郎子崧，仰各申飭諸將，整軍伍，利器械，具糗糧，若旬日之間師猶未退，忍復坐視！當約日齊進，誓身一戰。凡在臣子，世受國恩，各懷忠義之報，必效死立功，仍仰吐心瀝誠，紬繹方略，合謀解難，速行條具供申。」公捧檄，謂諸將曰：「王府今檄，灼見敵情，忍坐視乎？」是時北道總管趙野，與河北東路宣撫使范訥，命軍南京，自號宣撫司。趙軍自大名亂後，尤無紀律，日出剽掠，甚于敵騎。獨公日夕以都城之圍未解，憂慮切至，書告大元帥曰：「敵人果修好，即應退師。今兵久不解，疑生變。乞更檄諸道，約日進兵，同會京城。」公又移書野、訥、曾懋，以君父危急，願協心入援。書見前。野輩盡以公爲狂，不答。時子諲在宿，子崧在陳，何志同在許，陸在濮，懋在曹，俱環京列屯不進。彦國則經制東南六路兵，徘徊于淮甸間。初，朝廷以彦國爲經制使，盡起東南六路兵入援。彦國所統洞丁，槍杖弓兵數萬，屯泗州。聞京城圍閉，顧望不行。知州事賈公望率官屬詣彦國曰：「京城報甚急，天子日夜望中丞救援，今留此不進，豈欲反乎？不惟上負朝廷，泗州久壘，錢糧俱竭，自明日更不供。公宜斬公望以謝軍，第恐朝廷他日未遽貸公耳。」彦國色沮。翼日，提軍迂程趨淮西而去。公料賊決有異謀，且會兵五旬，無一人至者，即欲以孤軍進，召諸將計議。都統制陳淬曰：「敵方熾，未可輕舉。」公怒，欲斬之。諸將拜，乞貸淬效死，釋之。會得大元帥府檄，令會合。庚辰，公廼進柵南華境上，命淬曰：「汝當先諸將一行，謝前日之過。」淬曰：「敢不效力！」遂進兵。未十里與敵遇，出敵不意敗之，即頓兵南華。是日，康王發東平。癸未，至濟州。

三月朔，二聖在郊宫。丁酉，太宰張邦昌以敵命僭立。敵自宛亭引衆逼興仁，列栅而屯，復分兵寇開德。公遣彦威與戰，敗之。度敵必犯濮州，急遣邦彦嚴爲之備。兵果至，接戰，復敗之，駐於近郊。辛丑，再戰，殺傷相當。公自南華遣二千餘騎援濮州，敵兵引去，復向開德，邦彦、彦威合軍夾擊，敗之。壬寅，公親提所節制兵進至衛南，前驅報曰：「前逼敵營，當少避之。」公曰：「第言兩國既和，久不退師，我欲入覲君父，敵無得出寨。」諸將莫曉其意。公曰：「以將孤兵寡，不深入重地，不能成意外之功。」公揮衆入敵區，彼亦陳兵以待。公操戈直前，親冒矢石與敵戰，敗之。轉戰而東，敵益兵至，刃既接，陽敗而却。我師追擊不利，傷者什二，王孝忠死之。公令將士曰：「今前後盡敵壘，進退等死，當從死中求生。」士卒亦知必死，人人争奮，莫不一當百。敵大敗，斬首數千級，敵退却數十里，遂據韋城。已而公私自計曰：「敵兵十倍于我，一戰而却，必當有謀。若盡合諸營鐵騎，夜以襲我，我軍殆矣。」深暮，戒裨將辛叔禧、杜琳曰：「徙軍南華。」敵果夜至，得空營，大驚。自此深溝自固，兵不再出矣。癸卯，自南華遣兵過大溝河，出敵不意襲擊，敗之。自戊寅檄後，兵無會者，獨公屢與敵戰，每捷到，王嘉歎不已，於是承制除徽猷閣待制，辭曰：「兵馬大元帥府，竊見朝奉郎、集英殿修撰、河北義兵都總管兵馬副元帥宗澤，自河北躬率大兵，鼓行而南，與敵對壘，初則養鋭以待，今則奮怒而前。人之所難，視之甚易，心堅金石，忠義凛然，協濟大功，宜有褒擢，今除徽猷閣待制。」先是覘事人張宗至京師，爲邏者所得，執以見權領尚書省王時雍，宗具言遣來狀。時雍以邦昌事告之，且補武修郎，不受，乞歸報府。時雍縱之。丁巳，黄潛善攜宗至大元帥府，出邦昌僞號文字、金人號文字赦文。王讀畢，往麟嘉堂，與府僚呼問之。王慟哭，期以身先士卒，邀二聖於河北。諸將曰：「此將臣職耳，大王迺宗廟所繫，不可輕舉。」王謂府僚曰：「斯報國之秋，可速檄河南北諸郡，及河北山水寨一應官民之兵，邀其歸路，或斷橋阨險，設伏襲擊。當親提大軍策應效死，仍檄副元帥宗澤依策應行之。」戊午，公得陷敵宗室二人，問以都城事，言二聖留敵營未還。公具上大元帥府。己未，公起南華，進兵臨濮。

夏四月庚申朔，兩宫北狩，敵營定議以斡離不軍由滑州路進發，以粘没喝軍由鄭州路進發，兩路護送，日行數百里。辛酉，大元帥府傳檄郡國曰：「靖康二年四月二日，兵馬大元帥皇帝弟康王御名，檄郡邑曰：見危致命者，忠臣之心；視死如歸者，烈士之志。凡在率土，世受湛恩，今陳瀝血之辭，庶獲捐軀之效。兹者上皇禪位，下詔責躬，事出忱誠，人皆惻隱。恭惟皇帝遵養潛邸十有五年，克儉克勤，博通經史，天下延頸，莫不歸心。及受禪之日，金人大入，許割三鎮，迺肯退師。皇帝念祖宗之故疆，及陵寢之重地，請計賦租之入，以爲歲幣之常。迺曰渝盟，實惟求釁，再操戈而詣闕，遂鼓衆以乘墉。至於屈己稱臣，露章引咎。初斂兵不下，詭曰通和；既邀駕出臨，迺輒留駐。故人望北塵而徯后，既已降詔而割地䏝，民畏左袵而拒門，又爲隙端，以肆貪欲。今者二聖、太子、諸王、近臣皆質敵營，恐將北去，攷之自昔，未有或然。臣子之心，痛憤徹骨。御名昨奉睿旨，充兵馬大元帥，倡義率衆，形從響荅，數百萬衆奮怒而前。内揆人心，可知天意，逼逐狂類，今茲已行。强抑臣僚，俾從僭位，天怒人怨，曷能安居！除已發遣大兵，糾合諸郡，把扼險阻，焚絶河梁，或迎擊於前，或追躡於後，期于掃清千里，迎還兩宫。帥臣等其統驍鋭之衆，使堅忠義之心，撫摩良善之民，毋忘歸戴之舊。凡關津之出入，謹於防奸；或文書之往來，審於辨詐。以報皇朝之涵養，以底天下之治安。報德賞功，非言可究，三靈在上，實聞其言。」仍下宣撫使范訥、河北道總管趙野、西路副總管孫昭遠、經制使翁彦國、東道副總管朱勝非、西道副總管高公紀、陝西制置使錢蓋、京兆帥范致虚、鄜延帥張深、副總管劉光世、熙河帥王似、知汝寧府趙子崧、發運判官方孟卿、向子諲，亟會兵城下，以俟進發，奉迎二聖，無得輒入都城，因緣殺掠。初，公遣人覘敵動息，見其日夜益兵，增寨栅，備守禦甚嚴。公曰：「是款我師，必欲由他道遁也。」即夜遣兵襲之，得其所掠人，問以都城間事。或言二聖已爲彼邀取，間道渡河北去矣。公未之信，方謀引兵渡大河，據敵歸路，而對壘諸營一夕解去。公方知二聖果播遷，北望號慟，即自臨濮提孤軍趨滑州，走黎陽，由大伾。壬午，至大名府城南下寨，欲徑渡河，迎取乘輿。而勤王之兵無一至者，又聞邦昌僭立，即回，欲先行誅討。且密遣健步，間道持檄，安慰京城士庶，曰：「兵馬副元帥宗待制，契勘當府所統率軍兵，奉大元帥康王指揮會合，分遣諸處人馬，追襲掩截金人，仍令隨軍便宜措置。自承大元帥府劄子，星夜間道，遠遣使臣等偏督河北、河東路州軍府將，合心併力，各據要害，斷絶橋梁，把扼圍擊，救迎二聖與諸王皇族並后妃，期還宮闈。與三軍將佐效臣子死節，誓報國恩。及行下大名府諸路，分催諸處義兵將士五路人馬，相約掩擊去訖。炤對自去年十一月以後，金人登城，按甲不下，假倡和議，款四方勤王之兵，坐敞近甸，詭詐百出，使中外聲援不相接。致請二聖出郊，迺輦金載帛，罄竭帑藏，以遂其欲。又邀擁鑾輿及皇族子孫后妃已下，踰河北去。及是啓行外，方始知覺。四方痛切忿恨，呼天號訴，日月慘色，豈裔敵戕我中國，迺上累君父！竊惟大宋一統天下，祖宗功德，滋休太平，自古莫比。本緣姦臣誤國，結怨生隙，流毒遺患，遂至今日。然以天下之大，宗社之重，天眷有宋，垂億萬年，其必有在。恃公卿將相一心保護廟朝，安存士庶，以此見大宋之恩德甚深，與天地終始。其都城軍民僧道等，思慕之心，豈有窮已？今大元帥康王，忠孝友愛，出自天性，總兵于外，親擐甲胄，冒犯風雨，欲戡定國難，輯寧方夏。會諸路勤王之師，不啻百萬，前此守議和信盟，以俟敵退，俯爲生靈，每戒輕動。 暨國家一落敵計，蒼生奈何！康王聞此，泣盡繼血，雖草木無知，亦須悲痛。 左右開勉莫回，便欲躍身自奮，手格狂類，以刷君父之恥。 見不住進發人馬，催督忠義士，數路合擊，雖封王建節，皆許充賞，期以力救駕回，用慰中外。 故未忍歸朝瞻望闕庭，款謁宗廟，與本朝諸臣父老軍民僧道相見。 伏想輿情，日夕願望，必興念祖宗積累之厚，遽遭金人作孽，致二帝播遷，惟康王爲宗廟社稷所賴，伫成大功，禔福天下。 當府駐兵去都城不遠，須至詳具公移，慰撫都人者。」時諜者言京城修守禦之具。 王曰：「果如此，或諸道兵馬皆來討逆，則吾民重困矣。」迺貽書于公曰：「御咨目上元帥待制台座：初夏漸熱，伏惟總御師徒，勤勞王事，台候萬福。御名去歲使敵營，中道輟行，所攜不過千人。 閏月被命帥師，始集東北兵民，進未及畿，已承再和之詔。 繼得礬書，又戒生事，且防忌器，未敢輕舉，但分屯近畿，爲逼逐之計。 閱日既久，賴知敵情，不免督兵前去。 繼聞領兵甚難，感涕交頤，即具公文，當已呈達。 今聞大臣之在敵中者，日久分深，承其付託，而二聖、二后、青宮諸王北渡大河，五内殞裂，不如無生。 便欲身先士卒，手刃孽徒，身膏草野，以救君父。 而僚屬不容，謂祖宗德澤，主上仁聖，臣民歸戴，天意未改。 故老近臣，將帥軍民，忠義有素，當資衆力，具成忠孝。 本意除已具公文外，伏望鼓作士氣，開曉士心，奉迎君父，永安社稷，以成不世之勳。御名不任痛憤泣血懇切之情。 所有受敵付託之人，義當征誅。然聞二聖之在郊，已膺僭僞，慮百官之謀國，或出權宜，未嘗輕動，徒使京城重擾，軍民被害，致欲按甲近城。容御名移書問故，得其實情，即時關報施行未晚。今日之事，非左右戮力，造次在念，恐不能濟，伏望孚察。未瞻會聞，尚冀厚爲宗社所賴，保倍台重。不宣。」書後復批曰：「近有尚書省劄子，於濟、鄆間訪求行府，語意無他，尤宜謹重，仍嚴備也。」公得大元帥書，約移師近都城，按甲觀變。公曰：「人臣安有張紅蓋、服赭袍、居正殿者乎？」即上書謝。書見前。繼探報人申俊等，申繳張邦昌赦文。公讀之，益憤怒，即具申大元帥府。文見前。繼具劄子告王。文見前。兩劄上，公謂所知曰：「怨結王之左右矣，不恤也。」戊辰，邦昌召從官入延福宫，請元祐皇后垂簾聽政，遣奉御史尚書左丞馮解、副使權尚書右丞李回，詣大元帥府迎王。己巳，邦昌以太宰退處資善堂。大元帥府隨行官屬耿南仲等上表勸進，王不許。公亦累狀懇請，前兩史無檢。批答曰：「兵馬大元帥皇弟康王答副元帥宗待制：敵人犯順，輒肆剽侵，大兵前驅，本期殄滅，亟聞失守，遂蔑戰功。永惟太祖創業垂二百年，二聖在位幾三十載，既遭蕩析，迺至播遷，涕淚横流，心肝糜潰。有天有地，古今所未嘗聞；爲子爲臣，夙夜實不遑發。方行追躡，誓必邀迎。念元帥之權，實出上意；顧國家之任，難徇衆情。所請難議施行。」公再上狀勸進，文見前。再批答曰：「兵馬大元帥皇弟康王答副元帥宗待制：金人披猖，鑾輿播越，詔令不下，無所稟承。遐邇民心，翕然見屬，謂天下之動，必正於一。故連日之請，迺至于三。雖輿情難以輒違，而孝心有所不忍。方將徧覽所上，詳熟以思。俟入京城，款謁宗廟。若鑾輿未還，欲撫定民庶，權聽國事。宜體此意，無復苦陳。」初，濟陰夜有紅光燭天，如赤烏翔翥狀，識者以爲宋火德之符。於是濟之父老軍民以萬計，詣大元帥府，乞王即位于濟。幕府群僚或曰濟，或曰南京，議未決。會公亦乞于南京開府，文見前。於是南京之議遂定。戊寅，大元帥府命公部將士於長垣、韋城、衞南、南華。己卯，以次進發。庚辰，王發濟州。癸未，至南京。

五月庚寅朔，王即皇帝位於南京，大赦天下，曰：「皇天佑宋，卜世過於漢唐；藝祖承周，受禪同乎舜禹。列聖嗣無疆之歷，保邦隆不拔之基。屬以朝奸，稔成邊釁。恃中都之安富，忘外敵之憑陵。馴致金人來犯京邑，初登城而不下，終邀駕以偕行。痛念鑾輿遠征沙漠，宗族從而進徙，宫闈爲之一空，强抑臣僚，俾僭位號。朕以介弟之親而受旨，開元帥之府以總師，方輸敵愾之忠，亟奉講和之詔，豈圖變故，終致阽危。蓋嘗指日以誓諸軍，使前迎而後請；不憚瀝血而檄率土，冀外附而内親。而三事大夫與萬邦黎獻，共致樂推之懇，靡容牢避之私。謂亹亹萬幾，難以一日而曠位；矧皇皇四海，詎可三月而無君。勉徇群情，嗣登大寶。宵衣旰食，紹祖宗垂創之基；疾首痛心，懷父兄播遷之難。顧號令久隔，衆罔繫心，軍旅荐興，民多失業。慰民耳目之注，敷朕腹心之言，爰布湛恩，誕綏區夏，可大赦天下，改元建炎。於戲！聖人何以加孝，朕每懷問寢之思；天子必有所先，朕欲救在原之急。嗟哉！文武之烈，若兹忠義之家，不食而哭秦庭，士當勇於報國；左袒而爲劉氏，人咸樂於愛君。其一德以一心，佇立功而立事，同候兩宫之復，終圖萬世之安。副我憂勤，躋待康乂。」以黄潛善爲中書侍郎，汪伯彦爲同知樞密院事。辛卯，詔元帥府限十日結局，詔公赴南京行在。甲午，公上表賀。文見前。乙巳，准告覃恩轉朝請郎，訓詞曰：「朕纂服丕承，疏恩大賚。眷惟邇烈，宜在褒嘉。具位宗澤，執德粹明，受材宏達。自陞華於法從，良著績於周行。加秩之崇，於昭新渥；輸忠之報，益展素懷。」公拜命，上謝表。表佚。分兵河上，量帶數百騎，逕自衛南、南華詣行在所。

六月己未朔，公入對，氣哽不能語，涕泗交頤。上亦爲之動容。復陳興衰撥亂大計，極論當時人材。上問勞甚厚。凡進四劄，文見前。上有留中之意，而左右不容。癸亥，以公爲龍圖閣學士、知襄陽府、提舉隨房郢州兵馬巡檢事，訓詞曰：「唐太宗天策舊僚，以次登用，皆備公卿之選。朕元帥開府，總兵朔方，汝起滏陽之師，實爲傾助。肆加褒擢，無愧前聞。具官宗澤，博學雄文，懿行高節，剛大之氣至老不屈，縱横之才應變尤長。力陳排難之謀，克奮勤王之志。獨當一面，聲望卓然。並嘉翊戴之功，宜有褒遷之寵。躐延祕閣之華序，往鎮襄陽之大邦，共濟多艱，聿來圖效。既通二禁之籍，勿替告猷；仍俾千里之民，悉安新政。」時復有割地之議，公上疏。文見前。上聞其言，壯之。戊辰，改知青州。上丞相李綱書。書見前。尋以公知開封府，訓詞曰：「朕哀憫元元，間罹兵禍，思欲濯瘡痍爲寒燠，變呻吟爲謳歌，用以靈承，顧諟天命，庶幾休息。惟京師雜五方之俗，事物大繁，號稱難治。用勞侍從之良，典司尹正之重。以爾氣渾而質厚，中偉而外莊，篤望可以鎮浮，長才足以周變。優游兩禁，譽處益隆，是用膺青社賜履之邦，莅三輔浩穰之寄。惟爾迺者從朕兵間，訏謨密勿，固知予德意志慮所向矣。往宣爾術，底於輯寧，益昭爾庸，用符僉屬。」公拜命，即日就道，以七月乙巳到京城。京城自敵騎退歸，樓櫓盡廢，諸道之師雜居寺觀，盜賊縱横，人情恟恟。時敵留屯河上，距京城無二百里，金鼓之聲朝夕相聞。京畿千里之民與京東西連亘數千里，咸懷悚栗。公到，首發爲敵之淵藪者數人，誅之。又令都市曰：「爲盜者，贓無輕重，並從軍法。」由是豪强退縮，盜賊屏竄，人皆靡然悦服，曰：「今有宗公，我不危矣。」公察人情粗安，市肆商賈稍稍如舊，上疏乞回鑾。疏見前。時詔荆襄江淮悉備巡幸，有維揚、金陵一議，公復上疏。疏見前。一日，敵有八人，以使楚爲名，直至京師。公訝之，是必假此名以覘我虚實。因納議狀，遺范公留守，請收置牢狴，奏取朝廷指揮。范公然之，即具奏。公復上河北、京東路税鹽劄子。劄見前。

八月壬戌，以公兼京師副留守。會范訥罷，除公延康殿學士、京城留守兼開封尹。訓辭曰：「汴居鄭、滑、曹、許之間，其地平衍，無山河百二之固。太平日久，人亦惰驕，骫骳不武。一經邊塵，矍然惕息，尤欲得人而綏輯之。具位某，頃守滏陽，一節不撓，艱難險阻，忠力彌劭。身膺簡寄，更試留鑰，曾未閱月，政聲流聞。延登祕殿之華，增重畿封之任。爾其戢奸恤隱，酌寬猛之中，使民畏而愛之，稱朕畀付之意。」公具狀辭免，狀見前。降詔不允，曰：「省所奏辭免恩命事，具悉。國家制均諸郡，溥循銅虎之規；體重别都，特厚玉麟之寄。矧今京邑，實古大梁，億載之所卜年，列聖於斯御極。肆朕纂承之始，暫爲巡狩之行。倚貴臣而居留，仍兼官於尹正，庶幾彈壓，克用敉寧。卿堅强敢爲，慷慨自信，威足以禁暴，明足以督奸，善良恃以帖安，豪猾爲之戢息。兹陞華於祕殿，俾增重於中都。何必謙撝，形於奏牘。往膺褒顯，以副眷懷。所請宜不允。」上表謝。表佚。繼奉詔，令所拘留敵使，遷置别館，優加待遇。公上疏，疏見前。再奉詔曰：「卿彈壓强梗，保護都城，寬朕顧憂，深所倚仗。但拘留金使，未達朕心。朕之待卿盡矣，卿宜體此。」公奉詔，即出八人縱之，上表謝。表見前。丙寅，詔賜對衣金帶，上表謝。表見前。時議者多以公拘囚金人爲非，獨尚書左丞許景衡知公最深，上疏辨之，曰：「臣竊聞讒者多指開封尹宗澤過失事，未知是否如何？宗澤之爲人及其爲政，固不能上逃聖鑒，第未知果指何事而言也？若只拘留金國使人，此誠宗澤之失也。然原其本心，只緣忠義所激，出於輕發，未審國家事體耳，不知別有何等罪犯也？然臣自浙渡淮，以至行在，得之來自京師者，皆言澤之爲尹，威名政績，卓然過人，誅鋤强梗，撫循善良，都城帖然，莫敢犯者。又方修守禦之備，歷歷可觀。臣雖不識其人，竊用嘆慕。每以爲去冬京城之内不能固守，良由大臣無謀，尹正非才之故。使當時有如宗澤等數輩，赤心許國，相與維持，則其禍變亦未至如此其酷也。往者不可咎，來者猶可追。今若較其末節小疵，便以爲罪，而不顧其盡忠報國之大節，則臣雖至愚，竊以爲過矣。況宗澤昔在河朔，遭遇陛下，遮留拱衛，繼參幕府，宣力尤多；今尹天府，其績效又章章如此，則其所爲終始亦可觀矣。議者獨不能少優容之，其不恕亦已甚。且開封宗廟社稷之所在，其擇人居守，尤非他州別路之比，今若罷宗澤，則當別選留守。不識今之縉紳，其威名政績亦有加於宗澤者乎？若有其人，則除受交割，尚費日月，兵民亦未信服，防秋是時，計將奈何？若未有其人，則宗澤未宜遽然更易也。人才難得久矣。惟聖人以天地爲度，包容長養，兼收而並用之，庶幾其濟也。其宗澤，伏望聖慈上爲宗廟社稷，下爲京師億萬生靈，特賜主張，厚加委任，使成禦侮治民之功，天下幸甚。」八月二十八日，奉聖旨：「朝廷别無行遣，亦無臣僚論列章疏。劄下炤會。右劄送京城留守宗延康。」公拜命，上表稱謝。表佚。九月，真定、懷、衛間敵兵甚盛，州郡有乘城固守者。敵亦大治兵爲攻拔計。公欲時暫過河，措置事宜。乙未，上劄子。劄見前。庚子，公回自河北，具因依奏聞。奏佚。辛丑，准省劄。劄見前。

九月五日，三省同奉聖旨：「依令宗澤，其功罪尤甚之人，申取朝廷指揮。」右劄送東京留守宗延康，准此。」繼拜詔將諭曰：「昔趙廣漢之尹京兆，民稱頌不容口，以爲自漢興，治三輔者皆莫能及。朕念京師兵火之後，遴選撫綏彈壓之才。以卿帥府舊僚，從班耆宿，擢居尹正之任，肅然政令之行，摧折豪强，發摘奸伏，剛果不撓，盜賊屏跡。夷考前躅，能以嚴治，威克允濟，亦莫如卿。比陞祕殿之隆名，仍專留司之重寄，視古無媿，乃績可嘉。載惟王畿千里之封，實爲諸夏本根之地。都邑閭閻之衆，既遂謐寧；甸服田畝之間，益當安輯。以至練防衛之兵，謹城守之備，經營財用，預思可繼之圖，拯濟艱虞，務存善後之策。諒卿體國之志，必通時事之宜，嗣有寵休，靡忘褒贊，故兹昭示，想宜知悉。」上表謝。表見前。公感上知遇，益自奮勵。京城四壁，各置統領守禦使臣，每壁立界，至以所招義兵分隸之。隨處置教場，爲閱習訓練之地，造決勝戰車。又據形勝，立堅壁二十四所於城外，隨大小駐兵數萬，别選有謀略勇敢之士四人，充四壁提領。公往來親按試之，周而復始。沿大河鱗次創連珠寨，結連河東、河北山水寨忠義民兵，及陝西、京東西諸路人馬，咸願聽公節制。開五丈河，以通南北商旅。京畿十六縣内，兩縣瀕河，共七十二里，均之諸縣，縣護四里有奇。各令開濠，深廣丈餘，於南岸埋鹿角。內又團結班直諸班人兵，外則隨寨軍兵百姓丁壯等，以備緩急之舉，各有條序。乙巳，上表。表見前。奏入，不報。再上疏，疏見前。不報。再上疏，疏見前。不報。再上疏。疏見前。詔命遣官迎奉六宮往金陵，公復上疏。疏見前。公防秋守禦悉備，宫室宗廟省府臺部並見營葺，規模宏麗，不減全盛時。以東門乃回鑾迎奉之地，首加增修。所分領人馬及閱習戰車，招集人兵，足以禦敵。

十月戊午，復上疏。疏見前。公前後申明，多降特旨，事由三省、樞密院，則沮抑之。至是，公條具五事。疏見前。聞有詔車駕還闕，公上表。表見前。繼拜詔將還闕，公喜甚，再上表。表見前。公自留鑰甫半載，威譽四馳，遠近歸心，招致賊衆。如王再興兵五萬，李貴兵幾二萬人，往來淮上；王善兵號七十萬，騎護萬乘，寇濮州；楊進自號「没角牛」，兵三十餘萬，并王大郎等諸頭項人馬百餘萬衆，所至侵掠。公徧遣人，喻以禍福，招來之。群盜素知公，悉聽命，相繼至。進尤所敬慕，願效死，軍聲甚振。公諭曰：「軍中老弱婦女，久被驅虜，吾不忍其無辜，宜盡釋之。」進等奉命，諸軍所放幾萬人。善寇濮州，直欲來據京城。公單騎往造其巢，一見執其手，仰天號泣曰：「朝廷當危難時，無一人出爲時用。使當時有如公輩，豈復有今日患！」善感泣曰：「敢不效力！」諸將謂公此行不返，及歸，迎於郊，公曰：「事畢矣。」善有帶甲解甲之請，幕下未有處。公據案命筆，書「從便」二字。

越三日來降，止以五百甲騎隨，餘皆解甲。既至，左右止之曰：「此留守司門，擅入者斬。」善乃下馬趨入，拜於庭。公繼以禮接之，曰：「軍禮不得不如此。」乃延之飲，許以節使。臨行，請公到寨撫諸軍將。有請勿行者，公獨信之篤，入其寨，第賞有差。時岳飛偶犯，有司欲正典刑，公一見奇之，曰：「此將材也。」留軍前。適羽報敵犯汜水，遣飛爲踏白使，以五百騎授之。公語曰：「吾釋汝罪，今當爲我立功。」且戒無輕鬥。飛稟命即行，凱還，補爲統領，後遷總制。自是軍聲大振。公誅鋤强梗，撫民居，經制財用，各有條緒。凡兩河、京東西州郡文移往來求軍需者，則撤在京所有，隨多寡應之，欲其同心濟難，不以彼此爲間。時行在所遣中使傳宣撫問，上表謝。表見前。繼聞車駕南幸，公復奏疏。疏見前。批答曰：「朕惟上都據四方之中，開基歷十世之久。祖宗創業，置諸奠枕之安；城社奔流，勢若建瓴之順。兹請特巡之制，姑爲近甸之行，思宏濟乎艱難，致殫勞於櫛沐。每念本根之重，嘗思監守之懷，迄綏靖於侯邦，即趨歸於觀闕。任卿司守，屬在王畿，共傾戴后之誠，來效回鑾之請。睠言忠藎，良劇嘆嘉。」奉公御筆。聞京師有稱御前收買珠玉人，紛擾民間，或至强市，即時立賞委緝捕人收捉，及出榜告報都人。上表謝。表見前。

十二月甲子，邊寨駐於大河之北，大會酋長，引兵至河上，稍稍南渡，西犯汜水，北侵胙城。敵人雖知公名，不敢輕入，亦時擁衆以擾瀕河州縣。滑州以南沿河諸寨，欲并兵方戰，斷河梁，申乞授師。議者曰：「賊鋒未易當，不若堅守自固。」公笑曰：「去冬城潰，正坐此耳，厥鑒不遠，尚可襲乎？」命統制劉衍趨滑，劉遠走鄭，各提兵二萬，戰車二百乘，以分衝突之勢，且戒諸將不得輕動，極力保護河梁，以俟大兵過河，毋致臨期誤事。敵聞之，夜斷河梁而遁，所獲甚衆。

二年正月壬辰，復自鄭入，直抵白沙鎮，距京三四十里，都人恐甚。敵先堅壁不動，寮屬請問議守禦之策。公方延賓圍棋，笑語如無事時。衆莫敢言，退而分布部伍，撤弔橋，披甲登城，都人愈恐。公始知之，戒諸將曰：「何事自爾張皇？」命諸軍將士解甲歸寨，曰：「劉衍等在外，必能爲我禦敵。」選精鋭數千以益之，戒曰：「宜繞出敵後，設伏路，毋輕出戰。伺其至，則縱兵夾擊。」且諭僚屬曰：「上元密邇，盍奉舊法以迎之。」命榜諸市，張燈五日，暫弛夜禁，往來軍馬不異平日。敵游騎至城下，疑不敢入，人亦不知所懼。衍與敵遇，大戰，敗之，收復延津、胙城、河陰，至滑州。尚有屯兵州之西三十里，衍分兵夜擣之，大捷，悉得其輜重。甫及收燈五夕，捷書鼎至，衆始知元夕正王師接戰於版橋之時。公謂僚屬曰：「吾知劉衍必勝，百姓可使由之，不可使知之。若得豫聞，徒擾擾敗吾事。」

丁未，公復上疏。疏見前。公再上表。表見前。

二月丙辰，敵騎再犯西京。公遣統御官李景良、閻中立、統領郭俊民等，領兵萬餘，趨鄭。遇敵，大戰，爲敵所乘，中立死之，俊民降敵，景良以無功南遁。公捕得之，謂曰：「一勝一負，兵家之常；不勝而歸，罪亦可恕；私自逃遁，是無我也。」命斬之。管軍閭勍、統制官藍整等，咸爲景良乞貸，責以後效。公姑收繫之，後竟斬首以徇。繼俊民與敵將史官人、燕人何仲祖、王義等，以數百騎直抵八角鎮，與都巡檢丁進遇，進擒之，生致麾下。初欲持書誘公，公毅然曰：「郭俊民吾統兵官也，失利就死，尚可爲忠義鬼，後有知者，不失血食。今全軀苟活，反爲敵人持書以脅中原，有何面目見人乎？」命斬之。謂官人曰：「京城不守，主上巡幸，領重兵在近甸，命我守此，有死而已。何不以死敵我，而反以兒女語脅我耶？」亦命斬之。顧謂仲祖曰：「爾本吾宋人，脅從而來，豈出得已？」命釋縛，犒以酒肉，縱之。戊午，劉衍領兵凱還，入自鄭門，公勞問士卒，第賞奏功，散犒金帛有差。敵知衍班師，甲子復入滑。報至，公謂諸將曰：「滑當衝要，必争之地也。有變，則京師不可守。不欲再煩諸將，可爲我守城，當親提兵取之。」内儒將張撝越衆曰：「撝當效力。」公甚喜，選兵五千付之，特加賞勞，士卒忻然而行。公戒撝曰：「若衆寡不敵，毋輕戰，以需援師。」公親餞於郊。撝兼程至滑。己巳，撝身率將士，與敵遇。敵騎十倍於撝，將士請曰：「衆寡不敵，宜少避其鋒，以求援兵。」撝曰：「退而偷生，何面目見宗公乎？」鏖戰至暮，殺傷相當，敵爲少却。援不至，撝爲所害。公聞報，遣統領官王宣領五千騎援之，且戒之曰：「敵惟恃衆，當設奇以取勝。」宣以辛未至滑城，與敵大戰於北門，士卒争奮。敵忽退兵河上，宣曰：「敵必夜渡河上。」收兵不追。敵果夜渡，及半，以千人進擊之，斬首數百級，殺傷甚衆。報至，公即令宣權知滑州，且令載搊喪還京。公爲服緦麻，哭於佛寺，出俸飯僧，哀慟感人。復詣其家，優厚撫恤，至死事之家，遣官問勞，出錢帛給之，人咸曰：「死亦榮矣。」條奏功績，且乞搊卹典甚厚，上嘉納之。壬申，有詔，以諸處人馬，雖假勤王之名，實爲聚寇之患。詔佚。丁丑，詔進朝奉大夫、資政殿學士。訓詞曰：「先京師而後諸夏，布政有倫；得猛士以守四方，用人爲重。迺眷帝王之宅，數驚塞北之塵。御名首簡循良，俾司浩穰，迄臻綏靖，宜有褒嘉。具位澤，材稟沉雄，器涵渾厚，仕宦至晚而鼎貴，功業遇事而遂彰。肆朕省方，俾爾留鑰。蕭何鎮守，克寬西顧之憂；畢公保釐，終底東郊之治。載疇偉績，特峻徽章，陞祕殿之華資，進文階之一等。並昭異數，庸奏膚功。瞻望國門，未泯葱葱之佳氣；巡行淮甸，豈能鬱鬱而久居？惟既乃心，以固吾圉。」公辭免，批答曰：「無德不報，實賞典之所先；有功見知，迺衆情之共悦。矧玉麟之重寄，屬荷槖之名臣，於義當褒，欲辭焉可？卿慷慨而有大志，鎮静而好遠謀，縱横康世之圖，談笑適時之略。肆朕省方於淮甸，倚卿居守於汲都。更歷春冬，帖安京輔，屹若長城之固，晏然奠枕之寧。雖蕭何之撫關中，寇恂之守河内，以卿比迹，於古有光。特陞祕閣之峻資，仍進文階之崇秩。并昭異數，丕表茂功；何必封章，以避休命？深嘉沖節，難徇雅懷。宜亟欽承，庸昭眷遇。」公上表謝。表見前。壬午，詔賜對衣金帶。上表謝。表見前。

三月乙酉，公復上疏，疏見前。不報。有王策者，本契丹酋豪，善用兵，有籌略，敵委任甚專，嘗從千餘騎往來河上，措置邊事。公密令統制官王師正擒之，生致麾下。公釋縛解衣，坐之堂上，與之飲食，從容與語曰：「契丹本我宋兄弟之國，今女真辱吾主，又滅而國，汝何不悟？義當協謀，以刷社稷之耻，他日復修舊好。我亦何忍殺汝？」策感泣曰：「策至庭下，自意必死。今蒙再生之恩，且聞公之意，使策曉悟，敢不盡死節以報！」已而使就館舍，待之如禮。公時呼與語，因問虚實，盡得其謀。公大舉之計遂决，召諸將謂曰：「汝等有忠義之心，樂相歸附，當思我宋二百年涵養之恩。今二聖遠在沙漠，君父巡幸未返。主上雖封侯建節，肯以充賞。」言訖，泣下。諸將亦掩泣，同聲應曰：「今四方義士雲集京師，幾二百萬人，所賫糧可給半載。亦嘗密遣人，直抵兩河探伺，聞所陷州縣，每處不過數百人，餘皆脅從，令衣塞服，此輩日望王師來。某等願即日渡河，以盡死節。」公慰撫之，且曰：「進取老少，可於逐寨邊處，踏逐未復業田畝，權借耕植，各有自賫牛具種糧，無者官給。」人皆樂從，京城内外所屯兵百八十萬人，兵革之盛，前此未有。敵人數不利，至是畏威，所屯兵悉退去，中外帖然。己亥，公復上疏。疏見前。壬寅，詔賜湯藥及傳宣撫問，上表謝。表見前。乙巳，再上表。表見前。

四月甲寅，磁州統制官趙世隆、世興兄弟，以兵三千來歸，人以爲疑。公曰：「世隆本吾一校耳，必無他，有所訴也。」翊日，拜於庭，公面語之曰：「前日殺守臣者誰？」世隆曰：「事非得已。衆以無糧，欲殺斯人以止亂耳。」公笑曰：「河北陷没，而吾宋法令上下之分亦陷没耶？」顧左右拽出斬之。衆兵露刃立庭下，世興佩刀侍側，左右莫不寒心。世隆既執，公徐謂世興曰：「汝兄犯法當誅，固應無憾。汝能奮志立功，足以雪恥矣。」世興叩頭請罪，曰：「公之號令如此，水火畢入。」會滑州報敵騎有屯城下者，公謂世興曰：「試爲我取滑州。」世興忻然受命出，告諸部曲曰：「吾兄擅殺守臣，已正典刑。吾屬元帥釋而不問，使我輩共取滑州，以贖前過。」衆亦鼓舞請行。公遺以金碗、戰袍、銀槍等物，部屬之賜有差。世興辭以出，以戊午日至滑，掩敵不備，獲級數百，得州以歸，公厚賜之。丁進，故巨寇，有嘯聚數十萬衆。其初降也，人情鼎沸，謂其非真。管軍閭勍等以甲士陰衛，公曰：「不然，正當披心腹待之，雖木石可使感動，況人乎？」及進至，公慰勞撫存甚至，呼進首領數人飲食之，待之如故吏，進等感甚。翼日，請公詣寨，公許之不疑，進等益懷感畏。後進黨有陰結以亂京師者，進自簡殺之；有相率逃遁者，自追治之。馬臯者，進之次也，每命出戰，必先登。一日，自陣中傷還見公。方問勞撫存之，而羽報又急，公曰：「誰可代汝行者？」皋曰：「非皋不可。」乃裹瘡而前。數日後捷到，仍擒一酋長而歸。由公平日賞罰明，號令信，開心見誠，故人樂爲用命也。趙海亦賊之雄者，屯板橋，於路設橋以阻行者。閭勍芻者八人過海營，海怒曰：「我畏閭太尉耶？」悉臠之。覘者以聞。公呼海，海以甲士五百人從。公方迎客，遽語之曰：「殺芻者誰？」海辭曰：「無之。」出報牒讀示，海具服，命械繫獄。客曰：「奈甲士何？姑徐之。」公笑曰：「諸公怯耶？治海者某，諸公何預？」諭次將曰：「領衆還營。趙海已械送所司，告偏裨善護卒伍，明日誅海。」聞者股栗。楊進者，舊屯駐城南；王大郎者，衆亦千餘，皆山東游手。先楊進來降，屯於城北，二人平日氣不相下。一旦，各領千餘衆，相拒於天津橋，京城人頗恐，有告公。命筆以片紙批令二魁曰：「爲國之心固如是耶？當戰陣立功時勝負自見。」二人慚沮而退。公當危疑，處之裕如如此。己未，公復上表。表見前。當是時，契丹九州人日有歸中國者，曰：「公之威名，外疆敬服。」每有擒獲來者，公遣契丹漢兒引邊坐側，推誠與語，曰：「契丹與大宋修盟好舊矣，今女真小國，既滅天祚，又侵凌中國，契丹臣民宜與我共奮忠義，殺滅賊虜，以刷君父之耻。吾心即汝心也，我不忍殺汝。」即釋之，仍給資糧使去，及令持公據爲照，曰：「契丹漢兒，自與我宋盟約幾百年，實兄弟之國。頃緣權臣奸議，遂結金人，壞亂耶律天祚之後。今將欲發大兵，過河盡行剿除。又敵倉卒之際，不暇辨理，枉有殺戮。已約大軍期應契丹漢兒，特給公據，仰各收執，以爲信驗。」又各令持數百本，歸散國人。後有自燕來者云：「契丹漢兒皆願得公據，以俟王師。」又爲榜文散示陷没州縣，曰：「訪聞邊寨中，多是我國積善良民，偶失備禦，被驅虜，髡頭紋髮，裝著塞服，侵犯州縣。其赤心忠孝，思念生處父母血屬，但無路自新，實可憐憫。當所遣大兵前去，恐倉卒之間不暇辨别，枉有殺戮。汝等若不忘生長墳墓鄉井，痛心悔禍，可以相助回戈，掩殺外人，永爲我宋太平赤子，耕養自如。各請炤知。」又給公據付被虜之人曰：「訪聞邊寨中，多是我國良民，被虜入敵。想其本心忠義，實可憫憐。今特遣大兵前去，恐倉卒難以辨别，枉有殺戮，除已出榜曉諭外，今出公據，付被虜之人收執照會，大軍到日執呈，免致誤被殺戮。」以措置因依具疏奏。疏見前。又奏乞差崔興知西京，專一保護陵寢，太尉閭勍充保護陵寢使。己巳，復上疏。疏見前。公以他日迎取二聖還京，修治隆德宫，惟淵聖皇帝未有莅止之所，改修寶籙宫。丁丑，上疏。疏見前。

五月甲申，再上改修寶籙宫之奏，疏見前。未報。己丑，再奏，疏見前。不報。再奏。疏見前。范少尹等到闕，上撫勞之，賜予有差。詔答曰：「舜巡四岳，當歸格藝祖之文；周撫萬邦，存王歸在豐之訓。庸如帝王之軌範，咸以都邑爲本根。朕遭時多艱，思世大治，永懷撥亂之策，不憚省方之勞。俟敉寧之有期，即旋復之何晚？夙夜軫慮，寢食不忘。雖王者以天下爲家，曾靡常於臨幸；而臣子視君猶父，得無鬱於瞻思！卿留居千里之畿，拱護九重之闕。合數十百函之奏，傾億千萬衆之心。渴聞鳴蹕之音，虔舉回鑾之請。備觀忠藎，深可歎嘉。」公與諸將議六月起師，及結連諸忠義山水寨人兵，約日進發。再奏，疏見前。不報。一時權臣忌公成功，從中沮之。公嘆曰：「吾志不克伸矣。」積憂成疾，疽發於背。諸將問疾，排闥而入。公矍然起曰：「吾固無恙，止以二聖蒙塵之久，憂憤成疾爾。而能爲我殲滅同仇，以成主上恢復之志，雖死無恨。」衆皆墮淚，同聲應曰：「敢不盡力！」諸將退，公復嘆曰：「吾度不起此疾。古云：『出師未捷身先死，長使英雄淚滿襟。』」翼日，公薨，實七月十二日也。是日，風雨晦冥，公臨啓手足，連呼「過河」者三，無一語及家事。先乞休，訓詞曰：「忠於許國，允資剸劇之才；老矣告勞，宜遂歸休之志。眷言哲人，爰錫綸章。宗澤器識恢宏，性資方正，事達古今之要，才兼文武之全。逮予纂圖，俾守留鑰，恩威並施，夙夜惟勤。生靈賴芘以保釐，寇盜望風而披靡。方資謀畫，遽以疾聞，力貢忱辭，懇求謝事。念宣力之勤瘁，宜錫命以褒嘉。歲五百而生賢，克濟艱難之業；禮七十而致仕，益高知止之風。乃命進階，以昭貴老；尚期勿藥，以介壽康。可特命朝散大夫、依舊資政殿學士賜如故。」繼上《遺表》。表見前。時已有旨除公門下侍郎、御營副使，依舊京城留守，至是贈觀文殿學士、通議大夫致仕。其詞曰：「氣勁而謀深，識高而慮遠。懷尊主庇民之志，有愛國忘家之心。逮朕省方，擢司留鑰，言多底績，勇於敢爲。折衝樽俎之間，制敵股掌之上。三軍服其紀律，百姓安於教條。方籍壯猷，以復大業；比觀奏牘，遽爾告終！未究雄圖，但聞遺愛，載用歎嘉！李廣云亡，史有成蹊之喻；羊公已逝，時興墮淚之思。陞觀殿之華資，進文階之峻秩，特隆異數，併示眷懷。英烈如存，尚克歆享！」

公尹京未久，而威行恩洽，流亡復業，商賈輻輳，人有長城之賴。公薨之日，都人爲之號慟，朝野無賢愚相弔出涕，數日間去者十五六。識者憂之，相與請於朝，言公之子穎常居戎幕，得士卒心，願加奬拔，以繼父功。時朝廷已用杜充爲留守，遂以穎直祕閣、充留守判官。穎以杜充頗失人心，諸將多不安，稍稍引去，且充酷而無謀，屢争不從，穎曰：「勢所不加，事必危殆。」力丐終喪，得請，扶護歸京口，與夫人陳氏合葬於京峴山。公爲人端方質直，平居不妄笑語。律己甚嚴，苟悖於禮，雖毫髪不犯；義所當爲，鼎鑊在前不恤。中間坐閑屢年，杜門却掃，賦詩自娱。或清坐終日，啜菽飲水，淡如也。晚年尊顯，禄餼稍厚，而自奉甚薄，所衣不過綈紵，經歲無所更製。親族故舊窶而無告者，多依公以活，養孤遺幾百人，故家無留儲。其爲文不事雕琢，渾然天成，豐約中度。於書無所不讀，尤邃於

《左氏》，有文集藏於家。後穎乞謚於朝曰：「契勘先臣父澤知磁州日，主上在潛藩，以使事過郡，父力陳敵情叵測，因留不行。逮主上開元帥府，父實副之。敵合數國大入，二聖北狩，父上章乞早登寶位，以定民志，至於再三，批答具存。又抗章以生靈徯望，天意有在，懇切推戴。至除京城留守，敵騎屢擁大兵過河，意欲深入。命將出師，特挫敵鋒，遂至遠遁，逾年不敢南向。秉志盡節，勤勞有爲，天下共知，無待縷陳。當是時，重以二聖遠在沙漠，主上巡幸淮甸，日夕憂勤。會集師旅，聲勢大振。自請身先士卒，收復兩河，剋日指期，冀成中興之功。憂鬱成疾，遽先朝露。竊緣父平日但秉孤忠，上酬知遇，不能阿附權臣，坐此痛遭阻抑，一時褒封，反不逮尋常恩數。伏念父頃司留鑰，而主上駐蹕淮甸，頗獲奠枕。及父棄世之後，敵騎長驅，遽自江淮直至二浙。以此較之，當日爲國屏翰，不爲無功。又念父忝預大元帥府僚屬，遭遇推戴之功，非特生前爲權臣所沮，不得盡其所長，至於身後亦無恤典，使天下之士無以激勸。欲望特賜敷奏，矜念父勳績，優賜褒贈，以慰忠義之魂。」奉聖旨，與賜謚。禮部太常寺擬謚「忠簡」。按，《謚法》曰：危身奉上曰忠，正直無邪曰簡。告辭。告見前。公一子穎，官終兵部郎中。五孫：嗣益，朝奉郎、通判福州，卒於官；次嗣尹，朝奉大夫、通判慶州，死於家；次嗣旦，承議郎、浙東監司幹官，卒於家；次嗣良，承議郎、知汀州；次嗣安，文林郎、充沿海制置司幹官。曾孫合十八人，長普，迪功郎、邵武軍大寧縣尉，卒於家；餘未仕。壻左承議郎、知婺州金華余翺狀，顯謨閣學士曾楙銘公墓云。

## 附：《遺事》作者考

《遺事》是研究宗澤最重要的歷史資料，歷來不知誰作。今人定爲宗澤子宗穎作，無據。按，《遺事》以「公」之稱寫宗澤行事，尤不類子對父的叙述身份。其中且多叙到宗穎本人之事，如：「識者憂之，相與請於朝，言公之子穎常居戎幕，得士卒心，願加獎拔，以繼父功。」「力丐終喪，得請，扶護歸京口，與夫人陳氏合葬於京峴山。」「公一子穎，官終兵部郎中。」這都絕不類其子宗穎的説話口氣。且如果《遺事》是宗穎所作，那也只能題「先大夫事狀」之類的題名，而絕不可能題作「遺事」，「遺事」是後人的提法，作爲其子的宗穎豈能把父親的事狀稱作「遺事」？僅此已足證《遺事》不可能是宗穎所作。今按宗澤卒後，有宗澤壻余翺作《宗忠簡公事狀》，曾楙作《宗忠簡公墓志銘》，因二文宋後亡佚不傳，後人不得其詳。今天我們從康熙四十五年刻本《宋宗忠簡公全集》中發現余翺的《宗忠簡公事狀》，從光緒乙亥刻本《盤溪宗氏宗譜》中發現曾楙的《宗忠簡公墓志銘》，始得揭開

《遺事》作者之謎。余翺的《宗忠簡公事狀》在寫法上與《遺事》幾乎一樣，語句也很相近，寫法上都是前列宗澤的奏劄書表，文中敘宗澤行事，都注「劄見前」「書見前」「誥見前」「二文俱見前」「表佚」「劄佚」等等，可以説二文除敘述有繁簡不同，實際就是同一篇文章。假如宗穎先已作有《遺事》，那麽余翺自無必要再作同樣的一篇《宗忠簡公事狀》。僅此，亦足證當時只有余翺的《宗忠簡公事狀》，而絶不存在宗穎所作《遺事》。曾懋《宗忠簡公墓志銘》也説：「穎知有雅，故以狀來請銘文，我不辭。」此「狀」當即余翺的《宗忠簡公事狀》，如果宗穎作有《遺事》，他怎麽不提，而單單提及《事狀》？總之，可以肯定宗穎没有作過《遺事》，余翺的《事狀》就是《遺事》。只是余翺的《事狀》在後來流傳中先被改名《遺事》，後又被人稍作增補，有了書名和繁簡的不同，而被誤作另外一文。據樓昉《宗忠簡公奏疏序》云：

昉兒時，固已得公芳規於四明所刊《遺事》中……適守南徐，公松楸在焉。會部使者喬行簡攝郡事……郡博士方君符，尤所鄉慕，請以有德所授遺文鋟梓。昉遂掇取《遺事》中所載表疏，次第其日月，而併刻之……嘉定辛巳十有二月，鄞人樓昉拜手書。

樓昉序作於嘉定十四年，所謂「昉兒時」，則約在淳熙中，其時去宗澤卒已遠，故時人將余翺的《事狀》改名爲《遺事》，刊刻於四明，後來樓昉也即從余翺的《事狀》中取出宗澤的奏疏，編成第一部宗澤文集刊刻。尤值得注意的是，與樓昉作序同時，喬行簡作宗澤年譜，在《忠簡公年譜》中也提到：「知婺州金華余翺爲公狀，顯謨閣學士曾楙爲墓銘……教授方符裒其文集藏於學宮。」他仍稱余翺《事狀》而不稱《遺事》。如果宗潁作有《遺事》，喬行簡作年譜怎麽竟不提及，而僅提余翺的《事狀》？這也有力地證明余翺的《事狀》即是《遺事》。

余翺的《事狀》在淳熙中改名《遺事》刊刻流行，到寶祐年間又作了增補。據劉克莊《後村先生大全集》卷九八《宗忠簡遺事序》云：

公《遺事》行世已久，今連帥、寶謨王公鎔，公外孫也，稍採摭舊聞，以傅益之。寶謨公衣繡授鉞於閩，劾大吏，繩巨猾，殲逋寇，條約清明，令行禁止，有公之風。

王鎔在寶祐中任福建提刑（《後村先生大全集》卷六二有《王鎔福建提刑》）。原來王鎔父爲王師伋，母爲宗澤四世孫宗惠真，《後村先生大全集》卷一六一即有《夫人宗氏墓志銘》云：

宗夫人，婺之義烏人，開封尹忠簡公之四世孫，衢州通判夔之曾孫，隱居𦞂之孫，平川居士行之之女，贈某大夫東陽王君師伋之妻……夫人諱惠真，生於乾道癸巳四月二十三日，年八十四……子二人：囦金，故從事郎、昭慶軍節度掌書記；次鎔，見朝請大夫、直寶謨閣、知福州、福建安撫。

宗惠真生於乾道九年，自然熟知《遺事》及其傳刻。劉克莊稱《遺事》爲「宗忠簡遺事」，也未將其歸爲宗穎所作。王鎔之所以能增益《遺事》，顯然是因其母宗惠真爲宗澤四世孫，手頭得有宗澤家傳遺事資料。故王鎔增益的内容，必都來自宗澤家傳的有據可信的資料。《遺事》增益了宗澤的行事，這就是爲什麽今天余翺的《宗忠簡公事狀》與《遺事》有繁簡不同的原因。後來李心傳作《建炎以來繫年要録》所引《遺事》，就是經王鎔增益的《遺事》。

總之，《遺事》的作者是余翺而非宗穎。余翺初作《宗忠簡公事狀》，到淳熙中《事狀》改名《遺事》傳刻，至寶祐中王鎔增益再刊，比余翺初作《宗忠簡公事狀》内容增多，故可以説《遺事》是余翺所撰、王鎔增補。

# 宗忠簡公事狀

余翺

公姓宗氏，諱澤，字汝霖。系出南陽漢汝南太守資之裔。五代之亂，避地江南，居婺之義烏。生宋嘉祐四年己亥十二月十四日巳時。生而趣尚不凡，有大志，讀書過目不忘，游學四方，籍籍有聲。登元祐六年辛未馬涓榜進士。時宣仁聖烈皇后垂簾，詔廷對策，限以字數。同輩相告曰：「必如詔，可以中程。」公曰：「事君盡忠，自今日始，豈可圖前列而效寒蟬乎？」遂力陳時病，幾萬餘言，且及吴處厚、蔡確事，曰：「自古興衰治亂，悉由人材。人材之困，厄於朋黨。今處厚箋注詩章，臣恐朋黨之禍自此始。」主文者以其言直，恐忤旨，置公末科。八年，以將仕郎調大名府館陶縣尉，攝邑事。諜訴還至，剖析曲直，迎刃而解，不奄月，訟庭闃然。紹聖二年冬，吕參政惠卿自大名移帥鄜延，辟公置幕府，固辭不就，即檄公與邑令視河堤。檄到，值喪長子，奉檄遽行。惠卿聞之，曰：「可謂憂國忘家者也。」適朝廷大開御河，隆冬，役夫僵仆於道，中使不以申奏，監董甚急。公上書帥司曰：「某非有避也，事方凝寒，鍤钁一舉，冰凍已合，徒苦民而功未易集。少需之，至初春，可不擾而易辦。」卒用公言上奏，朝廷從之。明年，河成，所活甚衆。五年，循通仕郎、遷衢州龍游令。民未知學，公爲建庠序，設師儒，講論經術，風俗一變，自此擢科者相繼起。里閭惡少嘗十百爲群，持蛇虺擾民以規利，稍不如意，輒鼓噪，擲瓦礫，碎屋壁，前令不能禁。公密白之州，籍其壯者爲軍，日得百餘人，風遂革。調文登令，未幾，丁母淑人劉氏憂。崇寧二年服除，調萊州膠水令。膠水號劇邑，豪姦宿蠹挾勢虐民，習以成風。有温包者，恃陰告人率不實，公案前後犯治之。州别駕與包連姻，以位臨曰：「令敢爾耶？」公曰：「包犯法，某以法治，不知其他也。」有强賊百餘人侵縣境，率僚屬親捕之。一士族女被掠，匿旁郡，久不能獲。公廉得其迹，越境造賊壘，取女以出，斬首五十餘，焚其廬。州奏功於朝，進文林郎。同社生林迪者，先公登第，音問不相及者累年，官萊之别邑，迪挈家詣公，經旬而去。繼以病告，公親視之，迪垂革尚能語，曰：「迪身如何？」公曰：「某任後事。」「室人子女如何？」公曰：「嫂當養，子當教，女當適佳士。」後以迪女妻修職郎康森，且慮居處南北，再以親女妻森之弟協，申愛好焉。迪子懋，從公討賊，得官爲文登令，卒於官，貧不能歸，公厚以俸資其行。職甫滿，丁父贈朝散大夫公憂。大觀三年，循承直郎，再調晉州趙城令。下車，修媧皇祠，新趙簡子廟，且請於朝，升縣爲軍。書見前。書聞，不盡如所請。公曰：「方今昇平時固無慮，他日有警，當知吾言矣。」政和三年，以薦改奉議郎、知萊州掖縣。當路者市牛黄，縣坐數百兩，吏民惶懼，公條具報部使者曰：「方時疫癘，牛飲其毒，病結爲黄；當此太平，和氣横流，牛無傷者，黄何自得？」部使者怒，欲劾邑官。公曰：「意自某出，同僚何預？」獨書銜以上，牛黄竟免。公前後宰四邑，其綱條簡而不煩，所至稱治。嘗語人曰：「某之作邑，其始以信，濟之以威，信既孚矣，威亦何用？」所至有去思。直龍圖閣范公純粹知公深，每對客語及作縣，則曰：「如宗君，雖古循吏，未見其比。」尤爲青帥王公㪍所知，辟置幕府。未幾，㪍罷，中書梁公子美繼來，公投檄丐去。子美驚曰：「聞公名舊矣，何疑而遽去也？」公力辭不獲。子美欲新青城壁，擬拆齊之樓櫓以助增修，檄公往視。公曰：「齊亦吾地，損彼益此，人必以公爲隘，願勿毁。」子美忻然從之。五年，有旨升登、萊、濰、密四州爲次邊，遴選能吏可任守貳者。子美以公名應選，差通判登州。郡邑有宗室財用田數百頃，皆不毛之地，歲輸萬餘緡，率取於民以應辦。公條奏得免。黄縣有大俠，與河上居人有隙，請於朝，大起夫役治河事。公曰：「是役也，吾未見其利，而徒擾於民。」條具申乞請罷，朝廷從之。道士高延昭者，恃勢犯法，公窮治之，不少貸。朝廷遣使結女真，爲海上之盟，公語所知曰：「軍興多事，自兹始矣。」磨勘承議郎。宣和元年，丐祠，得主管南京鴻慶宫，退居東陽，結廬山谷間，著書自適，有終老之志。會延昭至京師，得幸用事，訴公改建神霄宫不當，林靈素主之，褫職羈置鎮江府。公聞命曰：「罪大責輕，丹徒善地。」即日就道，坐廢四年。夫人陳氏，至是疾卒，卜葬京峴山，就居丹徒。經郊恩得自便。四年，差監鎮江府酒税，叙宣教郎，盡心乃職。六年，復判巴州。靖康元年，有詔侍從官各舉所知。御史中丞陳過庭等薦公可任臺諫。召赴闕，公奏對三策，策佚。上嘉之。時粘没喝、斡離不再犯河朔，王師一再失利，廷議遣使。八月甲寅，假公宗正少卿，奉使斡離不。敕見前。公曰：「此行不生還矣！」或問其故，公曰：「彼能悔過退師固善，否則，豈能屈節虜廷，上辱君命乎？」初以和議使爲名，公力奏，言名不正，請改爲計議使，上從之。議者謂公剛方難合，恐害和議。時朝廷意主和，遂改命。公抗章，論列宰相非其人，及宣撫使副提大軍逗留不進，並劾王雲張皇賊勢，迫脅人主。上以章示雲，雲於是憾公切骨。九月，會詔選易河北帥臣，除公朝奉郎、直祕閣、知磁州。敕見前。時太原失守，真定攻圍甚急，河北河東州縣率托故不行。公曰：「食君之禄，而臨事畏避，吾君何賴焉？」遂即日單騎就道，從羸卒十餘人至河上。自北來者盡驚曰：「虜已犯真定矣，雖往何益？」笑不納。庚辰，至磁州。磁經虜騎往來，人民流徙，帑藏枵然，不復可守。公至，則繕城壁，浚隍池，治器械，募義勇，爲固守計，不逾月而辦。唯糗糧不足，視帑中所有，盡以高價糴米數萬斛，廣募豪傑，應者雲集。公度所儲不能久贍，又出俸助之。由是民間争獻金穀。公上疏，乞邢、洺、磁、趙、相五州各養精兵二萬，虜攻一郡，四郡應援。上嘉之。時虜騎再犯河朔，攻堡寨不克，遂治兵中山，大會酋長諸番部於真定，晝夜急攻。

上親劄賜公，除河北義兵都總管。劄見前。有招安强寇號第十三將首領者，恣横凶暴，不改故態，馳騁市肆間，公命斬之。公領所練義兵直抵真定，屢與虜戰，兵力單弱，圍不可解。十月丁酉，真定陷，河北居民震恐。公條畫邊防要策與勤王之議，並上之。策議佚。十一月，詔知磁州宗澤，措置邊防利害可採，除祕閣修撰。敕見前。斡離不自真定引兵南進，陷慶源。公大治甲兵，聲振河朔。斡離不知有準備，乃東趨大名，歷魏縣，自李固渡渡河，恐公兵躡其後，乃分遣數千騎直叩磁州。公披甲乘城，令壯士以神臂弓射之，虜退走，開門縱兵追擊之，斬首數百級，所得牛馬金帛盡以賞軍士，其城上用神臂弓者厚賞之。自是人人奮勵，迭出擊虜，或守要害，日有克捷。初，刑部尚書王雲遣從吏李裕間道馳歸，傳斡離不語，若得親王兩府奉使議和，兵庶可解。康王頃嘗與斡離不周旋，虜人畏服，乞遣康王，朝廷從之。公抗章乞輟康王之行。章佚。丁丑，王至磁，公率官吏迎謁，王撫勞甚至。公曰：「大王乃欲親使虜乎？」王曰：「奉皇帝之命，不可不行。」公曰：「聞虜由大名已渡河矣，恐不可遣。萬一更如肅王，爲虜所留，又將如之何？以澤觀虜情，特設詭詞，欲挽致大王耳。」會郊外飛塵亘天，公密遣裨將張宗領騎數百覘之。宗甫至三十里，果遇虜騎，遥望問張宗曰：「是非康王與王尚書乎？」宗應聲曰：「是。」復傳語尚書可速來。宗回以告，公密戒城中爲備，且以宗所見白之康王，曰：「虜情灼見，願大王勿行。」王因問所養兵，公曰：「民兵可及萬人，皆在近地，有急則呼之，饋不費糧。」雲因責公曰：「公前日見劾何也？」公曰：「如公固不足劾，張皇虜勢者，天下所疾，何獨某哉？」磁有嘉應侯祠，州人事之甚謹，請王與王尚書共謁祠。王謁廟，州民遮馬諫曰：「肅王已爲人誤，送入燕山。初言至河，必曰斡離不重信義，大臣亦保無他，今果如何？」雲乘馬在後，民益怒激，厲聲指雲曰：「清野之人，真姦賊也！」謁神畢，民如山擁，皆露刃怒目視，曰：「此非王尚書耶？」雲乘小吏馬出，遂遇害。及王出廟門，父老前擁，言曰：「離此門五六十里即有虜騎，王雲乃細作也。」王諭以不復北去，衆始引退。癸未，王留相州。閏十一月，朝廷遣忠訓郎、閤門祇候秦仔等賫蠟書詣王：「康王可充兵馬大元帥，宗澤充副元帥，起兵入衛。」十二月壬戌朔，王開大元帥府於相州。劄見前。公拜命感泣。乙亥，王發相州，至大名。先是，公屢言宜會兵奪李固渡，斷賊歸路，衆議不可。公自將秦光弼，出東西兩門夾擊之。虜兵潰，斬首數百級，因拔城下寨。光弼不過千餘人，更出迭進，以撓李固寨。虜既渡河，留兵數萬屯西岸，有寨數百。公遣壯士二千人夜擣之，破三十餘寨，奪其資糧。翌日，會大元帥府檄至，約提兵會大名。公即量留人兵守禦磁城，盡提所募兵進渡漳水，宿鄴鎮，履冰渡河。時天大雪，公披堅乘馬與士卒同甘苦，人皆樂爲用。癸未，至大名，王諭撫循甚至，論至終日。公曰：「京師受圍日久，入援之策不可緩，乞早處分。」王面諭公就副帥之職，僉書公名，繼除公爲集英殿修撰。劄見前。公翌日入謝。曹輔至興仁城，裂礬書示知府曾楙，並出蠟封，令奉上大元帥府，詔曰：「京城失守，社稷安危尚賴金人，講和止於割地而已。仰大元帥康王將天下勤王兵，總領分屯近甸，以同濟難，無得輕動，恐誤國事。四方將帥，亦宜體此。」汪伯彦在側，咸以爲然。公曰：「虜人狡譎，是款我師也，豈可深信，以貽後悔？」丙戌，王會幕府，議行軍所向。公請直趨開德府，次第進發，以解京城之圍。伯彦曰：「不可！虜兵十萬圍京城，四控要害自衛，南抵都城，壁壘相望，覘者水火不通，吾當量力，何論解圍也。」公曰：「京城圍閉日久，君父相望入援，何啻飢渴！方今之計，當言軍中久不聞天子詔令，願見君父。既曰通和，請亟退師。設有詭詐，則吾兵已在城下。」王從之，命公先行審虜情，大元帥以次進發。公提兵二萬，發大名，出南門，趨開德府，聲言王在軍中。庚寅，王發大名，如東平。二年春正月，公至開德府，時遣精鋭與虜挑戰，前後十三戰，出兵輒捷。虜自是不敢犯開德。癸巳，王次東平。虜挾帝迎王甚急，遣中書張澂持詔直叩開德，問王所在，諸將以不知答之。澂曰：「虜方登城，援兵未可進，徒誤大事。」公曰：「此賊來款我師。」令壯士乘城射之，澂與虜俱遁去。右文殿修撰、知冀州權邦彦帥州兵千人至大元帥府，王命屯開德，受公節制。二月丁卯，王命公及黄潛善分領勤王兵。己巳，再劄下。二劄俱見前。公捧檄，日謀進發。檄間丘陞人馬，逗留不前。又聞王善叛去，遣人招集之，得三千餘人。戊寅，劄再下。劄見前。公捧檄，謂諸將曰：「王府今檄，灼見虜情，忍坐視乎？」是時，北道總管趙野與河北東路宣撫使范訥，命軍南京，自大名亂後，尤無紀律，日出剽掠，甚於虜騎。獨公日夕以都城之圍未解，憂慮切至，書告大元帥曰：「虜人果修好，即應退師。今兵久不解，疑生變。乞更檄諸道，約日進兵，同會京城。」公又移書趙野、范訥、曾懋，以君父危急，願協心入援。書見前。野輩盡以公爲狂，不答。會兵五旬，無一人至者。公欲以孤軍進，召諸將計議，都統制陳淬曰：「虜方熾，未可輕舉。」公怒，欲斬之。諸將乞貸淬效死，釋之。會得大元帥府檄令會合。公進栅南華境上，命淬曰：「汝當先將一行。」淬曰：「敢不效力。」進兵未十里，與虜遇，出虜不意敗之，即頓兵南華。是日，康王發東平，至濟州。三月丁酉，太宰張邦昌以僞命僭立。虜自宛亭引衆逼興仁，列栅而屯，復分兵寇開德。公遣孔彦威與戰，敗之。度虜必犯濮州，遣權邦彦嚴爲之備。兵果至，接戰，復敗之，駐於近郊。辛丑，再戰，殺傷相當。公自南華遣二千餘騎援濮州，虜兵引去，復向開德，遣邦彦、彦威合軍夾擊，敗之。壬寅，公親提所節制兵進至衞南，前驅報曰：「前逼虜營，當少避之。」公曰：「第言兩國既和，久不退師，我欲入覲君父，虜無得出寨。」諸將莫曉其意。公曰：「以將孤兵寡，不深入重地，不能成意外之功。」公操戈直前，親冒矢石與虜戰，敗之。轉戰而東，虜益兵至，刃既接，陽敗而却，我師追擊不利，王孝忠死之。公令將士曰：「今前後盡賊壘，進退等死，當從死中求生。」士卒亦知必死，人人争奮，莫不一当百。虜大敗，斬首數千級，虜退却數十里，據韋城。公私計曰：「虜兵十倍於我，一戰而却，勢必復來，若盡合諸營夜襲我軍，殆矣。」深暮戒裨將辛叔禧、杜琳盡徙軍南華。虜果夜至，得空營，大驚。癸卯，自南華遣兵過大溝河，出虜不意，襲擊敗之。自戊寅檄後，兵無會者，獨公屢與虜戰，每捷到，王嘉歎不已，於是承制除徽猷閣待制。劄見前。戊午，公得陷敵宗室二人，問以都城事，言二聖留虜營未還，公具上大元帥府。己未，公起南華，進兵臨濮，遣人覘虜動息，見其日夜益兵，增寨栅，備守禦甚嚴。公曰：「是款我師，必欲由他道遁也。」即夜遣兵襲之，得其所掠人，問以都城間事，言二聖已爲彼邀取，間道渡河北去矣。公未之信，方謀引兵渡大河，據賊歸路，而對壘諸營一夕解去。公方知二聖果播遷，北望號慟，即自臨濮提孤軍趨滑州，走黎陽，由大伾，至大名，欲徑渡河，迎取乘輿，而勤王之兵無一至者。又聞張邦昌僭立，欲先行誅討，且密遣健步間道持檄，安慰京城士庶。檄見前。時諜者言京城修守禦之具，王曰：「果如此，或諸道兵馬皆來討逆，則吾民重困矣。」乃貽書於公。書見前。公得大元帥書，約移師近都城，按甲觀變。公曰：「人臣安有張紅蓋、服赭袍、居正殿者乎？」復上狀於王。狀見前。繼探報人申俊等，申繳張邦昌赦文。公讀之益憤，即具申大元帥府，繼具劄告。二劄俱見前。公謂所知曰：「怨結王之左右矣，不恤也。」上表勸進，王不允。公屢狀懇請，狀見前。王書答。書見前。公再上狀勸進。狀見前。王再答。書見前。濟之父老軍民以萬計，詣大元帥府，乞王即位於濟。幕府群僚或曰濟，或曰南京，議未決。會公亦乞於南京開府，於是南京之議遂定。戊寅，大元帥府命公部將士於長垣、韋城、衞南、南華以次進發。庚辰，王發濟州，至南京。五月庚寅朔，王即皇帝位於南京，大赦天下，詔公赴南京行在。公上表賀。表見前。乙巳，準告覃恩轉朝請郎。敕見前。公拜命，上謝表。表佚。分兵河上，量帶數百騎，徑自衞南、南華詣行在。六月己未朔，公入對，氣哽不能語，涕泗交頤，陳興衰撥亂大計，極論當時人材。上爲之動容，問勞甚厚。條進四劄。劄見前。上有留中之意，而左右不容。以公爲龍圖閣學士、知襄陽府、提舉隨房郢州兵馬巡檢事。敕見前。時復有割地之議，公上疏。疏見前。上覽其言，壯之。改知青州。上丞相李綱書。書見前。尋以公知開封府。敕見前。拜命，即日就道，以七月乙巳到京城。京城自虜騎退歸，樓櫓盡廢，盜賊縱横，人情恟恟。時虜留守河上，距京城無二百里，金鼓之聲日夕相聞。京畿與京東西連亘數千里之民，咸懷悚栗。公到，首發爲虜之淵藪者數人，誅之。又令都市曰：「爲盜者，贓無輕重，并從軍法。」由是豪强退縮，盜賊屏竄，人皆悦曰：「今有宗公，我不危矣。」公察人情粗安，市肆商賈稍稍如舊，上疏乞回鑾。疏見前。時詔荆襄江淮悉備巡幸，有維揚、金陵一議，公復上疏。疏見前。一日，虜有八人，以使楚爲名，直至京師。公訝曰：「是假此名，以覘我之虚實。」因議狀遣范公留守，請收置牢狴，奉取朝廷指揮。范公然之，即具奏。公復上河北、京東路稅鹽劄子。劄佚。八月，除公延康殿學士、京師留守兼開封府尹。敕見前。公具狀辭免。狀佚。降詔不允，詔見前。公上表謝。表佚。繼奉詔，令所拘留虜使遷置別館，優加待遇。公上疏。疏見前。再奉詔，詔見前。因出金人縱之，上表謝。表見前。丙寅，賜對衣金帶鞍馬，上表謝。表見前。時議者多以公拘囚虜使爲非，獨尚書左丞許景衡知公最深，上疏抗辯。疏見前。八月二十八日奉聖旨：「朝廷别無行遣，亦無臣僚論列章疏，劄下照會。」公拜命，上表謝。表佚。九月，真定、懷、衛間虜兵甚盛，州郡有乘城固守者。虜亦大治兵，爲攻拔計。公欲過河措置事宜，乙未上劄子。劄見前。庚子，公回自河北，具因依奏聞。奏佚。九月五日，三省同奉聖旨：「依令宗澤，其功罪尤甚之人，申取朝廷指揮。」繼詔拜奬諭，詔見前。上表謝。表見前。公感上知遇，益自奮勵。京城四壁各置統領守禦使臣，每壁立界，至以所招義兵分隷之。隨處置教場，爲閲習訓練之地，造決勝戰車。據形勢，立堅壁二十四所於城外，隨大小駐兵數萬，别選謀略勇敢之士四人，充四壁提領。公往來親按試之，周而復始。沿大河鱗次創連珠寨，結連河東、河北山水寨忠義民兵，及陝西、京東西諸路人馬，咸願聽公節制。開五丈河，以通南北商旅。京畿十六縣，兩縣瀕河，共七十二里，均之諸縣，縣護四里有奇，各令開濠，深廣丈餘，於南岸埋鹿角。內團結班直諸班人兵，外則隨寨軍兵百姓丁壯等，以備緩急之舉，各有條序。上表乞回鑾，表見前。奏入，不報。再上疏，疏見前。不報。再上疏，疏見前。不報。再上疏。疏見前。有詔遣官迎奉六宮往金陵，公復上疏。疏見前。公防秋之具悉備，宮室宗廟省府臺部并見營葺，規模宏麗，不異全盛時。以東門乃回鑾迎奉之地，首加增修。所分部人馬及閱習戰車，招集人兵，足以禦敵。十月，復上疏。疏見前。公前後申奏，多降特旨，事由三省、樞密院則沮抑之。至是，公條具五事。疏見前。聞有詔車駕還闕，公上表。表見前。繼拜詔將還闕，公喜甚，再上表。表見前。

公自留鑰半載，威譽四馳，遠近歸心，招致豪傑。如王再興兵五萬，李貴兵二萬，往來淮上；楊進號「没角牛」，兵三十餘萬；王大郎等諸頭項人馬，百餘萬衆，所至侵掠。公遍遣人喻以禍福，招來之。群盜素知公，悉聽命，相繼至。楊進尤所敬慕，願效死，軍聲甚振。公諭曰：「軍中老弱婦女，久被驅掠，吾不忍其無辜，宜盡釋之。」進等奉命，盡釋所掠幾萬人。王善兵七十萬，騎萬乘，寇濮州，直欲來據京城。公單騎往造其巢，一見，執其手，仰天號泣曰：「朝廷當危難時，無一人出爲時用，使有如公一二輩，豈復有今日患乎？」善感泣曰：「敢不效力！」翌日，善有帶甲解甲之請，公命筆書「從便」二字。越三日來降，止以五百甲騎隨，餘皆解甲。善拜於庭，公以禮接之，與飲，許以節使。臨行，請公到寨撫諸軍將。有請勿行者，公篤信不疑，獨入其寨，第賞有差。秉義郎岳飛犯法，請正典刑，公一見奇之，曰：「此將材也。」使立功贖罪。適羽報虜犯汜水，公遣飛爲踏白使，以五百騎授之，曰：「汝當爲我立功。」飛即行，大捷而凱還，補爲統領。公曰：「爾智勇才略，古良將不能過，但好爲野戰，非萬全計。」因授以陣圖。飛答曰：「陣而後戰，兵法之常；運用之妙，存乎一心。」公是其言，共參機務，飛由此知名，後遷統制。自是軍聲大振，公誅鋤强梗，撫綏民人，經制財用，各有條緒。凡兩河、京東西州郡求軍需者，即撤在京所有，隨多寡應之，欲其同心濟難，不以彼此爲間也。時行在所遣中使傳宣撫問，上表謝。表見前。繼聞車駕南幸，公復奏疏，疏見前。御筆批答。詔見前。公聞京師有稱御前收買珠玉人，紛擾民間，或至强市，立賞委緝捕人收捉，出榜告報都人。上表謝。表見前。十二月，邊寨駐於大河之北，大會酋長，引兵至河上，稍稍南渡，西犯汜水，北侵胙城。滑州以南沿河諸寨，欲并兵力戰，斷河梁，申乞授師。議者曰：「賊鋒未易當，不若堅守自固。」公笑曰：「去冬城潰，正做此耳，厥鑒不遠，尚可襲乎？」命統制劉衍趨滑，劉達走鄭，各提兵二萬，戰車二百乘，以分衝突之勢，且戒諸將不得輕動，極力保護河梁，以俟大兵過渡，毋致臨期誤事。虜聞之，夜斷河梁而遁，所獲甚衆。二年正月，復自鄭入，直抵白沙鎮，距京三四十里，都人恐甚。僚屬請守禦之策，公方對客圍棋，笑語若無事時。衆莫敢言，退而分布部伍，撤吊橋，披甲登城，都人愈恐。公曰：「何事自爾張皇？」命諸軍將士解甲歸寨，曰：「劉衍等在外，必能爲我禦敵。」選精鋭數千以益之，戒曰：「宜繞出虜後，設伏歸路，毋輕出戰，伺其至，則縱兵夾擊。」且諭僚屬曰：「上元密邇，盍舉舊法行之？」命榜市張燈五日，暫弛夜禁，往來車馬不異平日。虜游騎至城下，疑不敢入。衍與虜遇，大戰敗之，收復延津、胙城、河陰。至滑州，尚有屯兵州之西三十里，衍分兵夜擣之，大捷，悉得其輜重。及收燈之夕，捷書鼎至，衆始知元夕正王師接戰於板橋之時。公謂僚屬曰：「民可使由之，不可使知之，若得預聞，徒擾敗事。」公復上疏，疏見前。再上表。表見前。二月，虜騎再犯西京，公遣統御官李景良、閻中立，統領郭俊民等，領兵萬餘趨鄭，遇虜大戰，爲虜所乘，中立死之，俊民降虜，景良遁去。公捕得景良，謂曰：「勝負兵家之常，不勝罪可恕，私逃是無主也。」斬首以徇。繼俊民與虜將史儀，燕人何仲祖、王義等，以數百騎直抵八角鎮，與都巡檢丁進遇，進擒之，致麾下，持書誘公。公毅然曰：「閻中立失利死，尚爲忠義鬼。爾全軀苟活，反爲虜人持書相誘，何面目見人乎？」命斬之。謂史儀曰：「主上巡幸，領重兵在近甸。我守此土，有死而已。爾不能以死敵我，而反以兒女語脅我耶？」亦命斬之。顧仲祖曰：「爾本吾宋人，脅從而來，豈出得已。」命釋縛，犒以飲食，縱之。劉衍領兵凱還，入自鄭、滑，公勞問士卒，第賞奏功，散犒金帛有差。虜知衍班師，復入滑。報至，公謂諸將曰：「滑當衝要必爭之地，有虞，則京師不可守，諸公可爲我守城，當親提兵取之。」内儒將張撝請曰：「撝當效力。」公選兵五千付之，特爲賞勞士卒，親餞於郊，戒曰：「若衆寡不敵，毋輕出戰，以需援師。」撝兼程至滑，身率將士與虜遇，虜衆十倍，將士請少避其鋒，以需援兵。撝曰：「退而偷生，何面目見宗公？」鏖戰至暮，爲虜所害。公聞報，遣統領王宣往援，且戒之曰：「虜惟恃衆，當設奇以取勝。」宣至滑，與虜大戰於北門，士卒爭奮，虜忽退兵河上。宣曰：「虜必夜渡河上。」收兵不追。虜果夜渡，及半，宣進擊之，斬首數百級，殺傷甚衆。捷至，公即令宣權知滑州，載撝喪還京。公爲服緦麻，哭於佛寺，出俸飯僧，哀慟感人，復優恤其家。至死事士屬，遣官問勞，出錢帛給之。人咸曰：「死則榮矣。」公條奏功績，乞撝恤典甚厚。壬申，有詔，以諸處人馬，雖假勤王之名，實爲致寇之患。詔佚。公上疏，疏見前。不報。再上疏，疏見前。詔進朝奉大夫、資政殿學士。詔見前。公辭免。上批答不允，復詔，詔見前。公上表謝。表見前。詔進御鎮江，爲統領都統元帥，敕見前。賜對衣玉帶，公上表謝。表見前。三月，公復上疏，疏見前。不報。有王策者，本契丹酋豪，善用兵，有籌略，虜委任甚專，嘗從千餘騎往來河上，措置邊事。公密令統制王師正擒之，致麾下。公釋縛解衣坐之，與之飲食，從容與語曰：「契丹本我宋兄弟之國，今女真辱吾主，又滅爾國，義當協謀，以刷君父之耻，汝何不悟？」策感泣曰：「蒙再生之恩，且聞公之意，使策曉悟，敢不盡死節以報！」已而使就館舍，待之如禮。公時與語，虚實盡得其情，大舉之計遂決。召諸將謂曰：「汝等有忠義心，樂相歸附，當思我宋二百年涵養之恩。今二聖遠在沙漠，君父巡行未返，能同心協謀，剿滅狂虜，期還二聖，以立大功乎？」言訖泣下。諸將亦掩泣，同聲應曰：「今四方義士雲集京師，幾二百萬人，所賫糧可給半載。亦嘗密遣人，直抵兩河探伺，聞所陷州縣，每處不過數百人，餘皆脅從，令衣塞服，此輩日望王師來。某等願即日渡河，以盡死節。」公慰撫之。京城内外所屯兵百八十萬人，兵革之盛，前此未有。虜人甚尊憚之，對南人言必稱「宗爺爺」，所屯兵悉退去，中外帖然。公復上疏，疏見前。詔賜湯藥及傳宣撫問。公上表謝，表見前。再上表。表見前。四月，磁州統制趙世隆與其弟世興，以其兵三千來歸。公先去磁時，以州事付兵馬鈐轄李侃，統制趙世隆殺之，至是來歸，人以爲疑。公曰：「世隆本吾一校耳，必無他，有所訴也。」翌日，拜於庭，公詰之曰：「前日殺守臣者誰？」世隆曰：「事非得已，衆以無糧，殺斯人以止亂耳。」公笑曰：「河北陷没，吾宋法令與上下之分亦陷没耶？」命斬之。衆兵露刃立庭下，世興佩刀侍側，左右莫不寒心。世隆既執，公徐謂世興曰：「汝兄犯法當誅，汝能奮志立功，足以雪耻。」世興叩頭請罪，曰：「公之號令如此，水火畢入。」會滑州報虜騎有屯城下者，公謂世興曰：「試爲我取滑州。」世興忻然受命，出告諸部曲曰：「吾兄擅殺守臣，已正典刑。吾屬元帥釋而不問，使我輩共取滑州。」衆亦鼓舞。公遺以金碗、戰袍、銀槍等物，部屬之賜有差。世興至滑，掩虜不備，獲級數百，得州以歸。公厚賜之。丁進，故巨寇，有嘯聚數十萬衆。其初降也，人情鼎沸，謂其非真。管軍閭勍等以甲士陰衛。公曰：「不然，正當披心腹待之，雖木石可使感動，況人乎？」及進至，公慰勞撫存甚至，呼進首領數人飲食之，待之如故吏，進等感甚。翌日，請公詣寨，公許之不疑，進等益感畏。後進黨有陰結以亂者，進自簡殺之；有相率逃遁者，自追治之。馬皋者，進之次也，每命出戰，必先登。一日，自陣中傷還，公方問勞撫存之，而羽報又急，公曰：「誰可以行？」皋曰：「非皋不可。」乃裹創而前，大捷，仍擒一酋長而歸。由公平日賞罰明，號令信，開心見誠，故人樂爲用命。趙海亦賊之雄者，屯板橋，輒塹路設橋以阻行人。閭勍芻者八人過海營，海怒曰：「我畏閭太尉耶？」悉臠之。覘者以告。公呼海，海以甲士五百人從。公方對客，公曰：「殺芻者誰？」海曰：「無之。」公出報諜示，海具服，命械繫獄。客曰：「奈甲士何？」公笑曰：「治海者某，公何怯耶？」諭次將曰：「領衆還營，善護卒伍。」明日，誅海於市，聞者股栗。楊進者舊屯城南，王大郎屯於城北，二人氣不相下，一旦各領千餘衆，相拒於天津橋，都人甚恐以告。公以片紙批令二魁曰：「爲國之心固如是耶？當戰陣立功時，勝負自見。」二人慚沮而退。公當危疑，處之裕如如此。公復上表。表見前。當是時，契丹九州人日有歸中國者，曰：「公之威名，外疆敬服。」每有擒獲來者，公遣契丹漢兒引邊坐側，推誠與語曰：「契丹與大宋修好舊矣，今女真既滅天祚，又侵中國，契丹臣民宜與我共奮忠義，殺滅群凶，以刷君父之耻。吾心即汝心也，我不忍殺汝。」即釋之，仍給資糧使去，及令持公據爲照，各令持數百本歸散國人。後有自燕來者，云：「契丹漢兒皆願得公據，以俟王師。」又爲榜文散示陷没州縣，文見前。又給公據付被虜之人。二文俱見前。以措置因依具疏奏。疏見前。又奏乞差崔興知西京，專一保護陵寢，太尉閭勍充保護陵寢使，復上疏奏。疏見前。公以迎取二聖還京，修治隆德宫，惟淵聖皇帝未有莅止之所，改修寶籙宫，上疏。疏佚。五月，再上改修寶籙宫疏，疏見前。未報。再奏，疏見前。不報。遣范少尹詣行闕再奏，疏見前。上撫勞之，賜予有差。詔答。詔見前。公與諸將議六月起師，及連結諸忠義山水寨兵民，約日進發。再奏，疏見前。不報。一時權臣忌公成功，從中沮之。公歎曰：「吾志不得伸矣！」積憤成疾，疽發於背。諸將入問疾，公矍然曰：「吾以二帝蒙塵，主上駐蹕於外，憂憤成疾。諸公能爲我殲滅醜虜，以成主上恢復之志，雖死無恨。」衆皆墮淚，同聲應曰：「願留守善保貴體，無遽出此言，敢不盡力以負留守之望？」諸將退，惟岳飛在側，公復歎曰：「『出師未捷身先死，長使英雄淚滿襟！』」翌日，風雨晦冥，公臨啓手足，連呼「過河」者三，無一語及家事。公薨，年七十，爲建炎二年戊申七月十二日未時也。公先乞休，特加朝散大夫。敇見前。繼上遺表。表見前。時有旨除公門下侍郎、御營副使、依舊留守，至是誥贈觀文殿學士、通議大夫致仕。誥見前。公尹京未久，而威行恩洽，流亡復業，商賈輻輳，人有長城之賴。公薨之日，都人爲之號慟，朝野無賢愚相吊出涕。都人以公子穎居戎幕，素得士心，相與請於朝，願加奬拔，以繼父任。時朝廷已命杜充爲留守，以穎直祕閣、充留守判官。充至，酷而無謀，盡反公所爲，頗失人心，諸將多不安，稍稍引去，數日將士去者十五六。穎以爲憂，屢争不從。穎曰：「勢所不加，事必危殆。」力丐終喪，得請，與岳飛扶護柩歸京口，與夫人陳氏合葬於京峴山。公爲人端方質直，平居不妄笑語，律己甚嚴。苟悖於禮，雖毫髪不犯；義所當爲，鼎鑊在前不恤。中間坐廢屢年，杜門却掃，賦詩自娱，或清坐終日，啜菽飲水，澹如也。晚年尊顯，禄餼稍厚，而自奉甚薄，所衣不過綈紵，經歲無所更製。親族故舊窶而無告者，多依公以爲活，養孤遺幾百人，故家無留儲。其爲文不事雕琢，渾然天成，豐約中度。於書無所不讀，尤邃《左氏》，有文集藏於家。子穎上狀乞謚於朝。狀見前。奉聖旨，與賜謚。下禮部太常寺，擬謚「忠簡」，加贈開府儀同三司。二誥俱見前。公一子穎，官終兵部郎中。五孫：嗣益，朝奉郎、通判福州，卒於官；次嗣尹，朝奉大夫、通判慶州；次嗣旦，承議郎、浙東監司斡官，卒於家；次嗣良，承議郎、知汀州；次嗣安，文林郎、充沿海制置司斡官。曾孫十八人，長普，迪功郎、邵武軍大寧縣尉；如圭，提轄端平監；遠，隨

州通判；有中，明州通判；餘未仕。承議郎、知婺州金華余翺拜手狀。（康熙本《宋宗忠簡公全集》卷九）

# 宗忠簡公墓志銘

曾　懋

建炎元年，皇帝自大元帥即位於南京，有詔副元帥宗公詣行在。公入對，流涕沾襟，氣哽不能語，上亦爲之動容。徐陳興衰撥亂大計，逾千餘言，卒曰：「願陛下如文武，一怒而安天下之民。臣雖駑怯，當躬冒矢石，爲諸將先，得捐軀報國恩足矣。」上聞其言，壯之，勞問甚厚。於是察其才可辦大事，擢龍圖閣學士，授延康殿學士、京城留守、兼開封尹。二年二月，進資政殿學士，便宜從事，其訓辭有曰：「雖蕭何之撫關中，寇準之守河内，以卿比迹，於古有光。」公感上知遇，益自奮勵。常患兵力單弱，未能大有所爲，乃召集四方義士，得百餘萬，復有河北山寨效順者數十萬，願聽節制。方卜日渡河，而公卧病不起。諸將問疾，排闥而入，公矍然起曰：「吾固無恙，止以二聖蒙塵久，憂憤成疾。爾能爲我殄滅醜虜，以成上恢復之志，雖死無恨！」衆皆墮淚，同聲應曰：「敢不盡力！」翌日，公臨薨連呼「過河」者三，乃二年七月十二日也，享年七旬，贈觀文殿學士，謚「忠簡」。公竊嘗言：士患無才，有才患無時，有時患無君。公天爲之時，英姿邁衆，適於艱難有爲，上眷倚如此，志未成而身殞，可悲也已！公諱澤，字汝霖，南陽諸宗之後，七世祖徙居婺之義烏，因家焉。曾祖惠，祖拱之，隱居不仕。考舜卿，累贈太中大夫，妣劉氏。太令人誕公之夕，夢紅光照腹。自爲兒時，趨向不凡，誦書過目輒不忘。逮長，游學四方，籍籍有聲。元祐六年，中進士第，調大名府館陶縣尉。嘗攝邑事，吏以其年少易之，及諜訴迭至，剖析曲直，迎刃而解，不期月，健訟闃然。朝廷遣中使督浚御河，公實董役，時方沍寒，役夫僵仆於道。公曰：「浚河細事耳，非有避也，顧冰方堅，徒勞民而未必集，少需之，可不擾而辦。」卒用公説，明年奏功。秩滿，父老遮道留之。凡宰四邑，所至可紀，其爲政條簡而不煩。龍游小邑，未知學，公爲建庠序，設師儒，延見諸生，講論儒術，學者寖盛。閭里惡少年嘗持蛇虺擾民，前此令疲懦，置而不問。公以事白州，籍其壯者刺爲軍，其風遂革。膠水素號劇邑，豪族恃勢植黨，無敢誰何。公摘其尤桀，黥一人置之法，聞者股栗。有士族之女爲盜所掠，事連旁郡，久之不能獲。公探知巢穴，越境捕之，徑造其室，取女以出，斬群盜，焚廬舍，由是威譽大著。在趙城時，嘗請於朝曰：「趙城前有并河、汾陽之固，後有晉、絳、蒙坑之險，左依霍邑，右阻大河，沃野百里，實用武之地，願升縣爲軍，仍養兵以備不虞。」書上，不報。公歎曰：「今承平固無虞，他日有警，當有知吾言者。」知掖，尤爲帥王黼所知，辟置幕府。未幾，梁子美至，投檄丐罷。梁公驚曰：「聞公名舊矣，何疑而遽去也？」時有旨升登、萊、濰、密州爲次邊，擇能吏可任守貳者，乃以公名應選，差通判登州。郡境有宗室財用田數百頃，悉不毛之地，歲輸萬緡，取辦於民，公奏免之。宣和元年主管鴻慶宫，退歸東陽，結廬山谷間，有終焉之志。會倅登日嘗窮治姦人，有司觀望，坐此褫秩，羈置鎮江府四年，就起爲酒官。靖康元年，虜寇奄至，既盟而退，當叮嚀太息，鋭於圖治，詔侍從各舉所知，御史中丞陳過庭等薦公可任臺諫。時方議遣使，以公爲宗正少卿充和議使，公以名不正，請改爲計議使。從之。論者謂公剛方難合，必不屈，且徒死無補，不若擇河朔一要郡付之。除直祕閣、知磁州。既受命，從羸卒十數人，倍道之官。修器械，廣積儲，募豪傑，爲必守不去之計，民恃以安。因條畫邊防要策與勤王之議，併上之，御批曰：「知卿糾集軍民，共濟國艱，高爵厚禄，朕所不愛也。」授祕閣修撰、河北義兵都總管。康王爲大元帥，公副之。是時真定已失守，虜騎自李固渡渡河，慮磁之躡其後也，分遣千騎直擣城下。公披甲登城，令力士挽强弩射之，矢下如雨，虜皆反走，開門縱擊，所獲金帛盡以賞軍。而李固列寨幾百處，以精兵夜擣之，破三十餘寨，奪取被擄女子不可勝計。十二月，進集英殿修撰。是月，大元帥府召請諸將帥議亟進兵，以援都城。公駐兵開德府，數與虜接戰，大元帥嘉其功，用便宜授徽猷閣待制，其詞曰：「澤自河北，躬率大兵，鼓行而南，與賊對壘。初則養鋭以待，今則奮怒而前，人之所難，視之甚易。」公奉檄竦然，遂自衛南進兵。前驅衆報曰：「賊鋒方鋭，願少避其鋒。」公不聽，策馬先之，彼亦陳兵以待。公操戈直前，士皆争奮，無不一當百，虜退却數十里，遂入衛城。公復語諸士曰：「虜騎乘吾不意，何以待之？莫若移軍南華。」虜果夜至，而寨已空矣。時二聖已出郊，大元帥督令甚急，公亦移書切責諸將逗留者。張邦昌既僭位，公密遣健步自間道持檄安慰京師，及以四方欣戴之意告於帥府曰：「今二聖、諸王悉渡河而北，獨大王在濟，此天意可知。宜整頓乾坤，興復社稷，以垂萬世無疆之休。」因論天下安危切務大略，以進剛直、納諫諍、尚恭儉、體憂勤、進功實爲先。自狂寇再犯都城，所至將士皆望風引遁去。及公司留鑰，虜人素知公名，雖不敢輕入，亦時擁衆以擾瀕河郡縣。元年十二月，西犯汜水，北侵胙城，議者欲堅守自固，公笑曰：「去冬城潰，正坐此耳。」令統制劉衍趨滑，劉達趨鄭，以分衝突之勢，所獲甚衆。二年，復自鄭入，抵白沙鎮，距京四十里，都人恐甚。僚屬請問計議守備之策，公方延賓圍棋，笑語如無事時。選精鋭繞出賊後，伏要路，俟其至，則縱兵夾擊。虜聞有備，引師直遁。其出奇決勝，屢出敵人不意。加之賞罰明，號令信，開心見誠，故人樂爲用。有王策，本契丹遼酋，善用兵，有籌略，常從數百騎往來河上，爲王師正所擒，生致麾下。公釋縛解衣，坐之堂上，從容與語曰：「契丹本吾宋兄弟之國，義當協謀，以雪社稷之恥，我亦何忍殺汝？」策感泣。因問虜中虛實詭詐之計，皆得其實。趙世隆嘗應幕立功者，一日殺磁守，率兵而來，人頗疑之。公曰：「世隆本吾一校耳，必無異謀，意將有所訴也。」翌日，拜於公庭，面詰慚之，沮不能對，顧左右曳出斬於市。時衆兵露刃列庭下，世隆弟世興佩刀侍側，左右莫不寒心。公徐謂世興曰：「汝兄弟犯法當誅，固應無憾，汝倘能立功，足以雪恥矣。」世興叩首伏地，因盡釋脅從者。於是人人悦服，中外晏然，虜騎亦不敢南向。數上疏迎請鑾輿還闕。然論事梗直，稍忤貴近，不悦者因媒糵其短，獨尚書左丞許景衡論其不然，以謂：「前日不能固守者，良由大臣無謀，尹正非人。使當時有如宗澤者相與維持之，禍變必不至此。今若較其末節小疵，而不顧其盡忠報國之大節，臣竊以爲過矣。不識今之縉紳威名政績有加於澤者乎？」上素知公獨立無助，即以景衡奏章付公，以示不疑。公亦恃上察己，自信而無所妨，至死不貳其守。將薨之日，猶瞑目連呼「過河」者三，其忠義如此。公尹京雖未久，而威行恩洽，流亡復業，商賈輻輳。至是，數日間去者十五，識者憂之，相與詣府，言公之子穎常居戎幕，得士卒心，願稍獎拔，以卒公功。時朝廷已用杜充爲留守，遂以穎直祕閣、充留守判官。穎既得請終喪，嚮所召義士亦相繼散矣。公爲人端方質直，平居不妄笑語，律己甚嚴。苟悖於理，雖毫髮不犯；義所當爲，鼎鑊在前不恤。中間坐廢數年，杜門却掃，賦詩自娱，或清坐終日，啜菽飲水，澹如也。至聞人之急，則多方以周之。晚年尊顯，禄飾稍厚，自奉菲薄，無異往昔。親族故舊，窶而無歸，皆仰公以活，以故家無留儲。同舍生林迪先公登第，音問不通者累年，一日携家謁公，繼以疾告，公往視尚能言，以後事囑公。既卒，公惜其家備至，以其女妻修職郎康森，且以己女妻其弟協，以申親親之好。其子從公討賊，補官爲文登令。公之急義如此，士大夫莫不服公之清，憐公之貧，壯公之勇也。其爲文不事雕琢，渾然天成，豐約中度，於書無所不讀，尤邃於《左氏》。有文集五十卷藏於家。娶陳氏，追封淑人。男一人穎，今右朝奉郎、直祕閣、主管華州雲臺觀。女四人：長適右迪功郎、泉州司户參軍葉卞；次適右修職郎、和州司理參軍康協；三適迪功郎、河陽府教授詹聖；四適左通直郎、知婺州金華縣事余翺。孫嗣益，右承務郎、知温州平陽縣丞；嗣尹，承務郎、監臨安府鹽官縣税。方公之在開德也，懋守濟陰，頗聞公趨事赴功，必先國後家，初不爲全身遠害之計。及造朝，懋適入侍班，殿外從容立語，然後益知公胸中磊落，謀慮素定，非僥倖一時之成者。穎知有雅，故以狀來請銘文，我不辭。銘曰：思皇多士，實欲庇民。拘攣循然，而誰不能？堂堂宗公，折衝之具。蹈水赴火，甚毅而武。往在靖康，王室阽危。元帥捍外，公左右之。太陽既升，如日之出。豈不欲公，運動樞極？京邑百萬，孰爲撫摩？謹守管鑰，賴吾蕭何。公亦遠圖，識上之意。掃除膻腥，號召精鋭。驊騮萬里，方行不息。過都一蹶，御者失色。將興而仆，疇使之然？宣力在我，成功則天。疆場未寧，日月其逝。我作銘詩，以對忠義。

（光緒乙亥《盤溪宗氏宗譜》卷一）

## 忠簡公謚辭

人臣任安危之寄，或賫志而未伸；國家厚終始之恩，有易名而殊賜。其須頒命，以厲庶士。具官宗澤，早負吏能，雅都時譽。逮艱危之際，乃不顧身；以羈靮之餘，遂參佐命。朕既嗣承七廟，行撫萬邦，駐蹕東南，用應運會。惟留鑰動衛之寄，紫微之居，勤勞百爲，忠勇一節，惠感衆士，威行兩河。將率扶義之師，以贊定傾之業；而大星遽殞，部曲瓦分。遺奏上聞，道路雨泣。國憂未艾，天意難忱。蓋祖逖尚存，石勒不敢爲寇；道濟已死，魏人頻歲來侵。自昔所嗟，于今乃見。危身正直，合二義以尊名；垂光子孫，將十世而永賴。可謚忠簡，以慰英魂。（崇禎本《宗忠簡公文集》附《雜録》）

## 忠簡公年譜

喬行簡

公姓宗氏，諱澤，字汝霖。系出南陽漢汝南太守資公之裔。五代之亂，其祖避地江南，居婺州義烏，世爲義烏縣人。母夫人劉氏，夢天大雷電，光燭其身而生，有金麟現於縣治二都宗堂，時宋嘉祐四年己亥十二月十四日巳時也。公爲人端方質直，平時不妄笑語，律己甚嚴。事悖於禮，雖毫髮不犯；義所當爲，鼎鑊在前不恤。爲文不事雕琢，渾然天成。於書無所不讀，尤邃《左氏》。親故貧者多依以爲活，而自奉甚薄。

元祐六年辛未，公年三十三。登馬涓榜進士。廷對直陳時弊，幾萬餘言。主文者惡其直，置末甲。

元祐八年癸酉，公年三十五。以將仕郎調大名館陶縣尉，攝邑事，不奄月，訟庭闃然。

紹聖二年乙亥，公年三十七。吕惠卿帥鄜延，辟公置幕府，辭。即檄與邑令視河壖。公適喪長子，捧檄遽行。惠卿曰：「可謂國爾忘家者。」適朝廷大開御河，時方隆冬，役夫僵仆於道，中使監督甚急。公上書帥司，身任其責，乞需之至初春。上聞從之。

紹聖四年丁丑，公年三十九。河浚成，所活甚衆。

元符元年戊寅，公年四十。循通仕郎，遷衢州龍游令。民未知學，公爲建庠序，設師儒講論經術，風俗一變。擢科者相繼起。里閭惡少嘗十百爲群，持蛇虺擾民以規利，前令不能禁。公密白之州，籍其壯者爲軍，風遂革。

元符三年庚辰，公年四十二。調文登令。未幾，丁母淑人贈夫人劉氏憂。

崇寧二年癸未，公年四十五。調萊州膠水令。有温包者，挾勢害民，公案前後犯法治之。有强賊百餘人，侵縣境，公率僚屬親捕之。一士族女被掠，匿旁郡，不能獲。公徑造賊壘，取女以出，斬首五十餘，焚其廬。州奏功於朝，進文林郎。同社生林迪者，先公登第，官萊之別邑，以病告，公親往視之，力任後事。以迪女妻康森，以親女妻森之弟劦，申愛好焉。迪子懋，從公討賊，得官爲文登令，卒於官，公厚以俸資其行。

崇寧五年丙戌，公年四十八。丁父贈朝散大夫公憂。

大觀三年己丑，公年五十一。循承直郎，再調晉州趙城令。修媧皇祠，新趙簡子廟。上書於朝，請陞縣爲軍。書聞，不盡如所請。公曰：「今承平時固無慮，他日有警，當知吾言矣。」

政和三年癸巳，公年五十五。以薦改奉議郎、知萊州掖縣。部使者得旨，市牛黄督責急，州縣惶懼，相與斂錢賂上下胥吏。公獨具狀申提舉，部使者怒，欲劾邑官。公曰：「此澤意也。」獨書銜以上，獲免。爲青帥王蕡所知，辟置幕府。

政和五年乙未，公年五十七。有旨遴選能吏，差通判登州。有宗室財用田數百頃，皆不毛之地，歲輸萬餘緡，率横取於民。公條奏除免。黄縣有大俠，請於朝，大起夫役治河事。公條具申乞寢罷。道士高延昭者，恃勢犯法，公窮治之不少貸。朝廷遣使結女直，爲海上之盟，公語所知曰：「軍興多事，自兹始矣。」磨勘承議郎。

宣和元年己亥，公年六十一。丐祠得主管南京鴻慶宫。退居東陽，結廬山谷間，著書自適，有終老之志。會延昭倖用，訴公改建神霄宫不當，林靈素主坐，褫職編置潤州，居丹徒。

宣和三年辛丑，公年六十三。兄汝賢卒。

宣和四年壬寅，公年六十四。夫人陳氏卒，藁葬丹徒京峴山，結廬龍目湖上。經郊恩，叙宣教郎，就差監潤州都酒税，盡心迺職。

宣和六年甲辰，公年六十六。除通判巴州事。

靖康元年丙午，公年六十八。御史中丞陳過庭等列薦，召赴闕。奏對三策，上嘉之。假宗正少卿，充和議使。公力奏名不正，請改計議使。議者謂公剛方不屈，恐害和議，不遣。公抗章論列宰相非其人。九月，除朝奉郎、直祕閣、知磁州。磁經敵騎蹂躪，人民逃徙，不復可守。公出俸募義勇爲固守計，不逾月而辦。時太原失守，官兩河者率託故不行，公單騎就道，從羸卒十餘人往援，加河北義兵都總管。十月，真定陷，河北居民震恐，公條畫邊防要策與勤王之議並上之。十一月，詔加祕閣修撰。斡離不寇磁州，公以神臂弓射走，追擊大敗之。康王再使金，行至磁，公力陳敵情，諫阻勿從，因假神以留，請謁嘉應祠。夜以神馬銜車輦，以塞其路，王遂回相州。閏十一月，奉皇帝蠟詔充兵馬副元帥。奪李固渡，遣壯士夜搗之，破三十餘寨。大元帥承制除集英殿修撰。

靖康二年丁未，公年六十九。正月，自大名至開德捷虜十三戰。上大元帥書，乞檄諸道約日進兵。又移書趙野、范訥、曾楙約入援京城，無一人應。公以孤軍進南華，遇虜敗之。三月，虜寇開德，公遣孔彦威敗之；犯濮州，遣權邦彦敗之。復向開德，遣邦彦、彦威合擊敗之。公親提所節制兵進衛南，直入，躬冒矢石，大敗之。公曰：「虜十倍於我，一戰而却，必復來。」乃暮徙軍南華。敵果至，得空營，大驚。敵自是不敢復出兵。公遣兵過大溝河襲擊，屢戰屢捷。大元帥承制除徽猷閣待制。聞二聖北遷，公即臨濮提孤軍趨滑，走黎陽，至大名。欲徑渡河，迎復乘輿，而勤王之兵無一至者。屢狀乞大元帥康王進位，以定民心。五月，王南京即位改元。

建炎元年，詔公赴行在，覃恩轉朝請郎。六月，入對，涕泗交頤，陳興復大計。除龍圖閣學士、知襄陽府、提舉隨房郢州兵馬巡檢事。改知青州，上丞相李綱書。七月，知開封府。到京城，首發爲虜之淵藪者誅之。由是盜賊屏息，市肆商賈如舊。除東京留守。八月，除延康殿學士、京城留守兼開封尹。具狀辭，復詔不允，賜對衣、金帶、鞍馬，屢詔奬諭。感上知遇，益自奮勵。繕城壁，浚湟池，治器械，募義勇，措置各有條緒。上疏乞回鑾益力。招巨盜王再興、丁進、李貴、王善、楊進、王大郎等，兵百餘萬，悉聽命效死，各賞有差。秉義郎岳飛，犯法將刑，公奇爲將材，釋罪，令復汜水。立功，補爲統領，授以陣圖，戒毋野戰。後遷飛爲統制，軍聲大振，虜人不敢稱名。上遣中使傳宣撫慰。

建炎二年戊申，公年七十。正月，虜自鄭直抵白沙。公命榜市張燈，弛夜禁。密遣劉衍夜擣之，大捷。二月，虜再犯西京，公遣李景良、閻中立、郭俊民趨鄭，大敗虜。衍班師，虜復入滑。張撝請往，衆寡不敵，撝爲所害。公聞報，遣王宣往援，設奇取勝。公即令宣權知滑州。迎撝喪還，爲服緦麻，哭甚慟，厚恤其家，乞恤典。詔進公朝奉大夫、資政殿學士。辭，復詔，上表謝。詔進禦鎮江統領都統元帥，賜對衣、玉帶、鞍馬。三月，獲酋長王策於河上，公親釋縛解衣，與語，策感泣，盡陳虜情。召諸將議決大舉之計，泣，約即日渡河。詔賜茶藥，及傳宣撫慰。四月，斬統制趙世隆，釋其弟世興，令取滑州，克敵，誅鑾芻之趙海。給資糧文憑與契丹、漢兒及被擄民，榜示陷没州縣，奏乞差崔興知西京，間劾保護陵寢。乞修隆德宫，迎復二聖。五月，乞改修寶籙宫。遣少尹范世延及子機幕潁詣闕，請回鑾。上撫勞，賜予有差。六月，起師結連諸忠義山水寨民兵，約日進發。權臣忌嫉，從中阻之。積憤成疾，疽發於背。諸將問疾，公囑曰：「殲滅仇方，以成主上恢復之志，雖死無恨。」衆皆墮淚。公歎曰：「出師未捷身先死，長使英雄淚滿襟。」無一語及家事，但連呼「過河」者三而薨。是日風雨晝晦，星殞於營，爲七月十二日未時也。公先乞休，特進朝散大夫，依舊資政殿學士，繼以遺表聞，時已有旨拜門下侍郎、御營副使，依舊留守，至是贈觀文殿學士、通議大夫致仕。公薨之日，朝野無賢愚皆爲號慟，三學之士爲文弔之。公子穎居戎幕，素得士心。都人相與請於朝，願以繼父任。時朝廷已命杜充留守，以穎直祕閣、充留守判。充酷而無謀，盡反公所爲，數日間將士去者十五。穎屢争不從，力乞終喪，得請與岳飛扶柩歸京口，與夫人陳氏合葬於丹徒京峴山。穎乞謚於朝，賜禮部太常擬謚，議：「危身奉上曰忠，正直無邪曰簡。」加贈開府儀同三司。恤典，蔭一子、五孫、曾孫十八人。知婺州金華余翺爲公狀，顯謨閣學士曾楙爲墓銘。樞密副使岳飛建功德院於雲臺寺，吏部侍郎、知鎮江軍府俞烈即墓道建享堂，教授方符哀其文集藏於學宫。浙西提點刑獄兼知鎮江軍府婺州喬行簡著。（康熙本《宋宗忠簡公全集》卷七）

## 宗澤忠簡公言行録

李幼武

字汝霖，婺州人。元祐六年登進士第，累遷朝奉郎。靖康元年，知磁州、加祕譔。虜陷京，詔爲兵馬副元師。康王即位，加徽猷〔閣〕待制、知襄陽府，又知青州。李綱薦爲東京留守，加延康殿學士，加資正殿學士。建炎二年七月，除門下侍郎兼御營副使、東京留守。命未下，而訃聞。詔贈觀文殿學士，進六官，年七十。

斡里雅不犯慶源府，趨大名，由李固渡濟河。康王構奉淵聖詔，使其軍議和，王雲副之。王既出城，雲曰：「京城樓櫓，天下所無，然真定城高此幾倍，金人使雲等坐觀，一時辰破之。此雖樓櫓如畫，亦不足恃也。」王不答。公初爲宗正少卿，嘗論列宰相非其人，宣撫副使提兵不進，並劾雲張皇賊勢，仍乞邢、洺、磁、相、趙五州各養精兵二萬，寇至一郡，則四部相應。上善之。雲至京，上以章示之，雲憾公。王至磁，公以守臣迎謁，雲因責公曰：「公前日見劾，何也？」公曰：「如公固不足劾，大抵張皇敵勢者，天下所共疾，何獨我哉？」公説王曰：「兵皆在山村，急則召至，殊不費糧。」磁人遮王馬諫毋北去，從臣皆勸王回相州。會京師使人賫蠟詔，命王爲兵馬大元帥，公副之，速領兵入衛。王捧詔嗚咽，軍民感動。王發相州，渡河至大名。公部二千兵至，請進師，直趨開德，解京城之圍。汪伯彦等執講和之説，請王移軍東平，王遂東去。公請自領兵至東平，許之。公進屯開德，揚聲大元帥在軍中。壬申，王已約諸路兵合，而東平去京師差遠，與幕屬議進屯濟州。癸未，公帥兵至韋城，與金大戰，敗之。王奏除公徽猷閣待制。時使臣曹勳自河北竄歸，進道君皇帝御劄曰：「便可即真，來救父母。」王慟哭拜受。於是濟之父老請王即位於濟，公言且開府于南京，乃祖宗受命之地，取四方中，運漕尤易。

公先在磁州，屢乞會兵，奪李固渡以斷賊路，衆議不可。公乃自遣其將秦光弼、張德領兵趨渡，至安城縣。敵騎千餘人過城北，二將出西門夾擊之。敵潰，斬首數百級，並獲其賫糧。會帥府移文，約赴大名，遂還師，先諸軍至，康王大悦。公乞進兵援京師，伯彦等以公爲狂譎不情，公亦詆伯彦等爲失策。公曰：「金人狡計百端，豈可深信？當速進兵，直詣都城，第言兵民欲見君父，既兩國通和，可亟退師。如敵有詭謀，即援兵已到，無能爲也。」伯彦等執和議不可破，公遂自請兵，王許之。

澤自朝廷徇金意，遣曹輔往河北迎康王。何㮚請上於輔衣屑礬書詔以傳密旨，輔言不見王而還。金人又促，再遣張澂以蠟封詔行。澂至開德，語諸將未可進兵。公怒，命將士射之，澂與同行金人俱遁。公約諸帥會兵，五旬無一人至者，公奮願擊敵，引諸將議之。陳淬曰：「敵方熾，未可輕舉。」公怒，將斬之，諸將羅拜，乞貸淬效死。乃命淬當先以贖過，遂進兵。未十里，與金遇，出金不意，敗之於長垣。澤既敗金，遂得韋城縣。金欲夜襲澤，澤知之，日暮移軍南華。賊果至，得空壁，大驚，自是不復出。澤在軍中，與士卒同甘苦，故人樂爲用。澤爲書與諸道勤王帥，勸督兵入援，趙野、范訥皆以爲狂言，不答。

澤自南華遣兵，過大溝河襲金，又敗之。時四方勤王之師只留近甸，惟澤力戰。澤得金所掠人，謀引兵渡河，據金歸路，而對壘諸寨一夕解去。澤號慟，即自臨濮引兵趨滑州，抵大名，而勤王之兵無一人至者。又知張邦昌僭位，擬先行誅討，乃將所部復還屯衞南。復貽書遺康王，言今日國之存亡，在大王行之得其道耳。所謂道者有五：一曰近剛正而遠柔邪，二曰納諫諍而拒諂諛，三曰尚恭儉而抑驕奢，四曰體憂勤而忘逸樂，五曰進公實而退私僞。澤謂所親曰：「怨結王之左右矣，不恤也。」

公聞潛善等復倡和議，上疏言：「河之東北，陝之蒲、解，此祖宗基命之地，奈何輕聽姦邪，附賊張皇之言，遂自分裂，是欲蹈東晉既遷之覆轍，列王者一統之緒爲偏霸耳。臣雖駑怯，當躬冒矢石，爲諸將先。」上壯之。公至南都，見李綱，與之語國事，公慷慨流涕。時開封尹闕，綱爲薦公，上許之。公至京，時盜賊縱横，公下令曰：「爲盜者，贓無輕重，並從軍法。」由是盜賊屏息，人情粗安。

有金使牛太監等八人，以使僞楚爲名，直至京師。公時即白留守，械繫之，且以聞於朝。有詔迎太廟神主赴行在，仍命公移所拘金使於別館。公上奏曰：「臣不意陛下復聽奸臣之語，浸漸望和，爲退走計，營繕金陵，奉元祐太后，仍遣官奉迎神主，棄河東、河北、淮南、陝右七路生靈如糞壤草芥，略不顧惜。又令遷金使別館，優加待遇。不知二三大臣於賊人情款何其厚，而於國家訏謨何其薄也！臣必不敢奉詔。」詔答曰：「卿彈壓强梗，保護京城，深所依仗。但拘留金使，未達朕心。」公猶不奉詔，又請上回鑾，詔賜公襲衣金帶。

汪、黄等皆忌公，欲罷之。中丞許景衡言：「得宗澤，方能保東京；有東京，行在始安枕。」上悟，封所上章示公，公賴以安。

公累表請上還京。公募義士守京城，且造決勝戰車千餘乘，用五十有五人，運車者十有一，執器械輔車者四十有四，周旋曲折，可以應用。又據形勝立三十四壁於城外，駐兵數萬。公往來按試之，周而復始，沿大河鱗次爲壘，結連兩河山水寨及陝西義士。開五丈河，以通西北商旅，京畿瀕河七十二里，命十六縣分守之。縣皆開濠，深廣丈餘，於其南植鹿角。又團結班直諸軍及民兵之可用者，乃上表略曰：「今金人尚熾，群盜繼興。比聞遠近之驚傳，已有東南之巡幸，此誠王室安危之所係，天下治亂之所關，恐增四海之疑心，謂陛下奈何欲棄之，以遺海陬一狂虜？」每疏奏，上以付中書省，汪、黄皆笑以爲狂，張慤獨曰：「如澤之忠義，若得數人，天下定矣！」二人語塞。

金分三道入寇。一犯滑州，公聞之曰：「滑，衝要必争之地，失之，則京城危矣。」欲自往救之，張撝請行，公大喜，即以鋭卒五千授之。撝至滑，與金迎。敵衆且十倍，諸將請少避其鋒，撝曰：「退而偷生，何面目見宗元帥？」公遣王宣以五千騎往援，未至，撝再戰死之。後二日，宣至滑，與金大戰。金夜濟河，復邀擊之，殺傷甚衆。公即命宣知滑州。金以宣善戰，不敢犯其境，乃遣兵自鄭州抵白沙，距京才數十里，都人甚恐。公方與客對弈，僚屬請議守禦之策，公不應。諸將退，布部伍，撤吊橋，披甲乘城，都人益懼。公聞之，命解甲歸寨，曰：「何事張皇？」時公先遣劉衍、劉達各將車二百乘，戰士二萬人，在鄭、滑間，又選精鋭數千助之，下令張燈如平時，民始安堵。

公又遣部將李景良、閻中立、郭俊民領兵萬餘，趨滑、鄭，與金大戰，爲金所乘，中立死之，俊民降金，景良以無功遁去。公捕得，謂曰：「勝負兵家之常，不勝而歸，罪猶可恕；私自逃遁，是無主將也。」即斬之。既而俊民與金將史姓者及燕人何祖仲，直抵八角鎮。都巡丁進與之遇，生獲之。金令俊民持書招公，公謂俊民曰：「汝失利就死，尚爲忠義鬼，今乃爲金游説，何面目見人耶？」捽而斬之。謂史姓曰：「上屯重兵近甸，我留守也，有死而已，何不以死戰我，而反以兒女語脅我耶！」又斬之。謂：「祖仲本吾家人，脅從而來，豈出得已？」解縛而縱之。諸將皆服。

有王策者，本遼舊將，善用兵，金以千餘騎付之，往來河上。公遣王師正擒之，釋縛解衣，坐之堂上，爲言：「契丹本我宋兄弟之國，汝何不悟義協討？」策感泣，誓死以報。公時引策與語，策具言金之虚實，公又益喜，大舉之計遂決。

公遣判官范世延奉表請上還京，且曰：「京師乃太祖太宗一統之本根，願以祖宗二百年基業爲意，早賜回鑾，則天下皆知一人來歸，盗賊屏息，讎敵寢謀。臣若誤國，一子三孫甘被顯戮。」此乃公第十三表也。上答詔，諭以旦夕北歸之意，公復上表謝。

公招撫河南群盗聚城下，又募四方義士合百餘萬，糧支半歲。又聞兩河州縣金兵不過數百，餘皆脅使易服，日夜望王師之來。即召諸將，約日渡河，諸將皆掩泣聽命。乃累疏請上還京，且請修龍德、寶籙宫，以備奉迎二帝。上遣中使賫詔茶藥撫諭。

公初去磁，以州事付兵馬鈐轄李侃。將校郭進作亂，統制官趙世隆與進殺侃。至是與其弟世興將三千人來歸，將士頗疑之。世隆入拜，公面詰之，世隆辭服，公笑曰：「河北陷没，而吾宋法令上下之分亦陷没耶？」命引出斬之。時衆兵露刃於庭，世興佩刀侍側，左右皆懼。公徐語世興曰：「汝兄犯法當誅，汝能奮志立功，足以雪恥。」世興感泣。會滑州報金屯城下，公謂世興曰：「試爲我取滑州。」世興忻然受命，至滑州，掩敵不備，急攻之，斬首數百，得州以歸。公復厚賜之。

時契丹九州人日歸中國者，公選契丹漢兒引坐側，推誠與語，諭以期奮忠義，即給資糧遣之，且賜以公憑，候官軍渡河以爲信驗，人持數百本去。又爲榜文散示陷没州縣，及爲公據付中國被擄在北之人，因驛疏以聞。公遂結連諸路義兵，燕趙豪傑，嘗謂人曰：

「事可舉矣！」故請上還京尤力。

公聞王彦聚兵太行山，即以彦制置兩河。彦所部勇士數萬，面刺八字「誓殺金賊，不負趙王」，號「八字軍」。彦方繕甲兵，約日趨太原。公亦與諸將議，六月起師，且結諸路山水寨民兵，約日進發，上疏言之。疏入，潛善忌公成功，從中沮之。公歎曰：「吾志不得伸矣！」因憂鬱成疾。

公憂憤疽作於背，疾甚。諸將楊進等排闥入問。公矍然起曰：「吾固無恙，正以憂憤成疾耳。而能爲我殲滅仇讎，以成主上恢復之志，雖死無恨。」衆皆流涕曰：「願盡死。」諸將出，公復曰：「吾度不起此疾。古語云：『出師未捷身先死，長使英雄淚滿襟。』」遂薨。是日，風雨冥晦異常。

公没，無一語及家事，但連呼「過河」者三，遺表猶贊上還京。先言已涓日渡河，而得疾，其末曰：「囑臣之子，記臣之言，力請鑾輿，亟還京闕，大震雷霆之怒，出民水火之中。夙荷君恩，敢忘尸諫。」死之日，都人爲號慟，朝野無賢愚，皆相弔出涕，三學之士千餘人，爲文以哭之。

公死數日，將士去者十五，都人憂之，相與請於朝，言澤子穎嘗居戎幕，得士卒心，請以繼其父任。會杜充已除留守，乃以穎充留守判官。充反公所爲，由是兩河豪傑皆不爲用，所招群盗復去爲盗，議者咎之。

朱文公曰：「建炎初，公留守東京，招徠群盗數百萬。使一舉而取河北數郡，當時即可整頓。乃爲汪、黄二相所制，怏怏而死，京師之人莫不號慟。於是群盗四出，爲山東、淮南劇賊。」（文淵閣《四庫全書》本《宋名臣言行録别集》下卷五）

# 盤溪宗氏宗譜（選）

## 世系紀原

宗姓本周宗伯之後，豫章慤公裔孫。緣避五季之亂，以官命氏，隱居南陽。至漢大儒諱資者，爲南陽五千石，因世守焉。迨後族益繁盛，簪笏蟬聯。厥後世歷變故，子孫散處四方，轉相播遷。吾家自始祖溥公仕宋爲學士，由南陽遷於義烏之石坂塘，尋遷廿三里，相傳八世。及先尚書忠簡公終於鎮江，奉旨諭祭，敕葬鎮江金峴山。後穎以憂居侍母東歸，緣舊居湫隘，乃卜處於邑二都崇德鄉鷄鳴山之原盤溪居焉，令子孫宗之。第恐世遠屬疏，無從追溯，故訂排行輩份字目八十字，並述受姓以來及始遷大略於總圖之首，以爲紀原云。九世孫兵部侍郎穎述。

## 世行傳

### 第一世

始祖，諱溥，祕書學士。自河南承天府之南陽，避五季之亂，遷孝烏石坂塘而家焉。在南陽者，世遠無稽，不敢冒誣。今以溥爲不祧之祖，世世宗之。娶季氏，繼娶張氏。子一：彦昭。

### 第二世

啓一，諱彦昭，蔭生。娶陳氏。子一：紱。

### 第三世

億一，諱紱，孝廉。娶金氏。子一：邸。

## 第四世

肇一，諱邸。娶馮氏。子一：惠。

## 第五世

緒一，諱惠，娶陳氏，葬六都五龍塘。子二：制之、拱之。

## 第六世

千一，諱制之，字君用。娶方氏。葬五龍塘。子一：舜臣。

千二，諱拱之。娶陸氏。葬五龍塘。子一：舜卿。

## 第七世

萬一，諱舜臣，字應凱。由石坂塘遷居廿三里。葬宗家橋。娶虞氏。子三：師、道、壬生。

萬二，諱舜卿，字仲凱，又字君卿。以子澤貴，贈太中大夫。娶劉氏，封淑人。合葬六都荷塘山。子四：沃、澤、嶧、灝。女一，適洞門黄琳。甥男三人：璣、益、中輔，俱負高世之才，不愧爲公之甥。而中輔則自號細高居士，題太平樓，有「欲斬佞臣頭」之句。後賢慕其氣節，詳請具題崇祀鄉賢。

## 第八世

友一，諱師，字汝先。

友二，諱道，字汝德。

友三，諱沃，字汝賢。蔭通直郎、通判。生於至和乙未，卒於宣和辛丑二月廿四日。娶劉氏，繼娶徐氏。合葬青巖麻車塢，弟澤銘其墓，志載文集。五子：愈、契、稷、皋、夔。

友四，諱壬生。仕通直郎。

友五，諱澤，字汝霖。登元祐六年進士，歷官兵部尚書、都統制兵馬大元帥、資政殿學士、朝奉大夫，正一品，兩賜蟒服劍帶，賜藥存問，太子太師、東京留守，謚忠簡。公生於嘉祐己亥十二月十四日巳時，卒於宣和壬寅七月十九日，享壽七十有二。葬江南鎮江府丹徒縣金峴山。娶陳氏，封榮國夫人。子二：頤、穎。女四：長適迪功郎、泉州司户參軍葉卞，次適修職郎、廣東轉運使蔣邂，幼適通直郎、金華知縣余翺。

友六，諱嶧，字汝岳。娶陳裕次女。

友七，諱灝，字汝景。早世。

## 第九世

俊一，諱愈，字希韓。早世。

俊二，諱契，字次虞。早世。

俊三，諱稷，字次時。蔭修職郎、泉州宜春縣判簿。娶李氏，合葬古塘山。子二：文、武。

俊四，諱皋，字次鳴。娶劉氏。葬麻車塢。子二：襄、褒。

俊五，諱夔，字汝和。蔭補通直郎、衢州通判，遷承務郎、知建康府。娶黄氏。葬赤塘西力山。子三：度、膺、賡。

俊六，諱頤，字正道。早世。

俊七，諱穎，字政倫。歷官兵部直閣侍郎，致政歸，卜居二都中堂，遂家焉。生於紹聖甲戌正月廿八日，卒於紹興乙亥十月初二日。娶遂安楊氏，贈永嘉郡夫人。生於紹聖乙亥八月廿三日，卒於紹興丁卯七月十五日。葬赤塘山。子五：嗣益、嗣尹、嗣旦、嗣良、嗣安。

## 第十世

怡八，諱嗣益，字夏臣。任福州通判。娶衡州趙氏，贈宜人。子三：普、時、耆。繼娶金氏。合葬東陽六十四都赤松鄉觀仁塢崇化寺後山。

怡九，諱嗣尹，字商卿。奉政大夫，官濠州通判。遷居三都。娶陸氏，繼娶趙氏。葬張胡嶺。子五：晉、昕、燁、輝、熺。

怡十，諱嗣旦，字逸周。官承議郎、浙東提幹。娶許氏。葬六都縉雲鄉姜字一千五百六十四號，土名葛公橋頭。子一：晉。

怡十一，諱嗣良，字元宰。任朝奉大夫、知汀州。娶永康何氏。葬梅村北山。子五：著、晢、苟、藉、莋。

怡十二，諱嗣安，字普仁。任承直郎、德慶府英縣知縣。娶永康張氏。葬張胡嶺。子四：淮、滘、湝、澮。

# 附録二　歷代編刻序跋

## 宗忠簡公奏疏序

樓　昉

靖康丙午，高宗再使斡离不軍，時虜情叵測，中外危栗，宗忠簡公守磁，則決策留行，於是適濟，適鄆，適大名，適睢陽，遂登大寶，中興之業實始基焉，宗公力也。公之初，意欲正位號，係天下心，因以羽檄天下兵，濟師河朔，旋軫舊京，其迂回宿留東南其轍者，乃汪、黄謬計，非公本謀也。公既與汪、黄異議，不復預聞幕府事。高宗藉其壯謀，既留命居守，旋升尹正，駕御群雄，招降劇盜，兵强士勇，法立誅必，虜連歲不敢犯境。於是清宫除道，謀還二聖，奉迎大駕。汪、黄益忌之，凡公奏請，皆留中不下。自傷不得展布，疽發背以死。公之勳業雖不克竟，而英魂毅魄，皭然與日月争光可也。昉兒時，固已得公芳規於四明所刊《遺事》中，真所謂膽大於軀者，意其語言文字當亦稱是。客授金華，始獲拜公像。

公之曾孫有德，出示遺文若干種，因爲補綴而襲藏之。適守南徐，公松楸在焉。會部使者喬行簡攝郡事，築僧廬於墓左，創祠堂於學宫，總餉岳公珂、太守趙公善湘貽文於婺，取有德主蒸嘗，所以風厲扶植之意甚厚。郡博士方君符尤所鄉慕，請以有德所授遺文鋟梓。昉遂掇取《遺事》中所載表疏，次第其日月，而併刻之。公前後奏請爲回鑾而發者，凡二十有四，其血誠赤心，因可想見。它文雖單言半字，無非從忠義中流出。公亡而杜充代帥，王業偏安，蓋始於此。公之規模志節，罕有能道之者，況其遺文乎？若諸公表揚忠烈，例應得書。嘉定辛巳十有二月，鄞人樓昉拜手書。

## 序宗澤録藏宗忠簡公乞回鑾二十四疏

方孝孺

國之廢興存亡，蓋天也，而有人事焉。由其已然之蹟而觀之，人謀之從違，事變之得失，皆如預定而不可易者，人力若奚所用？自其未成之始而論之，成敗禍福之機，待人而發，豈皆出于天命哉？故善爲天下者，盡人事以回天道；不善者，委天命以怠人事。田單，齊之壯士，用一邑瘡殘之民，復七十餘城不數月之間；諸葛孔明，以王者之佐，驅全蜀之衆，欲取中原之尺寸，終其身而不能遂。非特天命也，人事之難易固不同也。率赤子以救父兄，疾呼而可集；説途之人使拯其鄰于難，雖善其辭令，有所不從。賢者能勉人以其所樂爲，不能强人以其所難勉。單之用齊人，人皆有亡國喪家之憤而自爲戰，故其成功也易。孔明之時，人知有曹氏，不知漢德久矣，孔明徒欲以忠義激之，安能必其從己乎？宋敗於金而不復中興，人以爲天命，而不知人事失其機故也。張浚、趙鼎，可謂天下之賢相，而韓世忠、岳飛、劉錡之徒，亦一時之將材，高宗雖庸懦，豈遽出法章下哉？然而沮撓而不足成事者，以其初不用宗忠簡公之言耳。徽、欽之亡，在乎兵不足戰，而忠簡公既入都城，百萬之兵立具，争欲爲之致死，忠簡之賢固足以得衆，而斯民戴宋之心，亦安可誣哉！當是時也，正田單復齊之機；而忠簡公，孔明之流亞也，使高宗能用其策，公少延歲月未死，則覆没之地可迅埽而平，黠虜悍酋可縛而獻諸太廟，豈有蹙國事讎之辱哉！失此不聽，至於竄伏東南而欲圖之，則民心之忘宋亦已遠矣，是以終不能有所成，非特秦檜、湯思退之罪也。人無勇怯，惟其所用。乘其方鋭而用之，中人皆可爲壯夫；及其氣衰志懾，雖烏獲亦投劍而却顧。公之拳拳欲高宗都汴者，欲用天下之鋭氣以復讎雪恥；而高宗信小人畏避之謀，棄不復聽，而公亦死矣，斯豈天命使然耶？實人爲之不盡也！公没今三百餘年，而請高宗還汴之疏二十有四，不盡載於史氏，其九世諸孫濬録藏於家，而屬余序之。公忠義著於後世，不待疏而後見；疏之所著，不待言而後明。然世皆知宋之不復振，由於秦檜之相，而不知始於不用公之言，余是以具論之，使知此疏之不從，實宋室之所由分也。寧海方孝孺撰。

# 宋東京留守宗忠簡公文集序

趙　鶴

嘗觀孔子序《咸》《恒》，推原天地萬物至君臣上下，而後及禮義所錯，則知聖王之治，因父子君臣自然之分，而置禮義於其間以爲教。是謂禮義者，人爲之者也。及觀《書·皋陶謨》，至「天序有典，敕我五惇」之語，見其敕之惇之，即錯禮義之教，而秩典皆曰：「天」，又知世稱君父之仁，臣子之義，非人所能爲，乃天性之者也。邵子曰：「死天下事易，成天下事難。」夫成務之臣，奮於艱阻，燭於幾微，必精必慎，以圖有濟，非出學問之功不可也。然有悍卒蹈難而不辭，愚婦殉節而不顧，皆未嘗學問者，忠義之出於天性，豈誣哉！又嘗謂必有死事之心，而後可論成事之績。不然，圖回擬議之間，一出於計功擇利之私，既害夫本心天理之極，而欲成其正大光明之業，難矣！宋有社稷之臣宗忠簡公，兹吾之所謂其人歟？公始在靖康中，召授和議使使虜，以和議名不正，請改爲計議使。宋潰，虜挾二帝北去，公始決策止康王勿赴虜營，擁以南進，勸正大位，繫屬人心，是爲高宗，其志績固偉矣。後受命高宗，留守東京，秉鉞登壇，泣誓將士，以圖恢復，施爲振作，既有成緒。時高宗駐蹕臨安，公意以爲東京在汴，爲宋故都，且居天下中，乘輿不復於此，則民心終不可繫，性勢終不可乘，虜難終不可平，宋社終不可復。乃滌園陵，繕輦道，首請迎鑾，返正於汴，以開中興基業。高宗既無遠圖，又惑汪、黄邪計，偷安一隅，不能從公言。公復傾血誠，至二十四疏請之，不得遂，抱憤以卒。臨卒，爲遺表有云：「屬臣之子，記臣之言，力請回鑾，亟還京闕。」天下至今讀而悲之。嗚呼！若公者，真所謂忠義出於天性，有死事之志，而見於成事之驗者歟？世謂公事可方諸葛孔明，然孔明起久亂之後，又奮蜀興漢，以偏舉全，於勢爲難；公乘初績之餘，遂收汴復宋，以夏逐夷，於機爲易；孔明在後主而得自爲，公於高宗而不見聽；孔明沮於世，公沮於人，其事蓋不侔也。然讀其疏，又曰「臣但思瀝竭，知無不爲」；及考其興復一念，始終執義，不以君之疑信，事之難易，少貳其心。就其説質之《出師表》中「鞠躬盡瘁，死而後已，成敗利鈍，非能逆覩」之説，不約而契其心，則無不同者矣。公文近出王忠文公家，愚爲之類次。適侍御一山張先生按婺，復加校定，題曰《宋東京留守宗忠簡公文集》，蓋亦著其圖復初志云。正德六年十二月朔旦，賜進士出身、中順大夫、金華府知府江都趙鶴書。

# 重刻宗忠簡公文集叙

文徵明

有宋宗忠簡公澤，爲宋一代名臣，其豐功偉烈載在史册，如日月炳朗，人皆得而見之。至其識度之明偉，材略之精密，論議之慨切，忠誠之懇惻，則見於回鑾諸疏，至今讀之，猶令人有忿忿不平之氣。當靖康、建炎間，天下事尚可爲意，雖昏庸之主亦易感動，而高宗乃隱忍於二十餘疏，豈真不知忠簡之忠哉？汪、黄之議，必有以深中其欲者，故漫不爲之省耳。忠簡既没，而中原遂不可復。厥後秦檜復踵汪、黄故智，而高宗竟甘心於岳武穆之戮。嗚呼！尚何言哉！尚何言哉！昔安史之亂，張巡、許遠以孤城疲卒，阻百萬之師，保障江淮，卒成肅宗恢復之功，蓋以睢陽爲中原喉吭，故以死守之耳。今中原無恙，而鑾輿不返者，果何謂哉？使高宗果有中原之志，則忠簡之疏不待終篇，將按劍而起矣；況絶命之詞，乃不能回高宗之惑，是豈可盡委之天哉？悲夫！公之文章，一本之忠義。觀其勤王諸劄，以忠義自任，而復以忠義勉人，至於詞賦片言，亦皆耿耿然秉正嫉邪。使公當國，豈能容一小人於君側哉？惜乎高宗之不能用之也！觀公求教一書，其文章當不止此，此特其傳播於人口耳者。嗚呼！韓子有言：千金之子，求一言之合於道，且不可得。而公之議論，無一言不合於道，夫豈以多爲貴哉？是集也，金華守趙君鶴得之於王忠文公家，遂刻以傳。宗君仲明一見，如獲拱璧，遂校其訛謬，且併其本傳與小傳贊、畫像贊、題誥詩、《復墓田記》，共爲一卷，且合前爲六卷，將刻於家塾，請余叙諸首。夫忠簡心迹，趙公論之已詳，末學何辭？特宗君所以刻之之意，蓋以祖宗忠義當欽於世世，不但爲文獻之徵而已。宗君名旦，仲明其字也，爲公十五世孫。蓋公之五世孫諱瓊曰五公者，由義烏遷歙，今爲歙人。仲明年少質美，清秀詳雅，即此可見其所尚云。是爲叙。明嘉靖三十年歲在辛亥秋八月既望，前翰林院待詔兼修國史長洲文徵明著。

## 刻忠簡公遺草序

張維樞

華川，蓋宗忠簡公故里也。樞待匱兹土，拜公祠下者，逾六春秋。每凛然神肅，日閱邑乘，讀公勸回鑾疏表，白日寒而北風蕭也。輒慨然憤懥不能句，因從公裔汝文君索藏草倡梓。汝文曰：「宗焕之六世祖蓄於金，未復舊姓也。乃每世無念敢忘宗，相與抱遺書而泣。焕媿無能光宗祀，幸大夫有意圖之也，敢不共？」後樞既卒業，謹序曰：

自昔豪傑之禎人國也，竪而爲功，与甲胄異；不得已，宣之而爲言，與紳衿異。是其始也，莫不冥觀昭曠，酌究天人，淵然於玄澹之養，而洞然於道德性命之奥。故一秉羽，能開能格，能攘能平；一投羽，猶能以其匡定經緯之猷，爲訓若誥，若雅頌。夫誰非天子之力臣？而兼詣如是，良由元本邃也。三代斌斌，質有文武。嗣後登將壇者，鮮不慚德斯文，而獨南陽之《梁父》，不減有莘氏之耕；南陽之二表，不減有莘氏之訓。彼其處則寧静澹泊，出則鞠躬盡瘁，鼎足雖分，三立何媿？嗟乎！公之雅意南陽也，公自知之。婺諸先進，若宋文憲之題公誥，王忠文之吊峴山丘隴也，亦雷然南陽許公矣。今觀夫留守經略，舉舉節制；勸駕表疏，烈烈義膽；静居記題，超超玄悟。甚矣，公之似南陽也！樞謂豪傑不出世，不能擔世；不澹養，不能盡瘁蜀道；不玄悟，不能盡瘁汴京。有本者，言如是，武功亦如是。第公之瘁汴京也，比南陽更苦。當南陽出茅廬時，上結魚水，下駕熊羆；及末執，始鬱於仲達之甘受巾幗。公所事何主也？建炎狃偏安，而忍淵聖不轅，雖累表二十四疏，猶左徒之問天，此一苦也。南陽鼓即出，糧盡即還，宫府中誰敢營窟；公外有粘罕、兀朮輩百戰之桀虜，而内有汪、黄二竪之鼠狐，一手獨拍，疇爲喁和？苦二。南陽之許驅馳也，日在暘谷，神王氣舒，揮戈尚還三舍；公頭顱種種，始提孱卒，摩堅壘，策夸父而馳崦嵫，雖心之長，而何及於髮？天肯以尚父鷹揚之年假公不？苦三。以是三苦也，淚安得不枯，而背安得不疽？嗚呼！方事之猶可爲也，其君相沉湎於花石聲色，公崎嶇一倅車耳；

迨二主蒙塵，肉食者群拜虜不暇，公獨能壯汴爲金湯，而撫楊進、王善、契丹兒輩爲爪翼。臣有白首備百猝，不愛肝腦以衞社稷，君相忍掣之肘乎！雖然，磁州之駕，公實挽之；武穆之命，公實活之。誰挈天下半還宋者？公耶！公呼雖苦，公目可瞑。今遺草具在，樞不遽訓誥雅頌公，直拊心而指曰：是猶龍之吟，而氣吞逆胡之餘魄也！華川自不乏文武，夫亦知所本乎？其人手此編，然後可習俎豆而行軍旅。萬曆乙巳仲春朔日，温陵後學張維樞書於恬淡齋。

## 刻忠簡公遺草跋

宗　焕

余祖忠簡公，矢志恢復，一時瀝血之槩，猝其神於金戈鐵馬，而時抒寫於筆墨簡牘之間。但公不欲以此傳，後亦未有傳者，弓冶陵遲。迨乎國初，會焕六世祖從母於金，仍其氏，然遺命子若孫，尋更定，以拘於籍故，復不果。初，不孝庶幾博一第，冀得請於朝，又坐數奇，竟違先命，姑兩仍焉。幸祖集猶遺累世敗篋中，每一披誦，不覺涕泗之無從也。屬者邑大夫温陵張公鼓瑟之暇，蒐伏揚潛，爰得祖集行之於世。嗟乎！世代得而閲閥之，系裔得而支離之，而風雨鼠蠹不得盡殘稿而嚙侵之，意祖參列宿，是有神物呵護，而待於張公之望氣者。然生平未酬，而直以空言見志，實非祖意也，亦非張公廣祖集意也。竊唯不朽論於叔孫氏，而文章、德、業久歧而爲三；又文人士謂漢後無文，唐後無詩，即言又與世歧矣。然孔明噓漢於蜀，而《出師》二表、《梁甫》一吟，哀然百世型範，伊訓、周盤而下諸一切騷墨士，不得擅其敝帚，則何説也？固知言不與世歧，而徇俗者歧之；言不與功德歧，而黔夷薄技者歧之。孔明自三代遺才，其根器原與輓近别。兹偏師勤王，決策渡河，祖矢心討賊，與孔明同；「出師未捷身先死，長使英雄淚滿襟」，祖遺憾偏安，與孔明同。今其集具在，漢歟？唐歟？宋歟？不孝焕敢與知！但如《出師》二表一展卷，而孔明鞠躬於後主狀可槩也；回鑾二十四疏一矢口，而余祖瀝誠於高宗忠可想也。故嘗僭爲之説曰：宇宙挺異之氣麗於兩間，日星河嶽麗於人。德業文章，第賣賦千金、徵歌三調者，亦足烺烺異代；而忠烈之韻，字鉥心而言飲血，同作是觀然乎否？故願讀是集者，會心楮墨外，則踏破賀蘭之慨，信與營中之魄相吊千古矣。十八世孫維摩州知州宗焕謹跋。

## 宗忠簡公文集序

熊人霖

曩垂髫時，讀忠簡公回鑾諸疏，義之。及時方籌兵籌餉，或曰：安得名將若忠簡者，片檄號召數百萬人，所向無前，罔憂匱乏。及隨牒忠簡邑里，大索厥遺文，哀之作而曰：

宋之竟爲南宋也，豈盡氣數哉？有一忠簡不能用。方公自舉進士，義不苟合，力距巫風，飴受羈削。暨召假宗正少卿，抗章不受和議使之稱。改知磁州，繕垣簡器，廣儲蒐師。及康王使北，公叩馬力諫，假神意以挽行輅。金人破真定，公奉詔從王入援，公十三戰皆捷，所發縱無不成功，金人至驚悼不敢復出。時如有乃心王室者，奮勢願與公偕，則恢宏朝氣，邀擊惰歸，二帝之轅，豈其北哉？康王纘服，出公輓輅之餘，非公也，疇心膂者？乃瞀于汪伯彦、黄潛善之阻，竟外老謀于青州，用賢而貳，本計已愆。李忠定爰立也，念恢復故都，非公莫可與計事者，徙知開封。公内修守戰，外規進取，先後收王善、楊進輩諸軍，寇剽革心，孚爲義勇，操縱群雄，如制僕役。臨驍敵，受降人，斬逆使，嶷然獨斷於厥衷，即一軍皆驚，弗爲動。又識岳武穆於小校，拔任爲軍鋒。河北懾公威信，仰王師如百穀仰膏雨也。高宗若久任忠定帷幄間，而閫以外一委之公，俾武穆左右焉，河北可以復版章。乃私意恇疑，惟淵聖復辟是慮，優柔不決策，安坐小朝廷，得公二十四疏，若罔聞知，忠定、武穆亦皆疏棄。嗟乎！嗟乎！此所云吾謀適不用耳，誰謂秦無人哉！昔在殷王高宗，念宏茲賁，欲濟厥艱，乃咨于傅説曰：「若濟大川，用汝作舟楫。」説迪於王，惟甲胄起戎，惟干戈省厥躬，卒能奮伐荆楚，濯濯厥靈。忠簡志傅説之志，而宋之高宗不殷匹，南宋不復北也，有以哉！雖然，藉令時無英雄，敵騎且長驅矣，又安得有南宋？公之功業，豈不亦偉哉！觀公集中，詩歌感慨，聲出金石，牋序懇款，有體裁，咸忠義所奮發，不獨回鑾諸疏之剴切沈雄也。或疑公日在戎馬間，誅討斷斷，顧爲竺乾家言，深入名理，即遠公、支公未能過，何哉？余觀公每當大事，霆迅風烈，見者怖若鬼神，而公直恬然出之，匪獨神勇，其所養蓋可知矣。諸葛武侯寧静淡泊，重扶炎曦，即此志也。《回鑾疏》與《出師表》争光日月，文章信載道之器哉！崇禎庚辰冬進賢熊人霖謹序。

## 重刻宋宗忠簡公序

黄正賓

余生平以得讀未見書爲幸。間從熊伯甘水部案頭見宋忠簡文集，讀未終篇，輒拍案長歎，何天之不祚宋也！天既篤生聖賢豪傑，忠昭日月，義貫古今，胡然登用不果？又胡然賚志而殁？假令用其身，行其志，糾合文武，濟濟赳赳，同心戮力，雪二帝沙漠之耻，恢兩河已去之業，反掌間耳。三復回鑾廿四疏，不爲一字一淚者，必有胸無心人也！雖今昔盛衰迴殊，然時方多壘，治病於未病，不可謂此書非對症之藥。漫付剞劂，以廣同好。若忠簡之運用神妙及爵里原委，則水部筆之，不啻詳矣，安用贅爲？偶舉以孫大將軍文輔，校对刻資，稱賞不已，欣然輸工費之半，因得並書，其可謂秦無人乎？新安後學黄正賓。

## 宗忠簡公序

王廷曾

忠簡宗公，豈欲以文傳哉？公之志，在存宋而已，不使宋南而已。公以靖康丙午年六十八，閏十一月己酉，奉蠟書充副元帥。十二月請康王入衛，命公先行。公至開德，進南華。明年正月，于衞南諸處屢獲戰功，既知二聖播遷，北望號慟。王即位應天，公詣行在入對，時有割地之議，公疏止之。擢知開封，至京，疏請回鑾，自建炎元年七月至次年五月，疏表凡二十四上。至七月十二日而卒，時年七十。在昔諸葛忠武，志存漢室，表凡前後再上。公之疏表不絶若此，公未死不止二十四也。古之欲不亡其國者，有似公之專且堅若是哉？蓋殷有三仁，宋亦有諸仁：公，志存宋者也；岳忠武，志復宋者也；文丞相，志存南宋者也；鄭三外，志存殘宋者也。皆無濟於亡，然不可謂公與諸賢之不能存之，是宋固未嘗不以公與諸賢而知有可存之緒也。豫讓曰：「吾以愧人臣之懷二心者。」元世祖曰：「那家無忠臣？」明太祖曰：「何不守余闕廟去。」是知心如國士，忠如宋瑞，廟如忠愍，在後世之君臣，皆以之爲法，以之爲美且戒。然則公之文何可一日不行於天地耶？

公之集刻於宋嘉定辛巳十有二月，先是四明有《遺事》之刊，樓氏昉得公遺文於其曾孫有德，因掇《遺事》中所載表疏，次第其日月并刻之。至明寧海方公孝孺，于公九世孫濬所藏請帝都汴之疏，不盡載于史氏者，凡二十有四，序之以行。而公生於烏傷，明崇禎庚辰冬，前令熊公人霖復刻之。同邑王忠文公褘之傳公也，有曰：「高宗無北還意，公請以高宗親弟信王榛爲大元帥，遂有門下之命，實奪之權。」寧海之論公曰：「張浚、趙鼎，天下之賢相，而韓世忠、岳飛、劉錡之徒，亦一時之將材。高宗雖庸懦，豈遽出法章下哉？然沮撓而不足成事者，以其初不用宗忠簡公之言耳。徽、欽之亡，在乎兵不足戰。而公既入都城，百萬之兵立具，争欲爲之致死，正田單復齊之機。而公，孔明之流亞也。世皆知宋之不振，由於秦檜之相，而不知始於不用公之言。」斯可爲知公之志矣。則朱子序李忠定之疏，謂：「天之愛人，有時不勝夫氣數之力。」而《金佗》諸詠，謂：「南渡君臣輕社稷」「當時自怕中原復」「千古人來笑會之，會之只恐似今時」。固已早見於公之世耳。熊公所刻佚疏，止割地一篇，乃邑乘亦先已收之，亦不見方序。而公以宣和中羈置潤州，卜居丹徒，墓於是，祠於是。明永樂中，金華伯静劉公守潤，葺治其祠墓，經紀其祀田，刻石墓道，楊文貞士奇書，復立墓碑，卷後亦未採入。而公之《遺事》，元黄文獻公溍嘗有讀《遺事》詩，似即樓氏所掇，方公所稱「不盡載於史氏」者，熊公刻本未知是否兹訂編。集後復取前令張公維樞與熊公序，次樓、方二公爲舊序。其忠定《建炎進退志》一段，公家藏敕、劄、謚辭、畫像贊及題誥敕、詩文、詠峴山遺壟弔詩、例跋，合以忠文《先達傳》，益以郡守劉公菃《祠堂記》，編爲附録。而本傳在《宋史》可考，不入也。其《遺事》末，舊有《三學祭文》，當屬開封諸士所作；并哭公詩，一載其名，一入其什，非《遺事》也，文特摘出，綴《遺事》後。其載名者，已另刻其詩，一詩云：「二豎巧沮，行或止還。雖醢二奸，奚足償焉。」此不足爲公吐氣。公志在此，公不行其志亦在此，亦惟如公所云：「出師未捷身先死，長使英雄淚滿襟。」連呼「過河」者三，若是而已。余少嘗得南中所刻公疏表一册，前有公像，又有世系圖。今討其像於家，冠集首，世系俟訂補。

其生自嘉祐己亥，三十三而登第，三十五而尉館陶，四十宰龍游，四十五調膠水，五十一調趙城，五十五改掖縣，五十七通判登州，六十一主管南京鴻慶宫，退居東陽，尋羈置鎮江，六十四居丹徒，監鎮江府酒税，六十六判巴州，六十八召赴闕。公未殁之先已乞休，繼上遺表，除門下侍郎、御營副使、依舊京城留守，後贈觀文殿學士、通議大夫致仕。薨之日，都人爲之哀慟，朝野無賢愚相弔出涕。數日間，兵民去者十五六。識者憂之，請於朝，謂公子潁居戎幕，得士卒心，以潁直祕閣、充留守判官。已丐終喪，扶公櫬歸京口，葬于京峴山。蓋自是而宋不北矣。後潁乞謚于朝，賜謚「忠簡」，並詳本傳及

《遺事》，不復贅。時康熙三十年辛未十月，知義烏縣事後學會稽王廷曾頓首拜撰。

# 重刻忠簡公全集後

宗文燦

夫子之言盛德，曰：「子孫保之。」蓋祖宗之盛德又以開其先，而子孫亦必永懷明德，思所以兢兢奉守，繼承於勿替，斯所謂相須殷也。我祖宗簡公，爲宋一代明臣，功業文章，光照青史，卓越古今。後世懷忠抱義、英明特達之士感奮興起者，代不乏人，是亦足以仰見我祖千古忠義之氣，未嘗一日不在人心。當時珥筆史臣，固記其事詳且盡，迨其後愈久而愈略。迄今傳書，若《通鑑》，若《綱目》，及《歷代名臣奏議》、先賢《言行録》，亦不過撮其要旨，存什一於千百爾。至語言文字之繁，太史氏不得盡筆之於書。吁！讀史君子莫不知公慕公，以公爲非常人，亦僅得其大概而已。則欲盡得公之生平，俾讀其書而如將見之，非有專書不可。公集初刻《遺事》於宋嘉定潤州太守四明樓公昉，繼刻奏疏於明洪武學士寧海方公孝孺，復刻文集於正德金華守江都趙公鶴，嘉靖内翰長洲文公徵明，萬曆義烏令温陵張公維樞，崇禎丹徒令祥符張公文光，義烏令進賢熊公人霖，聖朝則義烏令會稽王公廷曾，凡八登梓。然兵燹之餘，簡編殘缺，非復成書。文燦惕然興感，取家藏前賢綜輯遺編，旁求散佚，廣蒐墜亡，反覆校正，以示信從，惟恐訛錯，以滋疑謬。上自詔誥及公疏、表、狀、劄，與同朝共事諸公往復咨啓，并憂憤感慨發於詩歌者備載；更如歷朝名賢表揚忠烈詩文，下逮我族子拜墓祠而致感興思者例附。經始於庚申仲夏，脱稿於辛巳初秋。繕青成書，文也，罔非其實也；信也，無有於疑也。適學憲檄邑父母購録公之遺文，因遍諗族諸父兄弟，潔捐授梓，用垂文獻。自甲申初秋，迄乙酉孟夏，剞劂將半，敬邀我皇帝神聖英武，重道右文，特賜宸章，褒崇先烈，曠世以來，無有倫比。燦竊頂沐殊恩，具請憲序，增輝集首。數十年期望之志，一朝得伸，歷世遺略之文，成書壽世，此固水源木本所不能忘，而孰非忠簡公之忠義所涵濡浸灌於無窮也哉！列卷凡十四，計板四百五十有奇，綜理維予小子奉守之責，棗梨費實合族協成之。時康熙四十四年歲在乙酉仲冬長至上浣七日也，二十一世守墓孫文燦謹叙。

## 刻宋宗忠簡公集序

趙弘信

民受天地之中以生忠義者，天地之心也。天不變，則心不死。故未有君父之義憤，而不足以感乎人心之所同；亦未有人心之既定，而天不悔禍者也。古來忠臣義士，往往坐失時機，有願勿遂，有功弗竟，皆由主聽之不聰，而晏安鴆毒之懷致之。尚論者不之察，而概委之於天，豈理也哉！吾嘗謂靖康之難，其禍固慘於晉之懷、愍，使南都有志恢復，則其功當不在唐之李、郭下。惜乎當日君臣志在苟安，不思社稷長計，此宗忠簡公所以憂愁孤憤而卒，賫志以没也。夫欲覘國勢之存亡者，視天命之去留；欲知天命之去留者，在人心之嚮背。當康王再將入質，道於磁，忠簡公倡義留王，一時百姓遮道，譟殺王雲。厥後勤王之師日集，而王遂以一成一旅奮跡於磁、相之間，視唐肅宗之款留於馬嵬，勸進於靈武，事頗相類，而民心踴躍，殆且過之。觀乎人心，可知天之未厭宋也。忠簡撫馭士卒，賞罰嚴明，推誠置腹，士樂爲用。如丁進、李成、楊進之屬，皆收之於萑苻，而得其死力，其將略豈有異於子儀哉？況粘没曷、斡離不不過一悍黠之虜，與思明、乾真輩足爲漁陽聲勢之倚者復大不侔，故子儀之兵尚待觀釁，而公不難以孤軍直入，跋扈强敵而有餘也。乃或謂祖逖亦晉之名將，渡江北伐，卒無成功，皆天意也。不知東晉之時，强梁割據，而王敦、蘇峻内難將作，所謂憂不在敵，而在蕭牆，此逖之所以無成也，寧可以律南渡乎？當公抗疏回鑾，高宗能自奮發，思攄國耻，以見九廟，則未去之人心，未改之天命，皆公之忠義所留也，豈不偉哉！嗚呼！人知公之志即孔明之志，未知公之略即子儀之略，乃子儀能以朔方之衆收復兩京，公不能以東京之師收復兩河，則有幸有不幸，非可以成敗論也。公之遺集八卷，迄今讀之，風凄海嘯，如親聞渡河之呼，爲之心酸髮指，其感人猶如此，在當時可知矣。余承乏烏傷，每樂舉前賢忠孝之範，與都人士相勸勉，故即公忠義之大有關天人者言之，亦謂天下無不可爲之事，顧視人之立知何如也。是爲序。乾隆辛巳春，西蜀趙弘信撰。

# 重刊宗忠簡公集序

胡鳳丹

婺州爲人才之藪，或以文學著，或以道學傳，靈淑所鍾，後先輝映。而其間功名氣節赫然爲吾郡千秋光者，尤以宗忠簡公爲第一。公豪爽有大志，會朝廷遣使結女真夾攻契丹，喟然曰：「天下自是多事矣！」爰從康王起兵，威聲大著，金人憚之，呼曰「爺爺」。嗣康王即位于南京，公入見，涕泗交頤，陳興復大計，先後二十餘奏，爲汪伯彦、黄潛善所抑，未得竟其設施，遂以積憤發疽，三呼「渡河」而卒。公一生事業備載史書，千百年來猶凜凜有生氣，豈僅以文章顯哉！是集也，公子孫之在義烏者實梓行之。咸豐年間，粤賊竄浙，版被毁，蕩然無存。同治乙丑，余游皖，吴竹莊方伯以新梓宗、岳全集見贈，鐫刻甚工。己巳春，余彙刻《金華文萃》，因舉《忠簡公集》七卷，悉心校閲，付之手民，即以吴刻爲藍本，而採取諸家之説，另纂《辨譌考異》一卷，以證異同。嗟乎！士大夫坐論匡居，未有不侈談經濟者，乃處則純盜虚聲，出則驟膺變故，茫然喪其所守，是雖著作等身，亦不過欺人語耳。故必于君父之大節無虧，然後可垂於不朽也。讀斯集者，以此意求之，則忠孝之心必油然而生者矣。同治八年夏月，同郡後學胡鳳丹月樵甫謹序。

## 重刻宗忠簡公文集序

黄卿夔

史稱公遺文藏於學宫，迺鎮江，非義烏也。嘉定間，鄞人樓迂齋守南徐，始取公文及奏疏，并刻成集，鎮江本實權輿於此。義烏，公父母邦也。明嘉靖辛亥，有十五世孫旦之刻。萬曆乙巳，有十八世焕之刻。今皆未見其書。余家舊藏熊刻，亦明板，惜缺後數十頁。國朝康熙間，有培庵王氏刻之，即今祕府所收之本。熊與王皆嘗宰義烏，板藏學宫，年久散佚。咸豐辛亥，公裔名啓泰者，復裒集各本，鋟板於家，最爲完善。經赭寇之亂，亦毁於火矣。方今海内多故，夷艒縱横。四方嗜學之士及官是土者，欲取公集讀之，無以應，亦桑梓之耻也。適子鈞宗叔得咸豐本於舊肆，爰取熊刻校對，重議開雕。惟舊刻删去《年譜》，志在嗇費。竊謂讀書稽古，不厭求詳。且裔公行簡作《年譜》時，與樓迂齋同官南徐，其所考無不實。今依鎮江本，同列卷首，以完其舊，閲者或不嗤爲蛇足乎！刻既竣，記其源流如此。其零星助刻貲者，酬之以集，例不書名。光緒二十四年冬月，同里後學黄卿夔謹叙。

# 主要參考文獻

尚書正義，十三經注疏（清嘉慶刊本），清阮元校刻，中華書局二〇〇九年版。

禮記正義，十三經注疏（清嘉慶刊本），清阮元校刻，中華書局二〇〇九年版。

周易正義，十三經注疏（清嘉慶刊本），清阮元校刻，中華書局二〇〇九年版。

毛詩正義，十三經注疏（清嘉慶刊本），清阮元校刻，中華書局二〇〇九年版。

爾雅注疏，十三經注疏（清嘉慶刊本），清阮元校刻，中華書局二〇〇九年版。

春秋左傳正義，十三經注疏（清嘉慶刊本），清阮元校刻，中華書局二〇〇九年版。

史記，漢司馬遷撰，宋裴駰集解，唐司馬貞索引，唐張守節正義，中華書局一九八二年版。

漢書，漢班固撰，唐顏師古注，中華書局二〇〇二年版。

後漢書，宋范曄撰，唐李賢等注，中華書局二〇〇二年版。

晉書，唐房玄齡等撰，中華書局二〇〇三年版。

新唐書，宋歐陽修、宋祁撰，中華書局二〇〇三年版。

唐會要，宋王溥撰，中華書局一九五五年版。
宋史，元脱脱等撰，中華書局二〇〇四年版。
三朝北盟會編（附索引），宋徐夢莘撰，上海古籍出版社二〇〇八年版。
宋名臣言行録别集，宋李幼武纂集，見影印文淵閣《四庫全書》本，台北商務印書館一九八三年版。
建炎以來繫年要録，宋李心傳撰，中華書局二〇一三年版。
宗忠簡公年譜，清宗嘉謨編，民國六年鉛印本
建炎進退志，宋李綱撰，見《全宋筆記》第三編五，大象出版社二〇〇八年版。
建炎時政記，宋李綱撰，見《全宋筆記》第三編五，大象出版社二〇〇八年版。
汴京遺蹟志，明李濂撰，中華書局一九九九年版。
乾隆閿鄉縣志，國家圖書館藏本。
光緒丹徒縣志，國家圖書館藏本。
庄子集釋，清郭慶藩撰，中華書局二〇一〇年版。
白虎通疏證，清陳立疏證，中華書局一九九四年版。
十一家注孫子校理，春秋孫武撰，三國曹操等注，中華書局二〇一一年版。

淮南子集釋，何寧撰，中華書局二〇一一年版。
列子集釋，楊伯峻撰，中華書局二〇一〇年版。
荀子集解，清王先謙撰，中華書局一九九七年版。
寶真齋法書贊，宋岳珂撰，見影印文淵閣《四庫全書》本，台北商務印書館一九八三年版。
萬姓統譜，明凌迪知撰，見影印文淵閣《四庫全書》本，台北商務印書館一九八三年版。
五燈會元，宋普濟撰，中華書局一九九七年版。
法苑珠林校注，唐釋道世撰，周叔迦、蘇晉仁校注，中華書局二〇〇三年版。
大智度論，後秦鳩摩羅什譯，大正藏本，第二十五册。
維摩詰所説經，後秦鳩摩羅什譯，大正藏本，第十四册。
佛説觀無量壽佛經，宋畺良耶舍譯，大正藏本，第十二册。
全上古三代秦漢三國六朝文，清嚴可均編，中華書局一九六五年版。
全唐文，清董誥等編，中華書局一九八三年版。
全宋文，曾棗莊、劉琳主編，上海辭書出版社、安徽教育出版社二〇〇六年版。
劉克莊集箋校，宋劉克莊撰，辛更儒箋校，中華書局二〇一一年版。